블라인드
웨딩

제이슨 르쿨락 지음

유소영 옮김

문학수첩

Contents

WELCOME TO
OSPREY COVE

오스프리 코브에 오신 것을 환영합니다
홀스 페리, 뉴햄프셔

6

클로브

상상력의 숲

빅벨

오스프리 산장

14

13

12

B

코모런트 런덕

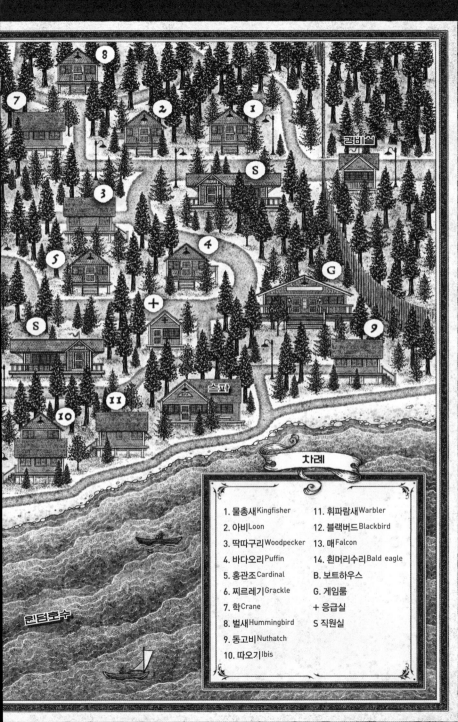

경비실

스파

퀸텀호수

PART 1

청첩장

1.

　　　　　'발신자 정보 없음' 표시와 함께 휴대전화에 불이 들어왔다. 보통은 스팸전화라는 뜻이지만, 굳이 전화를 받은 것을 보니 내가 누군가와 이야기를 하고 싶었던 모양이다.

"여보세요?"

"아빠?"

벌떡 일어나느라 부엌 탁자에 무릎을 부딪치는 바람에, 베이컨과 달걀 접시 위에 온통 커피가 쏟아졌다. "매기? 너냐?"

뭐라고 대답하는 소리가 들렸지만, 알아들을 수가 없었다. 목소리가 희미했다. 잡음이 지직거리는 게 금방이라도 연결이 끊어질 것 같았다.

"잠깐만, 기다려 봐. 잘 안 들려."

부엌은 내 집에서 전화를 받기에 가장 안 좋은 곳이다. 신호 강도가 한두 칸 이상 뜰 때가 없다. 전화를 들고 거실로 나가다가, 나는 직접 다듬어서 사포질하고 칠하던 목재에 발이 걸려 넘어졌다. 밤에 심심풀이로 하던 소소한 목공 작업이었다. 커피 탁자를 만들 생각이었다. 하지만 작업을 끝마칠 의욕이 통 생기지 않아서, 나사와 톱밥이 양탄자 위에 온통 널려있었다.

나는 지저분한 양탄자를 한 발로 훌쩍 뛰어넘어 매기가 어린 시절 쓰던 침실을 향해 서둘러 복도를 지났다. 작은 유리창 밖으로 뒷마당과 옛 래커워너 철도가 보이는 방이었다. 유리에 몸을 기대자, 신호강도가 세 칸으로 늘어났다.

"매기? 이제 더 잘 들리니?"

"여보세요?" 목소리는 여전히 수백만 킬로미터 밖에서 들려오는 듯했다. 해외에서 거는 것 같기도 했다. 어디 외딴 황무지 깊숙한 오두막이든가, 지하 차고 맨 아래층에 유기된 자동차 짐칸이든가. "아빠, 들려요?"

"괜찮아?"

"아빠? 여보세요? 들리세요?"

나는 전화를 귀에 바짝 누르고 그래, 그래, 들린다, 소리쳤다. "어디냐? 무슨 일 있니?"

전화는 끊겼다.

연결이 되지 않습니다.

3년 만에 처음 나누는 대화인데, 1분도 채 가지 않다니.

2.

하지만 이제 딸의 번호를 얻었다. 마침내, *마침내* 연락할 길이 생긴 것이다. 재발신 버튼을 눌렀지만, 통화 중 신호가 흘러나왔다. 다시 시도했다. 두 번, 세 번, 네 번. 역시 통화 중, 통화 중, 통화 중이었다. 저쪽에서 내게 계속 전화를 걸고 있는 것이다. 너무 흥분해서 손이 떨리고 있었다. 나는 억지로 전화 거는 것을 애써 멈추고 전화벨이 울릴 때까지 기다렸다. 침대 발치에 앉아 딸의 방을 초조하게 둘러보았다.

예전에 쓰던 딸의 물건들은 모두 아직 여기 있었다. 이 집에는 자고 가는 손님도 없기 때문에 굳이 치울 이유가 없었다. 고등학교 시절 포스터도 그대로 벽에 붙어있었다. 원디렉션, 조나스 브라더스, 나무에 매달려 어수룩하게 웃고 있는 나무늘보 사진까지 말이다. 한쪽 선반에는 스포츠 트로피가 진열돼 있었고, 커다란 대바구니에는 봉제 인형이 가득 들어있었다. 대체로 나는 항상 이 방문을 닫아

두고 존재 자체를 무시하려고 노력했다. 하지만 이따금(인정하고 싶지 않을 만큼 자주) 이 방에 들어와서 큼직한 빈백 의자에 덩그러니 앉아, 모두가 여기 살면서 한 가족으로 지냈던 시절을 떠올리곤 했다. 콜린과 내가 좁은 트윈베드에 비좁게 드러눕고 매기가 우리 둘 사이에 끼어들어서 다 같이 《굿나잇 고릴라》 동화책을 읽으며 웃던 시절도 떠올렸다.

휴대전화가 다시 울렸다.

이번에도 '발신자 정보 없음'이다.

"아빠, 이제 잘 들려요?"

이제 목소리가 또렷하게 들렸다. 마치 바로 옆에 앉아서 〈라이온킹〉 잠옷으로 갈아입고 잘 준비를 마친 것 같았다.

"매기, 무슨 일이냐?"

"잘 지내요, 아빠. 별일 없어요."

"어디니?"

"집이에요, 제 아파트요, 보스턴. 아무 일 없이 잘 지내요."

나는 매기가 계속 이야기하기를 기다렸지만, 딸은 말이 없었다. 무슨 말부터 시작해야 할지 애매할 것이다. 사실 나도 마찬가지였다. 이 순간을 얼마나 많이 상상했던가? 샤워기 아래에 서서 이 대화를 얼마나 많이 연습했던가? 마침내 그 순간이 찾아왔지만, 입에서 튀어나오는 말은 이것뿐이었다. "내가 보낸 카드 받았니?"

휴, 이 녀석에게 카드는 또 얼마나 많이 보냈던지. 생일 카드, 핼러윈 카드, 그냥 별일 없어도 썼던 카드…. 간단한 메모와 함께 항상

10달러, 20달러씩 용돈을 같이 넣어 보냈다.

"받았어요. 사실 한동안 계속 전화드려야지 생각하고 있었어요."

"정말 미안하다, 매기. 이 상황이 전부⋯."

"그 이야기는 하고 싶지 않아요."

"그러자, 알았다." 〈긴급출동 911〉에 나오는, 인질을 협상하는 요원이 된 기분이었다. 내게 주어진 최우선 목표는 매기가 전화를 끊지 않도록 하는 일, 계속 말을 시키는 것이다. 나는 안전한 화제로 방향을 돌렸다. "아직 커패시티에 다니니?"

"네, 얼마 전이 재직 3년째 되는 날이었어요."

매기는 그 직장을 정말 자랑스러워했다. 취업한 시기는 우리 사이에 문제가 시작될 무렵이었는데, 그때만 해도 커패시티는 아는 사람이 별로 없는 기업이었다. 당시에는 그저 극비 신기술로 세상을 바꾸겠다고 호언장담하며, 캠브리지 지역에 우후죽순처럼 생겨난 스타트업 중 하나였다. 현재 커패시티는 대륙 세 곳에 직원을 800명이나 거느리고 있으며, 조지 클루니와 맷 데이먼이 출연한 슈퍼볼 광고도 방송했다. 나는 혹시 딸의 이름이 스쳐 지나가지 않나, 요즘 어떻게 살고 무슨 일을 하는지 엿볼 수 있지 않을까 싶어 이 회사에 대해 눈에 띄는 정보는 모조리 찾아 읽었다.

"그 셰비 신형은 멋지더구나. 가격만 내려가면⋯."

매기는 내 말을 중간에서 끊었다. "아빠, 소식이 있어요. 저 결혼해요."

딸은 내게 갑작스러운 소식을 소화할 여유도 주지 않았다. 한시도

참을 수 없다는 듯, 시시콜콜한 이야기를 쏟아놓기 시작했다. 약혼자의 이름은 에이든이다, 스물여섯 살이다, 시댁이 뉴햄프셔에 가지고 있는 별장에서 축하연을 열기로 했다… 이런 말이 흘러나오는 동안에도 내 사고는 폭탄처럼 터진 첫 문장에 정지해 있었다.

내 딸이 결혼을 한다고?

"…그동안 사연은 많았지만," 매기는 말했다. "아빠도 오셨으면 해요."

3.

내 이름은 프랭크 저토스키, 나이는 쉰둘이다. 성인이 된 뒤로 대부분 유나이티드 파슬 서비스(United Parcel Service), 그러니까 UPS에서 '패키지 카' 운전을 했다. 인터넷에서 판매하는 상품을 가득 싣고 덜컹거리며 돌아다니는 커다란 갈색 차량… 다들 본 적 있겠지? 엄밀하게 말하면 대형 스텝 밴인데, UPS는 이 차를 패키지 카라고 부른다. 나는 군에서 제대하자마자 젊은 나이부터 운전을 시작했고, 25년의 무사고 기록을 가진 UPS 모범 운전사 모임, '서클 오브 오너'에 최근 입성했다.

넉넉하게 생계를 꾸리고 있고 일도 원래 좋아했지만, 요즘은 차츰 힘들어지고 있기는 하다. 1990년대 후반, 내가 처음 이 일을 시작했을 때만 해도 대부분 택배는 상자였다. 가장 무거운 물건을 들어야 한다고 해봐야 게이트웨이 컴퓨터 정도였다. 하지만 요즘은… 말할 필요가 있나? 매일 두꺼운 매트리스, 파일 캐비닛, 모조 크리스마스트리, 평면 스크린 모니터, 심지어 탁구대까지 날라야 한다. 그리고 자동차 타이어, 내 참, 그게 최악이다. 자동차 타이어를 온라인에서 판다는 거 알고 있었나? 네 개를 두꺼운 판지에 한 꾸러미로 싸서 묶어 팔기 때문에 심지어 굴릴 수도 없다.

그래도 야근을 충분히 하면 보통 10만 달러는 번다. 지프 할부금은 전부 갚았다. 주택 융자금도 전액 상환했고, 비자나 마스터카드에 빚진 돈도 한 푼 없다. 이제 3년만 있으면 괜찮은 연금과 든든한 종합의료보험을 갖추고 일찌감치 은퇴할 수 있었다. 대학 문턱도 밟아보지 못한 남자치고는 나쁘지 않다. 안 그런가? 아내가 세상을 떠나고 매기와 불화가 시작되기 전까지만 해도, 나는 축복받은 인생이라고 말하고 다녔다. 내가 세상에서 제일 운 좋은 놈인 줄 알았다.

어쨌든 무슨 일이 있었는지 들어보라.

"석 달 뒤에 결혼식이에요." 매기가 말했다. "7월 23일. 급하게 말씀드리는 건 알지만…."

"가야지." 눈물이 터져서 목소리가 갈라졌다. "당연히 가야지."

"좋아요, 잘됐어요. 내일 청첩장을 발송하려고 하거든요…. 일단 전화를 드리고 싶었어요."

여기서 대화는 끊어졌다. 매기는 내 응답을 기다리는 것 같았지만, 목이 메어 말이 나오지 않았다. 나는 엉엉 울지 않으려고 주먹을 쥐고 가슴을 세 번 쿵쿵쿵 힘껏 두드렸다. *진정해, 프랭키. 정신 차려! 어린애처럼 이 꼴이 뭐야!*

"아빠? 듣고 계세요?"

"에이든에 대해 들어보자." 나는 심호흡하고 물었다. "내 사위 될 사람. 어디서 만났니?"

"변장 파티에서요, 핼러윈 날. 〈더 오피스〉에 나오는 '팸' 아시죠? 나는 팸으로 변장했고, 에이든은 '짐'이었어요. 그가 나타나자마자 사람들이 우리더러 나란히 서라고 하더라고요. 같이 드라마에 나오는 장면을 흉내 내기 시작했는데, 에이든은 연기가 일품이었어요."

개월 수를 헤아리느라 이야기는 귀에 들어오지도 않았다. "지난 핼러윈에 만났다고? 여섯 달 전에?"

"그런데도 평생 알고 지낸 사이 같아요. 이야기를 나누다 보면 이따금 에이든이 제 마음을 읽는 것 같다니까요. 마치 텔레파시가 통하는 것 같아요. 아빠도 엄마랑 이런 기분이었어요?"

"그럼, 우리도 아마… 그랬지? 처음 만났을 때 말이다." 하지만 세월이 흐르고 지혜가 쌓이면서 우리는 그런 기분이 그저 젊음의 열병일 뿐이었다는 사실을 알게 되었다. 매기에게 굳이 그렇게 말하지는 않았다. 딸의 행복한 목소리를, 미래에 대한 힘찬 희망과 낙관의 노래를 듣는 게 좋았다.

"에이든은 무슨 일을 하니?"

"그림을 그려요."

"노동조합 소속이냐?"

"아뇨, 칠하는 사람이 아니라요, 예술을 해요."

무슨 이야기가 나와도 응원하리라 작정하고 있었지만, 이건 예상치 못했다.

"예술을 해서 먹고산다고?"

"음, 갤러리에 작품 몇 점 걸려있고요. 하지만 지금은 이름을 알리는 단계예요, 명성을 높이는 단계. 원래 그런 거예요. 매사추세츠 칼리지 오브 아트에서도 한 과목 가르쳐요."

"그게 돈이 얼마나 되는데?"

"네?"

"얼마나 버냐고."

"그건 알려드리고 싶지 않아요."

왜 알려주고 싶지 않은지 이해할 수 없었지만, 매기가 불쾌한 기색으로 심호흡하는 소리가 들렸기 때문에 강요하지 않기로 했다. 어쩌면 매기의 말이 옳을지도 모른다. 예술가 예비 남편이 얼마를 버는지는 내가 상관할 바가 아닐 것이다. 게다가 다른 질문도 많았다.

"첫 결혼이냐?"

"네."

"아이는?"

"아이도 없고, 빚도 없어요. 걱정 마세요."

"시어머니 될 사람은?"

"좋은 분이에요. 지금 건강에 문제가 좀 있는데, 편두통이 심하세요. 그래도 새로 바꾼 약이 크게 도움이 되는 모양이에요."

"시아버지는?"

"좋으세요, 아주 좋아요."

"뭐 하시는 분이니?"

매기는 망설였다. "그 부분은 약간 복잡한데….."

"어떻게 복잡해?"

"복잡한 게 아니라, 그냥 지금 당장 그 이야기까지 하고 싶지는 않아요."

이건 또 무슨 소리인 걸까? 나는 재차 물었다. "매기, 간단명료한 질문이잖니. 무슨 일을 해서 먹고사느냐 말이다."

"요점은, 전 결혼하기로 했고, 아빠가 결혼식에 오셨으면 좋겠다는 거예요. 7월 23일, 뉴햄프셔에서 치르기로 했어요."

"그런데 시아버지 될 사람이 무슨 일을 하는지는 말 못 하겠다고?"

"말해드릴 수는 있지만 그러면 질문이 계속 나올 거고… 일단 전이만 끊어야 해요. 10시에 드레스 피팅을 하기로 했는데, 재봉사가 정신병자 같아요. 1분만 늦어도 약속을 아예 취소하고 새로 잡게 하네요."

매기는 전화를 끊고 싶은 기색이 역력했지만, 나는 마지막으로 묻지 않을 수 없었다. "에이든의 아버지가 혹시 교도소에 있냐?"

"아뇨, 안 좋은 건 아니에요."

"유명한 사람이야? 배우냐?"

"배우는 아니에요."

"어쨌든 유명한 사람이구나."

"말씀드렸잖아요, 지금 그 이야기는 하고 싶지 않아요."

"이름만 알려다오, 매기. 내가 구글에 검색해 볼 테니."

수화기 너머에서 잠시 정적이 흘렀다. 수화기를 떨어뜨렸거나 다른 사람과 상의하느라 소리를 막은 것 같았다. 잠시 후, 다시 매기의 목소리가 흘러나왔다.

"저녁이라도 먹으면서 이야기하는 게 어떨까요? 저와 아빠, 에이든 셋이서. 보스턴까지 차 몰고 오실 수 있으세요?"

당연히 갈 수 있다. 매기가 원한다면 북극까지라도 달릴 것이다. 그 애는 토요일 밤 7시가 좋겠다고 하면서 플리트가의 올드 스테이트 하우스 근처에 있는 아이리시 펍의 이름을 알려주었다. 그리고 이만 드레스를 입어보러 가봐야겠다고 했다. "그럼 주말에 만나요. 정말 보고 싶어요."

"나도 그래." 하지만 사과 한마디 덧붙이지 않고 전화를 끊을 수는 없었다. "매기, 들어봐라. 그간의 일은 정말 미안하다. 지난 몇 년 동안 너무나 마음이 안 좋았어. 나 때문이라는 걸 알고 있다. 아빠가 대처를 더 잘할 수 있었는데…."

딸깍 소리가 작게 들렸다.

매기는 이미 전화를 끊은 뒤였다.

4.

아내는 뇌동맥류, 머릿속에 시한폭탄이 들어있는 것과 같다는 그 병으로 세상을 떠났다. 콜린은 마이클스 미술용품 전문점에서 일했다. 반짝이 풀을 찾는 학교 선생님을 멀쩡하게 응대하다가, 한순간 의식을 잃고 바닥에 쓰러졌다. 그리고 홀리 리디머 병원으로 가는 길에 구급차 안에서 사망했다. 콜린은 서른여섯 살이었다. 지금부터 이야기할 온갖 괴로운 사연들을 생각할 때, 아내의 죽음은 여러 면에서 비극이었다. 아내는 거짓말쟁이를 1킬로미터 밖에서도 알아볼 줄 아는 사람이었다. 그녀가 살아있었다면, 나보다 훨씬 일찍 문제를 알아차렸을 것이다.

제 엄마가 세상을 떠났을 때 매기는 겨우 열 살이었다. 이제 막 사춘기가 시작되고 여성으로 성장하던 즈음이었고, 부모 한쪽을 떠나보내기에는 최악의 시기였다. 아내라면 매기를 잘 키웠을 테고 내가 남기는 연금으로 생활이 해결될 테니, 콜린 대신 차라리 내가 뇌동맥류를 앓는 것이 나았을 거라고 생각했던 기억이 난다. 대신 나는 누나인 태미의 도움을 받아서 생활을 꾸려나가야 했다. 10킬로미터 정도 떨어져 살던 누나는 큰 도움이 됐다. 매기를 병원이나 치과에 데려가고, 콘택트렌즈를 맞추러 가고, 산부인과나 피부과, 기타 온갖 장소에 데려다준 사람이 모두 누나였고, 덕분에 나는 생계를 유지할 돈을 벌 수 있었다. 스트레스가 많은 시기였고, 기꺼이 인정하지만 수많은 실수를 저질렀다. 외동딸이 아빠와 대화를 거부하고 3년 내내 침묵시위를 벌였다면, 내가 얼마나 서툴게 처신했는지 알 수 있으리라. 하지만 그 상황에 대해서는 나중에 이야기하겠다. 매기가 예전에 사귀었던, 이른바 남자 친구 이야기를 하기 전에, 우선 새 약혼자에 대해 이야기하고 왜 내가 대뜸 수상하다고 느꼈는지 말하고 싶다.

결혼 선언 다음 날, 매기는 다시 전화해서 계획이 변경되었다고 알렸다. "대신 우리 아파트로 오시는 게 좋겠어요. 그냥 여기서 식사하죠."

매기는 에이든과 벌써 같이 살고 있다는 말을 한 적이 없었지만, 나는 그리 놀라지 않았다. 보스턴 집세는 눈이 튀어나오도록 비싸기로 유명하니, 에이든은 아마 같이 사는 사람이 생겨서 큰돈을 절약하고 있을 것이다. 게다가 매기는 원래부터 예전 아파트를 싫어했다. 빅토리아풍 브라운스톤 주택의 좁고 습기 많은 반지하 원룸이었는데, 커다란 눈썹처럼 생긴 기다란 털투성이 좀이 득실거렸다. 샤워를 할 때마다 욕조에 벌레가 툭툭 떨어져서, 물에 퉁퉁 불어 터진

사체를 발끝걸음으로 피해 다녀야 했다. 딸은 그 축축하고 눅눅한 아파트에 박혀있는 게 싫어서 주말 내내 커패시티 사무실에서 지낸다고까지 했다. 분명 매기는 원룸 계약을 파기하고 에이든의 아파트로 옮길 수 있어서 기뻤을 것이다.

하지만 나는 그래도 식당에서 만나자고 고집을 부려 보았다. "특별한 날이잖니. 굳이 네가 요리하게 하고 싶지 않구나."

"내가 요리 안 해요."

"에이든이 하니?"

"우리가 알아서 할 거예요, 아빠. 그냥 오시기만 하면 돼요."

무슨 상황인지 이해할 수 있을 것 같았다. 나는 중요한 결혼식을 앞두고 아이들이 수표책을 들여다보며 비용을 절약하는 모습을 상상하고 있었다. '미술 강사는 얼마나 버나요?'로 이미 검색해 보았지만, 솔직히 말해 수입은 그리 좋지 않았다. 평균 연봉은 4만 달러. 보스턴 같은 대도시에서 결코 넉넉한 돈이 아니다. 4만 달러라면 끼니마다 콩 통조림 두어 개 정도로 연명해야 한다.

나는 매기에게 식비는 내가 전부 알아서 할 테니 식당만 고르라고 했다. "중국 음식, 이탈리아 음식, 뭐든지 괜찮다. 마음껏 먹어보자."

하지만 매기는 아파트로 오라고 계속 고집을 부렸다. "93번 고속도로 근처예요. 제이킴다리 옆이요."

"다리 옆에 살아?"

"문자 그대로 바로 옆은 아니에요. 창가에서 다리가 보여요."

"안전하냐? 지프를 세워둬도 괜찮을까?"

"괜찮아요, 아빠. 에이든은 거기서 3년째 살고 있는데 아무 문제 없었어요."

매기는 내 질문이 쓸데없다고 생각하는 것 같았지만, 솔직히 말하자. 요즘은 라디오만 틀면 살인 사건이나 차량 강도, 마구잡이 총기 사건에 대한 뉴스가 안 나오는 날이 없다. 게다가 '93번 고속도로 근처'라니, 괜찮은 동네처럼 안 들리지 않나? 그 고속도로는 하루 종일 차량으로 붐비는데, 돈이 한 푼이라도 있는 사람이 그 근처에서 살 리가 없다.

하지만 나는 이런 걱정을 꾹 누르고 매기에게 주소를 찍어달라고 했다. 나는 열린 마음을 유지하고 있었다. 장소가 어디든 딸을 만날 준비가 되어있었다.

5.

        미 육군에서 복무한 4년을 제외하면, 나는 평생 포코노산맥에 있는 인구 6천 명 규모의 작은 도시, 펜실베이니아주의 스트라우드버그에서 살았다. 스키와 수영 또 승마를 즐길 수 있고, 몇 킬로미터에 달하는 등산로도 있으며, 근사한 시내 중심가에 식당과 가게도 있어서 관광객에게 인기가 많은 도시다. 사방을 반짝이 전구로 장식한 겨울은 마치 라이프타임에서 방영하는 크리스마스 영화 속 풍경 같다. 매년 3월, 세인트 패트릭 데이 퍼레이드에는 백파이프, 고등학교 마칭밴드가 행진한다. 그리고 7월마다 '스트라우드페스트'라는 이름으로 거리에서 밴드 연주와 댄스 경연이 펼쳐지는 대규모 야외음악축제가 열린다. 여기가 무슨 세계적인 여행 명소라는 건 아니다. 울프갱 퍽 같은 유명한 셰프가 당장 우리 도시에 식당을 개업할 일도 없을 것이다. 하지만 스트라우드버그는 깨끗하고, 집값도 적당하며, 학교도 상당히 괜찮다. 다른 어느 소도시가 파산했다는 뉴스가 심심치 않게 들려오는 시절이지만, 우리는 그래도 잘 버티고 있다.

보스턴은 집에서 차로 한참 달려야 하는 거리이기 때문에, 나는 빨리 출발하고 싶어서 일찌감치 집을 나섰다. 코네티컷을 절반 정도 지나가니, 신형 크라이슬러 리액터와 미러클 배터리 광고판이 보이기 시작했다. 커패시티사의 이름을 알린 바로 그 제품이다. 음악을 쿵쿵 울리고 에어컨을 끝까지 틀어도, 한 번 충전하면 130킬로미터는 거뜬히 달릴 수 있어서, 미국 내에서 판매하는 전기자동차 중에서 주행거리가 가장 좋다. '미래의 운전은 깨끗합니다'라는 똑같은 문구가 적혀있는 광고판을 지나칠 때마다 자부심이 밀려와 살짝 짜릿하다. 매기가 마케팅 부서에서 일하니까 저 광고판을 만드는 데 직접 참여했거나, 최소한 참여한 사람들을 알고 있을 거라고 믿고 싶기 때문이다. 매일같이 수백만 명의 운전자들이 지나치며 보고 있는 저 거대하고 비싼 광고판들, 내 딸이 거기서 일익을 담당하고 있다. 애 엄마가 살아서 이 모습을 봤어야 하는데.

오후 2시가 약간 넘어서 나는 보스턴에서 한 시간가량 떨어진 우스터에 차를 세우고 싸구려 호텔 방을 둘러보았다. 고속도로변의 슈퍼8이란 곳이 69달러에 빈 객실이 있다며 광고했고, 지배인이 기꺼이 이른 시간에 체크인을 허락해 줘서 더 돌아다닐 필요가 없었다. 객실은 천장에 물 얼룩이 있고 가구에 담뱃불 자국이 있어서 허름한 편이었지만, 매트리스가 단단하고 욕실이 깨끗해서 가격 대비 괜찮은 방 같았다.

시내로 들어가는 길에 나는 꽃을 사러 샘스클럽에 잠시 들렀다. 이 마트는 모든 지점이 계산대 바로 옆에 예쁜 꽃다발을 진열해 놓고 있다. 매장에 들어서고 보니 매기가 가장 좋아하는 페퍼리지팜 밀라노쿠키도 사지 않을 수 없었다. 할인가로 10달러에 판매하는 작은 소화기도 두 개 샀다. 이런 건 항상 여분이 있으면 좋다.

과한 선물 아니냐고? 그럴지도 모른다. 하지만 나도 젊을 때 홀로서기를 하던 시절을 기억하고 있었기 때문에, 매기와 에이든이 이런 도움을 고마워할 거라고 생각했다.

6시에 나는 찰스강에 도착해서 보스턴의 교통체증 때문에 툴툴거리고 있었다. 기다시피 제이킴다리를 건너느라 한참 걸렸지만, 반대편으로 나와 보니 도로 상황은 훨씬 나았다. 첫 번째 나들목으로 나가서 강변을 따라 1.8킬로미터 정도 달리니, 철근과 유리로 지어진 어마어마한 타워가 막다른 길 정면에 나타났다. 비콘플라자였다. 내 비게이션은 목적지에 도착했다고 알려주었지만, 나는 곧바로 뭔가 잘못됐다는 것을 알 수 있었다. 이건 〈다이하드〉에 나오는 마천루 같았다. 자동차 헤드라이트가 주요 입주자를 표시한 안내판을 밝혔다. 액센추어, 리버티 뮤추얼, 산탄데르 은행, 기타 법률회사 같은 이름들이 적혀있었다. 토요일 밤이라서 대부분 유리창은 불이 꺼져있었다. 하지만 로비 창문 너머에 한 여자가 보여서, 나는 현관 앞 임시 주차구역에 지프를 세워두고 길을 묻기 위해 안으로 들어갔다.

대성당에 들어서는 기분이었다. 유리와 광택이 나는 바위로 지은 거대한 동굴 같은 공간이었다. 평일에는 아마 수천 명의 직장인들이 출근길에 이 로비를 지나칠 것 같았다. 하지만 지금은 제단처럼 높은 로비 한복판의 책상 뒤에 덩그러니 혼자 서있는 젊은 여자와 나, 단둘뿐이었다.

"저토스키 씨?" 그녀는 물었다.

믿을 수가 없었다. "내 이름을 어떻게 아십니까?"

"마거릿에게서 손님이 오실 거라는 전갈을 받았습니다. 사진이 부착된 신분증을 잠시 확인하겠습니다. 운전면허증이면 좋습니다."

그녀는 아담한 체구의 대단한 금발 미인이었으며 단정한 파란색 정장 차림이었다. 나는 솔기가 너덜거려서 떨어지기 직전으로 닳아빠진 가죽 반지갑을 꺼냈다. "여긴 아파트 건물입니까?"

"주상복합 건물입니다. 대부분은 사무용이죠. 하지만 에이든과 마거릿이 사는 꼭대기 층은 모두 주거용입니다."

나는 내 펜실베이니아 운전면허증을 건넸고, 올리비아는(가까이 서있으니 이름표를 읽을 수 있었다) 대단히 경건하게 면허증을 다루었다. 마치 양피지에 기록된 독립선언서 원본을 받아 들기라도 한 것 같았다. "감사합니다, 저토스키 씨. 오른쪽에 D번 엘리베이터를 타고 위층으로 올라가시면 되겠습니다."

"제 차가 임시주차구역에 있습니다. 혹시 주차를…."

젊은 남자 한 사람이 마치 소환된 유령처럼 왼쪽에 홀연히 나타났다. "저토스키 씨, 차량은 제가 알아서 하겠습니다. 건물 지하에 주차장이 있습니다."

어느 쪽이 더 놀라운지 알 수 없었다. 로비의 모든 사람이 내 이름을 이미 알고 있다는 것인지, 모두 발음이 정확하다는 것인지 말이다. 폴란드 피가 조금이라도 섞인 사람이라면, 'Szatowski'의 첫 's'는 묵음이어서, 올바른 발음이 '저토스키'라는 사실을 안다. 하지만 흔히 미국인들은 어쨌든 s를 발음하기 마련이다. 그래서 다들 '시자투스키'라든가 그것도 아니면 더 한심하게 부른다. 다들 얼마나 기상천외하게 엉터리로 발음하는지 모를 것이다. 나는 지갑에서 1달러짜리를 꺼내 그에게 주려고 했지만, 그는 내 돈이 무슨 방사능 물질이기라도 한 듯 물러났다.

"괜찮습니다, 좋은 저녁 되십시오."

로비로 돌아가니, 올리비아가 다시 심장을 녹일 것 같은 미소로 나를 맞았다. 이런 여자가 도대체 왜 토요일 저녁에 안내 데스크 뒤에 박혀있는 걸까? 미식축구 리그 치어리더나 빅토리아 시크릿 모델을 할 수도 있을 것 같은데. "그럼, 행복한 시간 보내세요."

"고맙습니다."

나는 매끄러운 검은색 금속으로 사방이 둘러싸인 좁은 상자 모양의 D번 엘리베이터를 탔다. 버튼이 없는 엘리베이터는 난생처음이었다. 제어판이 없었기 때문에 어떻게 '출발'해야 할지 난감했다. 그때 문이 스르륵 닫히더니, 마치 자유의지라도 있는 듯 엘리베이터가 움직이기 시작했다. 문 위의 작은 화면에 불이 들어오더니 지나치는 층수가 나타났다. 2, 3, 5, 10, 20, 30, ph1, ph2, ph3. 이어 엘리베이터는 서서히 멈췄다. 문이 열리고, 검은 터틀넥 스웨터와 검은 바지 차림의 매기가 손잡이가 긴 화이트 와인 잔을 들고 저무는 태양을 뒤로한 채 세상 꼭대기에 서있었다.

"아빠!"

내가 헛것을 보고 있나? 엘리베이터 문이 열리면, 숫자가 달린 문과 화분이 줄줄이 늘어선 복도가 나타날 줄 알았다. 하지만 대신 나는 널찍한 유리벽 너머로 도시의 스카이라인이 펼쳐져 있고, 밝고 화려하게 꾸며진 거실로 곧장 순간 이동해 있었다. 어질어질하고 어디가 어딘지 알 수 없는 기분이었다. 어쩌면 텔레비전 세트장처럼 약간 가짜처럼 느껴지기도 했다.

"아파트는 어디냐?"

매기는 웃었다. "여기가 아파트잖아요."

"네가 여기 산다고?"

"2월부터요. 약혼한 뒤에, 에이든이 자기 집에서 같이 살자고 했어요." 엘리베이터 문이 닫히기 시작하자, 매기가 손으로 막았다. "들어오세요, 아빠. 내리셔야죠."

나는 바닥이 발밑을 받쳐줄 것인지 믿을 수 없어서 어질어질한 기분으로 조심스럽게 발을 내디뎠다. 내 딸을 못 알아볼 지경이었다. 어렸을 때 매기는 흔히 '선머슴'이라고 불렸다. 내 옷장에 걸려있던 오버올, 운동복, 플란넬 셔츠 같은 옷을 좋아해서 펄럭거리지 않도록 허리를 질끈 동여맨 채 걸치고 다녔다. 하지만 고등학교에 들어가면서부터는 완전히 반대 방향으로 돌아서서, 찰랑거리는 치마나 꽃무늬 원피스, 보세 옷 가게에서 건진 독특한 패션을 즐기기 시작했다. 그런데 지금은 분위기가 다시 변해서 정통 케임브리지 아이

비리그 스타일, 그러니까 단정하고, 세련되고, 도시적이고, 품위 있는 차림이었다. 머리는 어깨를 넘어 등까지 길게 길렀고, 여러 겹으로 풍성하게 손질한 걸 보니 돈을 많이 들인 것 같았다. 눈빛에는 어린 시절 이후로 내가 본 적 없던 반짝임이 있었다. 마치 금방이라도 노래를 부를 듯한 디즈니 공주 같았다. 아니, 좀 더 간단히 표현하자면, 내 딸은 사랑에 푹 빠져있었다.

"매기, 정말 예뻐졌구나."

딸은 칭찬에 손을 내저었다. "아, 무슨 말씀이세요."

"진짜야! 도대체 무슨 수를 쓴 거냐?"

"아파트 조명이 좋아서 그래요. 이 건물에 들어오면 누구든지 슈퍼모델이 된다니까요. 한번 안아주세요."

매기는 내 허리에 팔을 두르고 가슴에 얼굴을 묻었다. 너무 행복해서 눈물이 나올 것 같았다. 매일같이 이렇게 내게 안겼던 아이였기 때문이었다. 아이가 여섯 살 때 자주 하던 '허그몬스터'라는 게임이 있었다. 매기가 양탄자 위에서 으르렁거리고 기어다니면서 내 발목을 물기 시작하면, 바닥에서 통째로 들어 올려 안아야 팔다리를 버둥거리면서 몬스터에서 어린 소녀로 되돌아가곤 했다. 10년 동안 한 번도 생각해 본 적이 없었는데, 기억이 어디 숨어있었는지 순간 물밀듯이 밀려왔다.

"아빠랑 있어서 얼마나 기쁜지 몰라요." 매기는 내 어깨에 대고 나직하게 말했다. "와주셔서 고마워요."

다시 목이 메어왔다. 무슨 말이라도 하면 목소리가 갈라져서 덩치만 커다란 아이처럼 엉엉 울게 될 것 같았다. 그래서 나는 조용히 포옹을 풀고 선물 가방을 내밀었다. 매기는 소화기를 보더니 어리둥절한 것 같았지만 꽃은 좋아했다.

"예쁘네요, 물에 담가둘게요."

엘리베이터에서 직접 아파트로 들어가 본 적이 없었기 때문에, 잠시 방향감각을 잡고 공간을 파악할 여유가 필요했다. '거실'은 타워 한쪽 모서리를 하나로 둘러싼 탁 트인 공간의 일부일 뿐이었다. 외벽은 전부 유리였고, 도시의 스카이라인이 파노라마처럼 펼쳐져 있었다. 내벽에는 온통 다양한 나이의 남녀가 모두 정면을 응시하는 흑백사진이 붙어있었다. 슈퍼모델로 착각할 만한 얼굴은 없었다. 주름살, 반점, 축 처진 눈꺼풀, 비뚤비뚤한 치아, 숱이 적은 머리, 뾰족한 턱 등 전부 결점이 너무나 많았다. 달리 말해, 일상적으로 마주치는 평범한 사람들, 장을 볼 때나 퇴근할 때 버스 안에서 마주치는 그런 얼굴들이었다.

"에이든의 작품들이에요." 매기는 자랑스럽게 말했다. 가까이 다가가서 찬찬히 보니, 사진 한 장 한 장은 모두 검은색과 흰색, 은빛과 회색을 사용해서 능숙한 솜씨로 그린 그림이었다. "몇 장 팔았지만, 이것들은 그이가 가장 좋아하는 작품들이라 계속 가지고 있어요. 어떻게 생각하세요?"

솔직히 말해 좀 섬뜩하다는 생각이 들었다. 찍기 싫은 사진을 찍고 있는지 차가운 표정으로 정면을 응시하는 얼굴들. 그래도 이 섬뜩한 몇몇 얼굴 덕분에 이렇게 멋진 펜트하우스 임대료를 감당할 수 있다면, 나라도 기꺼이 걸어놓을 수 있겠다는 생각이 들었다. "대단한데, 매기. 재능이 뛰어나구나."

앞장서서 모퉁이를 돌아가는 매기를 따라 격식을 갖춘 식당 공간을 지나가니 싱크대 두 개, 대리석 작업대, 스테인리스강 가전제품, 수많은 소형 컴퓨터 화면이 있는 현대적인 셰프 주방이 나왔다. 키가 작은 검은 머리 여자가 레인지 옆에 서서 소스 팬을 젓고 있다가 나를 보더니 잠시 일손을 멈추고 인사를 건넸다. "안녕하세요, 저토스키 씨. 루시아라고 합니다."

"프랭크라고 부르세요. 만나서 반갑습니다."

"루시아는 대단한 요리사예요." 매기가 말했다. "곁에서 지켜보면서 제가 배우는 게 많아요."

루시아는 금세 얼굴을 붉혔다. 아직 상당히 어려 보였다. 이 집안과 무슨 관계인지 짐작할 수 없었다.

"에이든의 동생이십니까?"

그녀는 칭찬이라도 들은 것처럼 얼굴을 더 붉혔다. "아, 아뇨. 전그냥 오늘 밤 요리를 해드리려고 왔어요."

매기는 루시아가 보스턴에서 미슐랭 별점을 받은 몇 안 되는 식당 중 하나인 카리노에서 훈련받은 요리사인데, 요즘은 각 가정에 모신 손님을 위해 음식을 만들어 주는 출장 요리업을 시작했다고 설명했다. 그제야 나는 에이든이 오늘 저녁 식사를 준비하기 위해 이 여자를 고용했다는 점을 이해할 수 있었다.

"마실 걸 드릴까요? 맥주, 와인, 칵테일, 탄산수…."

"제일 편한 걸로 주십시오." 나는 말했다.

루시아는 어떤 음료를 준비해야 할지 몰라 참을성 있게 미소만 지었고, 나는 내가 상대의 업무를 더 힘들게 했다는 사실을 깨달았다.

"맥주 어떠세요?" 매기가 물었다.

"그러자." 나는 말했다.

루시아는 자기가 꽃을 알아서 정리하고 맥주를 가져올 테니 편하게 쉬시라고 했다. 매기는 나를 거실로 다시 데려가면서 바깥 테라스에서 에이든을 기다리자고 했다. "도로에 갇혀있다는데, 곧 도착할 거예요."

스카이라인이 펼쳐진 커다란 창문 중 하나는 알고 보니 문이었다. 매기의 손이 살짝 닿자 문은 옆으로 스르르 열리더니 밖으로 나가는 통로가 생겼다. 아파트 그 자체와 같이 건물 한쪽 모서리를 둘러싼 테라스에는 온갖 휴게 공간과 소파, 탁자, 바비큐 화덕이 갖춰져 있었다. 하지만 내 시선은 당연히 곧장 경치로 향했다. 이렇게 어마어마한 높이에서 도시를 내려다본 적은 없었다. 완전히 새로운 방식으로 보스턴을 바라볼 수 있었다. 공중에서 내려다보는 펜웨이 공원, 패늘 홀, 항구에 정박한 돛대 세 개짜리 범선. 모든 것이 마치 미니어처 모형처럼 눈앞에 펼쳐졌다.

"이야, 매기. 왜 미리 말하지 않았냐? 에이든이 이렇게⋯." 나는 '부자'라는 말을 하려다 입을 다물었다. 섣불리 넘겨짚고 싶지 않았다. "이런 데 살려면 임대료는 얼마나 내야 되니?"

"에이든은 임대료가 낭비라고 생각해요. 부동산 투자로 샀어요."

"스물여섯 살 난 미술대학 강사가 무슨 수로 부동산 투자를 해?"

"아, 이래서 직접 말씀드리고 싶었던 거예요. 에이든의 성은 '가드너'예요, 아버지 이름은 에롤 가드너. 누군지 아시죠?"

커패시티사에 대해 지난 3년간 찾을 수 있는 것은 모조리 찾아 읽었기 때문에, 당연히 에롤 가드너가 누구인지 알고 있었다. 그는 미러클 배터리 막후의 인물, 회사 CEO이자 '최고 기적의 일꾼'이었다. 작년 한 해만 《월스트리트 저널》과 《워싱턴 포스트》에 인물을 소개하는 기사가 실렸고, 바이든 대통령의 손님 자격으로 백악관을 방문하기도 했다. 제프 베조스나 일론 머스크 정도의 인지도는 아닐지언정, 미국의 자동차 업계를 관심 있게 지켜보는 사람에게 에롤 가드너는 거물급 인사였다.

"네가 에롤 가드너의 아들과 결혼한다고?"

"만나보면 아빠도 마음에 드실 거예요. 정말 소박해요."

"에롤이, 아니면 그 아들이?"

매기는 웃었다. "둘 다요! 둘 다 정말 좋은 사람들이에요."

나는 난간을 붙잡고 몸의 균형을 잡았다. 지금 이 순간까지 나는 매기의 미래에 대해 분명하게 이해했다고 생각하고 있었다. 전통적인 조직 안에서 승진 코스를 밟으며 보육원, 유아원, 과제, 승차 공유, 댄스 교습, 스포츠 연습, 끝없는 청구서, 청구서, 청구서 같은 것을 감당해야 하리라. 내가 최대한 매기와 에이든을 도우리라. 이따금 우편으로 100달러 한 장씩 보태주어야지….

하지만 지금 나는 찰스강변의 40층 펜트하우스에 서서 완전히 새로운 시각으로 딸의 미래를 그리고 있었다. 마치 지구에서 5천만 킬로미터 넘게 떨어진 화성에 우뚝 선 기분이었다.

"매기, 정말 믿기지 않는구나. 왜 진작 말해주지 않았니?"

매기는 수백 채의 빌딩과 수천 명의 사람들, 반짝이는 작은 불빛들이 펼쳐진 스카이라인 쪽으로 팔을 휘둘러 보였다. "이런 걸 전화로 설명하기는 어려우니까요. 직접 보셔야죠."

나는 좀이 득실거리는 욕조가 있던, 축축하고 눅눅한 매기의 예전 반지하 원룸을 떠올렸다. "탤머지가의 그 닭장 같은 아파트보다는 백배 낫구나."

농담으로 던진 말이었지만, 매기는 이 말이 어딘가 불편한 것 같았다.

"닭장은 아니었어요. 그저 조금 좁았을 뿐이죠."

"너도 싫어했잖니. 감옥 같다고 했으면서."

"조금 과장한 거예요." 그 애는 어깨를 으쓱했다. "그렇게 나쁘지는 않았어요."

루시아가 얼린 파인트 잔에 가득 따른 맥주를 가져오더니 올 때와 똑같이 신속하게 사라졌다. 매기는 화이트 와인 잔을 들고 건배했다.

"새로운 출발을 위하여." 매기가 말했다.

우리는 잔을 마주치고 술을 마셨다. 더 이상 사과를 미룰 수가 없었다. "전화해 줘서 정말 반가웠다, 매기. 우리 사이의 그 문제들 말인데, 전부 다 내 탓으로 생각한다는 걸 알아줬으면 좋겠구나."

매기는 손을 저어 말을 끊었다. "아빠, 마음에 두지 않으셨으면 해요. 그냥 없던 일로 하자고요, 아시겠죠? 우리 둘 다 실수했어요.

하지만 저녁 내내 그때 일로 왈가왈부하기는 싫어요."

"난 사과하고 싶구나."

"사과 받을게요. 더 이상 그 생각은 하지 말자고요. 다 정리된 일이에요."

내게는 정리된 것 같지 않았다. 모든 것을 툭 털어놓고 이야기하는 게 좋지 않을까 생각했지만, 매기는 미래에 대해 말하고 싶은 모양이었다. "난 결혼식에 대해 말씀드리고 싶어요. 그 이야기 하면 안 돼요? 아빠도 괜찮죠?"

당연히 괜찮았다. 아주 자세히 듣고 싶었다. 매기는 가드너 집안에서 결혼식 비용을 다 대겠다고 나섰다고 했다. 그쪽은 자기들 소유인 뉴햄프셔 '여름캠프'에서 피로연을 열고 싶었고, 하객 수가 벌써 300명에 가까웠기 때문이었다. 에이든의 어머니는 웨딩 플래너를 고용해서 파티를 준비했지만 장소 준비, 식탁보, 장식물 등 창의적인 선택은 모두 매기에게 일임했다. 직접 신경 써야 하는 자질구레한 결정들이 수없이 많았기 때문에, 매기는 그 어느 때보다 부담스러운 기분이라고 했다.

"내가 해줄 일은 없냐?"

딸은 고맙지만 정말 그럴 필요 없다는 뜻으로 미소 지었다. "별로요, 그냥 오시기만 하면 돼요." 문득 아파트 창문을 통해 약혼자의 모습이 보였는지, 매기는 내게 몸을 기울이고 목소리를 낮췄다. "저기 오네요. 아빠를 만나기로 해서 긴장했으니까 친절하게 대해주세요, 알겠죠?"

"그럼 당연히….'

"그리고 멍 이야기는 하지 마세요. 강도를 당했는데, 그 이야기는 하고 싶지 않대요."

"강도를 당했다고?"

자세히 설명할 틈도 없이 유리문이 열리더니 에이든 가드너가 테라스로 나왔다. 이렇게 좋은 아파트에 사는 사람치고는 너무 젊어 보인다는 것이 첫인상이었다. 가슴과 어깨는 성인답게 넓었지만, 얼굴은 아직 10대 소년 같은 앳된 인상이었다. 갈색 머리카락은 손가락으로 대충 빗어 넘긴 것처럼 헝클어져 있었다. 입고 있는 파란 스포츠 코트와 흰 브이넥 셔츠는 캐주얼했지만 값비싸 보였다. 딸의 침실 벽에 붙어있던 보이밴드 가수가 즐겨 입는 옷차림이었다.

그리고 왼쪽 눈 주위의 검은 멍만 무시한다면, 단연 미남이었다.

"드디어 왔네!" 매기는 약혼자를 맞이하며 포옹하고 키스했다. "얼마나 기다렸는지 몰라."

에이든과 나는 악수를 나누었다. 그의 손은 힘 있고 단단했다. 이 친구가 긴장했는지는 몰라도, 그런 기색은 전혀 느낄 수 없었다.

"저토스키 씨, 만나 뵙게 되어서 반갑습니다."

"프랭크라고 부르게."

"늦어서 죄송합니다. 턴파이크에서 사고가 났는데, 아마 여기서도 아직 보일 겁니다." 에이든은 도시 너머 리본처럼 구불구불 이어진 도로를 가리켰다. 깜빡이는 빨간 브레이크등이 짧은 구간 이어져 있었다. "저 난리를 뚫고 빠져나왔습니다."

"걱정 말게, 에이든. 경치 구경하고 있었어. 정말 멋지군."

"바깥에서 식사할까요?" 에이든은 매기를 돌아보았다. "너무 춥지 않다면."

매기도 좋다고 하자, 에이든은 돌아서더니 유리를 똑똑 두드려 루시아에게 신호를 보냈다. 그녀는 서둘러 밖으로 나왔다. "네?"

"저녁 식사는 여기서 하겠습니다." 에이든이 말했다.

"알겠습니다."

"그리고 저는 드라이 베르무트를 넣은 올드 포레스터 맨해튼을 한 잔 주십시오." 그는 나를 가리켰다. "프랭크, 맥주 한 잔 더 드릴까요?"

들뜬 기분으로 나도 모르게 벌써 첫 잔을 다 비운 것 같았다. "그러지, 괜찮다면 내가 직접 갖고 와도 돼."

"루시아가 갖다드릴 겁니다, 앉으십시오."

우리는 발코니 가장자리에 있는 4인 탁자로 옮겼다. 자리에 앉으면서, 나는 다시 에이든의 얼굴을 흘끗 보았다. 헤어라인 끝에 아까 미처 못 봤던 상처가 있었는데, 에이든은 내 눈길을 알아차렸다.

"죄송합니다." 그는 자기 얼굴의 멍 자국을 가리켰다. "엉망이지요."

매기는 그의 팔에 다독이듯 손을 얹었다. "괜찮아, 자기. 그 이야기는 안 해도 돼."

"당신 아버님을 처음 뵙는 자리인데, 격투라도 벌인 꼴을 하고 있잖아. 당연히 말씀드려야지."

"자네가 괜찮다면." 나는 말했다. "매기한테 들었는데 무슨 강도를 당했다면서?"

에이든은 시카고의 한 갤러리에서 자기 작품 다섯 점을 전시하고 있는데, 개막식 파티에 너무 늦게까지 머물러 있었다고 했다. 자정이 넘어서 호텔로 돌아가려고 나서 보니, 거리는 캄캄하고 인적이 없었다. 남자 셋이 길을 건너 다가왔고, 한 사람은 총을 들고 있었다. 그들이 지갑을 내놓으라고 했고, 에이든은 아무 말 없이 곧바로 넘겨주었다. 그런데도 한 놈이 그를 때려 보도에 쓰러뜨렸고, 다른 둘도 발로 차기 시작했다.

"정말 끔찍하군, 에이든. 그런 일을 당하다니."

루시아가 술을 가져왔고, 에이든은 맨해튼 잔을 한 모금 길게 마셨다. 알코올이 신경을 누그러뜨리는 것 같았다. "훨씬 심하게 당할 수도 있었어요. 머리를 감싸고 보도에 쓰러져 있는데, 자동차가 오는 소리가 들렸습니다. 택시 운전사였어요. 무슨 일이 벌어지고 있는지 보더니 경적을 울리기 시작했습니다. 강도들은 도망쳤지요."

"경찰이 그놈들을 잡았나?"

그는 소심한 표정을 지었다. "경찰에 신고하지는 않았습니다. 해야 한다는 건 알지만… 워낙 늦은 시각이었고 이른 아침 비행기를 타야 했어요. 그냥 빨리 집에 가고 싶었습니다."

"지갑이 없는데 비행기를 어떻게 타?"

"아, 호텔에 여권이 있었습니다. 다른 일은 전부 전화로 처리했습니다. 애플페이가 없었다면 어떻게 했을지."

매기는 그의 손을 잡고 무릎 위에 당겨 얹더니 나를 돌아보았다. "이제 전부 다 들으셨으니 다른 이야기하죠, 네? 좀 밝은 이야기요."

화제를 바꾸게 되어서 나도 반가웠다. 나는 에이든의 그림을 칭찬하고 어디서 영감을 얻었느냐고 물었다. 그는 피사체를 '캐릭터'라고 부르면서 보스턴 시내에서 길을 걷다가 마주치는 사람들이라고 했다. 학교 선생님, 우버 운전사, 바텐더, 사설 경비원, 간호사, 계산원…. 그는 사람들의 얼굴에 대해 남다른 기억력을 지녔다고 했다. 1분만 유심히 관찰하면 그 얼굴을 자기 머릿속에 '보관'할 수 있어서, 그런 뒤 며칠 동안 작업해서 캔버스에 비슷하게 옮긴다는 것이었다.

"그림이 대단해, 에이든."

그는 건배하는 뜻으로 잔을 들어 보였다. "감사합니다."

"진심이야, 정말 훌륭해. 사진인 줄 알았네."

그는 입술을 비죽 내밀며 웃어 보였고, 매기는 불편한 투로 고쳐 앉았다. "아빠, 그건 사실 칭찬이 아니에요."

"무슨 소리야? 당연히 칭찬이지."

"에이든이 제일 껄끄러워 하는 말 중 하나예요. 이 사람은 남들이 자기 그림을 사진 같다고 하는 걸 싫어해요."

"사진 같잖니!"

"아뇨, 그렇지 않아요. 카메라로는 저런 이미지를 얻을 수 없어요. 에이든 입장에서 그 칭찬을 생각해 보세요. 그냥 아이폰으로 찍어도 똑같은 이미지를 얻을 수 있다면, 뭐 하러 그 오랜 시간을 낭비해 가며 그림을 그렸을까요?"

"괜찮아." 에이든이 말했다.

나는 실수를 만회하려고 애썼다. "에이든, 난 그저 아주 사실적이라는 뜻에서 한 말일세. 사람들의 영혼을 포착해 낸 것 같아."

"감사합니다, 프랭크. 그리고 신경 쓰지 마세요. 전 당연히 이해합니다."

에이든은 잔에 남은 맨해튼 잔을 다 비우고 루시아에게 한 잔 더 달라고 창문 너머로 신호를 보냈다. 두 잔째 마시고 나니 한결 편안해 보였지만, 세 잔째 청하는 모습을 보고 나는 약간 놀랐다. 긴장한 것인지, 나와 식사를 같이 해야 한다는 생각에 그냥 짜증이 난 건지 알 수 없었다.

6.

저녁 7시가 되자 루시아는 보통 가정에서 손님을 접대하듯이 음식을 여러 작은 접시에 담아 내놓기 시작했다. 코스가 너무나 많아서 전부 기억할 수도 없었다. 매기와 에이든은 요즘 채식주의 요리를 시험하고 있어서 식탁에 진짜 고기는 나오지 않았다. 전부 버섯, 가지, 비트, 구운 호박, 당근 등의 재료가 내가 한 번도 맛본 적 없는 방식으로 요리된 음식이었다. 아무리 큰 접시라 해도 채소로 배가 찰 리가 없다고 생각했지만, 여섯 번째인가 일곱 번째 코스를 먹고 나니 더 이상 들어가지 않았다.

"루시아, 무슨 마법사 같군요." 나는 그녀에게 말했다. "매일 저녁 당신이 요리한다면 나도 당장 채식주의로 돌아설 판입니다."

"고맙습니다, 프랭크." 그녀는 다시 얼굴을 붉혔다. "디저트 드실 배는 남겨두세요."

식사 내내 대체로 내 딸이 이야기를 이끌었다. 매기는 화려하게

장식한 금에 어마어마하게 큼직한 물방울 다이아몬드가 박힌 약혼반
지를 보여주면서 에이든의 할머니가 물려주신 가보라고 설명했다.
그리고 결혼 피로연에 대해 잔뜩 들떠서 열심히 말했다. 야생화를
많이 배치해서 '시골풍'으로 '목가적'으로 꾸미고 야외 행사를 많이
할 계획이라고 했다. 이따금 에이든의 기분을 살피려고 그쪽을 쳐다
보았지만, 그는 약혼자가 대화를 알아서 다 하는 모습이 만족스러운
것 같았다. 어느 모로 보나 매기가 중요한 결정을 모두 내리고, 그는
그대로 따르는 것 같았다. 많은 젊은 남자들이 결혼식에 대해 이와
비슷한 기분이겠지만, 나는 그를 대화에 끌어들이고 싶었다.

"신혼여행은 어떻게 할 건가?" 나는 물었다. "어디 여행은 가겠지?"

"아직 결정 안 했습니다. 추천하실 곳 있으십니까?"

나는 콜린과 내 경우는 카니발 크루즈를 정말 좋아했다고 말했다.
신혼 때 바하마로 6박 항해를 떠났는데, 승무원들이 VIP 대접을 해
주었다. 워터 슬라이드, 커플 마사지, 브로드웨이 수준의 공연 등 선
상에서 제공하는 각종 부대시설과 유흥에 대해 설명했지만, 나 혼자
너무 오래 떠들었는지 문득 정신을 차리고 보니 매기는 듣지 않고 있
었다. 매기는 애플워치에 들어온 메시지를 읽고 있었다. 그 멍청한
물건은 저녁 식사 내내 띵띵 소리를 냈다.

"미안해요." 매기가 갑자기 일어섰다. "잠시 전화를 걸어야겠어
요, 회사 일 때문에요."

"8시 반이다." 나는 말했다. "8시 반에 일하는 사람도 있냐?"

"커패시티는 멈추지 않습니다." 에이든이 말했다. 슈퍼볼 광고에

나왔던 회사 홍보 문구였다. "가봐, 마거릿. 우리 걱정 말고. 당신 아버지랑 같이 잘 놀고 있을게."

"딱 5분만." 매기는 약속하고 에이든의 이마에 가볍게 키스한 뒤 집 안으로 들어갔다. 에이든은 맨해튼 잔을 다시 비우더니 루시아에게 한 잔 더 달라고 손짓했다. 내 기억이 맞다면 네 잔째였다.

"매기는 항상 이런가?" 나는 물었다.

"이런 날은 일주일에 7일뿐입니다." 약혼자의 업무 습관은 이미 익숙해졌는지, 그는 기분 좋게 어깨를 으쓱했다.

그리고 대화가 끊겼다. 나는 에이든에게 말을 시키려고 몇 마디 정중하게 운을 뗐다. 가족에 대해, 매사추세츠 미술대학에서 가르치는 일에 대해 물었지만, 그의 대답은 짧고 형식적이었다. 말없이 앉아 칵테일을 홀짝거리는 게 편한 것 같았다. 그가 내게 아무것도 묻지 않아서 실망했던 기억이 난다. 나에 대해 알고 싶어 하거나, 최소한 매기의 어린 시절에 대해 물어주었으면 했다.

말없이 스카이라인만 바라보고 있으니, 매기가 새로 따른 와인 잔을 들고 발코니로 돌아왔다. "이제 더 귀찮게 하지 않을 거예요, 맹세." 에이든이 괜찮냐고 묻자, 매기는 의자에 앉으며 대답했다. "다 괜찮을 거야."

"당신 아버님에게 좋은 소식을 말씀드려야지."

눈빛에 당황한 기색이 스치더니, 매기는 아주 신중하게 고개를 저었다. "아직 너무 일러."

"하지만 당신 아버지고…."

"알아, 하지만 아무 말도 안 하기로 미리 약속했잖아."

여기까지 들으니 매기의 좋은 소식이란 것이 무엇인지 짐작할 수 있었다. 남자와 여자가 고작 6개월 만나고 서둘러 식을 치른다면, 보통 이유는 하나다. 나는 가슴에 성호를 긋고 아무에게도 말하지 않겠다고 맹세한 뒤, 매기가 속삭여도 들을 수 있도록 몸을 내밀었다. "비밀이 뭐냐?"

매기는 심호흡했다. "음, 커패시티에서 우주항공 부문을 담당하는 부서를 신설하잖아요? 제가 그 팀에 들어갈 거예요."

"팀에 들어가는 정도가 아니지." 에이든이 말했다. "어마어마한 승진인데, 자기 팀을 꾸리는 겁니다."

내 표정이 어리둥절했는지, 매기가 무슨 뜻인지 설명하기 시작했다. 오로지 전기로 비행하는 항공기를 만들 때 가장 큰 장애물은 전통적인 리튬 배터리가 어마어마하게 무겁다는 사실이다. 미러클 배터리의 진정한 '기적'은 대단한 용량이 아니라 매우 가볍다는 점이다. 커패시티는 화물용 소형 비행기부터 시작해서 대형 여객기까지 차츰 사업을 확장할 계획이다. "지금부터가 진짜 놀라운 소식이에요. 우리는 벌써 UPS와 논의 중이에요. 지난달에 아르만도 카스타도를 만났는데, 그분도 정말 적극적으로 나서고 있어요."

맙소사. 하나같이 놀라운 소식뿐인 밤이었지만, 이것이 가장 큰 폭탄이었다. 1990년, 택배 상하차와 패키지 카 운전 직무로 입사한 아르만도 카스타도는 회사 내에서 승진을 거듭해 최고경영자까지 오른 인물이었다. 내가 아는 한 그를 직접 만나본 사람은 아무도 없었다. "네가 아르만도 카스타도와 논의를 했다고? 같은 방에 있었단 말이냐?"

"네, 아빠가 서클 오브 오너 운전사라는 말도 했어요. 정말 감탄하더라고요. 아빠 이름을 기억해 두겠다고 했어요." 딸은 손가락을 딱 소리 나게 튕겼다. "아, 사진도 찍었어요!" 매기는 전화를 집어 들어 스크린을 밀더니 이미지를 불러내서 내게 보여주었다. 그랬다, 내 딸이 아르만도 카스타도와 활짝 웃고 있는 열 명 남짓한 임원들과 함께 있었다.

"믿을 수가 없다, 매기." 갑자기 술기운이 밀려왔고, 너무 벅찬 기분이었다. "뭐라고 해야 할지 모르겠다."

"그냥 정말 기쁘다고 해주세요, 아빠. 저도 정말, 정말, 정말 기쁘거든요. 아빠가 우리 결혼식에 참석하시는 것도 정말 좋아요."

매기는 탁자를 돌아 이쪽으로 와서 나를 포옹했고, 나는 어쩔 수가 없었다. 눈물이 찔끔 나온 것 같았다. 에이든은 내가 눈을 훔치자 정중하게 다른 곳을 쳐다보았고, 그때 루시아가 커피를 내왔는데 물론 평생 마신 커피 중에 가장 맛있었다.

나가는 길에 화장실에 가지만 않았다면 그날 밤은 최고의 기분으로 끝났을 것이다. 루시아가 파우더 룸에 있었기 때문에, 매기는 짧은 복도를 지나 안방 욕실로 나를 안내했다. 복도에서 들어갈 수도 있었고, 붙어있는 침실에서 들어갈 수도 있는 구조였다. "남은 음식 좀 싸드릴게요." 매기는 말했다. "부엌으로 오세요."

욕실은 마치 〈위기의 주부들〉풍의 의리의리한 중상층 저택에 있을법할 정도로 어마어마하게 넓었고, 세면대 두 개, 커다란 샤워기, 르브론 제임스도 넉넉히 들어갈 만한 욕조가 있었다. 나는 변기를 사용하고 손을 씻으러 세면대로 향했다. 온갖 종류의 미용 제품과 화장품이 선반에 놓여있었다. 아즈텍 힐링 점토, 숯 맛이 나는 치약, 대나무 섬유 치실…. 나는 잠깐 동안 이 모든 것을 둘러보면서 사람들이 왜 굳이 돈을 더 내가며 친숙한 바바솔 면도 크림 대신 이탈리아에서 만든 아쿠아 디 파르마 셰이브 젤을 사는지 머리를 갸웃거렸다. 하지만 세면대 한구석에서 USB로 충전할 수 있는 이 최첨단 전동 칫솔이 그렇듯, 어차피 매기의 새로운 인생은 여러모로 내게 낯설고 생소하게 다가올 것이다.

실컷 기웃거리다가 욕실을 나서려는데, 변기 물이 계속 흐르고 있는 것이 눈에 띄었다. 1분 정도 수도가 멈추기를 기다렸지만, 평생 내 손으로 변기를 고쳐왔기 때문에 어디가 잘못되었음을 쉽게 알 수 있었다. 변기 내부의 작은 고무 뚜껑이 썩어서 교체해야 하거나, 혹시 (부디) 수면에 띄우는 공이 어디 걸려있다면 쉽게 고칠 수 있을 것이다. 도기 뚜껑을 들어 옆에 내려놓고 안을 살펴보니, 문제는 물이 흘러나오는 관이었다. 수도를 차단하는 오버플로우 밸브로 물을 공급하는 작은 고무호스가 어디에 걸려 헐거워져 있었다. 그냥 제자리에 꽂아놓기만 하면 아이들이 100달러씩 들여 배관공을 부르지 않아도 된다.

변기를 고친 뒤 뚜껑을 도로 올려놓으려는데, 수조 바닥에 여러 겹의 덕트테이프로 단단히 붙어있는 검은 비닐봉지가 눈에 띄었다.

흔히 쓰레기를 모을 때 사용하는, 작은 주머니 모양으로 반듯하게 자른 봉지였다. 손가락으로 찔러보니 안에는 수표책 크기의 단단한 물건이 들어있었다.

그때 문간에서 요란한 노크 소리가 집요하게 들려왔다.

"아빠?" 매기가 물었다. "별일 없죠?"

7.

일요일 아침, 펜실베이니아로 돌아와 보니 토요일에 도착한 우편물이 포치에 놓여있었다. 내 이름과 주소가 우아한 검은색 필기체로 적힌, 작은 크림색 봉투가 가장 먼저 시선을 끌었다. 안에는 다음과 같은 메시지가 적힌 카드가 들어있었다.

에롤과 캐서린 가드너 부부는
아들 에이든 가드너와
프랭크와 콜린 저토스키의 딸
마거릿 저토스키가 맺어지는
결혼식에 기쁜 마음으로 당신을 초대합니다.

7월 23일 토요일 오후 3시
오스프리 코브

스테이트 로드 1

홉스 페리, 뉴햄프셔

피로연이 이어집니다

청첩장을 미처 다 읽기 전에 휴대전화가 울렸다. 누나 태미가 불안정한 음정으로 높다랗게 노래를 불렀다. "예-배-당에 가자, 결-혼-식이 있다네! 믿을 수가 없어, 프랭키! 너 정말 신나겠다!"

"청첩장 받았어?"

"응, 매기한테 방금 전화도 받았어. 둘이 드디어 다시 연락하고 화해했다면서."

태미는 보스턴에서 있었던 저녁 식사에 대해 듣고 싶어 했지만, 어디부터 이야기를 시작해야 할지 알 수 없었다. 에이든의 집 변기 물탱크 안에 숨겨져 있던 검은 비닐봉지 생각이 아직 머릿속에서 떠나지 않았다. 테이프로 붙인 것을 뜯어내지 않고는 열어볼 수 없었기 때문에, 나는 봉지를 그대로 두고 다시 변기 뚜껑을 덮은 뒤 서둘러 욕실에서 나왔다.

하지만 차를 몰고 집으로 돌아오는 내내 그 봉지 안에 무엇이 들어있었을까, 하는 생각이 머리를 떠나지 않았다. 나는 돈일 거라고 생각했다. 급한 일이 생길 때를 대비해서 적당한 액수의 현금을 수중에 갖고 있는 것은 상식이다. 하지만 에이든은 대체 왜 돈을 변기 물탱크 안에 넣었을까? 책 안에 숨겨놓는 것이 훨씬 쉬울 텐데. 밀가루 통도 좋고, 낡아서 절대 입지 않는 스포츠 코트 주머니도 괜찮고 말이다. 하지만 변기 물탱크는 말이 안 된다. 매기가 보지 못하도록 숨긴 것이 아니라면. 내 딸을 조금이라도 아는 사람이라면, 매기가 절대 변기 물탱크를 열고 그 안에 손가락을 집어넣을 리가 없다는 사실을 알 것이다.

"그래서, 어땠어?" 태미가 물었다. "그 남자, 괜찮았어?"

"그럼, 좋은 친구 같았어."

누나는 웃었다. "프랭키, 숍라이트에서 파는 냉동 피자나 '좋은' 거고. 지금 우린 매기의 남편이 될 사람에 대해 이야기하고 있잖아."

"그 친구는 매기를 마거릿이라고 부르더군."

"매기는 마거릿이라는 이름을 좋아해, 더 전문적으로 들린다고. 아주 남성중심적인 업계에서 일하니까."

"통 속을 알 수 없었어. 정중했지만 아주 조용하더군. 내가 에이든이라는 사람을 실제로 만난 건지도 모르겠어."

"무슨 소리야? 원래 정중하지만 아주 조용한 사람이겠지. 그보다 못한 사람이 얼마나 많은데. 휴대전화 박사보다는 확실히 낫구먼."

휴대전화 박사(본명 올리버 딩엄)는 '그와의 관계가 매기에게 도대체 어떤 의미였을까?'를 놓고 나와 누나의 생각이 달라서 늘 민감한 화제였다. "애당초 올리버 딩엄과 결혼할 가능성은 없었다니까 그러네."

"바로 그거야! 그러니까 더욱 에이든이 고맙잖아. 아마 장인을 처음 만나는 자리라 긴장했겠지. 육체적으로 넌 위압적인 인상이잖아. 불쌍한 청년이 저 남자의 딸과 결혼하는 거야. 상대방 입장에서 생각해 보라고."

"날 두려워한 게 아니었어, 태미. 그저… 관심이 없더군. 매기의 엄마 이야기를 꺼냈는데, 그냥 심드렁했어."

"네가 잘못 봤겠지."

태미는 열아홉 살에 결혼해서 스물한 살에 이혼했고 슬하에 자식이 없었다. 하지만 지난 10년 동안 수십 명이나 되는 가정위탁아동을 길렀기 때문에 스스로를 부모 자식 간 심리학 전문가로 여기고 있었다. 태미의 가정위탁관계는 1~2년 이상 계속되는 법이 없었고, 누나가 스물다섯 살 난 여성의 부모 노릇을 한 적도 당연히 없었다. 그런데도 누나는 자기가 청하지도 않은 조언을 할 자격이 있다고 생각한다.

"프랭키, 내가 한마디 하자면 넌 언제나 매기의 남자 친구에게 까다로웠어. 10대 시절부터, 그 애가 데이트를 시작한 순간부터, 아무도 네 마음에 차지 않았지. 하지만 이 청년보다 나은 상대를 우리가 어디서 찾겠어? 잘생기고, 똑똑하고, 예술적이고, 커패시티 주식을 8만 주나 갖고 있고."

"매기가 그런 이야기를 했어?"

"온라인에서 읽었어. 구글로 그 집안을 샅샅이 검색했지. 에롤 가드너에 대해 궁금한 게 있으면 뭐든지 물어봐."

"매기는 에이든 가드너와 결혼하는 거야."

"사과가 나무에서 멀리 떨어지는 거 봤어? 게다가 에롤 가드너는 가족을 잘 챙기는 사람이더라. 자기 누이, 열 명이나 되는 조카들까지 알뜰하게 돌보고 있어. 사립학교, 멋진 옷, 카리브해 휴가…. 무슨 카다시안 가족들처럼 살고 있더라!"

"왜 그런 것까지 염탐하고 그래?"

"틱톡에 다 있어."

"그게 뭔지는 모르겠고, 저쪽에서 알면 얼마나 민망하겠어?"

"참 나, 프랭키. 나는 온라인 별명을 워낙 많이 만들어 놔서 절대
안 들켜. 나는 그저 매기가 안전한지 확인하고 싶을 뿐이야. 예를 들
자면, 혹시 그 애가 혼전 계약서에 서명하는지는 알고 있어?"

솔직하게 말하면 나도 그 생각을 안 해본 것이 아니었지만, 차마
입에 올릴 용기를 낼 수가 없었다.

"모르겠어."

"난 알고 있어. 매기에게 물어봤거든."

"그래서?"

"내 삶의 원칙은 단순해, 동생. 청하지 않으면 얻지 못한다. 매기
가 전화했을 때, 난 단도직입적으로 물어. '매기, 에이든은 좋은
남자겠지만, 그래도 네 권리는 보호해야 한다. 혹시 혼전 계약서 같
은 거 만들기로 했니?'"

"그래서?"

태미는 극적인 효과를 위해 잠시 사이를 두었다. 누나가 흥미진
진하고 감칠나는 뒷이야기보다 좋아하는 건 또 없을 것이다. 태미는
칠면조 다리 하나를 밤새도록 뜯어 먹는 개처럼, 몇 시간이고 소문
을 곱씹으며 다양한 각도에서 뜯어보고 음미했다. "알아맞혀 봐."

"없겠지, 그래서 누나가 그렇게 좋아하는 거 아니야."

태미는 텔레비전 퀴즈쇼에서 오답이 나왔을 때처럼 요란하게 삑 소리를 냈다. "틀렸어! 혼전 계약서를 만들기는 했는데, 그게 세상에서 가장 좋은 계약서였어. 이혼할 때는 상황에 관계없이 전 재산을 50대 50으로 분할한다는 거야."

"태미, 그럴 리가 없어." 커패시티 8만 주의 가격이 얼마나 될지 알지는 못해도, 천문학적인 액수인 것만은 틀림없다. "에이든이 그런 계약서를 뭣 때문에 쓴다는 거야?"

"사랑에 빠졌으니까! 완전히 홀딱 빠졌으니까! 정신을 못 차리니까!"

태미는 정말 좋은 소식인 것처럼 말했지만, 내 마음에는 조금도 들지 않았다. 나는 두 사람이 사귄 지 겨우 6개월밖에 안 됐다고 다시 말했다. "대체 왜 그렇게 서둘러 결혼하려는 걸까?"

"입 다물어, 프랭키! 신부 아버지가 그런 질문을 하면 쓰나. 매기는 완벽한 나이에 완벽한 남자와 결혼하는 거고, 넌 결혼식 비용조차 안 내도 돼! 지금 네 입장이 될 수 있다면 무슨 짓이든 하겠다는 부모가 얼마나 많은지 알아?"

전화를 끊고 잠시 후, 태미는 자기 말대로 뒷조사한 증거를 덧붙인 긴 이메일을 보냈다. 온갖 과학기술 웹사이트, 신문 기사, 소셜미디어 게시 글, 유튜브 영상 링크가 잔뜩 들어있었다. 나도 가드너에 대해서라면 가족사라도 쓸 수 있을 만큼 충분히 찾아 읽었다. 캐서린 가드너(결혼 전 성은 리긴스)는 휴스턴에서 저명한 텍사스 정유업자의 손녀로 태어났다. 남부 백인 사교계에서 자라난 그녀는 웰즐리

대학교에 진학해서 미술사를 전공했다. 거기서 에롤 가드너 그리고 뉴잉글랜드와 사랑에 빠졌고, 이후 보스턴의 저명인사로 살면서 다양한 자선사업에 물려받은 유산을 쏟아붓고 있었다. 보스턴 소아 병원부터 뉴잉글랜드 해양박물관 등 각종 자선단체와 비영리 단체 이사직에서 활약하고 있었다.

에롤 가드너는 '매사추세츠주 노동계급 동네 로웰'(커패시티사 웹사이트에 올려놓은 약력에 따르면)에서 태어나서 자랐으며, 하버드 대학교에서 2년 동안 재학하다가 1987년에 자퇴했다. 그리고 최초의 인터넷 서비스 회사 중 하나인 아폴로를 차렸다. 초기 사업 자금은 전부 젊은 아내가 댔으며, 7년 만에 회사는 AOL에 인수되었다. 매각 금액은 공개되지 않았지만 1억 달러에 달한다는 소문이 있었다. 이후 에롤은 전자상거래부터 의료 장비에 이르기까지 온갖 첨단기술 분야에 손을 댔다. 물론 지금까지 가장 큰 성공을 거둔 회사는 커패시티였고, 현재 그는 이 회사의 최고경영자이자 최대 주주다.

이 모든 내용을 읽으며 위압감을 느끼지 않기란 불가능했다. 에롤과 캐서린은 분명 매우 똑똑하고 성공한 사람들이었다. 피로연 비용조차 전혀 대지 않았으니, 그들이 나를 무임승차객으로 간주하고 무시할까 봐 걱정스러웠다. 하객이 수백 명이나 되는 파티를 주최할 능력은 없지만, 자존심을 다치지 않고 결혼식에 참석하려면 내가 뭐라도 해야 한다는 생각이 점점 더 굳어졌다.

그래서 다음 날, 나는 매기에게 전화해서 에롤 가드너의 전화번호를 물었다. 딸은 바로 미심쩍게 생각했다. "전화번호는 왜 필요하세요?"

"그냥 인사라도 하고 싶구나, 네가 그 양반의 아들과 결혼하게 됐
으니까. 그게 무리한 생각이냐?"

"아뇨, 하지만…."

"그리고 결혼식 비용도 보태고 싶구나. 술값 정도는 내야 하지 않
을까 한다."

태미만 인터넷 검색을 해본 것이 아니었다. 나는 결혼 준비 과정
을 담은 웹사이트를 둘러보기 시작했는데, 다들 술이야말로 결혼식
피로연에서 가장 큰 비용을 차지하는 항목이라고 경고하고 있었다.
온라인 계산기도 찾았는데, 하객 숫자를 입력하니(300명) 예상되는
비용은 5천600달러에서 8천 달러 사이였다. 상당한 액수였지만, 나
는 오랫동안 휴가를 가지 않았기 때문에 그 정도는 거뜬하게 낼 수
있었다. 딸의 결혼식에 떳떳하게 고개를 들고 참석하는 대가로 8천
달러라면 나쁘지 않았다. 여러분, 술값은 프랭크 저토스키가 대셨습
니다. 박수 부탁드립니다.

"아빠, 술값을 아빠가 부담하실 수는 없어요."

"나도 뭔가 내야지. 전통적으로는 신부의 아버지가 비용을 다 대
는 건데."

"요즘은 1800년대가 아니잖아요. 에롤 가드너는 아빠한테서 한
푼도 안 받을 거예요."

"왜?"

"아빠의 경제적 상황을 아시니까요."

"무슨 뜻이냐?"

"민감하게 받아들이실 건 아니고요, 제가 자랄 때 우리 집에 돈이 별로 없었다는 걸 그분도 아세요."

"내가 널 디즈니 월드에도 데려갔잖아!"

"네, 물론….."

"우린 디즈니 리조트에서 지냈다, 매기. 거기 캐릭터랑 같이 밥 먹는 데 든 돈이 얼마였는지 아냐?"

"아빠….."

"내가 네 대학 등록금도 댔어. 넌 학자금 대출 한 푼도 없지. 왜 그 사람한테 아빠가 돈이 없었다고 했니?"

"돈은 상대적인 거니까요, 아빠. 에롤 가드너에 비하면, 아빠는 돈이 없다고요. 그냥 그런 뜻이었어요."

"나도 돈이 있고, 이번 결혼식에 좀 쓰고 싶다. 그 사람 전화번호도 알려다오, 부탁한다."

"그건 다른 문젠데요, 에롤 가드너하고 그냥 통화할 수는 없어요. 1년 365일 약속이 있는 분이라서요. 비서조차 비서를 거느리고 있어요. 이번 주에는 출장 중이시고요. 요코하마에 계세요, 이스즈에서 회의가 있어요."

내가 말을 끊지 않으면, 매기는 에롤 가드너와 통화하는 것이 왜 불가능한지 수천 가지 이유를 줄줄이 댈 것 같았다.

"매기, 그저 10분만 시간을 내달라는 거다. 그 사람의 아들이 내 딸과 결혼하니까. 전화번호 주기 싫으면, 커패시티에 연락해서 상황을 설명하고 직접 바꿔달라고 해야겠다."

매기는 이 시나리오에 공포감이 밀려오는지 이틀 안에 그쪽에서 연락이 올 거라고 약속했다. 그리고 바로 다음 날 밤, 컴컴한 거실에서 쿠어스 라이트를 마시며 필리스가 다이아몬드백스에게 지는 경기를 시청하고 있는데, 비공개 발신자에게서 전화가 걸려왔다. 에롤 가드너는 늦은 시간에 전화해서 송구하다고 사과하면서 오사카의 공항이라고 했다. 우리 집 텔레비전 소리를 들었는지, 투수가 혹시 잭 갤런이냐고 물었다. 나는 갤런이 던지고 있는 건 맞지만 팀에 아무 도움이 안 됐다고 대답했다. 알고 보니 에롤은 야구팬이었고, 곧바로 말이 통해서 마음이 한결 편안했다.

그는 '마거릿'에 대해 칭찬을 아끼지 않았다. 영리하고 자신 있는 일꾼, 커패시티의 '떠오르는 샛별'이라고 했다. "에이든에게 진짜 월척을 낚은 거라고 생각날 때마다 이야기합니다. 어디서도 찾을 수 없는 신붓감이에요. 고등학교 시절 내내 남학생들이 아마 현관이 닳도록 문을 두드렸겠지요."

"문조차 안 두드린 친구들이 최악이었습니다." 나는 그에게 말했다. "그냥 자동차 안에 앉아서 나오라고 문자만 보내는 놈들이 있었어요."

에롤은 웃었다. "아, 그 꼴 보기 싫지요, 프랭크! 정말 속이 뒤집어졌겠습니다!"

그가 한 칭찬을 그대로 미래의 사위에게 돌려주어야 할 것 같아서, 나는 에이든을 재능 있고 앞날이 유망한 예술가라고 했다. 그의 아버지는 웃기만 했다. "힘들게 생계를 유지하는 방식을 택한 겁니다, 그건 확실해요. 미국에서 활동하는 유명한 화가 다섯 명만 대보세요. 아니지, 한 명이라도 아십니까?" 나는 이 분야에 문외한이라고 솔직히 고백하면서 중학교 이후로 미술관에 발을 들인 적이 없다고 했다. "프랭크, 내가 하는 말이 바로 그겁니다. 《뉴욕타임스》를 읽으면 인공지능, 유전자 치료, 나노테크… 이런 세상을 바꾸는 어마어마한 혁신에 대한 이야기가 수없이 나와요. 그림을 그리는 건 그런 분야가 아닙니다. 이렇게 말하기는 싫지만, 누가 신경이나 씁니까! 아무짝에도 쓸모없는 노력이지요. 하지만 에이든이 자기 인생을 바치겠다고 하니, 그걸 어쩌겠습니까?"

에롤이 자기 아들에게 지나치도록 냉정한 게 아닌가 하는 생각이 들었다. 나는 에이든이 아버지의 그늘에서 벗어나 전혀 다른 분야에서 스스로 앞길을 개척하다니 용감하다고 했다.

"프랭크, 자식을 키울 때 가장 힘든 게 뭔지 아십니까? 일정한 나이가 되면 더 이상 마음대로 할 수 없다는 겁니다. 마약을 해도, 은행을 털어도, 괴상한 얼굴 초상을 그려도 부모가 어쩔 도리가 없다는 거요. 있는 그대로 받아들이지 않으면, 더 이상 관계를 끌어갈 수가 없어요. 안 그렇습니까?"

우리가 3년 동안 서로 사이가 안 좋았다는 사연에 대해, 매기가 에롤에게 얼마나 털어놓았을까. 그가 교묘하게 그 문제를 건드린 건지, 내가 예민한 건지 알 수 없었다. "사부인께서는 어떠십니까? 매기에게 듣기로 무슨 건강 문제가 있으시다면서요."

"대체로 괜찮습니다. 하지만 한 달에 한두 번 심한 편두통을 앓아요. 트럭에 치인 것 같답니다. 그냥 캄캄한 방에 누워서 두통이 지나가기만 기다리는 수밖에 없어요. 하지만 다음 주에 마운트 사이나이 병원의 새 전문가를 만나보기로 했으니, 중요한 결혼식 전에 꼭 나을 수 있을 겁니다."

겨우 15분 정도의 통화였지만, 상대가 어떤 사람인지 감을 잡는데는 충분했다. 에롤은 똑똑하고, 재미있고, 소탈하고, 한결같이 마음이 넓었다. 화제가 결혼식으로 이어지자, 그는 내게 원한다면 얼마든지 하객을 초대하시라고 했다. 오스프리 코브(뉴햄프셔 여름캠프의 이름이었다)에는 100명 정도 묵을 수 있고, 나머지는 모두 근처 모텔에서 지내면 된다고 했다. 마침 내 제안을 꺼내기 좋은 순간인 것 같았다. 나는 결혼식을 베풀어 주신다니 정말 감사하지만 나도 비용을 보태고 싶다고 했다.

"술값은 제가 내고 싶습니다."

"아, 무슨 말씀이시오, 프랭크. 그럴 수는 없습니다. 우리 집안에는 주정뱅이뿐입니다. 내 누이들 술값만 해도 기둥뿌리 뽑히실 거요."

"에롤, 제가 꼭 대고 싶습니다. 맥주, 와인, 롱아일랜드 아이스티, 누이분들이 좋아하시는 건 뭐든지."

"너무 큰 액수라⋯."

"저도 반드시⋯."

"그건 절대⋯."

"부탁⋯."

"안 됩니다…."

중년 남자 둘이 각자의 자존심과 품위를 놓고 몇 분 동안 이렇게 실랑이를 벌였다. 에롤이 얼마나 술을 많이 마실지 '가늠할 길이 없다'고 하기에, 나는 온라인에서 발견한 계산기 이야기를 했다. 그리고 일단 보증금으로 8천 달러를 보낼 테니 차액은 결혼식이 끝난 뒤 다시 계산하자고 제안했다. 결국 우리는 '8천 달러에서 한 푼도 더 쓰게 할 수는 없다'로 합의를 보았고, 다음 날 아침에 나는 캠브리지에 있는 그의 사무실로 수표를 보냈다. 거액이었고, 지난 몇 년 동안 이렇게 큰 지출은 처음이었다. 그러나 수표에 서명하면서 뿌듯한 자부심이 느껴졌다. 보람 있는 지출이었다. 딸의 미래를 위한 현명한 투자 같았다.

8.

      몇 주가 쏜살같이 흘렀다. 매기와 가드너 일가가 모든 진행을 맡았지만, 나도 나름대로 준비해야 할 것이 많았다. 우선 다락방으로 올라가서 28년 전, 내 결혼식 날 마지막으로 입었던 오래된 턱시도를 꺼냈다. 이제 몸에 맞지 않았지만, 그래도 기쁜 마음으로 입어보고 주머니를 뒤져 보았다. 콜린의 립스틱 자국이 묻은 칵테일 냅킨을 발견하고, 나는 행운의 상징으로 냅킨을 지갑에 간직했다.

    나는 멘스웨어하우스에 가서 연회색 여름 턱시도와 그에 어울리는 조끼, 보타이를 빌렸다. 점원은 머리를 분홍색으로 물들이고 눈썹에 피어싱을 한 열성적인 청년이었다. 매상에 따라 커미션을 받는 모양이라, 나는 그의 말을 모두 다 들어주고 신발, 커프링크스, 손수건이 있는 아홉 피스 디럭스 액세서리 세트까지 샀다. 딸이 결혼하는 마당이라 온 세상에 대해 너그러운 마음이었다.

피로연에서 할 축사도 준비했는데, 주말에 내가 해야 하는 유일한 임무였다. 모든 결혼 관련 웹사이트에서 이상적인 축사는 90초라고 했다. "그냥 마음에서 우러나오는 말을 하세요." 그들은 이렇게 충고했다. "그러면 저절로 축사가 될 겁니다." 그래서 마음에서 우러나오는 글을 쓰기 시작했더니, 축사는 열여덟 페이지의 장문이 되고 말았다. 하고 싶은 말이 너무나 많아서 도저히 90초 안에 끝나도록 다듬을 방법이 없었다. 줄이려고 자리에 앉을 때마다 글은 오히려 더 길어지기만 했다.

그동안 나는 미래의 사위가 어떤 사람인지 조금이라도 더 알기 위해 가까워지려고 노력했다. 나는 레드삭스 경기 입장권을 사서 같이 보러 가고 싶었지만, 매기가 에이든은 스포츠를 별로 좋아하지 않는다고 해서 대신 보스턴 미술관은 어떤지 물었다. "같이 돌아다니면서 무슨 작품을 좋아하는지 보여주는 건 어떠냐?"

에이든은 이 제안을 환영하는 것 같았지만, 통 날짜를 맞출 수가 없었다. 내가 주말을 제안할 때마다 그는 다른 일정이나 핑계를 만들어 내곤 했고, 그렇게 서너 번 노력한 뒤로 나는 그에게 나와 어울릴 마음이 없다는 사실을 깨달았다. 개인적으로 받아들이지 않으려고 노력했다. 에이든은 이미 좋은 아버지가 있으니 아버지가 한 명 더 필요하지는 않을 것이다. 배경 차이가 워낙 크다 보니, 서로 친구 사이가 될 것 같지도 않았다.

하지만 매기 역시 내게 시간을 내주지 않는 것은 마찬가지였고, 이건 정말 신경이 쓰였다. 다시 연락하고 지내는 사이가 되었으니,

나는 그동안 잃어버린 시간을 만회하고 싶어 안달이 났다. 그냥 소식이 궁금해서 아무 때나 불쑥 전화를 걸곤 했지만, 전화는 대부분 음성사서함으로 곧장 넘어갔다. 가끔 통화가 연결되어도 대화는 몇 분 이상 가지 않았다. 결혼식 준비와 커패시티에서의 새로운 업무 때문에 매기는 짓눌리는 기분이라고 했다.

"하지만 뉴햄프셔에서는 얼마든지 같이 시간을 보낼 수 있을 거예요." 딸은 약속했다. "목요일에 오실 거죠?"

그럴 계획이었다. 결혼식은 토요일 오후지만, 가족과 가까운 친구들은 목요일에 오스프리 코브에 도착해서 사흘 동안 실컷 먹고 즐기며 호숫가에서 다양한 활동을 할 예정이었다. 매기는 내게 별장에서 할 수 있는 모든 걸 다 누리게 해주고 싶은 것 같았다.

"카누도 탈 수 있어요!" 매기는 말했다. "옛날처럼 걸스카우트 캠프 온 기분일 거예요."

나는 그거 좋겠다고 대답하고 나서 매기가 다시 일하러 갈 수 있도록 핑계를 대서 먼저 전화를 끊었다. 이미 7월 중순이었고, 이제 곧 딸과 만날 수 있다. 나는 결혼식 날까지는 매기를 방해하지 않겠다고 스스로에게 다짐했다. 그리고 거의 목표를 달성할 뻔했다.

9.

　　뉴햄프셔로 떠나기 전날 밤, 나는 슈퍼컷츠로 가서 비키에게 머리를 손질해 달라고 했다. 항상 짧은 머리를 유지했기 때문에 자를 것은 별로 없었지만, 비키는 신중하게 차근차근 머리를 정돈했고, 덕분에 잡담할 시간이 충분했다.

　우리는 비슷한 또래였지만, 비키는 어느 모로 보나 마흔이 넘어 보이지 않았다. 그녀는 긴 검은 머리, 따뜻한 갈색 눈동자, 미용실을 환히 밝히는 미소를 지니고 있었다. 작업대에는 도서관에서 빌려온 책이 항상 놓여있었고, 그녀는 자기가 읽고 있는 책에 대해 이야기하는 것을 좋아했다. 좋아하는 분야는 역사 로맨스였기 때문에 튜더 왕조나 바이킹, 클레오파트라 여왕이라면 줄줄 읊을 정도였다. 이런 책 대부분은 800페이지는 될 정도로 두꺼웠지만, 매번 찾아갈 때마다 그녀는 항상 새 책을 읽고 있었다.

　비키는 두 번 결혼했고 두 번 이혼했으며, 미용실 거울에는 활짝 웃고 있는 아이들의 사진이 잔뜩 붙어있었다. 아들 토드는 그녀의 자랑이자 기쁨이었다. 그는 브루클린에서 남편과 같이 살면서 《월스트리트 저널》에 기사를 쓰고 있었다. 한편 딸 재닛은 아픈 손가락이었는데, 그녀는 2년 전에 약물 과용으로 세상을 떠났다. 하지만 딸이 핼러윈이나 졸업파티, 크리스마스 아침에 찍은 사진들은 여전히 아들의 사진과 나란히 거울에 붙어있었다. 재닛 역시 비키의 인생에서 중요한 부분이었고 앞으로도 영원히 그럴 것이기 때문이었다.

지난 몇 달 동안 나는 비키에게 매기와 사이가 소원해진 상황에 대해, 깜짝 화해와 곧 있을 결혼식에 대해 꼬치꼬치 털어놓았다. 그녀는 정말 잘 들어주는 사람이었다. 타인을 함부로 재단하지 않았고, 언제나 영리하고 사려 깊은 질문을 던졌다. 솔직히 말해 비키를 결혼식에 초대할까 하는 생각을 잠시 했지만, 다시 생각해 보니 미용실 밖에서 그녀를 만난 적조차 한 번도 없는 마당에 실없는 생각 같았다.

그날 밤, 비키는 내가 다음 날 아침에 뉴햄프셔로 떠난다는 사실을 알고 있었기에, 완벽해야 한다면서 유난히 시간을 많이 들여 머리를 손질해 주었다. 커트를 마친 뒤, 그녀는 찜통에서 뜨거운 수건을 꺼내 뒷목에 눌러주었다. 녹아내리는 기분이었다. 원래 1달러 추가금을 받아야 하는 서비스였지만 비키는 절대, 절대 내게서 돈을 받지 않았고, 그럴 때면 혹시 여기 다른 뜻이라도 있나 궁금했다.

그녀는 거울에 비친 내 모습을 보며 미소 지었다. "훤하네요, 프랭크. 결혼식에서 즐거운 시간 보내요. 나도 정말, 정말 기쁘네요."

의자에서 일어나기가 싫었지만 다음 손님이 기다리고 있다는 것을 알았기 때문에, 나는 그녀를 따라 비용을 지불하러 계산대로 향했다. 정가는 18달러였고 나는 평소대로 25달러를 내려고 했지만, 그녀는 손을 내저었다. "내가 쏘는 거예요."

"아, 무슨 소리입니까?"

"결혼 선물이에요, 축하해요."

나는 지폐를 계산대 위에 내려놓았고, 비키는 돈을 다시 내 손으로 밀어냈다. 선물이라니, 너무나 상냥한 행동이었다. 나는 다시 감사 인사를 하고 상가 주차장으로 나갔다. 옆집은 치폴레 식당이었고, 니트 모자와 플란넬 셔츠를 입은 10대 소녀 두 명이 스케이드보드를 타고 보도 가장자리 연석에서 킥플립을 하고 있었다. 나는 잠시 그들을 바라보며 생각에 잠겨있다가 다시 미용실 안으로 들어갔다.

비키의 다음 손님이 이미 준비하고 있었다. 일곱 살, 여덟 살 정도 되어 보이는 빨강 머리 소년이 받침대 위에 올라앉아 UFO와 비행접시 망토를 두르고 있었다. 비키는 거울을 통해 내가 다가오는 것을 보고 놀라 돌아보았다. "뭐 잊어버렸어요?"

"혹시 나랑 같이 가지 않겠어요?"

"어디요?"

"뉴햄프셔."

"내일?"

"미안해요, 비키. 너무 급한 청이라는 건 압니다. 진작 물어볼까 했는데, 혹시 난처하지나 않을까 싶어서요."

"그래서 지금 묻는 거예요?"

"가드너 집안에 아주 큰 별장이 있는데, 분명 당신 방도 따로 내줄 겁니다. 매기 말로는 무진장 넓대요. 사람들도 마음에 들 겁니다. 틀림없이 독서광일 거예요."

미용실에 와있던 소년이 비키가 어떻게 반응할지 갑자기 궁금한 듯 거울을 통해 빤히 쳐다보고 있었다. 그녀는 장난감 서랍을 열어 플라스틱 공룡을 그의 손에 쥐여주면서 말했다. "아니, 프랭크…. 이 결혼식이 당신한테 아주 중요한 행사라는 건 알아요. 날 초대해 줘서 얼마나 황송한지 몰라요. 하지만 이미 손님 예약이 잡혀있고…."

"그렇죠…."

"우린 주말 내내 바빠요…."

"네, 네, 네…."

"다른 직원들만 내버려두고 갈 수는 없어요."

"그렇죠. 내가 좀 더 일찍 물어봤어야 하는데. 경우에 어긋나게 굴어서 미안합니다."

"경우에 어긋난 건 아니죠, 초대받아서 기뻐요. 진심으로 하는 말이지만, 프랭크, 주말에 쉴 수만 있어도 아마 가겠다고 했을 거예요." 그녀는 잠시 생각하다 덧붙였다. "차려 입을 옷도 있어야 하고요. 신발도, 신혼부부 선물도 준비해야 하고…."

"이해합니다."

"하지만 이렇게 하죠. 갔다 와서 같이 점심 먹을까요? 사진도 보여주고, 자세한 이야기를 들려줘요." 비키는 명함꽂이에서 명함을 꺼내 내 손에 쥐여주었다. "내 전화번호는 여기 있어요."

　이미 그녀의 명함 다섯 장이 우리 집 냉장고에 자석으로 붙어있었지만, 나는 그래도 받아 들었다. 전화하겠다고 약속했고, 그녀는 기다리겠다고 했다.

10.

그날 밤, 나는 8시쯤 우리 집 드라이브웨이로 진입했다. 집으로 들어가는 길에 우편함 앞에서 잠시 차를 세우고 숍라이트 전단지, 미국은퇴자협회 가입 초대장, 각종 자선단체 기부금 요청서 등 평소처럼 가득 찬 잡동사니를 꺼냈다. 그런데 집 안에 들어와서 우편물을 부엌 작업대 위에 던지는데, 회신 주소가 적혀 있지 않은 흰 업무용 봉투가 눈에 띄었다. 내 이름과 주소는 잉크 줄이 다 닳은 구식 타자기로 적은 것 같았다. 발신인을 알아볼 수 있는 근거는 전혀 없었다. 미국 국기 우표와 뉴햄프셔 홉스 페리 소인뿐이었다.

나는 냉장고를 열고 쿠어스 라이트 병을 꺼낸 뒤 자리에 앉아 봉투를 열었다. 안에는 종이 한 장이 들어있었고 종이 한복판에 가로로 10센티미터 정도, 세로로는 20센티미터쯤으로 보이는 사진 한 장이 인쇄돼 있었다. 새 컴퓨터를 사면 공짜로 주는 싸구려 잉크젯 프린터로 가정에서 출력한 것이 분명했다. 색깔은 탁하고 연했지만, 이미지는 분명했다. 호숫가에 서있는 젊은 남녀였다. 사진 속의 남자는 에이든이였는데 7킬로그램 정도는 살이 더 붙어있었고, 저녁 식사 자리에서는 보여준 적 없던 편안하고 여유로운 미소를 짓고 있었다. 나는 하마터면 미래의 사위를 알아보지 못할 뻔했다. 사진을 찍는 사람이 뭔가 우스운 이야기라도 한 것 같았다. 여자는 전혀 모르는 얼굴이었다. 매기 또래의 젊은 여자였고, 몸에 붙는 청 반바지와 목이 파인 검은 셔츠 차림이었다. 그녀는 카메라 바깥의 뭔가를 향해 웃으며 에이든의 옆에서 몸을 기대고 있었다. 그는 여자의 허리에 팔을 두르고 엉덩이에 손을 얹고 있었다. 종이 맨 밑에는 손 글씨로 이렇게 적혀있었다. **돈 태거트는 어디 있지?**

이게 다였다. 검은 마커로 쓴 네 음절. 나는 봉투를 다시 집어 들고 혹시 다른 것이 들어있나 싶어 손가락을 넣어 벌려보았다.

없었다.

나는 맥주를 따서 한 모금 길게 마신 뒤 사진을 관찰했다. 지금 이 순간까지 에이든에 대해 마음에 걸리는 사소한 점이 한두 개 정도 있긴 했다. 나는 그의 눈에 멍이 든 허무맹랑한 사연을 애당초 믿지 않았고, 변기 물탱크 안에 숨겨놓은 비밀도 마음에 들지 않았다. 하지만 일단 선의로 해석해 주는 것은 어렵지 않았다. 무엇보다 딸의 판단력을 전적으로 믿기 때문이었다. 매기는 본인의 결정에 대해 내가 굳이 나서서 왈가왈부할 필요가 없는 영리하고, 책임감 있고, 성숙한 여성이기 때문이었다.

하지만 이건….

돈 태거트는 어디 있지?

돈 태거트는 이 사진 속에서 웃고 있는, 끝내주게 날씬한 여자일 것이다. 하지만 에이든이 왜 이 여자 옆에 있는 걸까?

그리고 누가 이 사진을 보냈을까?

나는 휴대전화에 손을 뻗어 딸에게 전화를 걸었다. 보통 내 전화는 곧장 음성사서함으로 들어가지만, 오늘 밤은 웬일인지 매기가 응답했다.

"아빠, 무슨 일이세요?"

"잘 지내니, 매기?"

"결혼식 사흘 전이잖아요." 그것도 모르겠느냐는 듯 약간 짜증스러운 음성이었다. "괜찮으세요?"

"난 괜찮아. 한데 우편으로 이상한 편지가 왔구나. 아니, 편지라고 할 수 없지. 누가 내게 사진을 보냈다."

"무슨 사진인데요?"

"에이든 사진이야. 어떤 여자 옆에 서있어, 호숫가에서. 맨 밑에 누가 이렇게 적었다. '돈 태거트는 어디 있지?'"

긴 침묵이 흘렀다. 너무나 한참 아무 말도 없어서 나는 전화가 끊겼나 싶었다. "매기? 듣고 있니?"

"그거 말고 뭐라고 되어있어요?"

"그것뿐이다. '돈 태거트는 어디 있지?' 누가 보냈는지 몰라도, 홉스 페리 소인이 찍혀있구나."

매기는 한숨을 쉬었다. "믿을 수가 없네."

"돈 태거트가 누구냐?"

"아빠, 이렇게 해주세요. 편지와 봉투 전부 다 비닐봉지에 넣어요. 지퍼락 위생봉투 같은 데요. 그리고 내일 뉴햄프셔로 가져와 주세요. 그렇게 해주실 수 있죠?"

"왜?"

그녀는 심호흡을 했다. "좋아요, 진작 이 말씀을 드렸어야 했는데. 어차피 결혼식에 오시면 들으실 거잖아요? 대단한 일 같잖아요? 하지만 대단한 일이 아니에요. 아시겠죠? 에이든은 아무 관계가 없거든요. 그이는 이 일과 아무 상관이 없어요."

나는 억지로 침묵을 지켰다. 이건 아내 콜린에게서 배운 전술이다. 그녀는 아이가 속마음을 털어놓게 하려면 질문을 퍼부어서 말을 끊으면 안 된다고 했다. 입 다물고 아이의 말을 들어야 한다고 했다.

"작년에 에이든과 데이트한 여자가 실종됐어요. 이름은 돈 태거트였죠. 11월에 하이킹을 나갔다가 돌아오지 않았어요. 그 여자가 어디로 갔는지 아는 사람은 아무도 없고요."

매기는 그 외에 알려진 정보는 별로 없다고 했다. 돈은 평생 홉스페리에서 살았고, 실종 당시 스물세 살이었다. 경찰은 뉴햄프셔 주립의 삼림 구역 주차장 안에 있는 화장실과 등산로 입구 근처에서 자동차를 발견했다. 폭우로 표토가 젖어 수색 및 구출 작업에 어려움이 많았다. 돈이 숲으로 들어갔는지, 그냥 거기서 다른 차를 타고 어딘가로 떠났는지 누구도 확실히 알 수 없었다.

"그런데 에이든이 사건과 무슨 상관이냐?"

"상관없어요. 그 말씀을 드리는 거라고요. 경찰은 바로 그이를 용의선상에서 제외했어요. 돈이 실종된 날, 에이든은 300킬로미터 넘게 떨어진 곳에 있었어요, 보스턴 시내. 그런데도 돈의 어머니는 에이든을 비난했어요."

"왜?"

"정신이 나갔으니까요! 에이든은 그 여자를 잘 알지도 못했어요."

"방금 사귀는 사이였다면서."

"데이트요! 딱 한 번 데이트했어요. 진지한 관계가 아니었다고요."

나는 탁자 위에 놓인 사진을 보았다. 에이든은 돈의 허리에 팔을 감고 있었고, 그녀의 엉덩이에 손을 올리고 있었다. 연애 초기의 어색한 거리감을 넘어선 연인처럼 서로 편안해 보였다.

"그럼 누가 이 사진을 보냈을까?"

"아마 돈의 어머니겠죠. 이미 가드너 부부를 괴롭히고 있는데, 이제 아빠 차례인가 봐요. 그래서 내일 그 사진을 갖고 오시라는 거예요. 가드너 부부가 변호사에게 제출할 증거가 되니까요."

"변호사도 개입했니?"

"당연하죠, 아빠. 이건 전부 돈을 뜯어내기 위한 작전에 불과해요. 가드너 부부가 돈을 주면 물러날 심산인 거죠."

"그 어머니가 그렇게 말했니? 정말 돈을 요구했다고?"

"아직 그렇게 나오지는 않았지만, 변호사들은 그게 최종 목표라고 해요. 절 믿으세요, 아빠. 직접 그 여자를 보시면 이해할 거예요. 항상 술에 취해있어요. 하루 종일 나이트가운 차림이고요, 오렌지색 파운데이션을 떡칠하고 돌아다녀요. 〈닥터 필〉에 나오는 사람들처럼."

"누구?"

"토크쇼 있잖아요. 온갖 미친 사람들이 무대에서 싸움질하는 프로그램요. 그 여자도 거기 가면 딱 어울릴 거예요. 숲속에서 살아요, 트레일러에서."

매기의 재미있는 점은, 나도 트레일러에서 자랐고 많은 내 친구들이 트레일러에서 자랐으며, 우리 부모님들은 그런 리얼리티 쇼에 나오는 미친 종자들과 전혀 다르다는 사실을 종종 잊는다는 것이다. 대부분 우리 이웃들은 소박하게 생활하면서 제때 공과금을 내는, 열심히 일하는 성실한 사람들이었다.

"요점은," 매기는 말했다. "그 여자가 원하는 건 오로지 돈이에요. 그러니까 사진을 가져와서 에롤에게 넘겨주세요, 아셨죠?"

"그러마." 나는 말했다. 매기를 지지하는 것처럼 보이고 싶어서 질문을 많이 하지 않았다. 사람들이 편을 들고 있다면, 잘못된 편에 서고 싶지는 않았다. "에이든은 이 일에 대해 어떻게 대응하고 있니?"

"힘들어해요, 가족 모두 괴로워하죠. 따로 사립 탐정까지 고용했어요. 돈을 찾으면 이 모든 상황이 해결될 테니까요. 한데 그거 아세요? 탐정은 돈이 일부러 달아났다고 생각해요. 어머니에게서 도망치고 싶어서. 탐정 말로는 매년 미국에서 실종되는 사람이 6만 명에 달하는데, 그중 많은 사람이 발견되기를 원하지 않는 경우라고 해요. 탐정은 돈이 라스베이거스나 키웨스트에서 웨이트리스로 일하고 있을 거라고 해요. 집에서 멀리 떨어진 곳, 하지만 절대적으로 안전한 곳."

매기는 마치 이것이 절대적인 시나리오인 것처럼, 진실로 받아들여야 하는 이론인 듯이, 어마어마한 확신을 갖고 말했다. 하지만 나는 젊은 시절의 사랑이 어떤 것인지 기억하고 있었고, 열정으로 인해 아내의 크나큰 단점 앞에서 눈이 멀었던 기억도 생생했다. 예를 들어, 나는 늘 내가 시작한 문장을 자신이 끝맺을 줄 안다면서 콜린과 마음이 맞는다고 자랑하곤 했다. 하지만 결혼하고 나니, 그저 아내가 항상 내 말을 가로채는 것으로밖에 보이지 않았다. 나는 매기가 혹시 약혼자를 똑바로 못 보고 있는 게 아닐까 걱정스러웠지만, 딸의 말에 반박하고 싶지 않았기 때문에 걱정은 그저 마음속에 담아두었다.

통화가 끝난 뒤 나는 컴퓨터로 가서 구글 창을 열고 '돈 태거트'와 '뉴햄프셔'를 같이 검색해 보았다. 매기의 설명과 대동소이하게 실종 사건을 요약한 《홉스 페리 메신저》라는 신문사의 작은 기사가 나왔다. 돈의 토요타 코롤라가 주립 삼림 구역의 주차장에서 발견되었지만, 그녀의 행방은 오리무중이었다. 신문기사에 에이든 가드너라는 이름은 언급되지 않았다. 내가 검색한 한 다른 인터넷 어디에도 마찬가지였다.

그래서 나는 딸이 시킨 대로 사진과 봉투를 비닐봉지에 넣었다. 그리고 봉투를 내 침실로 가져가서 슈트케이스 안에 넣었다. 여행에 대한 기대로 신이 나서 이미 가방도 거의 다 싼 상태였다. 검정 옥스퍼드 구두는 반질반질하게 닦아놓았고, 턱시도도 옷 가방에 넣어 봉했고, 매기가 호숫가에 모래사장이 있다고 해서 새 수영복까지 샀다. 나는 얼른 뉴햄프셔에 가서 사돈 식구들을 만날 생각에 들떠있었다. 딸의 팔짱을 낀 채 결혼식장을 걷고, 샴페인으로 축배를 들고, 신부와 춤출 생각에 행복했다. 딸의 결혼을 축하하고 신혼부부의 행복한 결혼생활을 빌어주고 싶었다. 그래서 나는 돈 태거트에 대한 매기의 설명을 받아들이기로 마음먹었고, 뭔가 이상하다고 말하는 머릿속의 작은 목소리를 무시했다.

PART 2

도착

1.

목요일 아침 5시로 알람을 맞췄지만 나는 3시 30분, 캄캄한 어둠 속에서 깼다. 매기와 대판 싸운 뒤로 나는 수면장애를 겪고 있었다. 한밤중에 말똥말똥 누워있을 때면 언제나 머릿속에 걱정거리가 떠오르고, 내가 딸을 실망시켰던 온갖 일들을 곱씹고는 한다. 이따금 다른 부모들도 이럴까 하는 생각도 한다. 밤새도록 잠을 못 이루고 뒤척이며 부모로서 내가 저질렀던 온갖 한심한 실수를 떠올려 본 적 있나? 나는 수백 번도 더 했다.

매기의 일곱 살 생일날, 부시가든스로 차를 몰고 갔을 때가 그랬다. 매기는 아끼던 판다 팰 장난감을 휴게소에 놓고 왔다. 두 시간이나 고속도로를 달린 뒤에야 장난감이 없다는 사실을 알아차렸기 때문에, 다시 돌아가려면 왕복 네 시간이 더 걸리는 상황이었다. 아내와 딸은 그래도 돌아가자고 사정했고, 결국 우리는 고래고래 소리치며 싸웠다. 나는 6달러짜리 봉제 인형 때문에 하루를 망치고 싶지 않앗다. 부시가든스에 도착하면 새 판다를, 더 큰 판다를 사주겠다고 매기에게 약속했다. 거대한 롤러코스터를 보면 매기가 봉제 인형을 잊어버릴 거라고 생각했다. 하지만 아이는 불쌍한 판다 팰이 쓰레기통에 버려졌을 거다, 기름때 묻은 냅킨과 케첩으로 범벅된 햄버거 포장지 밑에 깔려 숨 막혔을 거라고 주말 내내 하늘이 무너져라 걱정이었다. 딸은 남은 주말 내내 나와 거의 말도 하지 않았고, 여행 전체가 완전히 엉망이 되었다. 매기는 그 일에 대해 영영 나를 용서하지 않았던 것 같고, 나도 나 자신을 용서하지 못했다.

하지만 판다 팰 같은 한심한 사연 하나마다 그나마 내가 잘해냈던 기억들이 열 개 정도는 있었다. 매기는 항상 새로운 색깔과 대담한 실험을 좋아해서, 나도 다섯 번이나 침실 벽을 칠하는 것을 도왔다. 창문에 테이프를 붙이고 롤러를 이용해서 페인트가 몰딩에 떨어지지 않도록 칠하는 법을 가르쳤다. 호신술의 기본도 가르쳤다. 주먹을 쥐고 펀치를 날리는 법을 가르쳤고, 남자의 사타구니를 발로 차는 것이 얼마나 파괴적인 공격인지 가르쳤다. 운전을 직업으로 하는 사람이니, 운전면허를 딸 때도 당연히 내가 가르쳤다. 매기는 첫 번째 시험에서 당당히 붙었고, 자동차면허국 직원은 매기에게 UPS에서 일해도 되겠다는 농담을 던졌다.

행복한 기억을 생각하면 잠들 수 있지 않을까 싶어, 나는 그런 기억들에 집중하려고 애썼다. 믿거나 말거나, 매기가 내게 자기 속마음을 이야기하고 꿈과 희망과 비밀까지도 편하게 털어놓던 시절이 있었다. 완벽한 예를 하나 들려줄까? 9학년 때, 매기의 기분이 바닥을 쳤던 때가 있었다. 저녁 식사 내내 뚱했고, 식탁을 치우고 나면 그냥 자기 방으로 들어가서 문을 닫고 죽음이 어쩌고, 실연이 어쩌고 하는 라나 델레이의 노래만 집이 떠나가라 틀곤 했다. 무슨 걱정이라도 있느냐고 물었지만, 매기는 털어놓지 않았다. 그래서 다음 날, 나는 와플하우스로 아이를 데려가서 무슨 영문인지 들어보기로 보기로 했다.

와플하우스에서 아침 식사를 하는 것은 우리가 함께하던 작은 전통이었다. 아내 콜린이 생전에 거기서 일한 적 있어서, 나이 많은 웨이트리스들은 다들 아직 그녀를 기억하고 있었다. 그래서 나는 항상 거기서 귀빈 대접을 받았고 모두 매기를 아껴주었다. 공짜로 음식도 더 갖다주고, 크레용이든 뭐든 매기가 원하는 것이면 그 무엇도 더 내주었다.

그날 아침, 우리는 늘 먹던 메뉴를 주문했다. 나는 뜨거운 커피와 오믈렛, 매기는 휘핑크림을 뿌린 딸기팬케이크였다. 음식이 도착할 때까지 둘 다 별로 말이 없다가, 나는 슬슬 아이를 다그치기 시작했다.

"학교는 어때?"

"좋아요."

"수업은 괜찮고?"

"네."

"누구 괴롭히는 사람은 없니?"

"없어요."

"네가 요즘 기분이 안 좋은 것 같아서 말이다."

매기는 어깨만 으쓱했다.

"정말 아무도 귀찮게 하는 거 아니야?"

"아빠가 귀찮아요. 꼬치꼬치 물어보시는 거, 그만하면 안 돼요?"

음, 이렇게 나올 줄은 몰랐다. 나는 항복한다는 듯 두 손을 들어 보이고 심문을 중단했다. 하지만 내가 갑작스럽게 침묵하자 매기는 기분이 더 나빠진 것 같았다.

"아빠, 아무 일도 없어요. 안심하셔도 돼요." 딸은 탁자 위로 몸을 내밀고 속삭였다. "그냥 생리 때문에 그래요."

그 순간까지, 나는 매기가 생리를 하는 줄도 몰랐다.

"언제부터?"

"몰라요, 크리스마스 때?"

믿을 수가 없었다. 크리스마스라면 거의 넉 달 전이다. 난 지난 2년 동안 이 순간을 준비해 왔다. 매기에게 그런 것이 몸에서 나오는 이유를 설명하는 그림책까지 사주었다.

"왜 나한테 말 안 했니?"

아이는 목소리를 낮추라는 듯 손짓했다. "큰일도 아닌데요, 뭐."

"큰일이잖니! 태미 고모한테는 이야기했어?"

"그냥 친구들한테만요."

"장비는? 어디서 샀니?"

"다른 사람들처럼 편의점에 가서 샀어요. 제 친구들은 벌써 다 시작해서, 저도 어떻게 해야 하는지 알고 있었어요."

너무나 매기다운 순간이었다. 지난 몇 년 동안 아이가 점점 더 독립적으로 자라나는 모습을 보아왔지만, 나나 고모의 도움 없이 이 중대한 이정표를 넘어서다니. 나는 놀랐지만, 너무나, 너무나 자랑스러웠다.

"장비는 아빠가 사주마." 나는 말했다. "용돈으로 사지 마라. 그냥 얼마인지만 이야기해."

"좋아요, 하지만 '장비'라고 하지 마세요. 생리대예요."

"월마트에 같이 가자." 나는 약속했다. "가게에서 가장 큰 대용량 포장으로 사다놓자꾸나."

식사를 마친 뒤, 나는 손을 흔들어 웨이트리스를 부르고 계산서를 청했다. 매기는 내가 팁을 계산하고 돈을 세는 모습을 지켜보았다. 머리가 굵어지면서 아이도 물건들의 가격을 점점 더 민감하게 의식했는데, 어쩌면 생리대를 직접 산 것과 관계가 있는지도 몰랐다.

"25퍼센트는 너무 많은 거 아니에요?"

"그래, 하지만 네 엄마는 늘 그렇게 했지. 웨이트리스는 그 정도 받을 자격이 있다고 말이야. 난 돈 낭비라고 늘 툴툴거렸어."

"그런데 오늘은 왜 그러세요?"

나는 어깨를 으쓱했다. "네 엄마가 혹시 보고 있을지도 모르니까. 행복해할 것 같아서." 나는 펜으로 딸을 가리켰다. "네 그 소식도 분명 기뻐할 거다. 정말 자랑스러워할 거야, 매기."

2.

       나는 누나에게 일찌감치 출발하고 싶다고 미리 알렸고, 태미는 아침 6시까지 준비를 마치겠다고 했다. 태미는 새들 브룩 크로싱의 프리저브라는 대규모 콘도 단지에서 산다. 콘도는 깨끗하고, 조용하며, 주민들은 생계를 위해 일하고 적당한 시간에 잠자리에 든다. 누나는 주차장 바로 옆, 1층에 입구가 있는 방 두 개짜리 아파트에서 산다.

    초인종을 누르자, 티셔츠와 짧은 바지를 입은 어린 소녀가 문을 열었다. 아홉 살, 아니면 열 살 정도 되어 보였고, 포트 잭슨에서 기초 군사훈련을 마친 신병처럼 짧게 깎은 머리였다. "안녕하세요, 프랭크 아저씨."

    위탁아동들이 내 성을 발음하는 것을 어려워하기 때문에, 태미는 그냥 프랭크 아저씨라고 부르라고 한다. 하지만 분명 전에 본 적이 없는 아이였다. 동그랗고 납작한 얼굴, 멀리 떨어진 두 눈, 특이한

생김새였다. 누가 밀대로 얼굴을 밀어놓은 것 같았다.

"넌 누구니?"

"애비게일 그림(Grimm), M 자 두 개요." 아이는 방충문 걸쇠를 벗기고 문을 밀어 열었다. "태미 아줌마가 안으로 들어오시래요. 아직준비가 덜 됐대요."

누나의 콘도는 지나치게 어수선한 홀마크 매장 같은 분위기다. 항상 바닐라나 호박 스파이스 향초를 태우고, 벽에는 '당신은 특별합니다', '머무는 동안 여기는 당신의 집이에요', '식탁에는 항상 내 자리가 있습니다' 같은 온갖 문구가 액자에 붙어있다. 위탁아동들에게 가족의 일원이라는 소속감을 주는 귀여운 문구들. 하지만 태미는 올여름 동안 아이를 위탁하지 않고 매기의 결혼식을 위해 일정을 비워놓기로 했었다.

애비게일은 소파에 몸을 묻고 다시 텔레비전을 쳐다보았다. 아이는 앨런타운 지역 뉴스를 보고 있었다. 발치에는 내 것과 똑같은 작은 검정 슈트케이스가 놓여있었다. 아내가 쓰던 가방이었지만, 콜린이 죽은 뒤 누나에게 줬다. 태미는 그 가방을 다시 애비게일 그림에게 준 모양이다.

"차 기다리니?"

"무슨 말씀이세요?"

"누가 데리러 오기로 했어? 다른 위탁가정으로 가게?"

애비게일은 어리둥절한 만화 캐릭터처럼 머리 옆을 긁적거렸다. "태미 아줌마가 그런 말씀은 안 하셨는데요. 우린 아저씨를 기다리는 거라고 했어요."

소녀는 머리를 계속 긁다가 뭐가 나왔는지 확인이라도 하려는 것처럼 손톱 끝을 살폈다. 나는 거실을 가로질러 위층을 향해 소리쳤다. "이봐, 태미 아줌마? 잠깐 내려와 봐."

묵직한 발소리가 천장을 울렸다. 가구를 다시 배치하는 듯한 소리였다. "5분만 기다려 줘." 태미가 외쳤다. "왜 이렇게 일찍 왔어?"

"뭐가 일찍이야?"

"너무 일러."

"태미, 내가 분명히 6시에 출발하고 싶다고 했잖아. 하지만 누나가 늦을 게 뻔해서 천천히 온 거고. 지금은 6시 15분이야. 그런데도 아직 준비가 덜 됐다니."

소파에서 애비게일이 누렇고 비뚤비뚤한 이를 가득 보이며 미소 지었다.

"커피라도 마시고 있던지." 태미가 말했다. "부엌에 있어."

커피 생각은 없었다. 500킬로미터를 운전해야 하는데, 화장실에 계속 들락거리고 싶지는 않았다. 나는 그냥 소파에 앉아서 애비게일 그림과 같이 지역방송뉴스를 보았다. 앨런타운의 한 주택에서 화재가 발생했고, 형제 두 명이 연기를 흡입해 사망했다. 뉴스 앵커는 화재 사고로 사망하는 미국인이 매일 아홉 명꼴이라고 했다. 그는 구급 담요를 뒤집어쓴 유일한 생존자인 한 중년 여성을 인터뷰하고 있었다. 불쌍한 여자는 방금 잔해를 헤치고 기어 나왔는지 검댕과 재, 흙먼지를 얼굴에 뒤집어쓰고 있었고 목소리는 떨렸다. "내 인생 최악의 날이에요." 그녀는 흐느낌 사이로 부들부들 떨며 말했다. "끔찍한, 끔찍한 날이에요."

나는 리모컨을 찾으려고 주위를 둘러보다가 애비게일이 쥐고 있는 것을 발견했다. "좀 끌 수 없겠니?"

"왜요?"

"너무 끔찍하잖니. 보고 싶지 않구나."

텔레비전 속의 여자는 카메라 쪽을 돌아보더니 내 눈을 무력하게 응시했다. "오늘 이 순간부터 모든 것이 달라질 거예요."

애비게일은 텔레비전을 껐고, 화면은 검게 변했다. 아이는 기대하는 눈빛으로 나를 쳐다보았다. 지금부터는 자기를 즐겁게 해주는 것이 내 책임이라는 태도였다. 하지만 난 그냥 앉아서 기다리고 싶었다.

"프랭크 아저씨, 파이 드릴까요?"

"아니, 괜찮아."

"달라고 하면 더 재미있어요."

"뭐?"

"농담이에요. 달라고 하면 더 재미있어요."

"그래, 주렴."

애비게일은 내가 아직 못 알아듣고 있다는 듯 고개를 저었다. "처음부터 다시 시작해야 해요, 알겠죠? 자, 들어보세요. 프랭크 아저씨, 파이 드릴까요?"

"그래."

"3.14159!" 아이는 농담을 채 끝내기도 전에 소파에 벌렁 드러눕더니 무릎을 끌어안고 키들키들 몸을 들먹이며 웃음을 터뜨렸다. "파이 그 정도면 됐어요? 모자라면 더 드릴까요?"

나는 위층을 향해 누나에게 소리쳤다. "태미! 좀 내려와 봐."

"파이를 소수점 서른 자리까지 외웠어요." 애비게일은 설명했다. "하지만 다섯 개만 줘, 이렇게 대답하면 이 농담은 더 재미있어요. 뉴햄프셔에 도착하면 매기한테도 들려줄래요."

"그래?"

"태미 아줌마가 그러는데 매기는 유머 감각이 좋대요."

누나의 슈트케이스가 옆으로 계단을 굴러 내려오더니 벽에 부딪쳤고, 이어 태미가 서둘러 내려왔다. "조심해!" 누나는 약간 뒤늦게 외쳤다. 키가 작고 동그란 배 모양의 체형, 검은 곱슬머리를 한 태미는 내가 아는 사람 중에 가장 다정하고 친절한 사람이었다. 노인과 장애인을 돌보는 가정 간병인으로 하루 종일 일하면서 식사를 준비하고, 옷을 갈아입히고, 두뇌를 자극하고, 기억력을 시험하고, 지친 근육을 운동시키고, 대소변을 못 가릴 때 일일이 몸을 닦아주면서 급여를 받았다. 너무나, 너무나 힘든 일이었다. 나라면 일주일도 못 버틸 것이고 당신들도 마찬가지다. 솔직히 태미조차 얼마나 더 버틸지 알 수 없었다. 쉰 살이 되고부터 슬슬 일이 버거운지 점점 더 피곤해했다.

하지만 그날 아침 태미는 환한 미소를 짓고 있었다. "좋은 아침이야, 동생!" 누나는 흰 나비 무늬가 있는 파란 블라우스와 카키색 카고바지를 입고 하얀 케즈 스니커즈를 신은 차림이었다. 모두 이번 주말을 위해 새로 산 것들이었다. 태미는 언제나 외모에 민감했기 때문에, 나는 멋있다고 칭찬해 주었다.

"고마워, 프랭키. 자, 애비게일하고 인사했니? 좋은 소식 들었니? 우리랑 같이 가게 됐다!"

"그것 때문에 불렀어. 말도 없이 하객을 더 데려가다니, 너무 늦었잖아."

"진작 이야기 했어야 하는데, 애가 여기 와버렸네. 보건복지부에서 슈트케이스 하나 없이 아이를 내팽개쳤지 뭐야! 코트도, 운동화도, 아무것도 없고, 입고 있는 옷 한 벌이 전부야. 그래서 간밤에 세 시간 동안 월마트에서 쇼핑을 했는데…." 그때 부엌에서 가볍게 띵 소리가 들렸다. "아! 머핀이 다 됐네."

"머핀은 왜?"

"아침을 만들었어. 자, 이리 와봐."

나는 누나를 따라 부엌으로 들어갔다. 태미는 커다란 장갑을 끼고 오븐에 손을 넣었다. 머핀은 완벽하게 구워졌다. 볼록 솟아오른 바삭바삭한 금빛 빵에 과즙이 가득한 통통한 블루베리가 박혀있었다. 태미는 이쑤시개로 찔러 반죽이 묻어나오지 않는 것을 확인하고 활짝 미소 지었다. "귀여운 아가들이 다 구워졌네. 너도 한두 개 먹어볼래?"

나는 누나의 질문을 무시하고 부엌과 거실을 나누는 미닫이문을 닫았다. "태미, 들어봐. 저 애를 결혼식에 데려갈 수는 없어."

"나도 어쩔 도리가 없어, 프랭키. 호텐시아가 도저히 방법이 없어서 나한테 사정하더라고. 아이를 데려가겠다고 절차까지 다 밟은 가족이 마지막 순간에 뒤집었대."

"왜?"

"프랭키, 사람들이 멍청하니까! 애비게일한테는 아무 문제도 없어. 그저 힘든 상황에 처한 착한 아이일 뿐이야."

누나는 아무리 까다로운 경우라도 상관없이 자기 집에 들어서는 모든 위탁아동에게 똑같은 말을 한다. '남자 화장실'이 무서워서 내 욕조에 똥을 쌌던 그 어린 소녀 에말루에게도, 날카로운 물건을 쥐여줄 수 없었던 6학년 남자아이 마이클 잭슨에게도(실제로 그 천재적인 부모가 자식에게 마이클 잭슨이라는 이름을 붙였다) 말이다. 마이클이 태미의 압정을 갖고 놀던 어느 날 밤, 우리는 구급차를 불러야 했다. 내가 하려는 말은, 태미가 집에 데려오는 아이는 〈내일은 내일의 태양이 뜰 거야〉를 부르는 고아 소녀 애니가 아니다. 누나는 긴급하거나 단기적인 아동 위탁을 전문적으로 담당하는데, 이것은 그중 많은 수가 심각한 위험 상황에서 탈출한 경우라는 뜻이다. 이들은 마약중독자, 범죄자, 백인우월주의자 혹은 그보다 더 나쁜 사람들의 자녀다. 많은 아이가 빈곤가정에서 자랐고, 성적인 학대를 당한 경우도 끔찍하게 많다. 그래서인지 태미는 언제나 아이들에게는 전혀 잘못된 데가 없다는 입장을 고수한다.

나도 누나의 뜻은 이해하지만, 내 입장도 이해해 주어야 하지 않나? 이 결혼식은 내게 중요한 행사고, 태미의 묻지 마 박애정신 때문에 망치고 싶지 않았다.

"제발, 정직하게 말해줘." 나는 말했다. "왜 그 가족이 저 애를 안 데려간 건데?"

"기생충병에 아주 살짝 옮아서." 내가 빤히 쳐다보자 태미는 덧붙였다. "머릿니 말이야."

"맙소사! 태미!"

"치료는 다 했어."

"상관없어, 난 사돈을 만나야 한다고!"

"알까지 바싹 말렸어. 새로 알을 까고 나오는 게 보이면, 내가 바로 마요네즈를 발라주면 돼."

나는 머리가 터질 것 같아 두 손을 머리 양쪽에 얹었다. "제발, 태미. 지금 무슨 소리를 하는 거야? 결혼식에 마요네즈를 들고 갈 수는 없어, 그럴 수는 없다고."

"몇 번이나 이야기해야 하니? 선택의 여지가 없다니까. 이미 내가 맡은 아이야. 그러니까 이 아이를 못 데려가면, 나도 결혼식에 못 간다. 난 꼭 가고 싶다고. 매기는 내 조카야, 내 가족이기도 해."

그때 좋은 생각이 번쩍 떠올랐다. 마지막 순간, 기적처럼 핑계가 나타났다고 할까? "하지만 결혼식은 뉴햄프셔에서 해. 위탁아동을 주 바깥으로 데리고 나가는 건 불법 아니야?"

"보통은 그렇지만… 호텐시아가 특별히 허가해 줬어. 상관도 승인했어. 일요일까지 돌아오면 모두 다 모른 척할 거야."

"하지만 혹시 무슨 일이 생기기라도 하면 다시는 위탁아동을 받지 못해. 자격증을 뺏긴다고. 누나가 이런 위험을 감수하다니, 믿을 수가 없어."

태미는 머핀 하나를 종이 타월에 싸서 내 손에 쥐어주었다. "애비게일의 사연을 들으면 너도 이해할 거다. 이 불쌍한 아이는 너무나 힘든 경험을…."

나는 두 손을 들고 말을 끊었다. "듣고 싶지 않아. 그리고 벌써 늦었어."

"그럼 내가 시간을 절약하게 해주마, 프랭키. 콜린이 세상을 떠났을 때, 난 네 곁에 있었어. 기억나니? 매기가 고등학교에 다니는 동안 줄곧 내가 도왔지. 네가 돈 버느라 바쁜 사이, 필요한 곳이라면 그 애를 어디든지 데리고 다녔어. 너희들이 대판 싸웠을 때도, 난 네게 아무것도 묻지 않았다. 난 항상 네 곁에 있었어. 이제 내가 너한테 원하는 게 있어. 이건 중요한 일이야. 제발, 같이 가면 안 되겠니?"

태미가 사정하게 하다니, 정말 나쁜 놈이 된 것 같았다. 당연히 그렇게 해줄 수 있다. 누나의 부탁이라면 절대로 거절할 수 없었다. 그간 태미의 도움을 받은 것을 생각하면, 남은 빚을 평생 갚으며 살아도 부족했다.

"알았어, 태미. 미안해. 간밤에 잠을 설쳤어."

"그래 보이는구나. 정말 피곤해 보여." 누나는 냉장고를 열고 마요네즈 병을 꺼냈다. "이거 내 가방 안에 넣어줄래?"

3.

완벽한 자동차 여행의 요소는 다 갖추어져 있었다. 맑고 파란 하늘, 흰 뭉게구름, 뻥뻥 뚫리는 3차선 도로, 갓 정비하고 기름도 가득 채운 지프 랭글러. 태미는 좋은 여행 동무였다. 지도를 읽을 줄 알았고, 내가 견딜만한 라디오 방송국을 골랐고, 음료수와 과자, 에너지바, 타이레놀, 졸음 방지용 사탕, 휴지, 물티슈 등 필요할지도 모르는 온갖 물건들을 소형 아이스박스에 가득 채워 가져왔다.

문제는 뒷자리에 앉은 수다쟁이 아가씨였다. 일반적으로 누나가 돌보는 위탁아동은 두 부류였다. 첫 번째 부류는 절대 말이 없었다. 불운과 형편없는 육아, 온갖 다양한 트라우마가 겹칠 경우, 아이들은 입을 다무는 법을 배우고 누가 말을 걸 때만 말하게 된다. 질문을 하지도 않고, 묻지 않으면 절대 자기 이야기를 하지 않는다. 음절 하나만 실수해도 어마어마한 재앙이 닥칠 수 있다고 두려워하는 것 같았다.

애비게일은 분명 두 번째 부류였다. 말을 멈추지 못하는 부류다. 항상 입을 열고 있고, 항상 무언가 이야기하고 있고, 매번 상대의 관심과 애정을 갈구한다. 이런 아이들은 말 없는 아이들보다 더 행복해 보이지만, 태미는 겉보기로만 판단해서는 안 된다고 했다. 수다스러운 아이들도 마찬가지로 트라우마를 겪고 있고, 때로는 더 심할 때도 있다는 것이었다. 그저 고통을 숨기는 데 더 능숙할 뿐이다.

애비게일은 매기와 에이든에 대해 온갖 질문을 퍼부었다. 몇 살이에요? 어디서 만났어요? 평생 함께 살 운명이라는 걸 언제 알았어요? 한 시간 동안 질문에 대답한 뒤, 나는 길고 커다랗게 한숨을 쉬면서 이제 적당히 하자는 눈치를 주었지만 아이는 아랑곳없이 질문을 이었다. 손님들은 몇 명 초대했어요? 어떤 케이크가 나올까요? 피로연에서는 라이브 음악이 나오나요? 그 애는 무릎 위에 두꺼운 책을 올려놓고 우리의 답변을 책 내용과 대조해 보았다. 《레이디 에벌린의 결혼식 예법 총정리》였다. 애비게일에게 결혼식에서 어떻게 행동해야 하는지 공부하라고 독려하기 위해서 누나가 도서관 중고책 판매 행사에서 1달러에 산 책이었다. 표지의 신부는 1965년풍 그대로였고, 누렇게 바래 부스러진 페이지에서는 상한 우유 냄새가 났다.

"아저씨가 매기와 함께 결혼식장에 입장할 건가요?"

"그래."

"프랭크 아저씨, 매기 왼쪽에 서야 해요. 아지씨기 오른쪽에 서면 불운을 가져온대요."

나는 누나를 흘끗 보았다. "사실이야?"

태미는 어깨를 으쓱했다. "레이디 에벌린이 그렇다면야."

애비게일은 날카롭게 깎은 연필을 쥐고 책을 가까이 들여다보며 중요한 문구에 밑줄을 쳤다. "7장은 전부 다 읽어보세요. 아버지가 해야 할 일, 하지 말아야 할 일이 전부 있어요. 하나 들어보실래요?"

"아니, 됐다."

나는 라디오를 틀려고 손을 뻗었지만, 태미가 내 손을 밀어냈다. "난 들어보고 싶구나. 좋은 팁이 있을 것 같은데."

"딸에게 아름답다고 말해줘라." 애비게일은 읽었다. "미래의 사위를 비판하지 마라. 긍정적인 측면에 집중하라."

나는 말했다. "그런 건 다 하고 있다."

하지만 태미는 이렇게 말했다. "흠." 정말 그럴까 하는 투였다.

"사돈 집안 사람들과 다정하고 지적인 대화를 나누어라. 검둥이의 역경 같은 논쟁적인 화제는 피하라."

"맙소사, 태미. 그거 언제 나온 책이야?"

"애비게일, 검둥이라는 말은 이제 쓰면 안 된다. 모욕적인 단어야." 태미는 그래도 적절한 충고라고 설명했다. "요리법이나 별점 같은 안전한 화제만 논해야지."

"이건 이해 못 하겠어요." 애비게일이 말했다. "신부의 가족이 결혼식을 주최하는 건데, 우리는 왜 뉴햄프셔로 가요? 에이든의 가족이 우리한테 오지 않고요."

"매기가 이렇게 하고 싶다고 했어." 태미가 말했다. "우리 의견을 묻지 않고 결혼식을 계획했단다."

"왜요?"

"긴 이야기야. 요점은, 가드너 집안에서 결혼식 비용을 전부 다 대기로 했어."

나는 백미러를 통해 애비게일을 보았다. "술값은 내가 댄다. 8천 달러야."

"8천 달러요? 정말요?"

"큰돈이지? 결혼식에서 제일 큰 부분을 차지하는 게 술값이지. 내가 내기로 했어."

"돈이 많으신가 봐요, 프랭크 아저씨."

태미는 코웃음을 쳤다. "돈이 많기는 무슨."

"그럭저럭 살아."

"들어봐라." 태미가 말했다. "에이든은 부자야. 에이든의 아버지는 어마어마한 갑부다. 하지만 나나 프랭크 아저씨는 그냥 중산층이야."

"그냥 평균적인 거예요?"

"맞아. 어떤 사람은 그보다 더 많고, 어떤 사람은 덜하고. 우린 딱 중간이야."

"난 갑부가 되고 싶어요. 에이든의 아버지는 어떻게 갑부가 된 거예요?"

"학교에서 아주 열심히 공부했어." 태미가 말했다. "과학과 수학에서 좋은 성적을 받았고, 하버드에 진학했고, 자기 회사를 차렸어."

"자기 아내 돈으로." 내가 덧붙였다.

"그게 뭐가 중요하니, 프랭키? 왜 그런 소리를 해?"

"사실이니까. 다들 그가 무슨 자수성가한 대단한 백만장자인 것처럼 말들 하는데, 사실은 자기 아내 돈으로 사업을 시작했어. 아내 집안이 진짜 부자였지. 할아버지가 유전 사업을 했어."

"그래, 프랭키. 네 말이 맞아. 부부들이 다 그렇듯, 에롤과 캐서린도 재산을 공유했고, 에롤이 그 돈으로 더 많은 돈을 번 거야."

"얼마나 더 많이요?" 애비게일이 물었다.

"어마어마한 돈." 태미가 말했다. "네가 아는 사람 돈을 다 합쳐도 모자란 돈. 하지만 내가 하고 싶은 말은, 너도 열심히 공부하면 그 사람들이 가진 건 다 가질 수 있어. 그러니까 나나 여기 프랭키처럼 학교에서 농땡이 치면 안 된다."

휴, 이제는 정말 신경을 건드리고 있었다. "난 학교에서 농땡이 친 적 없어, 태미. 왜 그렇게 말하지?"

"하버드 갈 재목은 아니었다는 것뿐이야."

"저는 하버드 갈 재목이 될 수 있을까요?" 애비게일이 물었다.

"그럼! 내 말이 그거다. 열심히 공부하기만 하면 돼." 태미는 쿨러에 손을 뻗어 골드피시크래커를 꺼내 애비게일에게 던졌다. "돈 벌고 유명해지면 날 꼭 찾아와야 한다. 내가 널 돌봐줬다는 걸 잊지 말아야 해. 긴 리무진에 태우고 드라이브 시켜다오. 알겠지?"

4.

매기는 12시 30분에 도착해서 같이 점심을 먹자고 했지만, 우리는 11시가 되도록 뉴햄프셔주 경계선조차 넘지 못했다. 속도를 더 내야 했다. 우리는 93번 주간고속도로를 타고 호수 지역을 통과한 뒤 작은 2차선 고속도로로 옮겨 탔다. 흰 소나무, 붉은 단풍나무, 솔송나무가 우거진 아름다운 숲이 도로를 따라 한참 이어졌고, 10분마다 마을 하나씩을 지나쳤다. 주유소, 스포츠 술집, 낚시 전문점, 전자 담배 가게, 도로변 야채 노점상. 집 앞 정원에 장작을 쌓아놓고 한 꾸러미에 5달러씩 알아서 가져가게 한 주민들도 많았다.

네비게이션은 목적지가 곧 45분 남았다고 알렸다. 나는 운전에 지쳐서 다리를 좀 뻗고 싶었다. 하지만 오스프리 코브에 도착한다고 생각하면 은근히 긴장되는 기분도 있었고, 아식 갈 길이 한참 남았다는 사실이 반가웠다. 우리는 갓길에 세워진 고장 난 미니밴을 지나쳤다. 후드가 열려있었고 흰 연기가 솟아나고 있었지만, 운전자나 승객은 보이지 않았다. 타고 있던 사람들은 허공으로 사라진 것 같았다. 아침에 뉴스에서 본 여자가 떠올랐다. 화재에서 모든 것을 잃고 구급 담요를 뒤집어쓰고 있던 여자.

태미는 내 팔에 손을 얹었다. "긴장하지 마."

"긴장 안 했어."

"프랭키, 손톱을 계속 뜯고 있잖아. 얼었을 때만 그러면서."

그래, 약간 떨리는 건 사실이다. 지난 두 달 동안 에롤과 캐서린, 그들의 친구 300명을 만난다는 생각은 추상적인 관념에 머물렀지만, 이제 그 일이 실제로 이루어지고 있었고 나는 아직 준비가 안 된 것 같았다.

"오늘 아침에 화재 뉴스를 봤어." 나는 태미에게 말했다. "어떤 여자의 집에 불이 나서 홀랑 다 탔더라고. 폐허에 서서 너무나 절망적으로 한탄하고 있었어."

제 인생 최악의 날이에요.

끔찍한, 끔찍한 날이에요.

오늘 이 순간부터 모든 것이 달라질 거예요.

"카메라를 바라보는 눈빛이, 마치 나한테 말하는 것 같았어. 무슨 징조처럼."

"그걸 결혼식 전 신경과민이라고 하지." 태미는 말했다. "지극히 정상적인 현상이야. 나도 그랬어, 프랭키. 여름캠프에 가본 적이 없어서 숙소가 어떨지 모르겠구나. 이 습도에 머리 손질이 잘될지도 모르겠고. 하지만 그냥 자연스럽게 가서 평소대로 행동하면 되겠지. 안 좋은 일이라고 해봤자 뭐가 있겠어?"

내게 가장 큰 두려움은 매기를 당황스럽게 할만한 말이나 행동이 나오지 않을까, 매기의 특별한 주말에 오점을 남기고 화해할 기회를 망치는 일이 생기지 않을까 하는 것이었다. 사람들과 자연스럽게 어울리고 매기의 새 친구와 가족에게 좋은 인상을 남기고 싶었다. 이가 비뚤비뚤 누렇고, 머리에 이가 있는 위탁아동을 데리고 가는 것이 걱정스러웠다.

하지만 백미러를 확인하니, 애비게일이 내 설명을 기다리고 있었다.

"이 이야기는 이제 하고 싶지 않아."

"괜찮을 거야." 태미는 말했다. "신부의 아버지를 싫어할 사람이 어디 있어. 넌 무조건 특급 귀빈인데, 아무것도 안 해도 돼. 딸을 보면서 미소 짓고 눈시울을 붉히기만 하면 돼."

12시 30분 직전, 우리는 주변 시골을 굽어보는 커다란 언덕을 넘었다. 지평선에 화이트산맥이 보였고, 반짝이는 파란 호수 위에 보트와 카약과 카누가 떠다니는 풍경이 펼쳐졌다. 오래된 나무 안내판에는 1903년에 건설된 역사적인 마을, 홉스 페리에 오신 것을 환영한다고 적혀있었다. 우리는 우체국과 이발소, 창문이 지저분한 공실 몇 군데를 지나쳤다. '임대, 문의 환영' 같은 문구가 걸려있는 모습을 보아 도로변에서 보았던 다른 마을들과 달리, 잘나가던 시절을 보내고 기울어지는 마을 같았다.

태미는 창문을 내리고 주위를 둘러보았다. "화장실에 잠시 들를까?"

"10분밖에 안 남았어."

"그래서 잠시 들렀다 가자고. 그 집에 도착하자마자 화장실부터 달려가고 싶지 않아, 민망하잖아."

하지만 모든 가게는 텅 빈 것 같았다. 우리는 수요일에 햄과 콩으로 꾸린 저녁 식사(재향군인 무료, 일반인 6달러)에 초대한다는 안내문을 붙여놓은 소방서, 보트 모터 수리점을 지나쳐서 안락의자와 체커보드가 포치에 가득 놓인 도로변 식당에 도착했다. 남부 시골 분위기를 테마로 한 크래커배럴 체인점 같은 외관, 하지만 여기는 진짜였다. 식당 이름은 맘앤대드였고, 시원한 맥주와 신선한 샌드위치를 판다고 간판에 적혀있었다. 나는 붐비는 주차장으로 진입해서 시동을 껐다.

"곧 돌아올게." 태미가 말했다. 애비게일도 뒤따라 뒷자리에서 뛰어나갔다. 나는 두 사람이 주차장을 건너가는 모습을 바라보다 다리를 좀 움직이려고 차에서 내렸다. 지붕 덮인 포치 쪽으로 걸음을 옮기다가, 나는 안락의자에 앉은 남자를 보고 마음을 고쳐먹었다. 사돈 식구들과의 만남을 10분 정도 앞두고 그 어느 때보다 긴장해서 낯선 사람과 잡담을 나눌 기분이 아니었다.

대신 나는 주차장 한쪽 구석의 안내판 쪽으로 향했다. 각종 전단과 '동네 소식'이 붙어있었다. 마당 세일, 중고차, 베이비시터 구인, 잉크 카트리지 저가 판매, 유아용 가구, 마사지 서비스 광고 그리고 안내판 하단에 실종된 여성, 돈 태거트를 찾는 전단이 붙어있었다. 23세, 165센티미터, 48킬로그램, 갈색 머리, 갈색 눈동자, 11월 3일

마지막 목격. 실종과 관련한 정보를 제공하는 사람에게 100달러 현상금이 걸려있었다. 전단 아래쪽 절반이 찢겨서 바람에 휘날리고 있었다. 나는 사진을 잘 보기 위해 종이를 눌러 폈다. 얼굴을 가까이에서 찍은 증명사진이었다. 자신 있고, 예쁘고, 도전적인 얼굴. 몸싸움한 번 없이 순순히 납치당할 인상은 아니었다.

나는 다가오는 발소리를 듣고 돌아섰다. 포치에 앉아있던 남자가 계단을 내려오고 있었다. 내 또래, 쉰 내지 쉰다섯 정도, 청바지와 미국 국기가 찍힌 검은 티셔츠 차림이었다. 손에는 계산했다는 의미의 오렌지색 스티커가 옆면에 붙은 쿠어스 라이트 큰 캔을 들고 있었다.

"그 여자 보셨소?"

나는 고개를 저었다. "난 이 동네 사람이 아닙니다."

"그건 자동차 번호판을 봤으니 알지. 그런데 여자 얼굴을 알아보시는 것 같아서."

"아니요, 처음 봅니다." 엄격하게 말하면 사실이었다. 돈 태거트를 직접 본 적은 없었으니까. "아는 사람입니까?"

"내 조카요."

"저런, 상심이 크시겠습니다."

"법의 구멍이란 게 이런 거요." 그는 뭐라 설명하려다가 말을 멈추고 손을 내밀었다.

"브로디 태거트요."

"프랭크라고 부르시지요."

"홉스 페리에는 무슨 일로 왔소?"

나는 가족 모임으로 여행 중이라고 했다. 사실대로 말하면 그리 좋은 반응이 나올 것 같지 않다는 불편한 기분이 들었다.

"같이 온 사람은 아내와 아들?"

"사실 제 누나입니다. 데리고 있는 아이는 누나의 위탁아동이고요."

브로디는 이 말을 듣고 약간 이해가 되지 않는다는 듯 생각에 잠겼다. "요즘은 여자들도 천차만별이니. 하지만 여기 돈, 내 조카는 머리를 길게 길렀소. 전통적인 미국 여성다운 여자였어. 버거킹에 가더라도 옷을 잘 갖춰 입을 줄 알았지."

브로디는 맥주 캔을 내려놓고 안내판의 전단지를 반듯하게 매만지기 시작했다. 그리고 오래된 교회 소풍 광고지와 자선 세차 광고지를 떼어냈다. 돈의 전단지를 못 보고 지나치는 사람이 없도록 떨리는 손으로 안내판 한가운데로 옮기더니 네 모서리에 압정을 박았다. 정오를 약간 넘긴 시각이었지만, 그는 분명 취해있었다.

"이 나라가 제대로 굴러가던 시절에는 이 정도 일은 금방 해결됐어. 친구들을 모아서 집집마다 찾아가면 금세 진실을 알아낼 수 있었다고. 하지만 요즘 세상에는 믿을 사람이 없어. 돈만 있으면 다 되는 세상이지. 변호사, 경찰, 군인들까지 모두 한몫씩 챙겨. 무슨 말인지 알아요? 요즘은 돈만 많으면 무슨 짓을 해도 된다고. 아름답고 순수한 여자 하나는⋯." 그는 손가락을 딱 울리더니 동전 사라지기 마술처럼 빈 손바닥을 보였다. "휙! 그냥 사라지는 거요."

가볍게 딸랑거리는 소리가 울리더니 식당 문이 열리고 누나와 애비게일이 나왔다. 계단을 내려온 뒤에야 나를 알아보고, 태미는 신문을 신나게 흔들며 이쪽으로 향했다. "프랭키, 세상에, 이거 못 믿을 거다! 식당 안에 이런 게 있어. 내가 누구다, 여기 무슨 용건으로 왔다고 했더니, 이걸 공짜로 주더구나!"

작은 지역신문, 열여섯 페이지짜리 얇은 흑백 신문이었다. 《홉스페리 메신저》. 전면 오른쪽에 매기와 내 미래 사위의 약혼 사진이 실려있었다. 제목은 '에이든 가드너, 마거릿 저토스키와 결혼'이었다.

"우리 애가 무슨 메건 마클이라도 된 것처럼 신문에 났잖아. 이게 믿기냐? 네 이름도 여기 있어, 프랭키, 봐라!"

"나중에 읽을게, 태미. 빨리 출발하자."

나는 누나를 지프 쪽으로 밀었지만, 너무 늦었다. 브로디가 머리의 비듬과 충혈된 흰자위의 꼬불꼬불한 혈관까지 보일 정도로 바싹 다가와 내 앞을 가로막았다. "잠깐, 가드너 집안을 아시오?"

"만난 적은 없습니다."

"무슨 소리야, 프랭키. 겸손 떨지 마라." 태미가 말했다. "우린 이제 한 가족이나 마찬가지라고요!" 누나는 브로디가 직접 볼 수 있도록 신문을 들어 보이고 세 번째 문단의 기사 한 줄을 가리켰다. "들어보세요. '신부는 전직 미 육군 장병이자 UPS에서 26년 근속한 프랭크 저토스키의 딸이다.'"

브로디는 믿기지 않는다는 듯 나를 돌아보았다.

"당신 딸을 에이든 가드너에게 시집보낸다고? 염병할, 정신 나갔소?"

애비게일은 훅 하고 숨을 들이마셨다. 욕설을 듣는 것이 처음일

리가 없었다. 남자가 정신 줄을 놓은 것 같아서 그냥 겁을 먹은 것 같았다. 나는 아이의 어깨에 손을 얹고 내 뒤로 가서 서라고 살짝 밀었다.

"이 가족에 대해 아는 게 있소? 그들이 얼마나 나쁜 짓을 많이 저지르고도 무탈하게 빠져나갔는지 알기나 하냐고!"

태미는 어리둥절했다. "대체 무슨 일인지 말 좀 해주시죠? 누구세요? 무슨 권리로 그렇게 끔찍한 말씀을 하시나요?"

브로디는 실종자 전단지를 안내판에서 떼어내서 누나의 얼굴에 밀어붙였다. "이게 내 조카요. 에이든 가드너의 아이를 임신해서 그자한테 살해당했소."

"임신?" 태미가 물었다.

식당 문이 열리더니, 기름때 묻은 흰 앞치마를 두르고 턱수염을 기른 덩치 큰 남자가 포치로 나왔다. "그 사람들 내버려둬, 브로디. 그냥 보내줘."

"여긴 자유민주주의 국가야." 브로디가 말했다. "나는 무슨 말이든 할 자유가 있어."

남자는 계단을 내려오며 앞치마를 풀기 시작했다. "내 주차장에서는 안 돼. 가줬으면 좋겠어. 두 번은 말 안 해, 알겠나?"

브로디는 양손을 든 채 자갈길에서 뒷걸음쳤다. *아, 알겠어, 진정해.* 이 뜻이었다. 그는 물러났지만 입을 다물지 않았다. "당신네들은 그 집안이 어떤 집안인지 모르고 있는 거요. 에이든을 최고의 사윗감이라고 생각하겠지. 다들 백마 탄 왕자님이라도 되는 양 떠받들고. 하지만 내 말 믿으시오. 그 자식은 빌어먹을 어둠의 왕자야."

"그만해, 브로디…."

"전단지 보라고." 그는 태미에게 말했다. "내 조카 얼굴 좀 봐. 그 애는 에이든에게 도움을 청하러, 경제적으로 조금만 도와달라고 이야기하러 저택에 갔어. 그 뒤로 그 애를 본 사람은 아무도 없어. 그 새끼가 내 조카를 죽여서…."

"세상에…." 태미가 말했다.

"별장에 시체를 묻은 거요. 틀림없이 그 별장 어딘가에 묻혀있어. 맹세해."

"입 다물어, 브로디. 그만하라고."

"직감을 믿으시오." 브로디가 말했다. "본능적으로 그 남자 어딘가 이상하다는 거 알고 있을 거요. 어딘가 이상해. 눈빛에 죄책감이…."

끼익 하고 브레이크 소리가 말을 끊어서 돌아서 보니 경찰차가 브로디를 향해 다가오고 있었다. 그는 서둘러 뒷걸음질 치다가 어느새 자기도 모르게 도로를 밟고 있었다. 회색 연기 구름 속에서 경찰차 앞 범퍼가 브로디의 무릎에 아슬아슬하게 닿을 정도로 가까이 다가왔다. 그는 말도 안 되는 기적이라도 일어났다는 듯 미치광이처럼 웃었다. "봤소, 프랭크? 얼마나 빨리 출동했는지? 1분도 안 돼서? 경찰이 1분 안 돼서 출동하는 경우 봤나?"

정복 경찰이 문을 열고 내렸다. "무슨 일입니까? 왜 도로로 들어왔습니까?"

브로디는 계속 뒷걸음 쳐 길고 넓은 소나무 숲이 있는 고속도로 반대편까지 다다랐다. "내가 경고하는 거요. 어떤 사람들과 얽히게 됐는지, 당신들은 아무것도 몰라!"

경찰이 그에게 다가가자, 브로디는 마침내 등을 돌리더니 비틀비틀 숲으로 들어가서 계곡으로 내려가 시야에서 사라졌다. 이미 경찰차 뒤로 자동차 여러 대가 지나가려고 줄지어 기다리고 있었다. 경찰은 우리에게 가볍게 손을 흔들어 사과한 뒤 자기 차로 돌아가서 출발했다.

태미는 브로디가 다시 나타나서 장광설을 계속할 거라고 생각하는지 아직도 숲을 바라보고 있었다. "방금 그건 다 뭐냐?"

"그런 소리를 듣게 해서 미안합니다." 앞치마를 두른 남자가 말했다. "브로디는 이 마을 멍청이예요."

"어디로 간 거예요?"

"계곡 아래쪽에 삽니다, 자기 누이와. 알파인 크리크에 트레일러가 있어요."

태미는 아직 실종자 전단지를 들고 있었다. 나는 우편으로 받은 사진이나 매기와의 대화에 대해 누나에게 말한 적이 없었다.

"돈 태거트는 누구죠?" 태미가 물었다.

"브로디의 조카입니다. 나도 약간 알았어요. 좋은 처녀였죠, 아주 착하고. 지난 11월에 하이킹을 갔다가 돌아오지 않았어요. 여기서 남쪽으로 30킬로미터 넘게 떨어진 주 삼림에서 차를 찾았습니다. 가족에게는 끔찍한 비극이었죠. 나도 마음이 안 좋습니다, 정말 그래요. 하지만 그 불행한 일에 대해 에이든을 탓한다는 건 그냥 말이 안 돼요. 이성적인 사람이라면 그 남자가 무슨 관계가 있다고 생각하지 않을 겁니다."

"당연히 그럴 리가 없죠!" 태미가 말했다.

"문제가 뭐냐 하면요, 부인. 이 마을에는 무슨 일이 생겨도 가드너 집안을 탓하고 싶어 하는 사람들이 몇몇 있다는 겁니다. 도로가 붐빈다? 가드너 집안 탓이다. 비가 많이 내린다? 비가 적게 온다? 머리카락이 빠진다? 라쿤이 쓰레기통을 뒤진다? 전부 가드너 집안 잘못이라는 거예요. 돈이 많으니 책임을 져야 한다, 이런 거 아니겠습니까?" 앞치마를 두른 남자는 인간 본성에 질린다는 듯 고개를 저었다. "그러는 사이, 공동체를 위해 베푼 좋은 일들에 대해서는 칭찬한마디 못 듣습니다. 새 노인 센터를 지은 일 같은 거요. 아이스링크도 있고, 초등학교에 새 도서관도 지어줬어요. 가드너 집안의 도움을 받은 장소나 사람들을 줄줄 읊어드릴 수도 있습니다. 나 자신도 포함해서요. 오스프리 코브는 이 마을이 가진 최고의 행운이에요."

"네, 우리도 그렇게 생각해요." 태미는 이렇게 말하다가 애비게일이 옆에 달라붙어서 팔을 붙잡고 있는 것을 알아차렸다. 분명 방금 지켜본 상황 때문에 충격이 심한 것 같았다.

"아가, 들어봐라. 저 나쁜 남자가 방금 말한 건 잊어버려야 해, 알겠지?"

"왜요?"

"미친 사람이니까. 생각이 제대로 박힌 사람이 아니니까. 에이든은 아주, 아주 착해서 절대 누굴 해칠 사람이 아니야."

애비게일은 믿지 않는 것 같았다. 그 애는 태미가 손에 쥔, 돈 태거트의 사진이 실린 전단을 쳐다보았다. "그럼 이 여자는 어떻게 된 거예요? 실종된 사람은요?"

태미는 들고 있다는 것을 잊고 있었는지 놀라 전단을 보았다. 그러더니 생각할 필요도 없다는 듯이 종이를 구겼다.

"이 사람들도 모른다, 아가. 확실한 건 에이든은 이 일과 아무 관계가 없다는 거야."

5.

우리는 마을을 뒤로하고 고속도로를 2킬로미터 정도 달렸다. 다시 숲이 나오고 머리 위를 뒤덮은 울창한 나무들이 햇빛을 가렸다. 그때 네비게이션이 우회전해서 좁은 1차선 도로로 들어가라고 지시했다. 이름도, 간판도 없었고, 우리가 올바른 길로 가고 있는지 알려줄 만한 것이 전혀 보이지 않았다. 하지만 내비게이션은 이 길이 옳다고 고집하며 "미확인 도로를 따라 1.1킬로미터 남았습니다"라고 알렸다.

나는 잘못 들어온 것 같다고 말했다. 하지만 태미는 계속 가라고 했다. 우리는 덜컹거리며 긴 언덕을 한참 내려가서 황무지로 점점 더 깊이 들어갔다. 아스팔트는 온통 갈라지고, 뜯겨나가고, 내려앉아 있었다. 요철이 계속해서 서스펜션에 부딪히자, 나는 브레이크를 밟아 시속 30킬로미터로 속도를 늦췄다. 길 한복판에 농구공만 한 커다란 바위가 내 차의 앞차축을 박살 내려고 기다리고 있었다. 돌을 피하려고 옆으로 꺾었더니, 이번에는 타이어가 큼직한 분화구에 빠질 뻔했다.

"엉뚱한 길로 가고 있어. 가드너 집안이 도로를 이대로 내버려두고 살 리가 없잖아."

"돈 많은 사람들이 어떤지 아니?" 태미가 설명했다. "모두 엘비스 프레슬리처럼 남들 다 쳐다보는 도시 한복판에 대저택을 사지는 않아. 진짜 돈 많은 사람들은 돈을 숨겨. 얼마나 많은지 남들이 모르게 한다고. 딴 사람들이 쳐다보는 것도 당연히 피하지. 그래서 정말 힘들게 집을 찾아가도록 해놓는 거야. 내 말 믿어, 난 부동산 채널을 많이 봐서 잘 알아."

240미터, 180미터, 120미터… 내비게이션은 목적지에서 남은 거리를 카운트다운하고 있었지만, 아직 집이나 건물은 시야에 들어오지 않았다. 그저 눈 닿는 곳까지 끝없이 펼쳐진 깊고 축축한 숲뿐이었다. 차를 세우자, 기계 음성이 말했다. "목적지에 도착하셨습니다." 나는 실소했다. 길을 잃은 것이 확실했다.

"내가 말했잖아, 태미. 차 돌렸어야 했다고. 이제 점심시간에 늦었어."

K턴을 하려고 핸들을 빠르게 돌리는데, 애비게일이 자기 옆 차창을 두드렸다. "저기 봐요. 보이세요?"

세상에, 하마터면 못 볼 뻔했다. 소나무 숲 사이가 작게 뚫려있고 좁은 자갈길이 구불구불 숲으로 더 깊이 나있었다. 정비업체용 진입로 같기도 했지만, 금빛 풍선이 꽃다발처럼 달려있었다. 우리가 올바른 길로 들어왔음을 알려주는 유일한 증거였다.

"저기구나!" 태미가 말했다. "잘 봤어, 애비게일!"

자갈을 깐 드라이브웨이는 지금까지 들어온 길보다 더 울퉁불퉁하고 거칠었다. 제멋대로 자란 나무와 관목이 길을 가렸고, 선명한 녹색 잎들이 차체를 스쳤다. 하지만 이쪽으로 오라는 듯이 금색 풍선이 계속해서 이따금 나타났다. 겨울에는 눈과 얼음으로 여러 겹 덮일 텐데, 이 길로 어떻게 드나드는지 알 수 없었다.

그러다 길이 넓어지고 나무가 차츰 사라지더니, 축구장만 한 넓은 풀밭이 나타났다. 길 양쪽에 반들거리는 검은 사각형 태양열 집열판이 하늘을 바라보며 줄지어 서있었다. 풀밭을 다 가로지르니 주립 공원 입구에서 흔히 볼 수 있는 작은 오두막과 가로대 출입구가 나왔다. 숱 많고 희끗희끗한 턱수염을 기른, 키 크고 덩치 큰 남자가 태블릿 컴퓨터를 들고 오두막에서 나오더니 우리에게 손을 흔들었다. 나와 비슷한 나이였고 파란 선원 모자, 크림색 꽈배기 니트 스웨터 차림을 한, 항해를 마치고 방금 돌아온 선원 같은 분위기였다.

"오스프리 코브에 잘 오셨습니다, 저토스키 씨."

나는 웃지 않을 수 없었다. 이번에도 에이든의 아파트를 방문했을 때와 마찬가지였다. "내 이름은 어떻게 아셨습니까?"

"그게 제 일입니다. 제 이름은 휴고, 영지 관리인입니다." 음절마다 노래하듯 오르락내리락하는 독특한 억양이었다. 스웨덴? 스위스? 알 수 없었다. "다들 편안하게 여행하셨습니까?"

"네, 좋았습니다."

"아, 휴고, 정말 즐거웠어요!" 태미는 내 무릎 위로 몸을 내밀고 커다랗게 소리쳤다.

"정말 아름다운 아침이었어요!"

"그러셨다니 다행입니다, 저토스키 씨." 그는 오른쪽 귀에 작은 기계를 달고 있었다. 보청기나 무슨 통신장치 같았다. 휴고는 차 안으로 손을 뻗어 작은 파란색 사각형 종이를 앞 유리창에 붙였다. "이게 주차권입니다. 이대로 두시면 감사하겠습니다."

"주차권도 필요합니까?"

"가족의 일원이라는 걸 확인하려는 겁니다. 손님들이 많이 오시고, 차도 많아서요."

오두막 안에는 남자 두 사람이 더 있었다. 검은 셔츠와 바지를 입은 날씬한 근육질이었다. 한 사람은 팔에 해병대 셈퍼 파이 문신이 있었지만, 문신이 없었다 해도 전직 군인이라는 사실을 한눈에 알아차렸을 것이다. 군에서 성인이 된 사람에게는 특유의 분위기가 있는데, 제대 후 법집행기관이나 민간경비업체에서 경력을 이어갔다면 그 분위기는 사라지지 않는다.

그동안 휴고는 오스프리 코브에 왔음을 알리는 환영 인사를 계속하고 있었다. "자, 시차에 대해 혹시 들으셨습니까? 모두 시계를 15분 앞으로 맞춰주십시오. 여기서는 이것을 '가드너 표준시'라고 합니다. 에롤 가드너는 항상 경쟁자보다 15분 앞서가는 것을 좋아하시니까요."

나는 농담이겠지 생각했지만, 그는 자기 손목시계를 보여주었다.

분명 12시 53분으로 맞춰져 있었다. "번거롭지 않습니다. 곧 적응하실 거예요. 가장 좋은 점은 시차 적응이 필요 없다는 겁니다!"

태미는 얼른 장단을 맞추고 싶어서 안달이었다. 누나가 아이폰의 시각을 바꾸는 방법을 묻자, 휴고는 기꺼이 태미 옆 창가로 가서 방법을 알려주었다. 그리고 내 시계도 고쳐주겠다고 손을 뻗었다.

"내 시계는 그냥 두겠습니다." 나는 말했다.

휴고는 실수라고 경고했다. "많은 분들이 그런 식으로 하려고 합니다만… 아, 머릿속으로 계산하고 말지 뭘 그렇게까지 하나, 말입니다. 하지만 곧 잊어버려요. 마거릿의 결혼식에 늦고 싶지는 않으시겠지요?"

"안 늦을 겁니다. 그런 일은 없을 거요."

애비게일은 뒷자리에서 몸을 내밀어 나와 태미 사이로 끼어들었다. 아이는 검볼 기계에서 나온 듯한 싸구려 미니마우스 손목시계를 차고 있었다. "제 것도 고쳐주세요."

"그럴 필요 없다. 하기 싫으면." 내가 말했다.

"전 하고 싶어요."

"당연히 해야지." 태미가 말했다. "이번 주말에는 다른 사람들 하는 대로 똑같이 하고 가족 같은 기분을 느껴보는 거야." 태미는 애비게일의 시계에 붙은 작은 다이얼을 돌려 시각을 뒤로 미루어 주었다. "프랭크 아저씨는 과거에 머무르고 싶은가 보다."

"그건 과거가 아니라 동부 표준시야." 내가 말했다. "대통령도 그 시간을 쓸걸."

"하지만 여긴 백악관이 아니잖아. 우린 매기의 결혼식에 와있어. 파티 분위기 망치지 마라."

좋다. 나는 콜린이 다섯 번째 결혼기념일에 선물한 디지털 타이맥스 시계를 차고 있었다. 나는 시계 버튼을 한참 만지작거리다가 겨우 12시 53분으로 맞췄다.

"즐거운 주말이 되실 겁니다." 휴고는 약속한 뒤 내게 호숫가 별장에 딸린 오두막과 각종 시설이 모두 그려진 종이 지도를 주었다. "자, 마거릿과 에이든은 오스프리 산장에서 기다리고 있습니다. 이 길을 끝까지 죽 따라가세요. 하지만 출발하시기 전에, 우선 프라이버시 서류를 작성해 주셔야 합니다."

"프라이버시… 뭐요?"

"영지에서 알게 된 기밀정보를 비밀에 붙인다는 간단한 서약서입니다. 가드너 씨의 사업상 기밀을 훔쳐 나가서 배터리 회사를 차리면 곤란하니까요." 휴고는 자기 농담에 자기가 웃고, 열린 창문으로 본인 아이패드를 건네주었다. "손가락으로 네모 안에 서명하시면 됩니다."

"우린 여기 결혼식에 참석하려고 왔소." 나는 말했다.

"압니다, 저토스키 씨. 이건 전적으로 형식적인 겁니다. 방문하신 분들 모두 프라이버시 서류에 서명합니다."

나는 아이패드를 내려다보았다. 무선 통신사의 가입 약관이나 건강보험 약관 같은, 복잡한 법률 용어가 가득 찬 56페이지짜리 두꺼운 서류의 첫 페이지였다. 스크롤해서 내용을 훑어보았지만, 도무지 이해할 수가 없었다. '본 약정의 비공개 조항은 이 약정의 종료 이후에도 유효하며, 프랭크 저토스키의 기밀정보에 대한 비밀유지의무는 영구적으로, 혹은 파운틴헤드 7 LLC에서 프랭크 저토스키를 이 약정에서 해제한다는 서면 통지를 프랭크 저토스키에게 송부할 때까지 유효하며, 이러한 경우는….'

"파운틴헤드 7이 뭡니까?" 나는 물었다.

"아, 갑갑해. 아이패드 이리 내놔봐." 태미는 내 손에서 기계를 빼앗아 손가락으로 화면을 그었다. "애비게일도 서명해야 하나요? 내 위탁아동인데?"

"아니요, 성인만 하면 됩니다." 휴고가 말했다.

"내가 동생 이름을 서명해도 되나요? 그게 빠를 것 같은데요. 점심시간에 늦었어요."

"죄송합니다. 직접 서명하셔야 합니다."

"내가 무슨 내용에 서명하는지는 알아야 할 것 아니야." 나는 그들에게 말했다. 어린 시절, 아버지는 내가 이해할 수 없는 서류에는 절대 이름을 적지 말라고 했다. 하지만 요즘은 이 원칙을 지키기가 힘들다. 수천 개의 조항과 조건에 동의하지 않으면 케이블 텔레비전에 가입할 수도 없고, 슈퍼마켓 할인 카드조차 얻을 수 없다. "결혼식에서 이런… 이걸 뭐라고 하셨소?"

"프라이버시 서류입니다."

"이게 왜 56페이지나 되는 겁니까?"

"모르겠습니다. 솔직히 말씀드리면, 아무도 안 읽으시는 것 같습니다."

은색 테슬라가 우리 차 뒤에서 천천히 멈추는 모습이 백미러를 통해 보였다. 나는 막 도착한 차를 무시하고 화면에 집중했다. '양자는 프랭크 저토스키가 이 약정을 위반하거나 그럴 우려가 있는 경우 파운틴헤드7 LLC 혹은 가드너 가족 구성원이 금지명령구제 및 기타 법적인 또는 공평한 구제책을 어떤 관할법원에든 요청할 수 있다는 데 동의한다.' …도대체 이게 무슨 소리야? 태미가 귓가에서 소리를 지르고 있어서 집중하기가 어려웠다. 누나는 이미 매기에게 전화를 걸어서 불평하는 중이었다.

"그래, 매기. 방금 도착했어. 그 작은 부스 있잖니? 한데 네 아빠가 문제다. 프라이버시 서류라는 걸 가지고 꽉 막힌 사람처럼 굴고 있어. 아니, 프라이버시 서류. 아이패드에 서명하는 거. 그거 말이다! 그렇지, 그렇지! 내 말이 그거라니까. 네가 직접 이야기해 봐라. 네 말은 들을 거다."

태미는 휴대전화를 내 귀에 가져다 댔다.

"아빠, 괜찮은 거예요." 매기가 말했다.

"그냥 읽어보는 중이야. 네 고모가 2분만 입을 다물어 준다면, 다 읽을 수 있을 거다."

"너무 심각하게 받아들이지 마세요. 아빠한테 해당되는 내용도 아니에요."

"그런데 왜 서명을 하라는 거냐?"

"다들 해요. 안 하시면 못 들어오게 할 거예요."

"매기, 난 네 아빠다. 내가 이 계약서에 서명을 안 하면 에롤 가드 너가 내 딸의 결혼식에 참석도 못 하게 할 거란 소리냐?"

"그건 계약서가 아니에요!"

"변호사가 작성한 56페이지짜리 법률 문서야. 그런데 아무도 무슨 뜻인지 모른다. 누구한테라도 물어보고 싶어."

"정말요? 정말 그런 식으로 주말을 시작하고 싶으세요? 커패시티 법률 팀과 통화하는 걸로요? 제발 대수롭지 않게 넘어가 주시면 안 돼요?"

백미러를 통해, 검은 아우디가 테슬라 뒤에 멈추는 모습이 보였다. 휴고는 두 차량을 향해 미안하다는 듯 작게 손을 흔들어 보이며 조금만 참아달라고 말없이 간청했다. 나는 최대한 빨리 읽으려고 노력했다. '이 약정은 나와 내 상속인, 유언집행자, 관리자에게 구속력을 가지며, 회사와 그 승계자, 그 관재인의 이익을 위해 효력이 있다.' 그러나 56페이지 중 이제 겨우 4페이지였다. 나는 어차피 다 읽지 못할 것 같아서 그냥 서명을 적은 뒤 '수락한다'고 적힌 상자에 표시했다.

태미는 안도의 한숨을 쉬고 매기에게 이제 됐다고 말했다. "끝났어, 매기. 이제 곧 보자."

휴고는 아이패드를 받아 들고 정확하게 작성했는지 확인한 뒤 미소 지었다. "감사합니다. 이제 이 길을 따라 죽 가십시오. 우리는 이 길을 메인스트리트라고 합니다. 작은 오두막이 몇 군데 나오지만 그냥 큰 오두막을 향해 계속 가시면 됩니다."

"큰 오두막인지 아닌지 어떻게 압니까?"

"보면 아실 겁니다. 결혼식 즐겁게 보내십시오."

출입구의 가로대가 올라갔고, 나는 감사하다는 인사 없이 그냥 통과했다. 태미는 관리인을 무시한 거라고 생각한 모양이었다. "무례하게 굴 필요는 없잖니, 프랭키. 자기 할 일을 하는 것뿐인데."

"서명하면 안 되는 건데. 무슨 내용인지도 모르고."

"매기가 우리한테는 해당되지 않는 거라고 했어."

"그런데 왜 서명을 하냐고?"

태미는 더 이상 이야기하고 싶지 않다는 뜻으로 두 손을 번쩍 들었다.

차를 몰고 들어가는데, 검은 옷차림의 경비 두 사람이 더 눈에 띄었다. 숲속 깊숙한 곳에서 3미터 높이의 금속 울타리 같은 것을 따라 걷고 있었다. 마치 〈쥬라기 공원〉에 나오는, 공룡이 나오지 못하게 막아놓은 시설 같았다. 작은 부분만 언뜻 보였지만, 울타리는 양쪽으로 구불구불 숲속에서 계속 이어지고 있는 것 같았다.

한편 태미는 지도를 펼쳐 자세히 들여다보았다. 놀이공원에서 나눠주는 듯한, 만화 그림체로 그린 지도였다. 모든 건물에 번호가 붙어있었고, 페이지 하단에 설명이 적혀있었다. 다섯 채의 오두막은 호수가 보이는 전망이었고, 다른 아홉 채는 좀 더 안쪽에 위치해 있었다. 그 외에도 게임룸, 스파, 보트하우스, 직원실이라고 적힌 작은 건물들이 있었다. 각각 조류 이름을 따 건물명을 붙인 것 같았다. 침실 하나짜리 단층집은 벌새나 휘파람새, 그보다 큰 2층 건물은 매,

흰머리수리, 따오기 같은 식이었다.

태미는 지도 뒷면에 적힌 오스프리 코브의 역사를 읽었다. "1953년, 루터 교회가 윈덤호숫가에 37만 평의 땅을 매입하고 교인들의 야영 캠프로 건설한 오스프리 코브는 30년 이상 운영되다가 경제난을 겪으며 1988년에 문을 닫았습니다. 1999년, 에롤 가드너는 10년간 방치되어 있던 캠프를 사들였습니다. 아내 캐서린, 아들 에이든과 함께 에롤 가드너는 오스프리 코브를 세계 최고의 혁신적인 사상가와 지도자, 예술가, 기업가의 쉼터로 탈바꿈시켰습니다. 10킬로미터 길이의 산책로를 따라 걸으며 좋은 아이디어를 다듬으세요. 각종 편의 시설이 구비된 넓은 오두막에서 편안히 휴식을 취하면서 재충전의 시간을 누리세요. 윈덤호수에서 노를 저으며 미래의 영감을 얻으세요…. 이야, 애비게일, 정말 멋있지 않니?"

아이는 손과 얼굴을 유리창에 붙인 채 시야에 들어오는 몇몇 건물들을 홀린 듯 바라보고 있었다. 가드너 집안은 기존의 오두막을 철거한 것 같았다. 긴 통나무로 지은 현재의 오두막은 넓은 통유리창이 있고, 돈이 많이 드는 수작업으로 짓는 건축 기법으로 보아 전부 현대식으로 보였기 때문이었다. 오두막 현관문 옆에는 각각 건물 이름이 적힌 목재 간판이 있었다. 물총새, 딱따구리, 바다오리.

"어느 집이 그 사람들 거예요?" 애비게일이 물었다.

"전부." 태미가 말했다. "네가 보는 걸 전부 다 갖고 있어. 이 사람들도 모두 여기 고용돼 일하는 사람들이야."

어디를 보나 직원들이 유리창을 닦고, 양탄자를 털고, 나뭇가지를 다듬고, 울타리에 칠을 하고, 포치에서 낙엽을 쓸어내고 있었다. 파란 가정부 제복을 입은 여자가 흰 리넨 이불을 높다랗게 쌓아올린 손수레를 밀고 지나가는 모습도 보였다. 땀범벅이 된 남자 셋은 길가에 무릎을 꿇고 화단에 뗏장을 덮고 있었다. 모두 똑같은 녹색 폴로셔츠와 연한 카키색 바지 차림이었다.

"아, 세상에." 나는 말했다.

"왜 그래?"

"저 사람들을 봐. 그리고 나를 보라고."

태미는 내가 녹색 폴로셔츠와 연한 카키색 바지를 입고 있다는 사실을 그제야 알아차렸다. "그래, 네가 도와주면 딱 좋겠구나. 잠시 차 세우지 그러냐."

애비게일이 배를 잡고 웃다가 재채기를 하는 바람에 미세한 침방울이 내 유리창에 온통 튀었다. 하지만 뭐라 불평하기도 전에, 메인스트리트가 크게 굽어지면서 오스프리 산장이 눈에 들어왔다. 옐로스톤 국립공원의 올드 페이스풀 인을 연상시키는 디자인이었다. 통나무와 거친 돌로 요새처럼 지은 3층 건물이었고, 옹이 진 나무를 손으로 다듬은 넓은 발코니와 긴 난간이 달려있었다.

도로 끝 로터리를 돌아가니 산장 입구가 나왔고, 속도를 늦춰 차를 세우자 에이든이 내 딸의 손을 잡는 모습이 보였다. 매기는 마치 캠프 카운슬러처럼 분홍색 티셔츠와 카키색 반바지를 입고 작은 컨버스 운동화를 신고 있었다. 그리고 내가 지프에서 내리자마자 다가와서 포옹했다. "와주셔서 기뻐요, 주말 내내 실컷 놀아요!"

에이든은 페인트가 여기저기 튄 긴소매 스웨트 셔츠와 펑퍼짐한 바지 차림이었다. 작업 중이었느냐고 물었더니, 미소만 지을 뿐 달리 설명하지는 않았다. 결혼식은 토요일이라 아직 한참 남았지만, 그는 벌써 초조하고 긴장한 것 같았다.

"정말 멋진 곳이네!" 태미는 말했다. "에덴동산 같아." 누나는 심호흡을 하며 향기롭고 신선한 소나무 향을 허파에 한껏 채웠다. "우리 동네에서는 이런 공기를 마실 수가 없어. 정말 깨끗하네!"

애비게일은 우리와 같이 내리는 것이 맞는지조차 알 수 없는지 어색하게 쭈뼛거리며 아직 지프 뒷자리에 앉아있었다. 태미는 유리창 너머로 손을 흔들며 문을 열라고 신호했다.

"애비게일이야." 태미가 설명했다. "며칠 우리 집에 있게 됐는데, 결혼식에 참석하는 건 이번이 처음이란다!"

누나는 사전에 사람들에게 알려놓은 모양이었다. 매기는 활짝 팔을 벌려 애비게일을 환영했지만, 서로 머리가 닿는 것을 보고 나는 소름이 끼쳤다. 너무 가까이 가지 말라고 딸에게 말해주고 싶었다.

"마침 네가 와서 정말 다행이야." 매기는 말했다. "큰 문제가 생겼어, 애비게일. 너밖에 도와줄 사람이 없어."

소녀는 눈을 깜빡였다. "저요?"

"에이든의 사촌이 내 화동 역할을 하기로 했는데, 마침 인후염에 걸려서 못 오게 됐어. 하지만 네가 비슷한 치수니까 그 애 드레스를 입을 수 있을 것 같아. 네가 해주면 정말 고맙겠는데."

애비게일은 누렇고 뾰족한 송곳니 끝을 드러내며 입을 떡 벌렸다.

"정말 신부 쪽 식구로 참석해 달라고요?"

"하나도 어렵지 않아." 매기가 말했다. "넌 그냥…."

"신부보다 앞장서서 결혼식장을 행진하면서 깔아놓은 카펫에 꽃잎을 뿌리는 거잖아요! 저도 알아요! 결혼식에 대한 책을 갖고 있어요!"

"그럼 네가 해주겠니?"

애비게일은 허락을 구하는 듯 태미를 돌아보았고, 태미는 엄지손가락을 치켜세웠다. "잘됐다! 전 잘할 거예요! 어떻게 하는지 다시 책을 볼게요!"

애비게일은 지프로 들어가서 책을 찾았고, 나는 딸에게 다가갔다. "그럴 필요 없다, 매기. 네가 선의에서 그러는 건 알지만, 이건 너한테 특별한 날이야. 굳이 양보할 거 없어."

"양보하는 거 아니에요." 매기는 말했다. "저 애한테 저도 뭔가 베풀어 주고 싶어요."

에이든은 아무 말도 하지 않았다. 애비게일이 화동 역할을 맡는 것이 불편한지, 우리 가족과 함께 있는 것이 불편한지 알 수 없었다. "애비게일은 위탁아동일세." 나는 솔직하게 다 털어놓고 싶어서 그에게 말했다. "이 애가 오게 될 줄은 나도 몰랐어. 오늘 아침 태미한테 갑작스럽게 들었네."

"매기한테 들었습니다. 괜찮아요."

하지만 그는 괜찮아 보이지 않았다. 하기 싫은 심부름을 하러 온 사람처럼 짜증이 난 것 같았다. 애비게일은 결혼식 예법을 담은 책을 들고 차에서 내리더니 페이지를 넘겨 화동에 관한 내용이 들어있는 장을 펼쳤다. 매기는 반갑게 들여다보았고, 우리는 둘러서서 그 광경을 지켜보았다. 그때 작은 골프 카트가 무슨 옛날 공상과학영화에서 나온 달 탐사 차량처럼 웅웅 소리를 내며 판석 산책로를 달려왔다.

카트 앞자리에는 두 남자가 타고 있었고, 에이든은 우리 짐을 가지러 온 사람들이라고 말했다. "아, 그럴 필요 없는데." 내가 말했지만 너무 늦었다. 한 사람은 이미 짐칸에서 가방을 내리고 있었고, 다른 한 사람은 자기 몸 때문에 더럽혀지지 않도록 운전석을 비닐 랩으로 씌웠다.

"저토스키 씨, 열쇠 주시겠습니까?"

나는 차를 남에게 맡기고 싶지 않았지만, 다들 이것이 평범하기 그지없는 절차인 것처럼 행동하고 있었다. 프라이버시 서류로 소란을 피운 터라, 다시 큰 목소리를 내고 싶지는 않았다. "차를 돌려받고 싶으면 어떻게 해야 됩니까?"

남자들은 내가 농담이라도 했다는 듯이 웃었다. 뭐, 나중에 누구한테 물어보면 되겠지.

그들이 차를 끌고 간 뒤, 나는 곧장 오스프리 산장 안으로 들어가서 가드너 부부를 만나리라고 생각했다. 하지만 에이든은 건물 외곽을 돌아가는, 돌이 깔린 산책로를 따라 앞장서서 걸었다. "주말 동안 어르신이 계실 오두막으로 가는 길인데 경치가 아주 좋습니다. 도착하면 점심이 준비돼 있을 겁니다."

시부모님도 합석하느냐고 물었더니, 매기는 아니라고 했다. 에롤은 2분기 수익보고발표가 다가와서 줌으로 커패시티 이사회 회의 중이었다. 하지만 캐서린 가드너에 대해서는 아무 말이 없어서, 나는 에이든에게 직접 물었다. "어머님은? 기분이 좀 어떠신가?"

"별로 안 좋으십니다."

"아무래도 스트레스에 영향을 받으세요. 평소 있던 증상들이 전부 심해지셨어요. 어지럼증, 목 통증, 요통….."

나는 편두통에 대해 잘 몰랐지만, 태미는 전형적인 증상이라는 듯 고개를 끄덕였다. "오죽하시겠니, 매기. 아들 결혼식을 앞두고 집에 수백 명의 하객이 모이면, 난 스트레스로 손가락 하나 까딱 못 할 것 같다. 아무 일도 못 하고 우왕좌왕할 거야!"

"저녁 식사쯤에는 나아지실 거예요." 에이든이 말했다. "프랭크, 얼른 만나보고 싶으시답니다."

그는 앞서 나갔고, 나는 옆에서 보조를 맞추기 위해 걸음을 재촉했다. 어색한 첫 저녁 식사 이후 석 달 동안 가까워질 기회를 만드는 데 실패했지만, 나는 처음부터 다시 노력할 준비가 되어있었다. 이 청년에게 두 번째 아버지 같은 존재가 되겠다는 기대는 애당초 없었지만, 그래도 가까운 곳에서 언제나 응원하는 믿음직스러운 사람으로 생각해 주기를 바라는 마음이었다.

"기분은 어떤가, 에이든? 긴장했지?"

"괜찮습니다." 괜찮지 않지만 별로 이야기하고 싶지 않다는 말투였다. "염려해 주셔서 감사합니다."

산장 옆면의 모든 창문에는 커튼이 드리워져 있어서 안에서 무슨 일이 벌어지는지 들여다볼 수 없었다. 작은 소나무 숲을 통과하는데, 멀리 보트에서 나는 모터 소리가 들려왔다. 갓 깎은 풀 냄새, 맑은 물의 기분 좋은 흙냄새가 풍겼다. 그때 숲이 끝나고, 우편엽서에서나 보던 위용을 뽐내는 찬란한 윈덤호수가 모습을 드러냈다.

"세상에!" 태미가 외쳤다. "이것 봐!"

우리는 완벽하게 조경한 넓은 정원 꼭대기에 서있었다. 부드러운 잔디가 덮인 완만한 언덕이 이어지다가 모래사장과 L 자 모양의 나무 선착장, 보트하우스가 나왔다. 그 너머 10제곱킬로미터 넓이의 푸르른 호수 위에는 알록달록한 카약과 요트가 점점이 떠있었다. 수평선의 녹색 산 세 봉우리와 솜털 같은 구름이 가득한 하늘, 완벽한 풍경이었다.

"여기서 에이든이 청혼했어요." 매기가 설명했다. "밸런타인데이여서 호수는 아직 얼어있었죠. 사방이 온통 눈이었어요. 아름답고 장엄한 겨울 풍경이었죠. 스노보드를 탈까 생각하고 있는데, 느닷없이 무릎을 꿇고 반지를 내밀지 뭐예요."

"너무 낭만적이다!" 태미가 말했다. "이보다 더 완벽한 청혼 장소가 어디 있겠니."

에이든은 입술을 약간 내밀고 미소 지었다. 나는 사진에서 봤던 바로 그 호숫가라는 것을 깨달았다. 그가 돈 태거트와 사진을 찍었던 바로 그 장소였다.

"그리고 토요일에 결혼식을 마치고 피로연도 여기서 열 거예요." 매기는 말을 이었다. "사진작가들이 아주 좋아해요. 황금 시간대 빛이 정말 끝내주거든요."

정원 양쪽은 뉴잉글랜드의 넓은 삼림이었고, 포장한 산책로와 그보다 작은 오솔길이 이어져 있었다. 매기는 숲속에서는, 특히 밤에 길을 잃기 쉬우니 조심하라고 했다. 나는 휴고에게서 받은 지도를 보여주었지만, 매기는 회의적이었다. "한밤중에는 도움이 안 될 거예요. 얼굴 앞에 자기 손을 갖다 대도 안 보이거든요. 여차하면 손전등으로 쓸 수 있으니 항상 휴대전화를 갖고 다니세요."

태미의 허락을 받고 애비게일은 모래사장으로 달려갔고, 우리도 뒤따랐다. 모래는 하얗고 보슬보슬한 가루 같았다. 에이든은 와이키키에서 공수한 모래라고 했지만, 농담인지 진담인지 알 수 없었고 굳이 묻지도 않았다. 지금은 수영하거나 햇볕을 쬐는 사람이 없었지만, 빈 라운지 체어와 양산 스무여 개가 놓여있는 걸 보니 손님들이 많이 올 모양이었다.

애비게일은 소규모 함대처럼 대기하고 있는 카약과 카누, 요트 앞에 멈췄다. "프랭크 아저씨, 카누 탈래요?"

"우린 방금 왔잖니."

"점심 먹고 타자." 태미가 달랬다.

모래사장 끝에는 또 다른 판석 산책로가 있었고, 이 길은 보트하우스를 지나 호숫가를 돌아 이어졌다. 1분 정도 걸어가니 철근과 유리, 돌로 지어진 2층 오두막이 나왔다. 집을 빙 두르는 포치가 있었고, 호수를 굽어보는 넓은 통창이 있었다.

"이 집이 블랙버드예요." 매기가 말했다. "캠프에서 제일 예쁜 집이라서 아빠가 계시도록 했어요."

에이든은 이 영지의 모든 집에는 열쇠 없는 잠금장치가 달려있기 때문에, 블루투스 기술을 이용해서 오두막에 들어갈 수 있다고 했다. 태미와 나는 필요한 앱을 다운로드해서 설치할 수 있도록 휴대전화를 에이든에게 넘겨주었다. 캠프의 와이파이는 번개처럼 빨라서 앱을 받기까지 1분밖에 걸리지 않았다. "우리 가족 계정으로 연결했으니," 그는 설명했다. "주요 건물에는 모두 접속하실 수 있습니다. 이제 어떻게 되는지 출입문으로 가보세요."

계단을 통해 현관쪽의 포치로 올라서자, 잠금장치가 덜컥 풀리고 용수철이 달렸는지 문이 안으로 열렸다. 집 안에 들어서니 단단한 소나무 마루와 거칠게 다듬은 목재 벽, 2층 아트리움까지 이어진 석재 벽난로가 있는 널찍한 방이 나왔다. 사슴뿔, 빈티지 나무 노, 인근 지형도가 걸린 내부의 장식은 시골풍이었고, 손님 열 명 정도가 앉을 수 있는 의자와 소파가 놓여있었다.

"몇 명이 여기 묵는 거니?"

"세 분만 계실 겁니다." 에이든은 위층 발코니와 문 두 개를 가리켰다. "짐은 침실에 가져다 두었습니다. 왼쪽이 프랭크가 묵는 큰방이지만, 태미의 방도 거의 비슷합니다. 두 분 다 매우 만족하실 거라고 생각합니다."

누나와 애비게일이 따라 들어왔고, 태미는 가슴에 손을 얹었다. "세상에, 여길 봐! 애비게일, 이런 집 본 적 있니?"

아이는 한 바퀴 빙 돌아 바닥에 정신을 잃고 쓰러지는 척했다. "농담이시죠? 여기가 우리가 지낼 방이라고요?"

"집에 있는 건 뭐든지 편히 쓰세요." 매기가 말했다. "필요한 게 있으시면, 수화기를 들고 0번을 누르세요. 곧 가져다 줄 거예요."

틀림없이 이 오두막에는 우리가 필요한 건 다 있을 것 같았다. 벽장에는 여분의 담요, 베개, 수건, 구급상자, 벌레 스프레이, 손전등, 장화가 가득했다. 듀얼 사운드 바를 장착한 거대한 평면 스크린 텔레비전, 카드놀이를 위한 넓은 원탁과 마우스 트랩, 뱀과 사다리 게임, 트러블, 타부 등 각종 보드게임판도 선반 가득 있었다.

하지만 기쁨도 잠시, 에이든은 벌써 가보겠다고 했다. "글렌이 왔어." 그는 매기에게 말하고 문자메시지를 보여주었다. "가서 좀 도와야겠어."

"그렇게 해." 매기는 에이든의 뺨에 가볍게 키스했다. "대신 인사전해주고, 저녁 식사 때 봐."

에이든은 우리에게 짐을 풀고 편하게 쉬시라고 인사한 뒤 훌쩍 사라졌다. 함께 있었던 시간은 전부 18분이었다.

"어디로 가는 거냐?" 내가 물었다.

"대학 친구 만나러요." 나는 사위와 점심을 같이 하기 위해 600킬로미터 가까이 달려왔는데도, 매기는 한마디면 설명이 충분하다는 듯 대수롭지 않게 대꾸했다.

태미는 내 음성에서 짜증을 느꼈는지 화제를 돌렸다. "생강빵 냄새 나는데? 내가 착각한 거야?"

"이쪽으로 오세요." 매기가 말했다.

딸은 식당을 지나 아주 소박한 부엌으로 들어갔다. 싱크대 위에 어마어마한 양의 음식이 쫙 깔려있었다. 갓 구운 빵이 담긴 바구니들, 작은 샌드위치를 놓은 접시들, 방금 깎은 과일을 올린 쟁반들, 산처럼 쌓인 페이스트리와 쿠키, 브라우니까지. 우리 셋이 주말 내내 먹기에 충분한 양이었지만, 매기는 그 어마어마한 뷔페를 그냥 '점심'이라고 했다.

"간단하게 먹고 싶으실 것 같아서요. 이 정도면 괜찮으시죠?"

태미는 웃었다. "매기, 농담하니? 우리 집 추수감사절 잔칫상보다 더 으리으리하구나."

애비게일은 먼저 먹어도 되느냐고 물어본 뒤 접시를 들고 치킨슬라이더와 작은 BLT샌드위치를 담고, 큼직한 국자로 감자샐러드 세 숟가락을 올리기 시작했다. "욕심 부리지 말고 천천히 먹어라." 나는 말했다. "음식이 어디 도망가는 건 아니야."

"그냥 배가 고파서 저러지." 태미는 말했다. "나도 배고프다." 누나는 내게 접시를 건네고 자기도 하나 들었다.

"얼른 드세요." 매기가 말했다. "짐을 풀고 쉬고 계시면, 제가 두어 시간 뒤에 올게요."

믿을 수가 없었다. "두어 시간?"

"아빠, 난 결혼 준비 때문에 정신없어요."

"같이 점심을 먹는다고 하지 않았니."

"아뇨, 점심을 준비해 놓는다고 했죠. 전 아빠가 도착하시기 전에 먹었어요. 할 일이 너무 많아서요."

나는 접시를 싱크대에 도로 올려놓았다. "그럼 내가 도와주마, 매기. 일을 맡겨줘. 뭘 하면 되냐?"

매기는 내가 결혼식 준비의 어마어마한 규모를 이해하지 못하고 있다는 듯 고개를 저었다. "아빠, 이번 주말에 하객 300명이 와요. 예순 명은 채식주의자 중에서도 베지테리언, 스물여섯 명은 비건, 열한 명은 글루텐 프리예요. 100명은 캠프에서 머물고 나머지 200명은 호텔에서 지낼 거라서, 사람들을 실어 나를 아주 좋은 버스를 세 대나 대절해야 해요." 숨 쉬지도 않고 속사포처럼 쏟아붓는 바람에 목소리가 한층 날카로워졌다. "그런데 반경 160킬로미터 안에 유일한 버스대절회사가 방금 아무 이유 없이 예약을 취소했어요. 사과도, 설명도 없었다고요. 그냥 '죄송합니다, 저희는 곤란하겠어요'라는 한마디뿐이었어요. 그러니까 아빠가 버스 운전사 세 명을 구해주시지 못할 거면, 도움이 안 될 것 같아요."

사실 버스 운전사 세 명 정도야 알고 있었다. UPS 운전사가 짐 나르는 일에 질리면 가장 흔히 도망가는 직종이었다. 하지만 자기 버스를 갖고 있는 사람은 아무도 없었고, 분명 가드너 집안에서 원할 만큼 고급 버스를 몰지도 않았다.

"아, 매기, 정말 어떡하냐!" 태미가 말했다. "베터 비즈니스 뷰로에 연락했니? 이럴 때 예약을 취소한 회사를 조사하는 기관이야. 어떻게든 책임을 물어야지."

매기는 참을성 있게 고개를 끄덕이고 태미의 말이 끝나기를 기다렸다. "태미 고모, 그것도 좋은 생각이지만요, 하지만 난 이미 계획이 있어요. 가서 실행하면 돼요. 그러니까 절 돕고 싶으시면, 그냥 여기서 짐 풀고 편히 쉬고 계세요."

나는 매기가 기진맥진했다는 사실을 알 수 있었다. 결혼식 전에는 할 일이 태산 같다는 것을 알고 있었기 때문에, 나까지 딸에게 짐을 더하고 싶지 않았다. 그래서 나는 선뜻 기분 좋은 표정을 지으려고 애썼지만, 매기는 내 얼굴에서 실망감을 읽어냈다.

"아빠, 3시까지 돌아오도록 노력할게요. 그런 뒤 캠프를 한 바퀴 안내해 드릴게요. 알겠죠? 괜찮으시죠?"

"그거 좋겠다." 태미는 내 팔짱을 끼고 나를 딸에게서 멀리 데려 갔다. "가서 볼일 봐라, 매기. 우린 여기서 잘 있을 테니 걱정 말고!"

6.

애비게일은 너무 많이 먹어서 토했다. 그렇게 먹어대니 당연한 결과였다. 뷔페에서 음식을 먹어본 게 처음인 것 같았다. 모든 음식을 다 먹어봐야 한다고 생각한 모양이었다. "네가 무슨 '쿠키몬스터'냐? 작작 먹어라!" 내 말이 태미의 기분을 건드렸다.

"그런 말 하지 마라, 프랭크."

"왜? 애를 봐."

실제로 애비게일의 셔츠 앞자락은 쿠키 부스러기투성이였고, 이제 과일샐러드를 삼킬 사이도 없이 입에 밀어 넣고 있었다. 아직 씹지 않은 녹색 포도알로 뺨이 불룩했지만, 애비게일은 계속 더 먹기만 했다.

"음식 강박 문제가 있단다."

"목 막히겠어, 애비게일. 천천히 먹어라."

"이래라저래라 하지 말라니까. 그렇게 하면 안 된다."

"햄스터 같잖아. 가드너 집안 사람들 앞에서 이런 모습을 보이면 곤란해."

"내가 알아서 하마. 넌 그냥 먹기나 해. 다 잘될 거다."

그때 애비게일은 화장실로 달려가더니 변기 앞에 꿇어앉고 속에 있는 것을 다 토해냈다. 나는 방울토마토를 한 움큼 집어 들고 입에 하나 넣었다. "뻔하잖아, 저렇게 될 걸 왜 모르냐고."

태미는 눈살을 찌푸렸다. "기분 좋게 같이 여행하기로 약속했잖 니. 그런데 왜 이렇게 심통을 부려? 왜 자꾸 짜증을 내는지 모르겠지 만, 적당히 해라."

누나는 애비게일을 도우러 갔고, 나는 혼자 식사를 마쳤다. 태미 의 말이 옳았다. 나는 심통을 부리고 있었다. 왜 이렇게 짜증이 나는 지 알 수 없었다. 잠이 부족해서일 수도 있다. 어쩌면 처음부터 이 캠프는 어딘가 이상하다는 직감이 있어서였는지도 모른다.

비록 점심 분위기는 엉망이었지만, 짐을 풀러 위층으로 올라간 순 간, 망친 기분은 싹 가셨다. 세상에, 내 침실 크기는 말도 안 될 정도 였다. 빙빙 돌며 조깅이라도 할 수 있었다. 침대는 킹사이즈였고 개 별 욕실이 딸려있었다. 이번에도 넷플릭스, 훌루, 아마존, 애플 전부 다 볼 수 있는 어마어마한 평면 스크린 텔레비전이 있었다. 나만 쓸 수 있는 작은 발코니도 있어서 바깥에 앉아 맥주 한잔하면서 원덤호 수 너머로 해지는 풍경을 바라볼 수 있었다.

태미는 나와 똑같은 옆방이었고, 애비게일은 항해 테마로 장식한 복도 끝의 작은 어린이 방이었다. 알록달록한 물고기들이 헤엄치는 그림이 벽지에 그려져 있었고, 작은 2층 침대는 마치 요트처럼 칠해져 있었다. 애비게일은 위층과 아래층 중에서 마음대로 선택할 수 있다는 것을 믿을 수 없어 했다. 바닥에서 잘 거라고 생각한 모양이었다.

내 짐을 푸는 데는 1분밖에 걸리지 않았다. 나는 조경사처럼 보이지 않도록 옷을 갈아입었다. 내 방 창문 앞에는 작은 책상이 있었고, 그 위에 행사 일정표가 놓여있었다.

마거릿과 에이든의 결혼 주간

7월 21일 목요일

오후 12시~5시: 짐 풀기, 한숨 돌리기, 휴식, 주변 탐험!

오후 5시: 환영 칵테일(주 정원)

오후 6시: 저녁 식사

오후 8시: 캠프파이어와 스모어 파티(호숫가)

7월 22일 금요일

오전 11시: 코모런트 언덕으로 단체 하이킹

오후 12시: 코모런트 언덕에서 점심 식사

오후 4시: 리허설(글로브)

오후 6시: 리허설 저녁 식사(주 정원)

오후 8시: 가라오케 경연 대회(호숫가)

7월 23일 토요일

오전 11시: 야외 브런치(주 정원)

오후 3시: 결혼식(글로브)

오후 4시: 피로연 칵테일(주 정원)

오후 5시-???: 저녁 식사, 춤, 춤, 또 춤!(주 정원)

일정표에 따르면 지금은 짐을 풀고, 한숨 돌리며 쉬다가 주변을
탐험해야 했으나, 신경이 곤두서서 눈을 붙이거나 안락의자에서 쉴
마음이 아니었다. 그렇다고 혼자 캠프를 돌아다니는 것도 마음이 편
하지 않았다. 에롤과 캐서린 가드너를 직접 만난다고 생각하니 너무
초조해서, 그 둘을 처음 맞닥뜨리는 순간에는 매기가 곁에 있는 게
좋을 것 같았다.

그래서 나는 작은 책상 앞에 앉아 축사를 다듬었다. 이미 두 페이
지까지 줄였지만, 지난 몇 주 동안 몇 번이나 고쳐 쓰고 또 고쳤다.
한 줄 쓰고, 지우고, 그런 다음 똑같은 감상을 다른 언어로 표현했
다. ~~매거, 나는 이제 어엿한 어른이 된 네가 너무나 자랑스럽다,~~ 지
우고. ~~매거, 너는 언제나 착하고 다정하고 속 깊은 성품이었어,~~ 지우
고. ~~오늘 매거의 어머니가 하늘에서 지켜보고 있다면, 틀림없이 가
뻐할 겁니다….~~

가슴에서 우러나오는 말을 쓰고 싶었지만, 소리 내어 읽어볼 때
마다 어딘가 유치하고, 가식적이고, 속에 없는 말 같았다. 게다가 고
치면 고칠수록 점점 더 망가졌다. 조언을 줄 수 있는 작가라도 알고
있다면 좋겠다 싶었고, 그 생각을 하니 비키가 떠올랐다. 비키는 전

문적인 작가는 아니지만 아들이 작가였고, 내가 아는 누구보다 책을 많이 읽는 사람이었다.

나는 비키의 미용실 번호를 눌렀다. 안내원이 전화를 바꿔주었다. "프랭크? 별일 없어요?"

"네, 번거롭게 해서 미안합니다. 한 가지 부탁할 게 있어요." 나는 축사 문제를 설명하고 혹시 죽 한번 읽어보고 소감을 말해줄 수 있는지 물었다. 당연히 적당한 비용도 지불하겠다고 했다.

"비용이라니요! 그럴 필요 없어요. 기꺼이 읽어볼게요." 그녀는 축사를 문자로 보내면 내일 아침까지 연락을 주겠다고 했다. "당신이 생각하는 것보다 잘 썼을 거예요. 누구나 자기 글에 대해 민감하거든요."

나는 솔직하게 말해달라고 간곡히 부탁했다. 이틀 뒤에 300명 앞에 서서 그 글을 처음부터 끝까지 낭독해야 한다는 말도 덧붙였다. "별로면 별로라고 솔직하게 말해줘야 합니다."

"혹시 아쉽다면 더 낫게 고쳐 쓰면 되죠. 보내놓으면 내가 내일 연락할게요." 그녀는 다른 데 정신이 팔린 것 같았다. 어린아이가 의자에 앉아 기다리고 있는데, 무슨 째깍거리는 시한폭탄 같다고 했다. "5분 안에 끝내지 않으면 폭발할 거예요."

나는 다시 감사 인사를 하고 비키를 놓아주었다. 그리고 축사 전체를 문자로 타이핑해서 그녀에게 보냈다. 비키라면 제대로 봐줄 거라는 사실을 알고 있었기 때문에 기분이 한결 나아졌다. 하지만 만족스러운 기분도 잠시, 갑자기 애비게일이 비명을 지르기 시작했다.

7.

겁에 질려 요란하게 악을 쓰는 소리에 나는 벌떡 의자에서 일어났다. 누구에게 공격당하는 것 같았다. 문을 열어보니, 태미는 벌써 방 밖에 나와있었다. 우리는 같이 복도를 달려 애비게일에게 갔다. 문은 닫혀있었지만, 안에서 야생동물 덫을 밟기라도 했는지 고함지르는 아이의 목소리가 들려왔다. 안에 들어가 보니, 애비게일은 구석을 등지고 서서 겁에 질린 눈으로 아무것도 없는 벽을 미친 듯이 가리키고 있었다.

"애비, 뭐가 있어?" 태미가 물었다. "왜 그래?"

애비게일은 극도로 흥분해서 대답조차 못했다. 그저 떨리는 손가락으로 계속 뭔가 눈에 보이지 않는, 입에 담을 수 없는 두려운 존재를 가리키고만 있을 뿐이었다. 태미는 해치지 않을 테니 안심하라는 뜻으로 두 손을 들고 조심스럽게 다가갔다.

"괜찮아, 진정해라. 여긴 안전해. 널 해칠 사람은 아무도 없어. 천천히 숨 쉬어봐라, 애비. 숨 쉬어."

애비게일은 바닥을 뚫고 들어가려는지 앞으로 엎드려 양탄자에 얼굴을 묻었다. 달랠 수가 없었다. 주먹을 내리치고 발을 구르는 것을 보니, 혹시 '음식 강박'보다 더 큰 문제가 있는 게 아닌가 하는 생각이 들기 시작했다. 심각한 행동장애가 있는지도 몰랐다. 혹 결혼식에서 난동을 부리면서, 대경실색한 에이든의 부모님 얼굴에 꽃잎을 던져버릴 수도 있었다.

심란한 마음에 침실을 둘러보다가, 나는 벽이 완전히 비어있지 않다는 사실을 알아차렸다. 벽장이 있었고, 문이 살짝 열려있었다. 살펴보려고 가까이 다가가니 애비게일이 펄펄 끓는 주전자처럼 빽 하고 소리를 질렀다.

"안 돼요, 프랭크 아저씨! 안 돼요!"

"괜찮아, 애비게일! 우리가 여기 있잖니." 태미가 말했다. 누나는 애비게일을 끌어안고 손바닥으로 머리카락을 매만져 주고 있었다. "뭐가 문제니? 뭘 봤는데?"

아이는 입에 올리면 그 사악한 힘이 커지기라도 하는지 고개를 젓고 대답하지 않았다.

"아, 젠장." 욕지거리와 함께 문을 활짝 열어보니 빈 삼나무 벽장이었다. 높은 선반 하나, 나무 가로대, 철사 옷걸이 두 개뿐이었다. 안쪽으로 몸을 기울이자, 머리 위 전등이 켜지며 선반 위의 보송보송한 덩어리가 눈에 띄었다.

언뜻 보고 나는 가발인 줄 알았다. 길고 짙은 갈색 곱슬머리 가발.

좀 더 자세히 들여다보니, 그 덩어리는 흔들리고 있었다. 아주 희미하게 맥박이 뛰는 것 같았다.

"뭐야?" 태미가 물었다. "프랭키, 안에 뭐가 있니?"

나는 옷걸이를 들고 한쪽 끝으로 가발을 살그머니 찔러보았다. 장님거미 한 마리가 안에서 기어 나오더니 또 한 마리, 이어 갑자기 수십 마리가 몰려나왔다. 가발이 아니었다. 수백 마리의 장님거미가 안전하고 따뜻하게 지내기 위해 벽장 안 어둠 속에서 옹기종기 모여 있던 둥지였다. 이제 거미들은 외부의 공격을 피해 벽을 타고 기어 올라가고 있었다. 큼직하고 통통한 거미 한 마리가 내 손에 툭 떨어졌고, 나는 비명을 질렀다. 어쩔 수가 없었다. 나는 거미를 털어내려고 우스꽝스럽게 내 몸을 허겁지겁 때렸다.

"문 닫아요!" 애비게일이 소리쳤다.

문을 쾅 닫고 내려다보니, 바닥에 반 뼘 정도 틈이 있었다. 나는 침대에서 담요를 가져다가 틈을 막았다. "거미다, 장님거미."

"장님거미는 거미가 아니야." 태미가 말했다. "전혀 다른 종류야."

나는 상관없다고 말했다. 내 기준으로는 다리가 여덟 개고 거미랑 비슷하게 생겼다면 거미다. "알도 낳았을 거야."

알 이야기를 듣자 애비게일은 울부짖었고, 나는 제발, 제발 소리 좀 그만 지르라고 사정했다. "어차피 머리에 알도 키우면서 그렇게 난리 피울 거 있냐?"

애비게일은 옆으로 드러누워 무릎을 끌어안고 몸을 웅크렸다. 태미는 눈살을 찌푸렸다. "그런 말은 왜 하니?"

"미안한데, 하도 소리를 쳐서 아무 생각도 못 하겠어. 제발 입 좀 다물게 해줘."

태미는 애비게일을 진정시키려고 부드럽게 원을 그리며 등을 쓰다듬어 주었다. "가드너 부부한테 전화해서 상황을 설명하면 되잖아. 오두막을 바꿔주겠지."

"아니, 그럴 수는 없어."

"왜?"

"한심하게 들릴 테니까. 어떤 남자가 기껏 에롤 가드너한테 전화해서 벽장에 거미가 나왔다고 불평하냐고."

"프랭키, 심하게 들끓고 있잖아. 방역 업체를 불러야 해."

"그런 회사는 돈 낭비야. 약물이나 조금 뿌려주면서 300달러나 받는다고. 신발 한 짝만 있으면 돼."

태미와 애비게일이 포치에 나가서 기다리는 동안, 매기를 데리고 결혼식장에 입장하기 위해 가져온 플로쉐임 가죽 옥스퍼드 구두 한 짝으로 궂은일을 처리했다. 거미가 도망가면 곤란했기 때문에, 벽장 안에 들어가서 문을 닫고 사정없이 휘둘렀다. 잔인하고 인정사정없는 작업이었다. 거미가 수백 마리는 될 것 같았고, 으깨진 시체에서 화농한 종기를 짜는 듯한 악취가 풍겼다. 하지만 나는 끔찍한 냄새에도 구역질을 해가며 마지막 한 마리를 죽일 때까지 꿋꿋이 일을 계속했다. 그런 뒤 아래층에서 따뜻한 물 한 대접과 스펀지를 가져와서 삼나무 벽장 안의 벽과 천장을 닦고, 잘린 다리와 박살 난 시체를 전부 다 치웠다. '짐 풀기, 한숨 돌리기, 휴식, 주변 탐험'이라고?

일을 끝낸 뒤, 나는 오두막 앞 포치로 나가 태미에게 다 치웠다고 말했다. 우리는 10분 동안 이제 들어가도 괜찮다고 애비게일을 달랬다. 하지만 아이는 내가 놓친 거미가 틀림없이 몇 마리 있을 것이다, 차라리 포치에서 주말 내내 자겠다고 요지부동이었다. 내가 벌레는 대부분 야외에서 산다, 숲에는 딱정벌레, 진드기, 말벌, 지네가 버글거린다고 설명했지만, 이 말을 들은 애비게일은 오히려 더 겁을 먹었다.

"안 들어갈래요. 태미 아줌마, 전 못 가요. 제발 들어가라고 하지 마세요. 제발요, 제발, 제발, 제발…."

그래서 나는 좋다, 그럼 그렇게 해라, 하고 말한 뒤 포치에서 자라고 했다. 마침 포치에는 아주 좋은 애디론댁 의자가 있고, 담요를 잔뜩 덮어주면 된다. 오두막에 있는 전화로 0번을 눌러 침낭을 갖다 달라고 해도 될 것이다. 하지만 태미는 더 좋은 생각이 있다고 하더니 오두막으로 들어와 보라고 했다. "잠시 이야기 좀 하자."

우리는 부엌으로 들어갔고, 태미는 작은 네스카페 기계로 커피 두 잔을 끓였다. 입맛을 알고 있기 때문에, 누나는 내 잔에 우유와 설탕 두 숟가락을 넣었다. 그런 뒤 작은 컵을 내 앞에 놓고 단도직입적으로 말했다. "너와 애비게일이 방을 바꾸는 게 좋겠어."

"안 돼, 그건."

"그냥 잠만 자는 곳 아니야? 주말 내내 어차피 바깥에서 지낼 거잖아."

"좋아, 그럼 누나 방을 바꿔주면 되겠네."

"난 못 바꿔줘, 프랭키. 내가 벌레를 얼마나 무서워하는지 알잖아."

"벌레는 이제 없어." 손에 아직 플로쉐임 구두 한 짝이 쥐어져 있었다. 나는 태미에게 밑창을 보여주었다. "방금 천 마리는 죽였을 거야. '존 윅'처럼 살벌하게 죽였다고."

"그래도 전부 다 죽이지는 못했을 거 아니냐? 방에 틀림없이 거미가 더 있을 거야. 애비게일에게 억지로 그 방을 쓰라고 했다가는 밤새도록 비명을 지르며 깨어있을 거라고. 우리 모두 한숨도 못 잘 거야."

짜증스러웠지만 나는 태미의 말이 옳다는 사실을 깨달았다. 호화 객실에서 잠 못 드는 밤을 보내느냐, 어린아이용 2층 침대에서 여덟 시간 동안 푹 자느냐 둘 중 하나였다.

"그래서 내가 데려오지 말자고 했잖아, 분명 사고를 친다고 하지 않았냐!" 나는 위층을 가리켰다. "내 평생 본 그 어떤 호텔방보다 더 좋은 곳인데, 내가 그걸 왜 내놓아야 하냐고."

"내 탓 하지 마라, 프랭키. 나는 가드너 부부한테 전화해서 다른 오두막을 부탁하자고 했잖아. 그런데 네가 알아서 하겠다고 나섰지. 네가 한 일이라고는 거미들을 원래 숨어있던 은신처로 도로 몰아낸 것뿐이야. 그게 어째서 내 잘못이냐?"

애비게일은 두 손으로 미친 듯이 머리를 긁으며 바깥 포치에서 창문 앞을 서성거리고 있었다.

"제발, 태미. 애가 밖에서 자겠다잖아."

"프랭키, 저 불쌍한 애는 3월과 4월 내내 바깥에서 잤대. 제 엄마랑 같이 식당 뒷골목에서 지냈어. 그 짓을 다시 하게 할 수는 없어. 나나 너, 가드너 부부처럼 깨끗한 시트와 베개가 있는 제대로 된 침대에서 재우고 싶구나. 알겠니?"

　내가 아는 것은 내가 다시 말싸움에서 졌다는 사실뿐이었다. 나는 빌어먹을 컵을 빌어먹어도 시원찮을 싱크대에 처넣고 짐을 옮기러 위층으로 올라갔다.

8.

새 침실에는 푹신한 베개와 알록달록한 그림책을 놓아둔 '이야기 코너' 외에 앉을 곳이 없었다. 나는 최대한 빨리 짐을 풀고 부엌으로 내려가 혼자 뷔페 음식상 앞에 앉았다. 할 일이 없으니 너무나 조바심이 났다. 바깥으로 나가 걸으며 캠프 전체를 둘러보고 싶었다. 수영을 하고, 하이킹을 하고, 카누를 타고 싶었다. 그리고 무엇보다 미래의 사돈 가족들을 만나보고 싶었다.

그래, 그게 그렇게까지 짜증 났던 진짜 이유였을 것이다. 나는 에롤과 캐서린이 우리를 맞이하러 나오지 않는다는 사실을 믿을 수가 없었다. 에이든이 대학 친구와 같이 시간을 보내려고 그렇게 금방 사라져 버린 것도 불쾌했다. 매기가 시내로 급히 나가면서 나더러 같이 가자고 하지 않은 점도 그랬다. 나는 딸이 아주 바쁘다, 때로는 걸리적거리지 않도록 물러서 있는 게 최선이라고 생각하며 마음을 다독였다. 하지만 우리가 환영받지 못하고 있고, 의무감으로 초대받

앉을 뿐이라는 불편한 느낌을 지울 수가 없었다.

3시가 되자, 나는 딸을 기다리러 밖으로 나갔다. 애비게일은 포치에 있는 안락의자에 앉아 체스보드를 들여다보며 혼자 게임을 하고 있었다.

"방 바꿔주셔서 고마워요, 프랭크 아저씨."

"괜찮아."

아이는 보드를 두드렸다. "같이 하실래요?"

"그건 곤란해. 매기가 곧 올 거다."

"어디 가세요?"

"캠프 구경을 시켜준다고 했어."

"저도 같이 가도 돼요?"

"음, 별로 재미없을 거다. 그냥 건물 둘러보고, 여기 역사 이야기나 하고 그럴 거야."

애비게일은 그래도 일어섰다. "전 괜찮은데요."

"실은… 매기는 나랑 잠시 둘만 있고 싶을 거다. 서로 오랫동안 못 봤거든." 애비게일은 아직 내 말뜻을 못 알아듣고 그저 나를 빤히 쳐다보기만 했다. 나는 대놓고 이야기해 줘야 한다는 사실을 깨달았다. "넌 그냥 여기 있는 게 좋겠다."

그 애는 다시 의자에 앉았다. "그럴게요."

"태미는 뭐 하니?"

"거품 목욕을 하고 있어요. 욕실에 원래 거품이 없었는데요, 0번 눌러서 갖다달라고 했더니 어떤 여자가 곧장 가져왔어요. 여러 가지

향 중에서 고를 수도 있었어요."

"가서 태미한테 심심하다고 해."

"안 심심해요. 그냥 같이 가고 싶어서요." 애비게일은 다시 게임에 집중하고 빨간 체커로 검정 두 개를 뛰어넘었다. 나는 매기가 마술처럼 나타나서 어색한 대화에서 나를 구출해 주지 않을까 싶어 사방을 둘러보았지만, 아직도 딸은 보이지 않았다. 그래서 계속 거기서서 애비게일이 가상의 상대와 대결을 벌이는 모습을 지켜보고 있는데, 휴대전화가 울리기 시작했다. 나는 '우리 딸'이라고 뜬 화면을 확인하고 얼른 전화를 받았다.

"매기, 왜 이렇게 오래 걸리냐?"

"죄송해요, 전 아직 시내에 있어요."

"무슨 일이 잘 안 되니?"

"전부 다요." 매기는 새로 생긴 문제들을 속사포처럼 읊기 시작했다. 꽃집에서 테이블 세팅을 착각했다, 비디오 촬영기사가 코로나 양성 반응이 나왔다, 버스 문제도 아직 해결 못 했다 등 시간이 갈수록 문제는 늘어나는 것 같았다.

"웨딩 플래너는 어디 있니? 그런 걸 알아서 해야 하는 사람 아니냐?"

"아빠, 이건 합심해서 해결해야 해요. 우리 모두 최선을 다하고 있어요. 저녁 식사 시간에는 맞춰 갈게요, 알겠죠?"

저녁 식사 시간에 맞춰 온다고? "6시에?"

"들어보세요. 제가 없어도 캠프 구경은 할 수 있어요. 지도 보고 맘껏 돌아다니세요. 사람들도 만나구요. 편자 던지기 놀이도 있고, 게임룸도 있고… 온갖 활동을 즐길 수 있어요."

여름방학을 맞아 친구도 없고 할 일도 없는 어린아이를 상대하는 말투였다. 매기는 내가 생판 알지도 못하는 사람들과 편자나 던지러 온 게 아니라, 가족과 시간을 보내기 위해 뉴햄프셔에 왔다는 사실을 이해하지 못하는 것 같았다. 하지만 매기의 목소리에 짜증이 가득했기 때문에 상황을 악화시키고 싶지 않았다. 그래서 그냥 이렇게 말했다. "그래, 알았다. 곧 보자." 나는 전화를 끊었다.

애비게일은 아직 체커보드 앞에 웅크리고 앉아서 엿듣지 않은 척하고 있었다. 하지만 나는 계획이 바뀌었다는 이야기는 애가 듣지 못하도록 통화 중에 말을 조심했다.

"난 지금 나간다." 나는 아이에게 말했다.

"매기는 어디 있어요?"

"산장에서 만나기로 했어."

애비게일은 엄지손가락을 들어 올렸고, 나는 열 살짜리에게 거짓말을 했단 사실이 한심하게 느껴졌다. 하지만 약속을 취소당했다는 것은 아무에게도 알리고 싶지 않았다. 애비게일은 말했다. "나중에 봐요, 프랭크 아저씨." 그뿐이었다.

우리 오두막에서 숲으로 몇 갈래 다른 길이 뻗어있었지만, 나는 도착할 때 왔던 길을 따라서 윈덤호숫가를 조금 걸어 모래사장에 도착했다. 라운지 체어는 아직 모두 비어있었고, 수영하는 사람은 아무도 없었다. 하지만 오스프리 산장 가까이 주 정원에서 흰 외투 차림의 남녀가 커다란 탁자를 굴리고 접이식 의자를 가득 들어 나르고 있었다. 목요일인데 벌써 피로연 준비를 하는 모양이었다. 다트머스 스웨트 셔츠 차림의 목수가 목재 프레임에 네일건을 쏘고 있었다. 무대처럼 생긴 거대한 연단을 만드는 중이어서, 나는 도울 일이 없는지 물었다. 뭐라도 내가 기여할 만한 일을 찾고 있었다. 목수는 나를 흘끗 보더니 물었다. "여기 일꾼이시오?"

나는 매기의 아빠다, 결혼식에 참석하러 왔다고 했더니 그랬더니 목수는 곧장 허리를 펴고 네일건을 내려놓았다. "괜찮습니다, 저토스키 씨. 그냥 편히 쉬면서 캠프나 둘러보십시오."

왜 전부 다 나한테 앉아서 구경이나 하라는 거지?

"이렇게 일찍 무대를 설치해서 놀랐습니다. 토요일 전에 비라도 오면 어쩌려고."

"이건 결혼식용이 아닙니다." 그는 흰 식탁보를 씌운 큰 원탁과 그 주위에 배치한 접이식 의자를 가리켰다. "이건 오늘 밤 사용할 겁니다."

이 순간까지 나는 목요일 저녁 식사가 우리 가족과 가드너 가족만 참석하는 조촐한 자리라고 생각하고 있었다. 하지만 출장 요리사는 수십 명분의 유리잔과 은제 식기를 내놓고 있었다. 실제 결혼식을 위한 자리는 아니지만 내가 지금껏 본 어떤 결혼식보다 훨씬 성대했다.

대화가 끝나자 목수는 연단에 한 줄로 길게 못을 박았다. 이제 어떻게 할까 하고 고민하며 서있는데, 에이든이 긴 빨강 머리 여자와 함께 산장 뒤쪽에서 나타났다. 내가 손을 흔들며 이름을 불렀지만,

네일건 소리 때문에 못 들은 모양이었다. 에이든과 빨강 머리 여자는 숲으로 이어지는 좁은 산책로로 향했다. 나는 두 사람을 뒤따라가려고 서둘러 탁자와 의자 사이를 지나 정원을 가로질렀다. 산책로 초입에 다다랐을 무렵, 그들은 이미 숲속으로 사라지고 없었다.

하지만 모두가 캠프를 탐험하라고 했으니, 나는 그 길을 계속 따라가기로 했다. 숲속은 시원하고, 어두웠으며, 놀라울 정도로 고요했다. 캠프의 소음은 서서히 사라지고, 곧 찌르르 매미소리, 이따금 새소리 외에 아무것도 들리지 않았다. 간간히 종이 지도를 확인하고 내가 어디쯤 있는지 가늠했지만 산책로는 지도에 없었다. 나는 오스프리 산장 서쪽에 '상상력의 숲'이라고 표시된 넓은 삼림지대에 있었고, 이 산책로는 영지 가장 바깥쪽 경계로 이어지고 있었다. 그러고 보니 지도의 축척이 제대로 되어있는 것 같지 않았다. 지도 한 장으로 표현하려다 보니, 상상력의 숲은 실제보다 훨씬 작게 그려진 것 같았다.

아니면 내가 길을 잃었거나.

미 육군에서 4년간 복무하면서 배운 가장 유용한 개념 중 하나는 '상황인식'이었다. 항상 위협과 위험 요소, 최근 발생한 소요의 징후에 초점을 맞추어 주변 상태를 평가하라는 가르침이었다. 1991년의 걸프전 당시, 이라크 마을을 순찰하던 겁먹은 열아홉 살 소년에게는 매우 유용한 마음가짐이었고, 그 습관은 떨쳐낼 수가 없다. 지금까지도 나는 식당에 들어가면 비상문부터 확인한다. 산책로를 몇 분 동안 걷다가 걸음을 멈추고 뒤를 돌아보니, 살아있는 생물이라고는 하나도 보이지 않았다. 나무가 빽빽하지 않고 사방으로 시야가 분명히 확보된 삼림지대에서는 긴장할 이유가 없다. 하지만 가까운 곳에 복병이 기다리고 있을 것 같은, 일종의 덫으로 걸어 들어가고 있다는 불안한 기분이 들었다.

산책로를 계속 따라가니 관리하지 않은 가파른 경사로가 나타났고, 저 멀리 무슨 구조물이 보였다. 오래된 공구 창고 같았고, 캠프의 다른 현대적인 건물과 전혀 달랐다. 목재 벽은 낡아빠졌고, 유리창은 먼지투성이였으며, 회색 너와 지붕에는 녹색 스펀지 같은 이끼가 여기저기 끼어있었다. 위치를 확인하려고 지도를 보았지만, 이 건물은 지도상에 없었다. 나는 녹슨 환기구 두 개와 내리닫이 창 하나만 있을 뿐 평평하고 아무런 특징도 없는 벽 쪽으로 다가갔다. 창문에 커튼이 쳐져있었지만, 덧문이 열려있었고 안에서 대화하는 소리가 들려왔다.

하나는 에이든의 목소리였지만 다른 목소리, 여자 목소리가 대부분 말을 다 하고 있었다. 내용을 다 알아들을 수는 없었으나 전반적인 분위기는 짐작할 수 있었다. 여자는 화가 나 있었고, 에이든은 여자를 달래려고 노력하고 있었다.

"이건 정당하지 않아."

"알아."

"나한테 정당하지 않다고."

"듣고 있어, 이해해."

"이해한다고 하지 마, 에이든. 정말 이해했다면, 진짜 내 말에 동의했다면, 이런 짓을 하고 있을 리가 없어."

그는 뭐라고 말했지만 알아들을 수가 없었다. 나는 부드러운 낙엽을 밟으며 살금살금 유리창 바로 옆까지 다가갔다.

그가 말했다. "내가 어떻게 했으면 좋겠어?"

"사실대로 말해."

"그거 말고."

"내가 도와줄게. 난 아직 널 아껴. 우리가 힘을 합하면 할 수 있…."

"아니, 아니, 아니. 우리가 뭘 같이 하지는 않아. '우리'는 없어."

그때 그가 뭐라고 했으나 이번에도 들리지는 않았다. 여자는 화를 냈지만, 에이든의 말투는 침착하고, 고집스럽고, 굳건했다. 혹시 이렇게 엿듣는 모습을 누가 보지는 않을까 싶어 나는 주위를 둘러보았다. 하지만 내가 파악하는 한 이 숲에는 우리 셋뿐이었다. 나는 더 큰 창문이 있는 오두막 뒤쪽으로 옮겨갔다. 이쪽으로 오니 목소리가 더 잘 들렸다.

"…넌 큰 그림을 못 보고 있어."

"내가 마거릿과 이야기해야겠어."

"마거릿하고는 말하지 마."

"내 생각에…."

"닥치고, 마거릿한테 접근하지 말라고."

"맙소사, 에이든…."

"마거릿이 이 대화에 대해 알아서는 안 돼. 걔한테 한 마디라도 하면…."

목소리를 한껏 낮춰서 문장 나머지는 들리지 않았다.

"날 협박하는 거야?"

"아니, 그게 아니라…."

"정말이야? 협박처럼 들렸는데."

"진정해, 응? 자, 이리 와."

집 뒤쪽 창문에 걸린 빛바랜 노란 커튼은 길이가 짧아서 창틀까지 닿지 않았다. 나는 방충문에 얼굴을 가져다 대고 그 틈 사이로 빼꼼히 들여다보았다. 어수선하고 어둑어둑한 방이었다. 캔버스 예닐곱 장이 벽에 차곡차곡 기대 세워져 있었다. 페인트와 각종 화구가 놓인 작업대, 커다란 나무 이젤이 있었다. 에이든은 이쪽으로 등을 보이고 있었고, 여자는 그를 끌어안고 있었다. 내 딸 또래였고, 긴 빨강 머리, 얼굴에는 주근깨가 있었다. 우리는 곧바로 눈이 마주쳤다. 그녀는 어깨를 반듯하게 세우고 에이든의 손을 떨쳐냈다.

"누가 있어." 그녀는 말했다.

햇빛이 내 등 뒤에 있었다. 나는 커튼에 내 그림자가 드리웠다는 것을 깨달았다. 에이든은 휙 돌아섰고, 나는 창가에서 얼른 물러섰다. 그는 이쪽으로 와서 밖을 내다보았다. "프랭크? 여기서 뭐 하시는 겁니까?"

나는 곧장 떠오르는 대로 대답했다. "그냥 캠프를 둘러보고 있었어." 내 말에 신빙성을 더하기 위해 종이 지도도 내밀었다. "길을 잃은 것 같아."

"길을 잃은 건 아닙니다. 여긴 제 작업실이에요. 현관으로 들어오세요. 제가 보여드리죠."

현관으로 돌아가 보니, 에이든은 문간에서 기다리고 있었다. "제 비밀 장소를 찾아내셨군요. 산장에서 그림을 그려보기도 했는데, 안 됐습니다. 집중을 방해하는 일들이 너무 많아서요, 직원들도 늘 왔다 갔다 하고요. 하지만 여기는 완벽합니다. 정말 조용하고 또 지도에도 없는 곳이지요. 대부분 여기 이런 곳이 있는지도 몰라요."

나는 그를 따라 안으로 들어갔다. 공기는 쿰쿰하고 화학약품 냄새가 났다. 미네랄 스피릿, 터펜틴, 린시드유 냄새. 사방에는 그림이 널려있었다. 펜트하우스 아파트에 걸려있던 것과 비슷한, 음침한 흑백 얼굴들이 많았다. 하지만 그중 많은 그림이 미완성이거나 방치된 상태였고, 여기 캔버스에는 얼굴 일부만이 그려져 있었다. 벌린 입, 길고 날씬한 목, 머리카락으로 반쯤 가려진 한쪽 귀. 이런 얼굴의 부분들은 온전한 초상보다 더 으스스한 분위기였다.

빨강 머리 여자는 에이든의 작업대에 기대서 있었다. 크림색 블라우스와 긴 녹색 치마를 입고 갈색 가죽 샌들을 신은 차림이었다. 옷가지와 장신구는 모두 집에서 만든 것 같았고 르네상스 시대 축제에서 빠져나온 듯, 약간은 원시적인 느낌을 주었다.

"프랭크, 이쪽은 그웬돌린입니다." 나는 내가 아까 잘못 알아들었다는 사실을 깨달았다. 에이든은 글렌을 만나러 간 게 아니라 '그웬'을 만나러 간 것이었다. "미대를 같이 다닌 사이입니다. 지금은 저처럼 가르치는 일을 하고 있어요."

그녀는 이 말이 우스운 것 같았다. "에이든은 사람들을 중요한 인물처럼 소개하는 걸 좋아한다니까요. 전 화요일마다 유치원에서 애들을 가르쳐요. 핑거페인팅, 아이스크림 손잡이에 그림 그리기 같은 거요. 다른 날은 도어대시 앱으로 음식 배달을 하고요."

"그건 부끄러운 일이 아닙니다." 나는 말했다. "나는 26년 동안 UPS에서 일했어요."

"운전요?"

"힘든 일이지만 도어대시보다는 급여가 나을 겁니다." 그녀가 진심으로 흥미를 보이는 것 같아서 나는 퇴직연금과 건강보험, 각종 특권 등 트럭 운전자 노동조합에서 나오는 복지 혜택에 대해 약간 자랑했다. "게다가 지금 회사에서는 여자를 더 뽑으려고 노력 중입니다. 미투 운동이니 하는 분위기 때문에요. 사는 지역에 따라서는 정말 쉽게 자리가 날 수도 있어요."

"음, 진짜 한번 알아봐야겠네요." 그녀는 말했다. "근데 두 분은 어떻게 아는 사이세요?"

"프랭크는 마거릿의 아버지야." 에이든이 말했다.

마치 스위치라도 내린 것처럼, 순간 그웬의 태도는 완전히 차가워졌다.

"잠깐, 당신이 마거릿의 아버지라고요?"

"네, 프랭크 저토스키입니다."

"그럼 갈색 제복은 이제 벽장 안에 넣어두셔도 되겠네요? 회사는 그만두셨어요?"

이런 농담을 한 사람은 그녀가 처음이 아니었다. 직장 동료들도 비슷한 말을 했다. 다들 이제 매기한테서 어마어마한 돈이 들어올 테니 키웨스트나 하와이 같은 곳으로 이사 가서, 남은 평생 가드너의 인척으로 떵떵거리며 여유롭게 살 거라고 생각하는 것 같았다. 하지만 나는 딸에게서 한 푼도 받을 생각이 없었다. 가족의 재산은 단 한 방향, 아래쪽으로 흘러가야 한다. 부모가 자식에게 물려주는 것이지, 그 반대는 아니라는 게 내 소신이었다.

"나는 내 인생에 만족합니다. 변화를 원하지 않아요."

그녀는 회의적인 기색을, 나에 대한 갑작스럽고 이유 없는 경멸을 굳이 감추지 않았다. "에이든이 이제 아버지라고 부르겠네요? 아니면 그냥 이름으로 부르는 게 편하신가요?"

"그런 이야기는 안 해봤습니다." 나는 에이든을 돌아보았다. "하지만 그웬이 말을 꺼내서 하는 말이지만, 나는 둘 다 괜찮아. 자네가 편하다면 어느 쪽이든 좋아."

"압니다, 프랭크. 감사합니다. 그웬은 그냥 도발을 좋아하는 성격입니다. 전매특허예요."

그녀는 이 말에 코웃음을 쳤다. "그럼, 에이든. 진실을 말하는 건 워낙 불편하니까. 난 어디로 튈지 모르는 골칫덩어리지." 그리고 그웬은 내 쪽으로 몸을 기울여 시계를 넘겨다보았다. "궁금한 게 있는데요, 프랭크. 지금 몇 시죠?"

"3시 30분이네요."

그녀는 그것 보라는 듯 에이든에게 비꼬는 눈길을 보냈다. "좋아요, 난 그럼 이만 다른 사고를 치러 가보죠. 하지만 만나서 반가웠어요, 프랭크. 정말 즐거운 주말 보내실 거예요. 마거릿한테도 안부 전해주시고요."

그녀는 문밖으로 나가서 쏜살같이 숲으로 향했다. 내 착각인지는 몰라도, 우리가 보고 있는 걸 의식하는지 유난히 엉덩이를 실룩거리는 것 같았다.

"실례했습니다." 에이든이 말했다.

"내가 그웬에게 무슨 말실수라도 했나?"

"전혀요. 그웬은 돈 이야기만 나오면 이상해집니다."

에이든은 그웬돌린이 일곱 살에 부모님을 잃고, 가정부로 일했던 아일랜드계 이민자 할머니 밑에서 자랐다고 했다. 그래도 그웬돌린은 뉴욕대학교 스타인하트 스쿨에 전액 장학금을 받으며 입학했고, 거기서 에이든을 만나 어울리지 않는 우정을 쌓았다. 두 사람은 4년 동안 가까운 친구이자 속마음을 털어놓는 사이로 지내다가 졸업 후 진로가 갈렸다. 에이든은 보스턴의 펜트하우스 아파트로, 그웬돌린은 여든한 살의 할머니가 사는 매사추세츠주의 로렌스로 돌아갔다. 세상은 공평하지 않다, 에이든은 이렇게 말하며 비주얼 아티스트로 생계를 유지하기란 불가능하다고 했다.

"그게 나와 무슨 상관이지?"

"아무 상관도 없습니다. 그웬은 여기만 오면 이상해져요. 캠프에 대해 매우 비판적입니다. 커패시티도 싫어해요. 그웬을 초대한 건 실수였던 것 같지만, 그래도 우린 아주 좋은 친구였습니다."

아까 들은 대화에 대해 물어보고 싶었지만, 그랬다가는 내가 엿들고 있었다는 것을 인정할 수밖에 없었다.

이건 정당하지 않아.

사실대로 말해.

마거릿과 이야기해야겠어.

나는 내가 대화 전체를 다 듣지 않았다는 점을 떠올리고 별다른 이야기가 아닐 거라고 생각했다. 하지만,

날 협박하는 거야?

에이든은 내가 무슨 말이라도 하기를 바라고 있었다. 우리가 벌이는 이 기묘한 게임에 다시 한 수를 놓기 기다리고 있었다. 하지만 나는 새로이 알게 된 모든 것을 소화할 시간이 필요했다. 작업실을 둘러보니, 반대쪽 모퉁이에 바닥에 난 구멍을 통해 아래층으로 이어지는 나선형 철 계단이 눈에 띄었다. "저 계단은 어디로 가는 건가?"

"방사성 낙진을 대비해 만든 방공호입니다."

"정말이야?"

그는 고개를 끄덕였다. "이 캠프는 공산주의에 대한 공포가 극에 달했던 1954년에 건설됐습니다. 당시 정부는 방공호를 건설하면 보조금을 지급했기 때문에 너도나도 지었죠."

그런데 주머니에서 삑삑거리는 소리가 에이든의 이야기를 방해했다. 그는 손을 넣어 휴대전화를 확인했다. "아버지네요. 잠시 받아야겠습니다."

그는 약간의 프라이버시를 위해 등을 보이고 돌아섰고, 나는 나선 계단을 관찰했다. 검은 강철 기둥을 중심으로 좁은 쇠살 계단이 돌

고 돌아 어둠 속으로 사라지고 있었다. 우물 속을 내려다보는 기분이었다. "네, 지금 같이 있습니다… 제 작업실에요." 에이든은 잠시 귀를 기울이다가 이쪽으로 돌아섰다. "아버지가 같이 술 한잔하실지 물어보시네요."

"좋지."

에이든은 곧 가겠다고 대답하고 전화를 끊었다. 작업실을 나서면서 에이든이 문을 닫는 모습을 보니, 여기도 블루투스 잠금장치가 설치돼 있었다. 에이든은 아버지가 오스프리 산장에서 기다리고 있다고 했고, 나는 그에게 앞장서라고 했지만 그는 호수 쪽으로 돌아섰다. "여쭐 게 있습니다, 프랭크. 마거릿한테 들었는데, 우편으로 뭘 받으셨다고요? 사진 같은 거 말입니다."

"맞아, 내 슈트케이스 안에 있네."

그는 어색하게 입꼬리를 올리며 폐를 끼쳐서 송구하다고 했다. "가는 길에 가지고 갈 수 있을까요? 아버지가 정말 보고 싶다고 하십니다."

9.

에롤 가드너는 텔레비전 비아그라 광고에 나올 것 같은 인상이었다. 키 크고, 가무잡잡하고, 어깨가 넓었으며, 희끗희끗한 곱슬머리가 머리를 가득 덮고 있었다. 나는 뒷조사를 통해 그가 쉰일곱 살이라는 것을 알고 있었다. 매일 아침 한 시간 동안 트레드밀 위를 달리고, 팔굽혀펴기 50개와 크런치 100개를 하고, 밀 싹으로 만든 스무디 500밀리리터를 마신다는 내용도 읽었다. 갈색 블레이저, 흰 버튼다운셔츠, 청바지 차림에 약간씩 변화를 주어 전매특허처럼 거의 매일 입는다는 사실도 알고 있었다. 《GQ》 잡지에서 스타일에 대해 묻자, 에롤은 "말쑥해서 보스턴의 회의실에 입고 갈 수도 있고, 튼튼해서 공장에 입고 갈 수도 있고, 일과 후 술 한잔할 때도 좋다"고 대답했다.

"프랭크 저토스키!" 그는 내 이름의 발음 자체가 재미있다는 듯이 농담처럼 힘주어 발음했다. "드디어 만나게 되어서 정말 반갑습니다. 차로 오시는 길은 어땠습니까?"

"그 정도야 장난이지요."

"그렇죠, 그렇죠, 그러셔야죠. 오두막은요? 편안하십니까?" 그는 아들을 돌아보았다. "어디로 안내해 드렸니?"

"블랙버드요." 에롤은 잘했다는 듯 고개를 끄덕였다.

"좋은 선택이야. 전망이 끝내주지요. 드디어 오시다니 믿을 수가 없습니다, 프랭크. 몇 달을 기다렸는지 몰라요. 들어오시죠?"

오스프리 산장은 거대했지만, 에이든이 위층으로 서둘러 나를 이끌었기 때문에 둘러볼 기회가 없었다. 에롤 가드너의 사무실은 마치 거대한 나무를 깎아 만든 공간처럼 가공하지 않은 자연목으로 꾸며져 있었다. 책상은 일반적인 식탁보다 더 컸고, 마호가니에는 새, 나무, 꽃, 숲속의 동물 등 온갖 장식이 새겨져 있었다. 책상 옆에는 작은 보온병 크기만한 가느다란 금속 원통이 어울리는 받침대 위에 전시되어 있었다. 에롤은 초소형 연료전지라고 했다. "이게 바로 미러클 배터리의 기적입니다. 원하시면 한번 들어보세요."

이미 블랜턴스 싱글 배럴 버번 한 병을 들고 있었기 때문에 손이 없었다. 나는 들고 있던 위스키를 에롤에게 선물로 건넸다. 《뉴잉글랜드 리빙》에 실린 인물 소개를 읽었습니다. 이걸 가장 좋아하신다고 하셔서요."

그는 환한 미소를 지으며 병을 받아 들었다. "오, 프랭크, 내가 싫어했던 인터뷰였는데! 작가가 전부 엉터리로 썼습니다. 이 버번만 빼고요! 이건 그 여자가 쓴 내용 중 유일하게 사실이었어요!" 그는 내 어깨 너머로 눈길을 주었다. "이거 마셔 봤나, 게리?"

나는 방 안에 우리 셋 외에도 다른 사람이 있다는 사실을 그제야 깨달았다. 갈색 보타이와 몸에 붙는 정장 차림의 네 번째 남자가 창가 소파 끝에 걸터앉아 있었다. "아직 맛은 못 봤어." 그는 말했다.

"제 절친한 친구, 게리 레빈슨입니다." 에롤이 말했다.

남자는 일어나서 내게 인사하기 위해 다가왔다. 게리는 에롤 가드너보다 한 세대 정도 위인 것 같았고 에이든의 할아버지로 보일 정도로 보였다. 얼굴은 주름투성이였고, 걸음은 약간 절룩거렸지만, 악수는 의외로 힘 있었다. "만나서 반갑소, 프랭크. 마거릿이 당신에 대해 이야기를 많이 했어요."

에롤이 벽장을 여니 숨겨진 미니바가 나타났다. 그는 블랜턴스 병을 따서 유리잔 네 개에 버번을 가득 따랐다. 그리고 신부와 신랑을 위해 건배를 제안했고, 우리 모두 잔을 부딪쳤다. 위스키는 훌륭했다. 한 모금 마시니 곤두섰던 기분이 누그러지는 것이 느껴졌다. 아침 6시에 집을 나선 뒤로, 나는 하루 종일 가드너 부부를 만날 생각 때문에 초조했었다. 하지만 이제 인사말을 나누고 있으니 벌써 긴장이 풀렸다. 나는 위스키를 다시 한 모금 마셨고, 에롤은 웃었다. "좋지요?"

"끝내줍니다." 나는 말했다. "과장이 아니군요."

우리 넷은 술을 들고 커피 탁자에 자리를 잡았고, 에롤은 매기를 칭찬하기 시작했다. 그는 매기를 똑똑하고 야심차며 열심히 일하는 '보기 드문 재능'이라고 표현했고, 에이든이 그런 여자를 찾아서 행운이라고 말했다. "사돈 부부께서 정말 잘 키우셨습니다. 이번 주말에 저토스키 부인이 함께 할 수 없는 것, 단 하나가 정말 아쉽네요."

나는 이 말에 감동했다. 아내를 생각해 주다니 이렇게 자상할 수가 없었다. "콜린이 캠프를 봤다면 정말 좋아했을 겁니다, 야외 활동을 즐겼거든요. 자연을 사랑했습니다. 젊었을 때는 같이 하이킹을 하곤 했지요. 포코노산맥, 캐츠킬산맥, 핑거호수. 하지만 이렇게 멋진 곳은 못 봤습니다."

콜린 이야기를 시작하자 멈출 수가 없었다. 나는 그녀와 초등학교 때 같은 반이었고 고등학교 때 친해졌지만, 내가 입대한 뒤에 사랑에 빠졌다는 이야기를 하기 시작했다. '사막의 폭풍' 작전 당시, 내가 중동에서 6개월간 복무할 때 콜린은 일주일에 두 번씩 편지를 보냈다. 고향에서 무슨 일이 있었는지 일일이 기록한 길고 자세한 편지였다(이메일이 생기기 직전이었다). 동네 비디오 대여점이 문을 닫았을 때도, 교회 목사가 공금을 횡령해서 체포됐을 때도, 함께 알던 친구가 임신했거나 감옥에 갔거나 기타 무슨 일이 생겼을 때도, 콜린은 내게 소식을 적어 보냈다. 나는 아직도 그녀가 보낸 모든 편지를 간직하고 있다. 고향에서 날아온 이런 편지가 파병 중인 병사에게 얼마나 소중한지 모른다. 반년 동안 콜린의 편지는 점점 더 내밀해졌다. 스트라우드버그의 다른 남자들은 전부 멍청이다, 그나마 생각이란 걸 할 줄 아는 남자는 너뿐이다, 라고 썼고 그런 내가 떠났다고 화를 냈다. 부디 조심하라고, 늘 등 뒤를 조심하고 무사히 돌아오라고 신신당부했다. 제대할 때쯤, 나는 그녀에게 푹 빠져있었다.

이런 이야기까지 다 할 생각은 아니었는데, 위스키 덕분에 긴장이 완전히 풀린 모양이었다. 나는 너무 말이 많았다고 사과했다. "혼자 주절주절 떠드느라 사부인 안부도 여쭙지 못했습니다. 좀 어떠십니까?"

갑옷에 난 균열 하나를 들키기라도 한 듯, 완벽하게 평온하던 에롤의 표정이 흔들렸다. "오늘 저녁 식사를 같이 못 하게 되어서 유감입니다. 화요일부터 증세가 시작됐는데, 내일쯤이면 후구단계로 접어들지 않을까 희망하고 있습니다." 무슨 소리인지 전혀 이해하지 못하는 표정을 보고, 그는 부연했다. 캐서린의 편두통 발작이 끝나면 대체로 '후구단계', 다른 표현으로 '편두통숙취'라는 것이 뒤따르는데, 이 단계는 스물네 시간까지 지속된다고 한다. 어질어질하고 몸에 힘이 없는 것이 증상이지만, 캐서린은 어떻게 해서든 이겨내고 에롤과 함께 아들이 결혼하는 자리를 지켜볼 결심이라고 했다.

"정말 유감입니다. 몸 상태가 그렇게 안 좋으신 줄 몰랐습니다." 나는 5월에 에롤과 통화할 때는 캐서린이 순조롭게 회복되고 있다고 해서 그런 줄로만 알았다고 했다.

"내가 얼마나 무지했는지 보여주는 거지요. 프랭크, 편두통은 끔찍한 질병입니다. 사람을 쇠약하게 하는 잔인한 병이에요. 보스턴의 내로라하는 의사들도 대책이 없습니다. 전문가를 열 명 정도 만나봤는데, 치료법이 다 달라요. 하지만 오늘 오후 2시 반까지도 아내는 커튼을 쳐놓고 꼼짝도 못 하고 있습니다."

에이든은 이 화제가 너무 고통스러워 입에 담을 수조차 없는 모양이었다. 대화에 끼어들지 않고 유리잔을 두 손으로 감싼 채 위스키만 바라보고 있었다. 아버지 옆에 앉은 모습을 보니 기억보다 체구가 작았다. 키는 좀 더 작았고, 몸무게도 어느 정도 덜 나가 보였다.

침묵을 깨뜨린 이는 게리였다. "식품의약국에서 유망한 약이 새로 나왔다는데….

"아내가 시도하는 여섯 번째 유망한 약이겠지." 에롤이 말했다. "이제 난 제약 회사에 대한 믿음이 없어. 직접 연구실에 후원해서 내 치료법을 개발해 볼까 싶어. 그런다고 이 업계 다른 회사보다 못하겠나."

"방법은 있겠지. 그렇지만 우선 결혼식부터 축하하고 봐야지. 기분 좋은 일을 생각하세나. 긍정적인 마음가짐으로, 알겠지?"

에롤은 사람 좋게 고개를 끄덕이고 긍정적인 마음가짐을 위해 건배를 제안했다. 우리 모두 잔을 부딪쳤다.

"사부인도 여기 와 계십니까?" 나는 물었다. "산장에요?"

에이든은 고개를 끄덕였다. "위층에 계십니다. 3층에요."

"그러면 제가 잠시 인사라도 드리는 게 어떻겠습니까? 제 소개도 하고요."

게리의 얼굴이 어두워졌고, 에롤은 고개를 저었다. "프랭크, 창피스러워할 것 같아요. 자기 몰골이 말이 아니라고 민망하답니다. 몸이 너무나 쇠약해서요. 결혼식 준비를 하느라 고생이 많았습니다. 게다가 돈 태거트 문제로 언어적, 감정적 협박까지 더해지니 스트레스가 이만저만이 아니에요."

돈 태거트라는 이름이 나오자 대화는 다시 갑작스럽게 끊어졌고,

나는 위스키로 침묵을 메꿀 수 있음이 고마웠다. 어색한 시간이 흐른 뒤, 게리가 헛기침을 하고 나직한 목소리로 부드럽게 말했다. "마거릿이 그러는데, 우편으로 뭘 받으셨다면서요? 괜찮으시다면 저희가 좀 보고 싶습니다."

나는 스포츠 코트 주머니에 손을 넣어 비닐봉지에 넣은 우편물을 꺼냈다. 봉투를 게리에게 건네니, 그는 단서라도 찾으려는 듯 비닐 안에 든 우편 봉투를 찬찬히 살펴보았다.

"7월 17일자 소인이군요. 여기 홉스 페리에서 부쳤고."

"이 사람들은 조심성이라고는 없군. 어디 열어보지, 보고 싶네."

게리는 서류 가방에서 라텍스 장갑을 꺼내 긴 막대기 같은 손가락에 꼼꼼하게 씌웠다. 그런 뒤 봉투에서 종이를 꺼내 모두가 볼 수 있도록 탁자에 펼쳤다. 에이든은 사진을 흘긋 보더니 의자에서 벌떡 일어났다.

"이건 가짜예요! 전 이 여자를 여기 데려온 적이 없습니다."

"물론 가짜지." 에롤이 말했다.

게리는 고개를 끄덕였다. "돈의 어머니가 에이든의 사진을 온라인에서 찾아내서 포토숍으로 자기 딸 사진을 합성했나 봅니다."

이어 세 사람은 나도 똑같은 결론에 이르렀는지 확인하려는 듯 일제히 나를 보았다.

"저는 포토숍에 대해서는 아무것도 모릅니다." 나는 말했다. "하지만 이건 진짜처럼 보이는데요."

"바로 그거요." 게리가 말했다. "진짜처럼 보이게 만든 겁니다, 프랭크. 솜씨 좋은 사람이 만지면 이 소프트웨어는 아주 강력한 도구입니다. 하지만 저처럼 조작된 사진을 많이 접하다 보면, 컴퓨터로 조작했다는 흔적이 조금씩 눈에 들어오지요. 어떤 법정에서도 이런 이미지를 증거로 인정하지 않을 겁니다." 그는 손가락으로 돈의 발밑에 있는 모래사장을 가리켰다. "예를 들어… 여기 이 그림자를 보세요. 아주 부자연스럽습니다."

에롤은 동의했다. "돈의 머리카락 윤곽도 봐요. 들쭉날쭉, 픽셀이 쪼개진 게 보이지요? 나쁜 솜씨로 잘라 붙여서 그런 거요."

나는 코가 종이에 닿을 정도로 가까이 다가가서 보았지만, 윤곽이 들쭉날쭉한 부분은 보이지 않았다. 그냥 보통 사진처럼 보였다.

게리는 문제가 해결됐다는 듯, 사진을 가져가서 다시 비닐봉지에 넣고 봉했다. 하지만 에롤은 내가 만족하지 않았다는 사실을 눈치챈 것 같았다. "프랭크, 궁금한 점이 많으실 테니 전부 솔직하게 까놓고 이야기해 봅시다. 마거릿이 어디까지 이야기했지요?"

"별로요. 에이든과 아무 관계 없는 일이라고만 했습니다."

에롤은 웃었다. "아, 마거릿의 말을 있는 그대로 믿을 수는 없지요. 사랑에 빠진 젊은 여자의 말을 어떻게 믿습니까? 당연히 팔이 안으로 굽겠지요. 전부 다 들어보시고 직접 판단해 보세요." 그는 에이든을 보며 설명하라고 재촉했다.

"네, 알겠습니다." 에이든은 침을 삼켰다. 벌써 위스키 두 잔을 다 비우고 세 잔째 따르고 싶은 것 같았지만, 술병은 에롤이 멀리 놓아둔 것 같았다. 에이든이 이 이야기를 하고 싶은 마음이 없다는 기색은 뻔히 알 수 있었다. 그는 준비도 안 된 상태에서 학생들 앞에 끌려나와 숙제를 발표해야 하는 어린아이 같았다. "무엇보다 먼저 이해하셔야 할 점은… 저는 더 이상 마을에 나가지 않는다는 겁니다. 모두 제 아버지가 누구인지 알고, 모두 우리 집안이 어떤 집인지 알고 있어서, 낯모르는 사람이 자기 피자 가게에 투자 좀 해달라고 말을 거는 지경이라서요. 전기차에 대해 시비를 걸기도 하고요. 제가 미러클 배터리를 발명하기라도 한 것처럼 정치나 세금 보조 이야기를 꺼냅니다. 그래서 오스프리 코브에 올 때면 저는 시내를 통과하지 않고 시골길로 둘러서 옵니다."

그러던 어느 금요일 아침(1년쯤 전, 작년 7월이었다), 에이든이 시골길을 따라 차를 몰고 오던 길에 타이어에 펑크가 났다. 트렁크 안에 있던 예비 타이어도 구멍이 나서 휴대전화도 터지지 않는 숲속에서 오도 가도 못하는 처지가 되었다. 근처에는 민가도 없었고 숲뿐이었다. 시내까지 먼 길을 걸어 나가는 수밖에 없다고 생각하고 있는데, 마침 토요타 코롤라 한 대가 차 뒤에 섰다. 돈 태거트가 차에서 내리더니 도울 일이 있느냐고 물었다. 달러제너럴 잡화점에서 막 근무를 마치고 돌아가는 길이었기 때문에 아직 이름표가 붙은 제복 차림이었다. 에이든이 예비 타이어가 없다고 하니, 돈은 자기 타이어가 맞는지 한번 끼워보라고 했다. 에이든은 타이어 갈아 끼우는 법을 모른다고 실토할 수밖에 없었고, 돈은 잭과 러그 렌치를 가지고 와서 자갈 위에 무릎을 꿇고 시범을 보여주었다. "작업을 마친 뒤 제가 사례를 하려고 했습니다. 돈은 그냥 나중에 타이어를 돌려주고 저녁을 사라고 하더군요. 가던 길을 멈추고 도와준 친절한 사람에게 거절할 수가 없었습니다."

다음 날 밤, 에이든은 패스트푸드와 피자 가게만 잔뜩 있는 카운티에서 유일한 진짜 식당인 밀리스바앤그릴에서 돈을 만났다. "물론 식당에 들어가니 다들 남의 일에 관심이 많았습니다. 남자들은 자기네 여자를 훔치러 왔냐는 눈빛으로 저를 노려보더군요. 나중에 주차장까지 따라 나와서 두들겨 패기라도 할 것 같았어요. 하지만 그날 저녁, 최악은 돈 태거트였습니다. 아니, 오해하지 마십시오. 매력적인 여자였습니다, 아주 예뻤고요. 어디에 있는지 몰라도 무사하길 바랍니다. 하지만 말이 전혀 통하지 않았습니다. 공통점이 단 하나도 없었어요. 그 여자는 틱톡 이야기밖에 안 하더군요. 자기가 누구를 팔로우한다, 누가 자기를 팔로우한다, 누구누구는 나도 좋아할 거다, 하고요. 저녁 식사를 하는 동안 휴대전화를 꺼내서 나한테 '좋아요'를 굳이 보여주기도 했습니다. 하지만 차를 세우고 타이어를 갈아 끼워준 좋은 사람이라, 전 흥미 있는 척했습니다. 그리고 계산하고, 집까지 바래다줬습니다. 맹세합니다, 프랭크. 제가 그 여자를 본 건 그때가 마지막이었습니다. 실종 넉 달 전이었어요."

가장 명백한 질문을 무시하기로 작정한다면, 완벽하게 그럴싸한 이야기였다. 나는 물었다. "정말 그것뿐이었다면, 그 가족이 왜 자네를 탓하는 거지?"

에이든은 자기도 모른다는 뜻으로 두 손을 들었다. 여기서 에롤이 이야기를 넘겨받았다. "게리가 그 부분에 대해 몇 가지 생각이 있습니다. 막역한 친구이자 저희 가문 변호사이기도 하지요. 뉴잉글랜드 최고의 소송 전문가입니다. 이 친구는 그들이 뭘 노리는지 알겠다고 해요."

"한마디로… 돈입니다." 게리는 설명했다. "저희는 그쪽에서 민사 소송으로 협박할 거라고 생각합니다. 'O. J. 심슨 사건' 기억하시죠?"

나는 고개를 끄덕였다. 우리 세대라면 누구나 O. J. 심슨 재판을 기억하고 있을 것이다. 심슨은 형사재판에서 니콜 브라운과 로널드 골드만 살해 혐의에 대해 무죄판결을 받았기 때문에 옥살이를 하지 않았다. 하지만 피해자의 가족들은 입증 책임이 훨씬 가벼운 민사소송을 걸었고, 결국 배상금으로 3천300만 달러를 받아냈다.

"태거트의 변호사들은 외지에서 온 부유한 가문을 편향되게 바라 보는 배심원단을 내세워 지방법원에서 소송을 제기하겠다고 협박할 겁니다." 게리는 말을 이었다. "이 카운티에서 부르주아를 싫어하는 열두 명을 찾아내기란 쉬운 일이겠지요. 그쪽에서 소송을 제기하면, 안 좋은 이야기가 언론에 새어 나가기 전에 이쪽에서 합의를 제안할 거라고 생각할 겁니다. 간단하게 말하자면, 돈을 주면 물러나겠다는 거지요. 10만 달러? 25만 달러?"

"한 푼도 어림없어." 에롤은 말했다. "돈을 준다는 것은 잘못을 인 정한다는 이야기야. 내 아들은 아무 짓도 하지 않았어. 나는 차라리 재판을 하겠네."

"재판까지 가지 않아." 게리는 부드럽게 말했다. "저쪽은 그럴 돈 도 없잖아. 증거도 너무 약해."

"너무 약한 게 아니지, 게리. 없어! 전무하다고! 그 여자가 실종된 주말에 에이든은 보스턴에 있었어! 300킬로미터나 떨어진 곳에! 마거릿과 같이!"

나는 마지막 문장을 제대로 들었는지 확신할 수 없었다. "방금 마거릿이라고 하셨습니까?"

"마거릿의 아파트에서 같이 있었습니다." 에이든이 말했다. "탤머지가의 원룸이에요. 거기 가본 적이 있으십니까?"

당연히 갔었다. 이사할 때 내가 도와주었다. 좀이 득실거리는 욕조가 있는, 빅토리아풍 브라운스톤 반지하 원룸이었다. 매기가 견딜 수 없다고 했던 그 집. 반지하에 있는 현관문까지 가려면 좁고 컴컴한 통로로 열 개나 되는 계단을 내려가야 했기 때문에, 젊은 여자 혼자 살기에는 안전하지 못하다고 내가 걱정했던 기억이 있다. 하지만 딸은 위험과 불편함을 감수하고라도 부촌인 백베이에 주소를 두는 것이 좋아 보인다고 했다.

"마거릿이 금요일 저녁에 절 초대했습니다. 11월 2일이었을 거예요. 돈 태거트가 실종되기 전날 밤이었으니까요. 마거릿이 요리를 했고, 그런 뒤 같이 영화를 보고 그리고⋯." 에이든은 그 뒤에 있었던 일을 설명하려다 잠시 말을 더듬었다. "긴 주말이었습니다."

"에이든, 둘러말할 것 없다." 에롤이 말했다. "애매하게 말하면 죄지은 사람처럼 들려."

게리도 동의했다. "프랭크한테 사실대로 말하면 돼. 우리 모두 성인 아니냐."

에이든은 깍지를 끼고 손을 접었다 편 후 말을 이었다. "토요일 아침에 일어나서 마거릿은 달리 일정이 없었고, 저도 그랬습니다. 그래서 그냥, 계속 쉬었습니다."

"매기의 아파트에서?"

"네."

"얼마나 오래?"

"일요일까지요."

"주말 내내 그 아파트에 있었다고?"

"네."

"기껏 열 평도 안 되는 곳이야, 에이든. 그 집에서는 개 한 마리도 못 키우겠던데. 주말 내내 뭘 했나?"

질문이 입 밖으로 나가는 순간 나는 답을 알아차렸고, 에이든의 달아오르는 얼굴을 보니 정답이라는 것을 확인할 수 있었다.

"풋풋한 사랑이지요." 에롤은 아쉬운 듯한 목소리였다. "자신에게 맞는 상대를 만나면, 나머지 세상이 전부 사라져 버리잖습니까."

게리도 고개를 끄덕였다. "우리 모두 그런 경험이 있지."

나는 그들이 제발 말을 그쳤으면 했다. 방금 들은 내용을 제대로 이해할 시간이 필요했기 때문이었다.

"그러니까 돈이 실종된 날, 자네는 매기의 아파트 안에 있었다는 거지?"

"네."

"하루 종일? 잠깐 나가지도 않고?"

"그랬습니다."

"자네가 거기 있는 걸 본 사람이 있나?"

"아니요, 다른 사람은 필요 없었습니다. 단둘이 있는 것이 좋았어요. 그냥 우리 둘만요. 하지만 마거릿이 저를 믿는 이유가 그겁니다. 내내 같이 있었으니까요."

10.

        우리는 에롤의 사무실을 떠나 정원으로
나갔다. 저녁 식사가 이미 시작되었다. 손님들은 거의 100명 정도였
고, 식탁은 모두 만석이어서 출장 요리 업체의 직원들이 바삐 의자
를 더 내놓고 있었다. 재즈 트리오가 〈당신이어야 했어〉를 연주하고
있었는데, 도대체 무슨 수로 잔디를 망가뜨리지 않고 정원 한복판
까지 소형 그랜드 피아노를 끌고 나왔는지 상상할 수가 없었다. 뷔
페 테이블은 끝도 없이 길었고 프라임립, 신선한 뉴잉글랜드 크랩케
이크, 커다란 통옥수수, 수많은 샐러드와 곁들임 음식들이 놓여있었
다. 칵테일 바도 세 군데나 있어서 아무도 기다릴 필요가 없었다. 가
장 가까운 곳으로 어슬렁어슬렁 다가가 보니, 놀랍게도 바텐더는 눈
에 익은 사람이었다.

"저토스키 씨, 오늘 밤에는 뭘 드시겠습니까?"

시내 식당에서 봤던 남자, 브로디 태거트에게서 우리를 구해주었

던 바로 그 사람이었다. 오늘은 지저분한 앞치마 대신 **빳빳한** 흰 버튼다운셔츠와 검은 조끼, 보타이 차림이었다. 내가 쿠어스 라이트를 청했더니 그는 스머티노즈 라거를 건넸다. "얼추 비슷하겠군요." 나는 말했다.

병을 기울여 파인트 잔에 따르면서, 그는 자기 아내의 특제 요리인 크랩케이크를 곁들여 보라고 했다. "아내와 제 여동생이 출장 요리 업체를 운영합니다. 결혼식 전체를 맡았어요."

"여기서 자주 일하십니까?"

"여름 동안에는 항상 여기 있습니다. 가드너 집안에서 이런저런 행사를 많이 열거든요. 하지만 이번 결혼식은 차원이 다르네요. 군부대 하나를 먹여 살릴 만큼 요리를 많이 했습니다."

나는 맥주 고맙다고 인사하고 딸을 찾아 손님들 사이로 들어갔다. 당장 매기와 이야기하고 싶었다. 에이든의 이야기가 사실인지 확인해야 했다. 정말이라면 왜 나한테 말하지 않았을까?

매기는 탤머지가의 원룸을 지하 감옥에 비교하곤 했다. 어둡고 축축하고 폐소공포증을 일으킨다, 근근이 생계를 유지하는 동안 잠만 자는 곳이라고 했다. 회사에서 원격근무를 허락했을 때도 매기는 거절했다. 주말에도 사무실에 출근할 정도였다. 혹은 소풍 담요와 랩톱을 들고 보스턴 코먼 공원으로 도망쳐서 야외에서 일했다. 아파트에 대한 매기의 불평을 들었던 사람이라면 누구라도 에이든의 이야기를 믿기 힘들 것이다.

예상보다 하객들은 젊었다. 대체로 20대 또는 30대, 대부분 커패시티 직원인 것 같았다. 몇몇은 미러클 배터리 로고가 박힌 집업 플리스 재킷 차림이었고, 팔뚝에 전기회로 문신을 새긴 탱크톱 차림의 여자도 눈에 띄었다. 정원에 내가 아는 얼굴은 없었고, 매기의 고향 친구도 분명 전혀 없었다. 하지만 몇 분 동안 두리번거린 끝에, 나는 마침내 매기의 목소리를 들었다.

"아빠! 여기요, 아빠!"

돌아서니 매기가 팔랑거리는 노란 선드레스 차림으로 샌들을 손에 든 채 맨발로 서둘러 나를 향해 다가오고 있었다.

"여기 계셨네요! 얼마나 찾았는지 몰라요!" 매기는 방금 시내에서 돌아왔고 하객 운송을 담당할 새 버스회사를 찾았다고 말했다. "그래서 이제 축하할 준비가 됐어요. 같이 바로 가실래요?"

"그 전에 잠시 이야기 좀 할까?"

"줄 서서 이야기해요. 전 빨리 와인 한잔 마시고 싶어요."

"개인적인 이야기다, 매기. 다른 사람이 들으면 곤란할 것 같구나."

매기는 정원 가장자리의 빈 의자를 가리켰다. 다른 사람이 없는 공간이라고는 할 수 없었고 파티에 참석한 사람들이 다 보였지만, 일단 이 정도로도 괜찮을 것 같았다. 탁자에 도착하자, 매기는 짜증스러운 표정을 남들에게 보이지 않으려고 하객 쪽으로 등을 보이고 섰다.

"왜요? 무슨 급한 일인데요?"

"방금 에롤과 에이든이랑 한잔하면서 이야기했어. 변호사 게리 레빈슨이라는 사람도? 아무튼 정말 묘한 대화였다."

"왜요?"

"돈 태거트에 대해 이야기했어. 실종된 여자 말이다."

"네, 아빠. 누군지 알아요."

"그래. 여자가 실종된 주말에 에이든은 네 아파트에 있었다고 하더구나. 탤머지가의 그 집 말이야. 지하 감옥."

매기는 내가 계속하기를 기다렸다. "그래서요?"

"나한테 그런 말 안 했잖니."

"아빠한테 무슨 말이요?"

"돈 태거트에 대해 이야기했을 때, 넌 에이든이 300킬로미터 떨어진 보스턴에 있었다고 했지, 300킬로미터 떨어진 보스턴에 '너랑 같이' 있었다는 말은 안 했다."

매기는 내가 사소하고 지엽적인 문제에 집착한다는 듯이 어깨를 으쓱했다. "그랬나요? 말씀드린 줄 알았는데."

"말 안 했어."

"그래서요? 그게 왜 중요한데요?"

다른 손님들이 이쪽을 흘끗거리는 것이 눈에 띄어서, 나는 기분 좋은 표정을 유지하려고 애를 썼다. 모두가 신부와 그 아버지가 중요한 결혼식을 앞두고 소중한 순간을 함께하는 모습을 보고 있었다.

"왜냐하면, 네가 에이든의 유일한 알리바이니까!"

"맙소사, 아빠. 무슨 〈로 앤 오더〉 찍어요? 왜 특별검사처럼 말씀하세요?"

"에이든은 토요일 하루 종일 네 아파트에서 있었다고 했어. 너 말고 거기서 에이든을 본 사람은 아무도 없었다고."

"맞아요."

"매기, 넌 그 아파트를 싫어했잖아! 어둡고 축축해서 거기 있는 걸 견딜 수가 없다고."

"대부분 주말에는 그랬죠."

"그런데 왜 그 주말은 달랐니?"

매기는 대답하려고 입을 열다가 할 말을 찾을 수 없는 것 같았다. "아빠, 이건 정말 사적인 질문이에요. 정말 대답을 듣고 싶은 건 아니겠죠? 진짜, 하… 얼마나 생생하게 설명해야 해요?"

"난 그저 말이 되는 이야기를 듣고 싶은 거다."

아니, 나도 순진하지는 않았다. 스물다섯 살이 어떤 나이인지 기억한다. 매기와 에이든이 주말 내내 멋진 호텔 방에 틀어박혀 룸서비스를 시키면서 킹사이즈 침대에서 뒹굴었다면 문제없이 믿었을 것이다. 주말 동안 에이든의 호화 펜트하우스 발코니에서 루시아의 요리를 먹으며 르브론 제임스가 들어갈 만한 욕조에 몸을 함께 담그고 있었다고 해도 쉽게 믿었을 것이다.

하지만 멋진 호텔이나 호화 아파트 빌딩에는 보안 카메라가 있고, 매기의 닭장 같은 반지하 원룸에는 없다. 홉스 페리 경찰이 보스턴까지 가서 매기의 집을 직접 둘러본다 해도, 그들 역시 매기의 이야기를 믿기 어렵다고 생각할 것이다.

"왜 이 문제에 지나치게 집착하시는지 모르겠어요." 매기는 말했다. "에이든은 돈 태거트를 해치지 않았어요. 그이는 아름다운 영혼이에요, 온화한 영혼. 나는 에이든을 잘 알고, 에이든을 믿어요. 조금도 의심하지 않아요."

하지만 이 말에 나는 한층 혼란스러웠다.

"에이든이 아름답고 온화한 영혼이라서 조금도 의심하지 않는 거냐? 아니면 그 여자가 실종됐을 때 네 아파트에 있었기 때문에 의심하지 않는 거냐?"

"그게 왜 중요해요?"

"큰 차이가 있으니까."

"아빠, 제발 진정하세요. 똑같은 질문에 몇 번을 대답해야 하는지 모르겠네요. 난 에이든을 핼러윈 날 변장 파티에서 만났어요. 다음 날에 저녁 식사를 같이했죠. 그다음 날 밤에는 제 아파트에 초대했고요. 에이든은 금요일에 와서 일요일에 갔고, 우린 멋진 주말을 같이 보냈어요. 그이는 내가 만난 가장 다정하고, 친절하고, 상냥한 남자고… 아빠도 그냥 기뻐해 주셨으면 좋겠어요. 왜 그냥 기뻐해 주지 못하시는 거예요?"

"걱정돼서 그런다, 매기. 네가 걔를 너무 사랑해서 상황을 똑바로 보지 못할까봐 걱정돼."

"아빠, 믿으세요. 전 상황을 바로 보고 있어요."

내 딸은 정말 고집이 셀 때가 있다. 한 번 어떤 관점을 굳히면, 그 신념 체계를 흔드는 것이 대단히 어렵다. 나는 그것이 매기의 가장 대단한 특징 중 하나라고 늘 생각했지만, 지금은 미칠 것 같았다.

"매기, 들어봐라. 오늘 오후 우린 시내 식당에 들렀어. 나와 태미,

애비게일까지. 우리는 돈의 삼촌이라는 사람을 만났다. 브로디 태거트라는 남자였지. 그 사람은 에이든이 제 조카한테 무슨 짓을 저질렀다고 확신하고 있었어. 시체가 여기 여름캠프 어디에 아직 있을 거라고 하더구나."

매기는 내가 농담이라도 한 것처럼 웃음을 터뜨렸다. "한 가지 여쭤볼게요, 아빠. 브로디 태거트를 만났을 때, 혹시 그 사람이 술에 취해있지 않던가요?"

"그래, 하지만⋯."

"그런데 왜 아빠 딸보다 주정뱅이를 더 믿어요?"

말문이 막혔지만, 나는 물러나지 않았다. 아까 엿들었던 에이든과 그의 미대 친구 그웬돌린의 대화에 대해 이야기했다. "전부 다 듣지는 못했지만, 에이든이 그 여자를 협박하는 것 같았어, 매기. 닥치고 너한테 접근하지 말라고 하더라."

이번에도 매기는 웃었다. "내가 그 여자를 안 좋아해서 그런 거예요. 이 집 식구들 중에 걜 좋아하는 사람은 없어요. 에이든이 그웬에게 안타까운 마음을 갖고 있어서 초대한 것뿐이에요."

"둘만의 비밀이 있었어, 매기. 에이든은 네가 알면 안 된다는 말도 했는데, 그게 돈 태거트가 아닌가 싶다."

"아빠, 세상에⋯ 돈 태거트 이야기는 그만 좀 해요. 주말 내내 그여자 이야기만 하실 거예요?"

"네가 그웬돌린과 이야기를 해보는 게 좋을 것 같다. 뭘 알고 있는지 물어봐."

"걔는 처치 곤란이에요. 친구도 없어서 늘 다른 사람들 일에 간섭하고 돌아다니기만 해요. 에이든한테 돈이 많다고 늘 듣기 싫은 소리나 하고. 그 여자는 커패시티도 싫어하고, 에이든의 아버지도 싫어하고, 그래서 저도 싫어해요."

"커패시티를 왜 싫어하지?"

"우리 회사가 코발트를 너무 많이 사용한다나, 안 좋은 코발트를 사용한다나… 모르겠어요. 아프리카의 작은 지역에서 수입하는데, 그건 사실이에요. 이상적인 노동조건은 아니죠. 땅에 굴을 파는 일이 직업이라면, 중앙환기설비나 연금이 항상 보장되지는 않을 테니까. 하지만 그거 아세요? 똑같은 코발트가 그웬돌린의 휴대전화에도, 랩톱 컴퓨터에도, 전자책 리더기에도, 친환경 칫솔에도 들어가는데 왜 굳이 우리 회사에게만 시비를 거느냐고요."

이번에도 내가 딸을 열 받게 하는 데 성공한 모양이었다. 격앙된 목소리가 정원 건너편에 있던 사람들한테까지 들렸는지 다들 이쪽으로 고개를 돌렸다. 하지만 내가 뭐라 대답하기 전에, 에롤 가드너가 미소를 지으며 화이트 와인 잔을 들고 다가왔다. "이거 네 거다, 마거릿. 하루 종일 피곤했지? 이거 한잔 마시면 좋을 것 같구나."

"휴…, 네." 매기는 두 손으로 잔을 받아 들고 목이 말랐던 듯 꿀꺽꿀꺽 마셨다. "고마워요, 에롤."

그는 내 어깨에 허물없이 손을 짚었다. "어떻습니까, 프랭크? 크랩케이크 먹어봤어요?"

"아직요."

"정말 끝내줍니다. 동나기 전에 얼른 맛보세요. 그리고 후딱 사진한 장 찍을까요? 아빠들끼리?"

나는 커다란 카메라를 든 여자가 정중하게 거리를 두고 에롤을 따라다니고 있다는 사실을 깨달았다.

"《보스턴 매거진》에서 나왔습니다."

에롤은 금방 사진 한 장만 찍겠다고 했으나 몇 분이나 넘게 걸렸다. 사진작가는 우리에게 온갖 포즈와 각도를 취하게 하더니 내 이름과 사는 곳, 직업도 물었다. 나는 UPS에서 일한다고 했고, 매기가대화에 끼어들었다. "UPS에서 '운전사'로 일하세요. 26년간 무사고로 운전하셨어요. 어디 한 번 긁히지도 않고 지구와 달을 네 번이나왔다 갔다 할 정도로 달리신 거죠."

사진작가는 수첩에 모든 내용을 다 적었다. "사람들은 이런 시시콜콜한 내용을 좋아할 거예요. 알려주셔서 고맙습니다."

사진을 다 찍은 뒤, 에롤은 딸을 좀 데려가도 되겠느냐고 물었다. "GM의 패트릭이 아내 제나와 같이 와있습니다. 얼른 인사 좀 하려는데요." 그는 내게 미안하다는 듯한 눈빛을 보냈다. "마거릿이 알고지내면 정말 좋은 사람들입니다."

매기는 내 허락을 기다리지 않았다. 뷔페를 즐기란 말을 남긴 채한 바퀴만 돌아보고 다시 오겠다고 했다.

"그래라." 나는 말했다. "한 바퀴 돌고 오너라, 난 괜찮아."

"든든한 아버지야." 에롤은 매기의 허리에 손을 얹더니 하객들을헤치고 멀리, 더 멀리 내 딸을 데려갔다.

11.

"프랭크 아저씨! 프랭크 아저씨!"

애비게일이 목청 높여 외치고 있었다. 돌아보니 그 애는 뷔페 줄 끝에 서서 남의 시선을 조금도 의식하지 않고 짧은 팔을 흔들며 방방 뛰고 있었다. 무슨 이유에서인지 털이 북실북실하고 가운데서 지퍼로 잠글 수 있는 분장용 파란색 바디슈트를 입고 있었다. 뾰족하고 파란 귀와 커다랗고 휘둥그렇게 뜬 눈이 달린 후드도 있었다. 마치 〈세서미 스트리트〉에 나오는 괴물 같았다. 나는 성큼성큼 다가가서 소리치지 말라고 타일렀다.

"뭘 입고 있니?"

"전 '스티치'예요!"

"스티치라니?"

"영화에 나오는 캐릭터요."

태미가 어마어마하게 큰 얼린 피나콜라다 잔을 들고 왔다. "〈릴로

와 스티치〉야, 프랭키. 만화영화다."

애비게일은 후드를 뒤집어쓰고 진짜 만화 속 주인공 같은 멋진 모습을 내게 보여주었다. "태미 아줌마가 사줬어요. 잠옷이에요!"

"그런데 왜 지금 입고 있어? 여기 잠옷 입은 사람이 누가 있니?"

"아, 프랭키! 귀엽잖니. 자, 이제 목소리도 내봐라, 애비. 그 괴상한 외계인 언어 한번 해봐."

애비게일은 얼굴을 한껏 우그리더니 헬륨 가스라도 들이마신 듯 높고 날카로운 가성으로 말도 안 되는 가사를 노래하기 시작했다. 태미는 잔에 든 피나콜라다를 흘리며 웃음을 터뜨렸고, 더 많은 사람들의 시선을 끌었다. 하지만 애비게일에 대해 깐깐하게 굴지 않겠다고 약속했던 터라, 나는 그냥 정중하게 미소 짓고 아이를 달래서 뷔페 줄로 데려갔다.

"점심 먹을 때처럼 하면 안 된다, 알겠지? 조금씩 덜어 먹는 거야. 느긋하게. 더 먹고 싶으면 언제든지 다시 와서 갖다 먹으면 된다." 애비게일은 전혀 듣고 있지 않았다. 우선 모닝빵에 손을 뻗더니 세 개나 집어 들었다. 그다음에는 으깬 감자를 커다랗게 한 국자 퍼고, 작은 옥수수 두 개를 집었다. "또 이러는구나, 너무 많이 가져가잖아. 벌써 접시가 다 찼다."

나는 태미에게 도와달라고 시선을 보냈지만, 누나는 우리 뒤에 선 여자와 맛있는 맥앤치즈 만드는 비법은 판코빵가루라며 수다를 떨고 있었다. 에비게일은 집게를 집어 들고 완벽한 치킨커틀릿 덩어리를 찾아 접시를 뒤적이기 시작했다. "프랭크 아저씨, 이 안에 뼈가 있나요?"

"더 올릴 공간이 없잖아. 나중에 먹으러 다시 와라."

"혹시 다 떨어지면요?"

"다 떨어지지 않아."

"어떻게 알아요?"

제정신인 사람이라면 프라임립이나 신선한 뉴잉글랜드 크랩케이크 대신 치킨커틀릿을 선택할 리가 없지 않나? 나도 마침 크랩케이크를 먹고 싶었다. "앞으로 계속 가."

하지만 애비게일은 레몬케이퍼 소스를 탁자에 온통 줄줄 흘리며 어마어마한 커틀릿을 집게로 집어 꺼냈다. 그 애가 으깬 감자 위에 커틀릿을 올리자, 덩어리는 곧장 접시 옆으로 굴렀다. 내가 얼른 받으려고 했지만 닭고기는 내 신발 사이 풀 위에 떨어졌다.

"그것 봐라! 내가 계속 말했는데…."

태미가 내 어깨에 손을 짚었다. "진정해, 프랭키."

"이렇게 될 거라고 말했는데도!"

우리 때문에 뷔페 탁자 앞의 줄이 멈춰있었다. 나는 애비게일에게 커틀릿을 주우라고 했다. 그 애는 풀밭을 내려다보며 고개를 저었다. 그리고 아주 작은 목소리로 말했다. "이제 저건 싫어요."

"상관없어, 주워라."

애비게일은 갑자기 닭고기가 무서워지기라도 했는지 멀리 움츠러들었다. "싫어요." 그러고는 속삭였다. "건드리고 싶지 않아요."

이제 줄 선 사람들이 전부 우리를 바라보고 있었기 때문에, 내가 허리를 굽혀 고기를 주워야 했다. 이렇게 많은 사람이 보는 앞에서 음식을 그냥 버릴 수는 없어서 내 접시 위에 올렸다. "계속 앞으로 가." 나는 애비게일에게 말했다. "식탁을 찾아봐라. 이게 무슨 짓이냐."

"잠깐만." 태미가 소리치더니 마지막으로 남은 크랩케이크 두 개를 집었다. 하나는 자기 것, 하나는 애비게일 것이었다. "애한테 단백질을 좀 먹여야지."

태미는 자리를 미리 잡아두었다고 하면서 정원을 가로질러 앞장섰다. 나는 우리가 매기와 에이든, 사돈 부부와 같이 앉을 거라고 생각했다. 하지만 우리 식탁에서 기다리는 사람은 게리 레빈슨과 민소매 빨간 드레스 차림의 여자, 둘뿐이었다. 여자는 젊었고(매기보다 더 젊은 것 같았다) 아주 매력적이었다. 늘씬한 몸매였고 깊이 팬 목선 위로 멋진 가슴골이 드러났다.

게리는 천천히 일어나서 우리를 식탁으로 안내했다. "어서 오십시오, 프랭크. 이쪽은 제 아내, 시에라입니다."

나는 무슨 농담이라도 하려는 건가 생각했지만, 시에라는 손을 뻗어 내게 악수를 청했다. 약지에 번쩍이는 다이아몬드가 잔뜩 박힌 반지를 끼고 있었다. "정말 반갑습니다." <바람과 함께 사라지다>에서 튀어나온 듯한 느긋한 남부 사투리였다. "마거릿이 결혼하게 되어서 얼마나 기쁘시겠어요."

뭐라 대답해야 할지 알 수 없었다. 구운 치즈 같은 피부의 쭈그렁 노인네 변호사라는 족쇄를 제 손으로 찬, 한창나이 미인에게 뭐라고 말하지? 그들 둘이 부부라니, 자연의 섭리에 어긋나는 인간 생물학의 기이한 돌연변이처럼 보였다. "부인도 변호사십니까?"

"저요?" 그녀는 웃었다. "아뇨, 저는 아무것도 안 해요."

"당신은 작가잖아." 게리가 말했다. "자기 비하는 못 써요, 시에라. 당신은 아이들 책을 쓰고 있지 않나."

"전 작가예요." 그녀는 어깨를 으쓱했다. "아동서를 쓰고 있어요."

"제2의 J. K. 롤링이 될 분이시지." 게리가 말했다. "첫 다섯 페이지를 우리 손주들에게 읽어주었더니 아주 좋아하더군요. 다음 원고를 손꼽아 기다리고 있어요."

"그게 시장조사라는 거죠!" 태미가 말했다. "아주 좋은 생각이에요, 게리. 이렇게 좋은 변호사이신 이유가 있군요."

누나는 이미 게리와 시에라와 인사를 나눈 것 같았다. 기꺼이 자리에 앉아 수다를 떨기 시작하는 모습을 보니, 두 사람이 부부라는 사실을 액면 그대로 받아들이는 모양이었다. 태미가 오스프리 코브와 커패시티에 대해, 회사 안에서 각자가 맡은 역할에 대해 이런저런 질문을 던지는 동안, 나는 원하지도 않았던 치킨커틀릿을 억지로 입에 밀어 넣었다. 멀쩡한 치킨커틀릿을 쓰레기통에 버린다는 것은 절대 있을 수 없는 일이다. 표면에는 작은 녹색 점이 붙어있었는데 골파인지, 쪽파인지, 갓 깎은 잔디 조각인지 알 수 없었다. 나는 음식을 입안에 집어넣으며 생각하지 않으려고 애썼다.

재즈 트리오는 계속해서 〈달빛 어린 강〉, 〈나와 같이 하늘을 날아〉, 〈이파네마에서 온 소녀〉 같은 스탠더드 곡을 연주하고 있었다. 게리는 진부한 변호사 농담을 던졌고, 태미와 시에라는 그때마다 웃었다. 윈덤호수 위에 석양이 깃들고 해가 산맥 뒤로 넘어가는 사이, 나는 매기가 파티 석상을 누비며 식탁마다 일일이 손님들에게 인사하는 모습을 지켜보았다. 내 딸은 타고난 집주인이었고, 다들 그 애를 감탄하는 눈으로 바라보고 있었다.

하지만 에이든은 보이지 않았다. 그웬돌린 역시 눈에 띄지 않았다. 우연일 수도 있겠지만, 나는 그렇게 생각하지 않았다.

마침내 웨이트리스가 나타나서 우리 식탁 복판의 초에 불을 켜니, 내 물 잔 옆에 장님거미 한 마리가 앉아있는 것이 눈에 띄었다. 나는 애비게일이 보기 전에 얼른 손으로 쳐냈다. 애비게일은 저녁 식탁에 결혼식 예법 책을 가져와서, 얼굴을 묻은 채 한쪽 눈으로 가장 좋아하는 페이지를 거듭 읽고 있었다.

"어린이가 책을 읽고 있으면 언제나 보기 좋아요." 게리가 말하자, 태미는 애비게일이 독서광이며 스펀지처럼 지식을 습득한다고 말했다.

"보여드리죠. 애비, 유럽에서 가장 긴 강 다섯 곳이 어디지?"

애비게일은 고개도 들지 않고 대답했다. "볼가강, 다뉴브강, 우랄강, 드네프르강, 돈강."

게리는 휴대전화로 답을 확인하고 놀란 눈으로 화면을 들어 보였다. "세상에!"

"디 어려운 기 물어봐요." 시에라가 말했다. "아시아는?"

애비세일은 머뭇거리지 않고 곧장 답했다. "양쯔강, 황허강, 메콩강, 레나강, 이르티시강."

"알렉사 스피커보다 더 빨라요." 태미는 자랑스럽게 말했다. "〈제퍼디!〉 프로그램에 나가서 상금을 따보라고 늘 말한답니다. 미국 50개 주나 역대 미국 대통령, 백설공주 이후 디즈니 만화영화를 모조리 다 줄줄 읊어요."

"정말 대단하군요!" 게리가 말했다. "애비게일, 너도 에롤 가드너 밑에서 일하는 게 좋겠다. 어떠니? 대학 졸업한 뒤에 커패시티 팀에 들어오지 않으련?"

아이는 책장만 넘기며 어깨를 으쓱했다. "모르겠어요, 어쩌면요. 가봐야 알죠."

하루 중 처음으로 애비게일이 같이 온 것이 고마웠다. 식탁 위로 몸을 숙이고 커다란 눈을 휘둥그렇게 뜨고 있는 후드에 뽀뽀해 주고 싶은 마음이었다.

12.

        계속 그렇게 모두 다 앉아있는데 정문을
지키던 남자, 휴고가 태블릿 컴퓨터를 들고 서둘러 게리에게 왔다.
"방해해서 죄송합니다." 게리는 태블릿 화면을 잠시 훑어보더니 빠
르게 답변을 썼다. "고맙습니다, 레빈슨 변호사님." 휴고는 이어 말
했다. "그럼 즐거운 저녁 되십시오."

   그는 어둠 속으로 사라졌고, 태미는 그의 뒷모습을 홀린 듯 빤히
쳐다보았다. "정말 미남이네요, 억양도 듣기 좋고요. 트란실바니아
억양인가요?"

   "네덜란드 출신이지요." 게리는 말했다. "하지만 휴고는 원래 콩
고가 벨기에에서 독립을 선언한 뒤 킨샤사에서 자랐습니다. 그쪽에
있는 우리 사업에 중요한 역할을 했지요. 지금은 반쯤 은퇴해서 일
년 내내 오스프리 코브에서 지냅니다. 직책은 영지 관리인이지만,
대체로 그냥 놀아요. 겨울에 이곳은 정말 평화롭습니다."

"끝-내-줘-요." 시에라는 혹시 잘못 발음할까 봐 걱정스럽기라도 한지 음절 하나하나를 길게 늘였다. 그녀는 자리에 구부정하게 앉아 멍하니 긴 머리카락을 빙빙 돌리며 취해가고 있었다. 결혼한 지 얼마나 됐는지, 아버지가 딸의 결혼식에 참석했는지, 책임감 있는 성인 남성이 그녀의 양육에 역할을 다 했는지 궁금했다. 재즈 트리오는 〈나의 모든 것〉에서 〈오늘 밤 당신은 아름다워〉로 넘어갔고, 게리는 정원에서 느릿하게 춤추고 있는 커플들처럼 우리도 춤추자고 아내에게 청했다.

태미는 따뜻한 시선으로 두 사람을 바라보았다. "정말 다정하네."

"농담이겠지. 저 둘이 괜찮다고? 부부로서? 그러고도 페미니스트야?"

태미는 한숨을 쉬었다. "고등학교 때 내가 한번 그 말을 했더니 넌 귀가 따갑도록 주절거렸지." 누나는 물 잔에 손을 집어넣었다. 안에는 얼음밖에 없었기 때문에, 태미는 얼음 조각 몇 개를 입에 털어 넣고 이로 씹어 먹었다. "마음이 시키는 게 그거라면 다른 이유가 필요 있겠니? 행복해 보이잖아."

"제정신이 아니야. 여자는 이제 막 고등학교 졸업했을 나이인데, 남자는 드라큘라 백작보다 더 노인네라고. 역겨워. 내가 저 여자 아버지라면 고개를 못 들고 다녔을 거다."

애비게일은 우리가 주고받는 대화가 따분한 모양이었다. 의자에 깊이 웅크리고 앉아 털북숭이 파란 후드를 눈과 코까지 푹 뒤집어쓰고 있었다. "밉, 밉, 밉, 밉, 밉." 아이는 아무 이유 없이 중얼거렸다.

게리와 시에라가 자리를 떠서 못 듣는 것이 다행이었다.

웨이터가 날렵하게 지나치면서 내게 맥주 한 잔을 더 줄까 물었지만, 나는 물을 청했다. 알코올은 충분히 마셨지만, 전혀 긴장이 풀리지 않았다. 오늘 있었던 모든 일이 어쩐지 찜찜한 기분을 남겼다. 브로디 태거트와의 대화, 56페이지에 달했던 어마어마한 프라이버시 서류, 침실에 있던 거미 떼, 그웬돌린과의 묘한 만남까지. 그리고 에롤의 사무실에서 나누었던 대화, 그러니까 돈과 에이든의 사진이 당연히 포토숍으로 조작된 것이라는 그의 장담. 복사본을 갖고 있을걸 하는 생각이 들었다. 전문가에게 보여주고 의견을 들어볼 수 있도록 그냥 갖고 있을걸.

정원 건너편에서는 매기가 아직도 탁자에서 탁자로 오가며 직접 모든 하객들에게 환영 인사를 건네고 있었다. 하지만 여전히 내 딸의 약혼자는 보이지 않았다. "에이든은 어디 있지?"

"모르겠네. 저녁 내내 못 봤어."

"이상하지 않아?"

"왜 그렇게 사사건건 과민 반응이니." 태미는 말했다. "넌 에이든이 무슨 그 옛날 휴대전화 박사인 것처럼 굴고 있는데, 주위를 한번 둘러봐. 전혀 다른 상황이라고."

애비게일은 책에서 고개를 들고 씩 웃었다. "휴대전화 박사는 누구예요?"

"매기의 애진 남자 친구." 대미는 말했다.

"아니, 아니, 아니. 남자 친구라고 하지도 마."

"진짜 이름은 올리버였단다."

"남자 친구는 아니었어."

태미는 어깨를 으쓱했다. "남자 친구이기는 했었지 않나?"

"얼마나 오래 만났어요?" 애비게일이 물었다.

"만난 적 없다니까 그러네! 음침하고, 변태 같고, 퇴폐적인 자식이었어." 내가 약간 소리를 질렀던 모양인지, 태미가 애비게일의 귀를 손으로 막아주었다.

"프랭키, 진정해라."

"신경 쓰이는 건 또 있어. 매기의 친구들은 다 어디 있지?"

태미는 정원 쪽으로 손짓했다. "다들 매기 친구잖아."

"진짜 친구들 말이야. 스트라우드버그 친구들." 나는 기억을 더듬어 친구들의 이름을 떠올리려고 해보았지만, 매기가 내게 인사시킨 친구가 워낙 몇 명 안 되었기 때문에 어려웠다. 그 애는 내가 살림을 지저분하게 해서 부끄럽다고 했다. 늘 더 좋은 동네, 좋은 집으로 이사 가고 싶다고 했었다. "모퉁이에 살던 그 여자애는? 혀짤배기 발음을 하던 인도 애 말이야."

"프리야 하티쿠두르." 태미가 말했다. "그 애하고는 고등학교 졸업한 뒤에 멀어졌을 거야, 프랭크. 하지만 그건 흔한 일이잖니. 관심사가 점점 달라지니까. 프리야는 부모님과 같이 부동산 중개업을 하고 있어."

나는 매기가 다른 길을 택했다는 것을, 이제 다른 세상에서 살고 있다는 사실을 이해했다. 하지만 과거의 모든 사람이 신혼부부의 미래를 축복할 수 있도록 한데 불러 모으자는 것이 결혼식을 하는 이유다.

"여기 누가 없다고 불평하는 대신, 와있는 사람들을 두루 만나보는 게 좋지 않겠어?" 태미가 말했다.

누나는 젊은 남녀가 가득 모여있는 식탁을 가리키며 에이든의 신랑 들러리와 매기의 신부 들러리들이라고 했다. 나는 그쪽으로 가서 자기소개를 했지만 곧장 후회했다. 의자가 전부 차있어서 앉을 자리가 없었기 때문에 사람들이 인사하는 동안 나는 그냥 선 채로 서성거려야 했다. 다들 바커스니, 마틸드니, 타퀸이니 하는 이국적인 이름이었고, 음악이 너무 시끄러워서 나머지 이름은 들리지도 않았다. 나중에 나체로 수영하자는 이야기가 오갔고, 여자들은 웨이터가 제러미 알렌 화이트를 닮았다고 입을 모으면서 같이 수영하자고 했다. 그들의 농담을 듣고 있으려니 30분 늦게 극장에 들어간 기분이었다. 내가 모르는 사람들, 내가 모르는 것들이 끊임없이 입에 올랐다. 슬랙, 끌로에, 찰리, 뱅크시, 비리얼, 배드버니, NPC, A24 등등. 이렇게 늙었다는 기분이 든 적은 평생 처음이었다.

나와 가장 가까운 의자에 앉은 여자는 칼라니라는 이름이었다. 가무잡잡한 피부의 미인이었고, 불가사리 문신을 새겼으며, 긴 금발 머리를 땋아 늘어뜨리고 있었다. 내가 불편해하는 낌새를 느꼈는지 가까이 오라고 하더니, 자기 핸드백에 손을 넣어 금속으로 된 박하사탕 케이스를 꺼냈다. 뚜껑을 열자 젤리 스무여 개가 들어있었고, 칼라니는 내게 하나를 고르라고 했다. "THC인데, 특별 와일드카드가 하나 있어요."

"와일드카드가 뭔가요?"

칼라니는 땋은 머리를 휙 돌리며 웃었다. "프랭크, 농담도 잘하시네요! 그걸 알면 와일드카드가 아니죠. 그냥 하나 뽑고 운에 맡겨요."

됐다고 대꾸했더니, 그녀는 어깨를 으쓱하고 오렌지색 젤리를 고른 뒤 옆에 앉은 사람에게 케이스를 돌렸다. 나는 케이스가 좌중의 손에서 손으로 넘어가는 광경을 지켜보았다. 모두가 올리브가든에서 나온 마늘빵 바구니처럼 대수롭지 않게 마리화나를 취급했다. 그새 그걸 자기 입에 넣는 사람, 그냥 다음 사람에게 넘겨주는 사람이 보였다. 나는 마약에 대해 그리 마음 편한 사람이 아니었기 때문에 시선 둘 곳이 없어 오스프리 산장을 한번 흘끗 보았다. 3층 어느 창가에서 커튼 사이에 서서 정원을 내려다보는 사람의 윤곽이 언뜻 보였다. 등에 빛을 지고 있었기 때문에 얼굴을 알아볼 수는 없었지만, 체구나 자세를 볼 때 머리카락을 틀어 올려 묶은, 키 크고 마른 여자 같았다.

칼라니는 내 시선을 보더니 창가를 향해 미소 짓고 손을 흔들었다. "캐서린 가드너예요."

"어떻게 알아요?"

"캐서린 말고 누구겠어요? 그분의 침실인데요."

"안에 들어가 보셨습니까?"

그녀는 고개를 끄덕였다. "2년 전에요, 우리 여성들에게 정말 훌륭한 조언자셨어요. 요즘 몸이 안 좋으시다니 안타까울 뿐이죠." 칼라니는 계속 손을 흔들며 내려오라는 듯 캐서린에게 손짓을 보냈지만, 창가의 인물은 반응이 없었다. 꼼짝도 하지 않아서 마치 인형 같 았다.

아직 캐서린과 인사하지 못했다고 하니, 칼라니는 놀란 듯 나를 돌아보았다. "결혼식이 겨우 이틀 남았는데요! 말도 안 돼!" 그녀는 내 어깨에 손을 얹고 산장 쪽으로 살짝 밀었다. "지금 가서 인사하세 요. 3층, 계단 꼭대기 맨 끝에 있는 방이에요."

"에롤 말로는 잠시 눈을 붙이고 계시다고 했는데요."

"지금은 안 주무시잖아요. 보세요! 일어나서 이야기하고 싶어 안 달이시잖아요."

산장 내부는 충분히 보았기 때문에 3층까지 찾아갈 수는 있었지 만, 그래도 나는 부적절한 행동을 하는 것이 아닐까 싶어서 망설였 다. "매기가 소개해 줄 때까지 기다리지요."

"매기는 너무 바쁘잖아요. 제 말 믿으세요, 프랭크. 캐서린은 정 말 상냥한 사람이고, 사돈을 만나면 아주 기뻐하실 거예요. 주저하 지 마시고 어서요!"

사실 별로 재촉할 필요도 없었을 것이다. 캐서린 가드너를 만나서 정식으로 인사할 때까지는 긴장을 풀 수 없을 것 같았다. 그래서 나 는 디저트 식탁에 잠시 들러 작은 접시에 쿠키를 담아서 들고 오스프 리 산장으로 올라갔다. 오후에 온 길을 그대로 되밟아서 거대한 현 관문을 지나 집 안으로 들어갔다. 현관은 행사를 준비하는 사람들로 부산했기 때문에(업체 직원들이 바깥에 주차한 냉장 트럭으로 상자와 쟁 반을 나르고 있었다) 아무도 내가 슬쩍 집 안에 들어가서 장엄한 나선

계단을 올라가는 모습을 눈여겨보지 않았다.

나는 에롤 가드너를 만났던 2층 계단 앞에 잠시 서있다가 계속 3층으로 올라가서 어둑한 복도로 들어섰다. 벽을 더듬어서 스위치를 찾는 사이, 동작감지센서가 내 존재를 알아챘는지 천장에 불이 들어왔다.

나는 욕실과 관리용 벽장, 불 꺼진 객실 두 곳을 지나 마침내 마지막 문에 다다랐다. 주인 침실일 거라고 생각하고 용기를 내 노크했다.

"안녕하세요! 캐서린?"

대답이 없었다. 침실 안에는 방이 여러 개 있을 것이고 캐서린은 그중 어디쯤 있을지 모른다. 아마 못 들었을 것이다. 손잡이를 흔들어 보았지만 움직이지 않았다. 자물쇠 위에 블루투스 센서가 달려있었고 그때 에이든의 설명이 떠올랐다. 내 전화를 집 안의 네트워크에 연결했으니 본채의 모든 시설을 사용할 수 있다고 했다. 그러나 전화를 센서에 갖다 대도 문은 열리지 않았다.

나는 다시 좀 더 세게 노크했다. 이번에는 인기척이 들렸다. 가볍게 스치는 발자국 소리.

"프랭크 저토스키입니다, 매기의 아버지요. 인사하러 왔습니다, 손님 응대가 괜찮으시다면."

정적만 흘렀다. 나 혼자 떠들고 있는 것 같다는 생각이 들기 시작했다. 막 돌아서서 떠나려는데, 마룻바닥이 나직이 삐걱하는 소리가 들렸다. 누군가 반대편에 서서 문구멍으로 엿보고 있는 것 같았다.

"안 나오실 거예요."

돌아보니 긴 녹색 치마를 입고 갈색 가죽 신발을 신은 젊은 여자가 서있었다. 에이든의 미대 친구, 그웬돌린이었다.

"여기서 뭐 하세요?" 그녀는 물었다.

왜 죄책감이 드는지 알 수 없었다. 그녀에게 똑같은 질문을 돌려줄 수도 있었다. 하지만 나는 사실대로 말했다. "에이든의 어머니를 만나러 왔습니다, 인사를 하고 싶어서요. 몸이 좀 나아지셨나 하고."

내 대답이 재미있었던 건지, 그녀는 가볍게 놀리듯 웃어 보였다. "기분이 나아지지는 않으셨을 거예요. 그리고 틀림없이 문도 안 여실걸요."

"어떻게 아십니까?"

"사위한테 물어보세요."

그녀는 돌아서서 복도를 걷기 시작했고, 나도 뒤따랐다.

"잠깐, 기다려 봐요. 무슨 뜻입니까?"

"프랭크, 솔직하게 말씀드릴게요. 아까 오후에 만났을 때는 상황을 알고 계신 줄 알았는데, 모르시는 모양이네요. 아직 캐서린 가드너를 못 만났다면, 아무것도 모르시는 거예요."

"말해봐요, 내가 뭘 모른다는 겁니까?"

그녀는 대답하지 않고 계단만 계속 내려갔다. 나도 뒤따라 2층을 지나 업체 직원들이 북적거리는 현관으로 나갔다.

"그웬돌린, 잠깐만. 말해줘요."

그녀는 내게 '여기서는 안 된다'는 뜻의 엄격한 눈빛을 보냈다. 그래서 나는 캄캄한 바깥으로 따라 나가서 커다란 냉장 트럭을 지나 드라이브 웨이를 건넜다. 그웬돌린은 어둠 속을 뚫고 키 큰 소나무 울타리로 향했다. 그녀가 몸을 옆으로 비틀어 울타리 사이로 넘어가는 모습을 보고 나도 따라 넘어가니 작고 아늑한 숲이 나왔다. 그웬돌린이 거의 보이지 않을 정도로 컴컴했지만, 담뱃불을 붙이는 순간 작은 오렌지색 불빛이 그녀의 얼굴을 밝혔다.

"오늘 오후에 당신과 에이든을 따라갔었습니다." 나는 그녀에게 말했다. "작업실 밖에서 엿들었지만, 전부 다 자세히 들리지는 않았어요. 왜 그가 당신을 협박한 겁니까?"

"내가 아는 걸 마거릿에게 알리고 싶지 않아서죠."

"그게 뭐요?"

그녀는 고개를 젓고 '시도는 좋지만 말해줄 수 없다'는 투로 서글프게 미소 지었다. "내 충고는 이것뿐이에요, 따님을 데리고 여기서 빠져나가세요. 더 많은 사람들이 다치기 전에 결혼식을 취소하라고 설득하세요. 여기서 뭔가 끔찍한 일이 일어나고 있으니까. 느껴지시죠? 안 느껴지세요?"

"돈 태거트 이야기요?"

그웬돌린은 담배 연기를 한 모금 길게 들이마셨다. "돈 태거트는 걱정거리도 아니에요. 돈 태거트보다 훨씬 더한 일이 벌어지고 있다고요."

너무 수수께끼 같은 말투여서 나는 그녀를 잡아 흔들고 싶었다. "사실대로 말해주시오."

"날 안 믿으실걸요. 프랭크, 얼굴만 봐도 알아요. 기본적으로 선

량하신 분 같네요. 들을 준비도 안 돼 있으시고요."

나는 그녀의 입술에서 담배를 낚아채고 흙 위에 던진 뒤 구두로 밟아 껐다. "들어봐요, 그웬돌린. 나는 당신 생각처럼 선량한 사람이 아니야. 고등학교를 갓 졸업하고 중동에서 6개월 있었소. 더 이상 아무도 기억하지 않는 걸프전 시기에. 내 말 믿어요, 난 당신이 상상 조차 못 할 것들을 봤소. 그러니까 그 무시무시한 비밀을 제발 좀 알려줬으면 좋겠군."

레이저 같은 흰 헤드램프 불빛이 캄캄한 어둠을 가르고 그웬돌린의 얼굴을 눈부시게 비췄다. 검은 옷차림을 한 경비 두 명이 숲길을 따라 터벅터벅 야간 경비를 돌고 있었다. 그웬돌린은 그쪽으로 불안한 눈길을 보내더니 목소리를 낮췄다.

"내일 아침 11시에 단체 하이킹이 있어요. 다 함께 코모런트 언덕까지 걸어갈 계획이죠. 그때 몸이 좀 안 좋다고 하세요. 그러면 만나서 다 말씀드릴게요. 하지만 그 전까지는 침묵을 지키셔야 해요. 아무에게도 우리가 만났다는 거 말하지 마세요."

경비들은 우리 쪽으로 걸어오고 있었고, 그웬돌린은 아무 말 없이 사라졌다. 남자 한 사람이 내 눈에 정면으로 손전등을 비췄다.

"저토스키 씨!" 휴고의 목소리라는 걸 알아들을 수 있었다. "길을 잃어버리신 것 같군요. 괜찮으십니까?"

쾌활한 태도와 노래 부르는 듯한 억양 때문에 마치 애들이 가득한 교실에서 말하는 유치원 교사 같았다.

"괜찮습니다. 잠시 걷고 있었어요."

분명 내가 다른 사람과 이야기하고 있는 장면을 보았을 텐데도, 그는 누구였는지 묻지 않았다. 그냥 해변에서 스모어 축제가 벌어졌으니, 저녁 식사 파티장으로 돌아가라고 권했을 뿐이었다. "모닥불을 아름답게 피우고 젊은 사람들이 즐거운 시간을 보내고 있습니다. 마시멜로가 다 떨어지기 전에 빨리 가보세요."

13.

정원으로 돌아와 보니 재즈 트리오는 사
라졌고, 그랜드 피아노도 같이 가져간 모양이었다. 이제 누군가의
휴대용 스피커에서 일렉트로닉 댄스 음악이 커다랗게 울려 퍼지고
있었다. 기껏해야 소프트볼만 한 스피커였지만, 온몸이 진동할 정도
로 사정없이 쿵쿵 울리는 베이스가 밤공기를 가득 채웠다. 손님들은
반복적인 멜로디 위로 목소리를 높여 소리치고 있었다. 나는 저녁
식탁으로 돌아갔지만, 태미와 애비게일은 없었다. 그 자리에는 내
가 모르는 젊은이들이 앉아서 술을 마시고 빈 잔을 탁자에 쿵쿵 내려
놓고 있었다. 나는 오스프리 산장 3층을 힐끗 올려보았지만, 창가에
서있던 사람의 윤곽은 사라지고 없었다.

어두워서 누가 누구인지 알아보기가 힘들었다. 내 야간 시력은 한
창때만 못하다. 나는 식탁을 돌며 매기의 익숙한 모습을 찾아 온갖
다른 윤곽을 찬찬히 훑어보았다. 나는 한 의자에 걸터앉아 서로를

더듬는 두 남자를 지나쳤다. 한쪽이 상대편의 허리를 다리로 휘감은 자세로, 누가 먼저라고 할 것도 없이 집어삼킬 듯한 기세였다. 두 사람의 몸무게 때문에 의자 다리가 삐걱거리며 금방이라도 부서질 것 같았다. 정원 다른 곳에서는 여자들 셋이 편자를 던지면서 놀고 있었지만, 너무 어두워서 편자는 보이지도 않을 것 같았다. 그저 캄캄한 어둠 속으로 고리를 던지고, 쇠가 철그렁거리는 소리가 들리는지 귀를 기울이기만 할 뿐이었다.

그때 누군가 어깨에 손을 얹어 돌아보니 누나였다. 누나는 애비게일을 등에 받쳐 업고 있었고, 아이는 꾸벅꾸벅 졸고 있었다. "여기 있구나." 태미는 말했다. "대체 어디 갔었니?"

"매기를 찾으러."

"방금 놓쳤잖아, 프랭크. 네가 없는 사이 우리 식탁에 왔었어. 한참 즐겁게 이야기했는데, 네가 안 와서 기다리다 가버렸다."

"에이든은? 그 친구 봤어?"

"아직. 우선은 애비게일을 데려다 놓고 와야겠다. 배가 아프대. 게다가 이 파티는 슬슬 미성년자 관람 불가 분위기가 나는구나."

나도 동감이었다. 펜실베이니아주 위탁부모는 마약이나 술, 문란한 성에 노출되지 않는 안전한 환경에서 아동을 보호해야 한다. 그러니 태미는 지금 여러 가지 차원에서 자신의 의무를 저버리고 있는 셈이었다. 이 파티 사진이 보건복지부에 흘러 들어가기라도 한다면, 태미는 다시는 위탁아동을 받지 못할 것이다.

애비게일은 태미의 어깨에 얼굴을 부비며 눈도 제대로 못 뜬 채 웃어 보였다. "닭고기 떨어뜨려서 미안해요, 프랭크 아저씨."

나는 괜찮다고 대답했다. 아이는 피곤해 보였고, 오늘은 모두에게 긴 하루였다. 나는 곧 오두막에 갈 거라고 말한 뒤, 누나가 애비게일을 데리고 어둠 속으로 사라지는 모습을 지켜보았다.

그때 쇠로 된 편자가 겨우 몇 뼘 정도 아슬아슬하게 코를 비켜 갔다. 젊은 여자가 편자를 따라 달려왔다. "죄송해요!"

나는 여자를 보내고 휴고가 알려준 대로 호수로 내려가 보았다. 모래사장에는 어마어마한 모닥불이 활활 타오르고 있었다. 웃통을 벗은 남자 둘이 장작을 계속 던져 넣으며 불꽃을 점점 더 키우고 있었다. 무책임하다는 생각이 들었다. 가벼운 산들바람이 호수에서 불어오고 있었기 때문에, 자칫 불씨가 숲으로 날아갈 수도 있었다. 불똥 하나면 마른 낙엽에 불이 번진다. 오늘 아침의 화재 소식과 미국 내에서 실화로 인한 사망자는 매일 아홉 명꼴이라는 보도에 다시 생각이 미쳤다.

그때 흰 가운을 입은 젊은 여자 한 사람이 나와 모닥불 사이로 걸어왔다. 그녀는 허리띠를 풀고 어깨를 흔들어 가운을 모래사장 위에 떨어뜨렸다. 가운 아래는 실오라기 하나 걸치지 않은 나체였고, 날씬한 등과 긴 근육질의 다리가 드러났다. 그녀는 당당하게 호수로 들어가더니 허리까지 물에 담갔다. 그리고 첨벙 뛰어들어 수면 아래로 사라졌다. 다른 사람들도 이미 호수 안에 들어가 있다가 여자를 보고 환호했다. 부드럽게 철썩이는 호수 위에 몸이 없는 머리만 둥둥 떠서 미소 짓고 있었다.

모래사장을 둘러보니, 옷을 벗어던지고 있는 대여섯 명의 윤곽을 알아볼 수 있었다. 브라와 사각팬티, 티팬티만 남기고 헐벗은 젊은 사람들. 그들 사이에 흰 가운을 입고 허리끈을 단단히 묶은 매기가 눈에 띄었다.

　　"아빠! 어디 계셨어요?"

　　"너 찾고 있었지. 여기서 뭐 하니?"

　　"아빠 가시면 수영하려고요." 매기는 윙크했다. "계속 여기 계시면 좀 민망할걸요."

　　나는 좋지 않은 생각이라고 타일렀다. "몇몇 사람들은 마약도 하던데. 와일드카드가 섞인 THC라고."

　　매기는 웃었다. "그냥 마이크로도스예요."

　　"그건 무슨 뜻이냐?"

　　"전혀 위험하지 않은 거예요. 일반 소비자용 실로시빈과 케타민이요. 비타민처럼 실험실에서 제조한 약이에요."

　　"에이든도 그걸 하냐?"

　　"좀 했으면 좋겠네요. 그럼 좀 나아질 텐데."

　　"걔도 여기 있어? 물에?"

　　"아뇨, 절대요."

　　"에이든도 없는데 너만 벌거벗고 수영하겠다고?"

　　"괜찮아요, 아빠. 에이든은 이런 거 안 좋아해요."

　　매기는 내 손을 잡고 다시 정원으로 이끌었다. 사람들이 시야 가장자리에서 여기저기 사각팬티를 내리고, 가운을 벗어던지고, 훤하게 드러낸 긴 다리로 우리 옆을 달려갔다. "저녁 내내 어디 있었니? 너하고 이야기하려고 기다리고 있었는데."

"알아요, 죄송해요. 하지만 약속해요. 지금은 일단 오두막으로 돌아가서 푹 주무세요. 내일 아침 일어나자마자 8시 30분에 다시 만나요. 아침 일찍 카누 타자고요. 늘 하던 것처럼요, 좋죠?"

매기는 손을 내밀었고 우리는 악수했다.

"약속이다." 나는 말했다. "하지만 수영할 때 조심해야 해. 알겠지?"

"안녕히 주무세요, 아빠. 푹 쉬세요. 사랑해요."

"나도 사랑한다, 매기."

딸은 나를 정원에 남겨두고 다시 모래사장으로 뛰어갔다. 나는 돌아보지 않았다. 아마 오두막으로 돌아가는 게 좋을 것이다. 운전도 오래 했고 긴 하루였기 때문에, 이제 어린이용 2층 침대에서 곯아떨어질 준비가 되어있었다. 그런데 정원을 가로지르다가 나는 애디론댁 의자에 앉아 호수를 바라보며 버번위스키를 마시고 있는 에롤 가드너와 게리 레빈슨을 마주쳤다. 그들은 나를 알아보고 위스키 잔을 들어 보였다.

"여기 오시는군." 에롤이 말했다.

"신부의 아버지야." 게리가 말했다.

시에라는 남편의 의자 뒤에 서서 부드럽게 그의 어깨와 목을 마사지하고 있었다. 에롤이 물었다. "저녁은 어떠셨소, 프랭크."

"아주 좋았습니다."

게리는 나를 향해 윙크했다. "오늘 밤 수영 생각 있으십니까? 젊은 친구들과 같이?"

"아뇨, 그냥 매기에게 잘 자라고 인사했습니다. 여기 도착한 뒤로 얼굴 볼 틈도 없군요."

에롤은 버번 잔을 비우고 빈 텀블러를 잔디 위에 내려놓았다. "저기, 궁금한 게 있는데… 프랭크, 콜린이 세상을 떠난 지 얼마나 됐습니까?"

"15년 정도요."

"주말에 다른 손님을 안 데리고 오셨더군요. 만나는 여자가 없다는 걸로 생각해도 될까요?"

"지금은 없습니다."

"혹시 재혼 생각은?"

물론 재혼 생각은 많이 해봤다. 누가 곁에 있으면 아마 더 행복할 것이고, 콜린도 나는 항상 여자 방에 들어가기 전에 노크할 줄 알고 상대가 원하는 걸 가져다주니 두 번째 마누라를 찾는 게 어렵지는 않을 거라고 농담하곤 했었다.

그래, 나도 지난 한 해 남짓 비키에게 마음을 두고 있었다. 그래도 일을 진행하기 전에 우선 매기와 관계를 회복하고 싶었다. 아버지와 딸 사이를 단단하게 회복한 뒤에 새어머니 이야기를 꺼내든지 말든지 하고 싶었다.

이런 이야기를 나누는 것이 불편해서, 나는 그냥 어깨만 으쓱했다. "결혼은 상당히 큰 약속이라."

"아, 결혼하시라는 게 아닙니다." 에롤은 말했다. "혹시 이번 주말에 어울릴 사람이 있으면 어떠신지?"

"결혼식은 이성을 만나기 좋은 장소예요." 시에라가 말했다.

"맞아." 게리가 동의했다. "파헬벨의 캐논이 울려 퍼지면 다들 제정신을 잃는 것 같아. 아무나 옆에 있는 사람을 붙잡고 침대로 뛰어들고 싶은 모양인지." 시에라는 나무라듯 그의 어깨를 때렸지만, 그녀의 남편은 사실은 사실이라고 응수했다.

"혹시 말동무를 소개시켜 드리면 어떨까 싶어서요." 에롤은 말했다. "머리카락 색깔, 체형, 연령대, 이런 기본적인 취향을 말씀해 주시면 제가 알아봐 드릴 수 있을 겁니다. 긴장을 푸시는 데 도움도 되고. 무슨 뜻인지 아시겠죠?"

무슨 말을 하는지는 알 것 같았지만, 그가 이런 제안을 하고 있다는 자체가 믿어지지 않았다. "감사합니다, 에롤. 하지만 전 주말에 매기 옆에 있어주고 싶습니다."

"매기는 괜찮아요, 프랭크! 벌써 스물다섯 살인데. 다 큰 어른이고 독립적인 여자예요. 이제 딸에게 신경 덜 쓰시고 본인을 돌보셔도 됩니다."

어떤 면에서 그의 말은 아마도 옳았겠지만, 나는 그의 말투가 정말 마음에 들지 않았다. 다른 사람이 내게 아버지 노릇에 대해 가르치려 드는 것이 싫었다.

"에롤, 안 그래도 여쭙고 싶었습니다. 아드님은 지금 어디 있습니까?"

"모르겠습니다. 어디 있겠지요."

"아니, 없습니다. 아까 산장 서재에서 나온 뒤로 에이든을 본 적이 없어요. 친구들은 결혼식을 축하하러 여기 다 모여있다는데 말입니다. 크랩케이크니, 칵테일이니, 모닥불이니… 멋진 행사를 꾸려 놨는데, 정작 주인공인 에이든이 없어요. 대체 어디 있는 겁니까?"

"에이든은 스물여섯 살입니다. 내가 끼고 지내야 하는 어린애도 아니고요."

"아니, 그러셔야 하는 거 아닙니까? 여기 당신도 있고, 매기도 있고, 나도 와있는데 에이든만 밤새도록 안 보인다는 게 이상하지 않으세요?"

"모르겠습니다, 프랭크. 무슨 말을 하고 싶으신 거요?"

내가 무슨 말을 하고 싶은지 나도 몰랐다. 하지만 나는 오늘 아침에 들은 브로디의 경고를 모두 기억하고 있었다.

직감을 믿으시오.

어딘가 이상하다는 거 알고 있을 거요.

그 자식은 빌어먹을 어둠의 왕자야.

게리는 헛기침을 하더니 부드럽고 나직한 목소리로 말했다. "프랭크, 그 질문에 대한 답은 제가 알 것 같군요. 아까 초저녁에 에이든이 산장으로 들어가는 걸 봤습니다. 위층으로 올라간다고, 어머니 곁에 잠시 앉아있겠다고 하더군요. 캐서린은 파티에 참석할 상태가 아니지만, 아들로서 혼자 내버려두기 싫었을 거요. 그래서 접시에 음식을 담아 가서 저녁 내내 말동무 노릇을 하고 있을 겁니다."

시에라가 입을 벌리더니 한 손을 가슴에 얹었다. "오, 그렇게 다정다감한 배려가 다 있나요. 아드님을 정말 잘 키우셨어요, 에롤 가드녀."

"에이든은 제 어미를 늘 신경 쓰지요." 에롤도 맞장구쳤다. "무슨 일이든 할 겁니다."

듣고 보니 그럴듯한 이야기였다. 내가 노크했을 때 에이든은 캐서린의 방에 같이 있었을 수도 있다. 어쩌면 문 반대편에서 들린 인기척은 에이든이었을지도 모른다. 캐서린이 아들에게 손님을 들이지 말라고 했을지도, 나를 무시하라고 했을지도 모른다.

"미안합니다, 에롤." 나는 말했다. "무슨 뜻이 있어서 한 말이 아닙니다. 3시 반부터 줄곧 깨어있어서, 이제 잠을 좀 자야 할 것 같습니다."

그는 일어서서 내 손을 흔들었다. "기분 상하지 않았습니다, 프랭크. 감정 동요가 심한 주말이지요. 특히 우리 아버지들한테 말입니다."

"내일은 멋진 하루가 될 겁니다." 게리가 말했다. "하이킹하기 딱 좋은 날씨 같아요. 끝나고 호숫가에서 즐거운 시간을 보냅시다."

나는 그들에게 잘 자라고 인사한 뒤 정원을 건너 오두막으로 이어지는 오솔길을 따라 숲을 향해 걸었다. 숲으로 막 들어서면서, 나는 마지막으로 오스프리 산장을 돌아보았다. 3층 창가에 아까 그 사람이 다시 서있었다. 비록 전체적인 윤곽밖에 알아볼 수 없었지만, 분명 나를 바라보고 있다는 느낌이 들었다. 칼라니가 그랬듯, 나는 그 사람을 향해 작게 손을 흔들어 보였다. 놀랍게도 그녀는 오른손을 들더니 마주 손을 흔들었다. 그런 뒤 창가에서 물러나 불을 껐다.

PART 3

리허설

1.

　　　　　　　　　나는 뺨을 부드럽게 쓰다듬는 손길에 잠
에서 깼다. 아내가 침대에서 돌아누울 때, 긴 갈색 머리카락이 얼굴
을 간지럽히던 느낌이었다. 또 그녀 꿈을 꾸었던 모양이었다. 그때
간지러운 감촉은 여덟 개의 가느다란 다리로 내 코 위를 지나갔고,
나는 어둠 속에서 벌떡 일어나 미친 듯이 내 몸을 마구 때렸다.

　나는 침대 옆 탁자에 손을 뻗어 전등을 켰다. 가드너 표준시로 4시
10분이었다. 나는 좁은 아래쪽 침대에 대자로 누워있었고, 바로 위
쪽 매트리스에서 거미 세 마리가 대롱대롱 늘어져 있었다. 나는 탁
자 위에 있던 갑 티슈를 뽑아 거미를 눌러 죽였다. 방을 둘러보니 벽
과 천장과 커튼에 매달린 거미가 더 보였다. 내가 잠자는 사이에 기
어 나온 모양이었다. 나는 방을 돌아다니며 이제 불을 꺼도 안전하
겠다 싶을 때까지 거미를 계속 눌러 잡았다.

　하지만 나는 이 시점에 잠드는 게 불가능하다는 사실을 알고 있었

다. 머릿속에 다른 걱정거리가 너무 많았다. 맘앤대드 식당 주차장에서 만난, 내게 제정신이냐고 묻던 돈의 삼촌. 탤머지가의 반지하 아파트에 대한 매기와 에이든의 믿기지 않는 이야기. 오스프리 코브 호숫가에서 찍은 돈 태거트의 조작된 사진. 그리고 오전에 다시 만나서 모든 비밀을 설명하겠다는 그웬돌린의 약속. 무슨 이야기를 하려는 걸까?

이 모든 새로운 근심거리를 다 곱씹은 뒤, 나는 늘 머릿속에 간직하는 악몽들, 아이를 양육하는 동안 최악의 실패였던 기억들을 다시 끄집어냈다. 매기에게 억지로 식탁에 남게 해 접시를 비우게 했던 저녁들과, 성적이 나쁘거나 통금 시간을 어기거나 심부름을 마치지 않았을 때 외출을 금지시켰던 날들. 나는 침대에서 뒤척이면서 후회의 미로 속을 서성거리며, 나를 다독여서 다시 잠들게 해줄 행복했던 기억들을 찾아 헤맸다. 생일, 크리스마스 아침, 와플하우스에서 먹던 늦은 아침 식사. 하지만 상념은 내가 내 딸을 경찰에 신고하겠다고 위협해야 했던 그날처럼, 최악의 실수만 계속해서 끄집어내고 있었다.

매기가 던킨도너츠에서 뜨거운 커피와 보스턴크림도넛을 손님에게 가져다주는 아르바이트를 막 시작했을 즈음이니, 아마 열일곱 살때였을 것이다. 돈을 상당히 모았기 때문에, 매기는 인스타그램을 통해 물건을 파는 조잡한 온라인 쇼핑몰에서 350달러짜리 비건 스웨이드 재킷을 사겠다고 내게 신용카드를 빌려달라고 했다. 나는 싸구려 솜조차 들어있지 않은 외투가 350달러라니 말도 안 되는 가격이다, '비건 스웨이드'는 '가짜 가죽'을 그럴듯하게 들리도록 포장한 마케팅 용어일 뿐이라고 타일렀다. 소셜미디어 인플루언서들은 보통 사람들 형편으로는 도저히 따라할 수 없는 라이프 스타일에 대한 환상을 퍼뜨리고 있다고도 했다. 하지만 막무가내였다. 매기는 자기 힘으로 번 돈이니 (가족의 합의에 따라) 자기가 원하는 대로 쓸 권리가 있지 않느냐고 했다. 그리고 구깃구깃 접힌 지폐를 내 손에 밀어 넣고 가족 공용 컴퓨터 앞으로 나를 끌고 갔다.

나는 내 신용카드로 외투를 주문했다. 중간 사이즈, UPS 무료 배송이었다. 일주일 뒤, 매기는 배송이 완료됐다는 이메일을 받았지만, 물건을 받으려고 집 밖에 나가보니 택배는 없었다. 그날 밤, 내가 회사에서 집으로 돌아오자 매기는 상황을 설명하고 혹시 운전사가 잘못된 주소로 외투를 배송한 게 아닐까 물었다. 하지만 우리 집에 물건을 배송한 배달원은 내가 개인적으로 아는 사람이었다. 존 '스피디' 곤잘러스는 15년 근속이었고, 나와 같은 물류센터에서 일하고 있었다. '저토스키'라는 이름이 적힌 택배를 그가 엉뚱한 집에 배달할 리가 없었다. 스피디는 우리를 특급 고객으로 대접해서 택배가 오면 비바람을 피해 늘 포치 위에 올려놓곤 했다. 가장 가능성이 높은 경우는 택배가 도난당했을지도 모른다는 것이었다.

포치털이들은 우리 업계에서 심각한 문제이고, 미국 전역의 주택가에서 활보하고 있다. 패키지 카의 뒤를 몰래 밟다가 배달부가 막 물건을 놓고 떠나면 상자를 슬쩍 가져가는, 도둑들의 광대한 네트워크다. 한 달에 몇 번이나 나도 미행당한다는 느낌을 받을 때가 있다. 그러면 보통 길가에 차를 세우고, 뒤따라오는 차량과 운전사가 잘 나오도록 후방 도로 사진을 찍어 남긴다. 대체로 그 정도면 도둑은 물러간다. 불행히도 도둑들은 바퀴벌레와 비슷한 면이 많다. 한 놈이 눈에 띌 때마다 서너 놈이 안 보이는 곳에 숨어있다고 보아야 한다.

매기는 이 소식에 크게 낙심해서 거의 울먹일 지경이었다. 나는 전혀 방법이 없는 것은 아니라고 달랬다. 나는 판매자에게 이메일을 보내 UPS 직원이라고 자기소개를 한 뒤 상황을 설명했다. 그들은 같은 외투를 살 수 있는 선물 코드를 무료로 보내주었고, 매기는 직접 주문을 넣었다. 사흘 후 비건 스웨이드 재킷이 우리 집에 도착했다. 매기는 문간에서 기다리고 있다가 택배를 받았다. 나는 옷맵시가 싸구려 같고 눈 폭풍이 오면 전혀 따뜻할 것 같지 않다고 생각했지만, 매기는 그 스타일을 좋아해서 늘 입고 다녔다.

이 정도로 끝이었다면 좋았겠지만, 몇 주 뒤 나는 목초종자를 사러 샘스클럽에 갔다가 같은 동네에 사는 딸의 친구, 프리야 하티쿠두르를 마주쳤다. 나는 프리야를 좋아했고, 매기에게 좋은 영향을 준다고 생각하고 있었다. 그 애의 부모는 부동산 중개업자였고, 먼로 카운티 안의 벤치나 버스 정류장에 그들의 웃는 얼굴이 온통 붙어있었다. 영리하고 열심히 일하는 사람들, 상식이 풍부한 사람들 같았다.

그래서 나는 프리야가 매기가 산 것과 똑같은 싼티 나는 비건 스웨이드 재킷을 입고 있는 모습을 보고 놀랐다. 외투에 대해 물어보니 프리야는 매기가 자기한테 팔았다고 했다.

"판매자가 실수로 두 벌 보냈다고 했어요." 프리야는 설명했다. "디팝에 올려서 팔까 하다가, 저더러 80달러에 가져가라고 하더라고요."

이 순간 내가 얼마나 끔찍한 기분이었는지 이루 말할 수가 없다. 자식에게 실망해 본 적이 있는 사람이라면… 깊이, 심각하게, 마음 깊은 곳에서부터 실망해 본 적이 있다면, 아마 내 말뜻을 짐작할 것이다. 너무나 충격을 받은 나머지 나는 종자를 사는 일도 잊어버리고 매장을 나섰다. 주차장으로 나가서 지프에 올라타고 생각을 정리해야 했다. 답답해서 주먹이 아플 때까지 빈 조수석을 치고 또 쳤다.

그날 밤, 저녁 식사 시간에 나는 매기에게 프리야와 나눈 대화에 대해 이야기했다. 매기는 곧장 실토하고 거짓말을 해서 미안하다고 사과했다. 하지만 얼굴에는 마치 수업을 빼먹었다가 들킨 페리스 부엘러 같은 멋쩍은 미소를 띠고 있었다.

"넌 재킷을 훔쳤어." 나는 말했다. "너는 도둑이다."

"진짜 도둑은 아니에요. 재킷을 가게에서 들고 나온 것도 아닌데요, 뭐."

"맞아! 정확히 그 짓거리를 한 거다."

매기는 생각나는 대로 온갖 변명을 주워섬겼다. 판매자가 초국적 거대 회사라서 재킷 하나 정도는 없어진 티도 나지 않는다, 재킷은 쓸데없이 너무 비싼 값이라 하나 값으로 두 개 정도 가져도 된다, 말레이시아에서 제조했고 틀림없이 노동자를 착취해서 생산했을 테니 그런 회사를 등쳐 먹는 것은 일종의 정치적인 의사 표명이라고까지 했다. 또 자기 친구들 전부 다 똑같은 수법을 쓴다, 온라인 쇼핑의 세계에서는 얼마든지 용인되는 행위라고 우겼다.

"넌 내 신용카드를 썼어. 나를 네 범죄의 공범으로 만들었다. 이건 우편 사기야. 내가 어떤 회사에서 일하는지 기억 안 나니? 내가 어떻게 생계를 유지하는지?"

누나도 같이 저녁 식사를 하고 있었기 때문에, 당연히 끼어들어서 우리만 진짜 상황을 안다고, 그러니 그렇게 화를 낼 것까지는 없지 않느냐고 자기 생각을 이야기했다. 내가 정말 화가 난 순간은 바로 그때였을 것이다. 내 딸을 경찰에 신고하겠다고 협박했으니 말이다. 매기는 내가 진짜 신고하지 않을 거라는 걸 알고 그냥 웃기만 했다.

"상식적으로 생각하자." 태미는 이렇게 말하고 매기가 그냥 재킷을 돌려주면 되지 않겠느냐고 제안했다. 하지만 돌려줄 방법도 없었다. 반송하면 자동으로 환불된다. 그래서 결국 나는 재킷을 자선단체에 기부하게 했다. 매기는 한 달 동안 나한테 화를 풀지 않았고, 겨울 내내 보란 듯이 재킷을 입지 않은 채로 돌아다녔다. 마치 나 때문에 선택의 여지가 없다는 듯 폭설에 면 후드 티 차림으로 외출하기도 했다. 그때 나는 여전히 내 신념이 옳다는 용기가 있었기 때문에 상관하지 않았다.

하지만 요즘은 모르겠다. 3년째 매기와 냉전을 벌이는 동안, 나는 부모로서 내가 저질렀던 실수를 한참 곰곰이 되돌아보아야 했다. 크고 작은 일련의 잘못을 통해 내가 딸을 밀어냈다는 사실도 알고 있었고, 이제 우리의 관계를 되살리려면 조심스럽게 접근해야 했다. 그래서 진정하려고 노력했고, 모든 것이 잘될 거라고 스스로를 다독였다. 브로디 태거트는 분명 술에 취해있었다. 그웬돌린은 매기가 잡은 행운을 그저 질투하는 것 같았다. 둘 다 신뢰할 수 없는 사람들이다.

나는 침대에 누운 채 오랫동안 잠을 이루지 못했다.

2.

　　나는 7시 30분에 일어나서 아래층 침대
를 정리한 뒤에 샤워하고, 옷을 입고 아래층 부엌으로 내려갔다. 아
일랜드 식탁 위에 갓 구워 따뜻한 조식 빵 플래터가 준비돼 있었다.
머핀, 베이글, 스콘, 시나몬롤 또는 이름조차 알 수 없는 각종 특이
한 모양의 페이스트리까지. 게다가 그릇에 담은 오트밀, 요거트, 커
다란 주전자에는 뜨거운 커피가 가득 들어있었다. 누군가 우리 오두
막에 들어와서 아침 식사를 미리 준비해 놓은 게 분명했지만, 인기
척조차 없이 일을 끝내고 나간 것 같았다.

　　나는 커피를 따르고 접시에 탄수화물을 가득 담은 뒤 전부 다 들
고 포치로 나갔다. 누나는 오스프리 코브에서 제공한 흰 가운과 슬
리퍼 차림이었다. 무릎에 뜨거운 찻잔을 놓고 안락의자에 앉은 채
호수에서 피어오르는 안개를 바라보고 있었다. "일어났구나, 동생!
잠은 잘 잤니?"

불평할 이유가 없었기 때문에, 나는 그냥 태미 옆의 빈 의자에 앉았다. "잘 잤어, 누나는?"

"30년 만에 최고의 잠자리였다. 〈립 밴 윙클〉처럼 잤어. 신선한 공기 때문이겠지. 호수 물소리 때문인가? 호숫가에서 철썩이는 파도 소리, 너무 평안하더라. ASMR도 안 틀었어!"

누나는 유난히 기분이 좋았다. 잠에서 깨어 자신만을 위해 준비된 맛있는 아침 식사를 받아본 것은 평생 처음이라고 했다. 초콜릿크루아상을 한 입 한 입 음미하며, 태미는 에롤 가드너와 나눈 대화에 대해 시시콜콜 들려주었다. "솔직하게 말할게, 프랭크. 그 사람을 만난다고 하니까 조금 겁났어. 워낙 부자니까 거만할 거 같았거든. 그런데 어땠는지 알아? 나한테 줄 화이트 와인 한 잔, 애비한테 줄 셜리 템플 한 잔을 가지고 우리 식탁에 나타났는데, 30분이나 이야기했단다. 정말 소탈하고 마음 넓은 사람이었어. 애비게일한테 수상스키 타는 법을 가르쳐 주겠다고 약속한 거 아니? 아이비리그 나온 사람들이 300명이나 이 파티에 와있는데, 에롤 가드너가 위탁아동을 돕겠다고 시간을 냈다니까? 내 기준으로 그건 정말 아무나 못 하는 일이다. 무슨 말인지 알겠니?"

나는 들고 온 커피를 작은 탁자에 내려놓고 에롤의 마음이 아주 너그럽다고 맞장구쳤다. "간밤에 나더러 사람을 소개시켜 주겠다고 하더라고."

"무슨 사람?"

"여자 사람."

누나는 들떴다. "사람 좋은 과부를 많이 알 거야."

"창녀거나. 둘 중 하나겠지."

누나는 카모마일차를 마시다 사레가 들릴뻔했다. "아, 프랭키, 무슨 소리냐! 에롤이 직접 창녀라는 말을 썼어?"

"그는 말동무라고 했지. 하지만 연령대, 머리카락 색깔, 체형… 이런 걸 고르라고 했어, 메뉴판에서 음식 고르듯 말이야. 기분이 정말 이상했다고. 게다가 그러는 동안 게리 바로 옆에 열여덟 살 난 어린 신부가 내내 찰싹 달라붙어 있었어. 그 둘이 어떻게 만났겠어?"

"에롤도 단순히 네 취향이 궁금했던 거겠지. 내가 대신 그 사람한테 말해줄까? 네 취향이야 내가 잘 알지."

"아니, 됐어. 나 대신 에롤한테 아무 소리도 하지 마. 나는 이번 주말에 말동무 같은 거 필요 없어. 매기와 에이든, 에이든의 가족과 시간을 보내고 싶다고. 그뿐이야."

태미는 더 이상 대꾸하지 않았고, 나도 잠시 환상적인 정경을 감상하기만 했다. 고요한 이른 아침, 평화롭고 잔잔한 호수가 우리 앞에 펼쳐져 있었다. 물수리 한 마리가 호수로 곤두박질치더니 발톱으로 수면을 스치는 모습이 시야에 들어왔다. 잠시 후 새는 물고기 한 마리를 움켜쥐고 다시 하늘로 날아올랐다. 나는 아침 식사로 시선을 돌렸다. 갓 구운 따뜻한 크루아상, 베이컨과 버섯을 넣은 작은 키시파이, 달콤한 생크림을 뿌린 메인산 블루베리 한 그릇. 한 입 삼킬 때마다 기분이 점점 좋아졌다. 모든 음식이 너무나 맛있었고, 커피도 훌륭했으며, 누나도 옆에서 대자연의 아름다움에 압도돼 만족감에 몸을 떨고 한숨을 쉬었다.

그때 방충문이 삐걱 열리더니 파란 외계인 잠옷 차림의 애비게일이 머리통을 긁으며 비척비척 밖으로 나왔다.

태미가 말했다. "일어났니? 아가!" 애비게일은 그냥 으음 하기만 했다. "잠은 잘 잤어?"

애비게일은 변비라도 걸린 것처럼 얼굴을 찡그렸다. "몸이 가려워요, 태미 아줌마."

"정말? 어제보다 더?"

"네."

"좋아, 이렇게 하자. 안에 들어가서 수건을 한 장 가져오렴. 냉장고에서 마요네즈도 꺼내 오고. 고무 주걱도. 케이크에 크림 바를 때 쓰는 거 말이다. 무슨 말인지 알지?"

애비게일은 고개를 끄덕이고 집 안으로 사라졌고, 나는 태미를 노려보았다. 누나는 걱정할 것 없다는 듯 손을 내저었다. "그냥 각질이겠지. 내가 알아서 할 테니 걱정마라. 가서 새 구경이나 하고 놀아."

포치에는 손님들이 안락의자에 앉은 채로 장엄한 물새들을 관찰할 수 있도록 망원경이 구비돼 있었다. 그러나 애비게일이 모든 걸 망쳐버렸다. 태미가 두피에 마요네즈를 바르는 동안 아이는 몸을 꼼지락거리고, 법석을 떨고, 앓는 소리를 내면서 난리를 피웠고, 새 떼는 평화와 정적을 찾아 날아가 버렸다. 땀에 찌든 폴리에스테르 양말 냄새 같은 고약한 악취가 풍겼다. 나는 마요네즈 병을 들고 유통기한을 확인했다.

"태미, 유통기한이 지난 11월이야."

누나는 어깨를 으쓱했다. "이가 살모넬라균 때문에 죽으면 고맙지." 마침내 태미는 마요네즈가 잠옷에 떨어지지 않도록 목욕 수건을 애비게일의 목에 둘러주었다. "한 시간 동안 이가 숨을 참고 있을지도 모르니, 9시 반까지는 이렇게 하고 있어야 한다."

이 말에 나는 늦었다는 사실을 깨닫고 일어섰다. "가봐야겠어, 매기를 만나서 카누를 타기로 했거든."

애비게일의 눈이 커졌다. "저도 가도 돼요?"

태미는 어깨를 으쓱했다. "그래, 가렴."

"아니, 아니, 아니." 나는 말했다. "너는 여기서 아침이나 먹고 있어라."

"프랭키, 정말 카누가 타고 싶다잖니. 어제 하루 종일 졸랐어."

나는 애비게일에게 오후에 시간이 나면 같이 타자고 약속했다. 아이는 실망한 표정이었고 누나도 마찬가지였지만, 내 입장도 이해할 수 있지 않나? 이미 어린이 침대에서 잤고 잔디 위에 떨어진 치킨커틀릿을 먹은 마당에 가장 중요한 것, 딸과 함께하는 소중한 시간까지 희생할 수는 없었다. 애비게일이 우리 사이에 끼어들어서 보트 전체에 악취를 풍기는 일은 원치 않았다.

"직접 데려가." 나는 태미에게 말했다. "카누가 열 대는 더 있던데, 누구든지 빌릴 수 있어."

"내가 카누 조종을 어떻게 하니! 무서워서 안 돼."

"괜찮아요." 애비게일이 말했다. "전 그냥 여기서 책이나 읽을래요."

아이는 터벅터벅 오두막 안으로 들어갔고, 누나는 너무나 실망했다는 듯한 눈빛을 내게 보냈지만, 죄책감을 느끼고 싶지 않았다. 나는 오솔길로 접어들어 호숫가를 따라 걸었고 마침내 모래사장이 나타났다. 모래는 흥청댔던 간밤의 파티가 남긴 흔적으로 지저분했다. 잊어버린 수건들, 빈 유리잔, 누군가 벗어던진 샛노란 수영 팬티, 실패한 스모어에 바글바글 달라붙은 작고 검은 개미 떼. 오스프리 코브와 어울리지 않는 난장판이었지만, 이미 조경사 세 사람이 긴 쇠집게로 쓰레기를 주우며 정원을 건너오고 있었다.

매기는 자선 마라톤 티셔츠와 카키색 반바지 차림으로 호숫가에 서있었다. 내 딸은 커피가 가득 든 보온 컵 두 개를 들고 있다가 하나를 내게 건넸다. "우유, 설탕 두 개." 매기가 말했다. 일부러 시간을 내어 나를 생각하고 커피 취향까지 기억해 주다니. 나는 별거 아닌 이 마음 씀씀이에 너무나 감동했다. 물론 뜨거운 커피를 들고 카누를 어떻게 타는지는 알 수 없었지만 말이다. 매기는 세상 모든 것이 다 그렇듯, 요즘은 카누에도 컵 홀더가 달려있다고 했다.

카누 하나를 붙잡고 똑바로 뒤집어 보니, 이번에도 장님거미가 바글거렸다. 나는 노를 휘둘러 거미를 몰아냈고, 우리 둘은 같이 호수를 향해 보트를 밀었다. "제가 방향을 잡을게요. 어디로 가야 하는지 알아요." 매기가 말했다.

나는 노와 커피를 들고 앞자리에 앉았다. 매기는 물을 향해 배를 힘껏 밀더니 몸에 물 한 방울 묻히지 않고 우아하게 뒷좌석에 뛰어들었다. 매기는 오스프리만 서쪽으로 2킬로미터 정도 떨어진 바위 고개, 코모런트 언덕이 목적지라고 했다. "하이킹을 하고 거기서 점심을 먹을 예정이지만, 호수 쪽에서 바라보는 경치도 좋아하실 것 같았어요."

나는 아직 그웬돌린의 지시를 기억하고 있었다. 다들 절벽 위로 산책할 때 뒤에 남으라고 말했었다. "너와 에이든도 올라가니?"

"네, 전부 다 가요."

"에이든의 어머니도?"

매기의 반응을 보고 싶었지만, 나는 반대쪽을 향해 앉아있었다. "음, 아뇨, 아빠. 캐서린은 못 갈 거예요. 하이킹을 할 상태가 아니세요."

"오늘 아침에는 좀 어떠시니?"

"모르겠어요. 저는 벌새 오두막에서 지내고 있어요. 캠프 반대쪽 끝이라서요. 어제 이후로 산장에는 못 가봤어요."

호숫가에서 100미터 정도 나왔을까, 매기는 갑자기 한쪽 노를 저어 90도로 방향을 틀었다. 호숫가와 평행하게 방향을 돌린 뒤, 우리는 아까처럼 노를 저어 앞으로 나아갔다. "캐서린은 괜찮아요. 돌봐주는 간호사가 집에 계시거든요. 말동무도 되고, 필요한 건 다 알아서 해주세요."

간밤에 내가 노크했는데도 왜 간호사가 나와보지 않았을까 묻고 싶었지만, 그 이야기는 하지 않는 게 좋을 것 같았다. 매기가 화만낼 거라는 사실을 알고 있었다.

"난 집에 있다가 캐서린과 같이 점심을 먹고 싶구나." 나는 말했다. "상태가 좋아지면 손님을 맞을 수 있을 거 아니냐. 그러면 같이 말동무를 해주면서 기분을 돋워줄 수도 있고."

"아빠, 배려는 정말 감사해요. 근데 난 캐서린을 잘 알고, 캐서린도 틀림없이 아빠가 하이킹을 하시길 바랄 거예요. 남들에게 짐이 되고 싶어 하지 않는 분이에요."

전날 밤 그웬돌린의 말이 기억났다. 아직 캐서린 가드너를 못 만났다면, 아무것도 모르시는 거예요.

그런데 내 딸은 얼마나 잘 알고 있지?

왜 이렇게 얼버무리려 드는 걸까.

"애비게일을 안 데리고 오셔서 놀랐어요." 매기가 말했다. "저한테 카누 타고 싶다고 그랬어요. 중간에 앉히면 됐을 텐데."

"이가 다시 번졌어. 태미가 마요네즈를 발라났다."

"그래요? 그건 민간요법인데. 마요네즈는 전혀 도움이 안 돼요."

"네 고모는 만병통치약이란다."

"의사한테 데려가야 해요. 캠프로 돌아가면 제가 시내 병원에 연락할게요. 아마 사람을 보내줄 거예요."

"아니다, 매기. 넌 이미 책임질 일이 너무 많아. 여기 도착한 뒤로 네 얼굴도 제대로 못 볼 정도였잖니. 우리 일까지 신경 쓸 거 없다."

"아빠, 왜 고함을 지르세요?"

나는 내 목소리가 크다는 사실을 미처 의식하지 못했다. 그래서 목소리를 낮추고 침착하고 차분하게 설명하려고 노력했다. "이번 주말은 가족이 함께하는 시간이잖니, 매기. 일요일에 집으로 돌아가면 애비게일은 자기 엄마나, 어쩌면 다른 위탁가정으로 돌아갈 테고, 우리는 다시 만날 일이 없을 거야. 앞으로 30년 뒤에 결혼사진을 다시 꺼내봐도, 넌 그 애 이름조차 기억하지 못할 거다. 이러겠지, 이 꼬마는 대체 누구지? 왜 내 결혼식에 와있는 거지?"

매기는 웃었다. "아마 아빠 말이 맞을 거예요. 그래도 병원에는 전화해 봐야겠어요. 누가 곧장 와줄 거예요."

의사가 요즘도 왕진을 한다는 말은 들은 적이 없었지만, 가드너 가문의 구성원이라면 전화 한 통으로 뭐든지 다 부탁할 수 있을 것이다. 원하는 연령대와 머리카락 색깔, 체형을 주문하기만 하면, 램프의 요정을 소환하듯 여자 말동무도 마술처럼 나타날 것이다.

우리는 노를 계속 저었고, 매기는 즐겁게 여행 안내원 노릇을 했다. 요즘은 사용하지 않는 작은 등대, 지미 스튜어트 소유였다는 건물 등 호수 주변의 이런저런 볼거리를 가리켜 보여주기도 했다. 캠프를 자랑스럽게 생각하고 남에게 보여줄 기회가 있어서 들뜬 것 같았고, 이미 자신이 이곳의 주인이라고 느끼는 것 같았다.

코모런트 언덕은 호숫가에서 튀어나온 회색 바위 절벽이었다. 가장 높은 지점이라는 것 외에는 특별히 눈에 띄는 점은 없었다. 일찍 일어난 사람 두 명이 이미 정상 근처에서 서성거리며 난간에 기대 휴대전화로 셀카를 찍고 있었다. 매기는 오스프리 산장에서 절벽 꼭대기까지는 걸어서 50분 정도 걸리기 때문에, 식욕을 돋우기 위해 딱 적당한 산책이라고 했다. 도착하면 출장 요리 업체의 직원들이 점심 식사와 다과를 내놓을 계획이었다.

아침 소풍이 벌써 끝나서 돌아갈 시간이 되었는지, 문득 나는 매기가 벌써 보트를 돌리고 있다는 점을 깨달았다. 호수로 나온 지 이제 겨우 20분도 채 안 됐고, 매기에게 묻고 싶은 것도 아직 너무 많았다. 우리는 애비게일과 지미 스튜어트의 친척 이야기로 시간을 낭비하고 있었다.

"매기, 들어봐라. 기분 어떠니?"

"좋아요."

"내 말은, 이 결혼 말이다."

"무슨 말씀인지 알아요."

"긴장되니?"

"전혀요, 정말 흥분돼요."

"에이든은? 혹시 긴장해 있어?"

"에이든도 괜찮아요."

"간밤에 안 보이던데."

"저도 못 봤어요." 좀 더 상황을 설명해 주지 않을까 생각했지만 매기는 그냥 노만 저었다.

"게리는 위층에서 자기 어머니 곁에 있을 거라고 했어."

"그랬겠네요."

"넌 모르고? 너도 에이든을 못 봤어?"

"에이든은 산장에서 지내고 있어요. 저녁 식사 뒤로는 못 봤어요."

매기는 있는 그대로 설명하는 말투였지만, 나는 이해할 수가 없다. "그래서, 넌 간밤에 친구들과 벌거벗고 수영했는데, 에이든을 못 봤다고? 잘 자라고 인사 한마디도 안 했어?"

매기는 웃었다. "아빠, 우린 아빠 엄마 같은 사이가 아니에요. 우린 샴쌍둥이가 아니라고요. 서로 아주 독립적인 사람들이에요. 관심사도 다르고 친구들도 달라요. 에이든은 내성적이에요, 예술가고요. 혼자 있는 시간이 많이 필요해요. 자기를 숨 막히게 하려 들면 싫어할걸요."

그때 갑자기 매기는 얼른 육지로 돌아가고 싶은지 한층 빠르게 힘주어 노를 젓기 시작했다.

"숨 막히게 하려는 게 아니야, 매기. 그 친구와 이야기를 좀 나누고 싶은 것뿐이다. 어떤 사람인지 알아보려고."

"어제 한 시간이나 이야기하셨잖아요! 에롤이 그러는데 같이 버번을 마셨다면서요. 그건 이야기한 거 아니에요?"

"걔 아버지와 변호사를 같이 만났어. 내가 에이든과 돈 태거트의 사진을 가져갔으니까. 포토숍으로 조작한 사진이라고 하더구나."

"그랬겠죠. 에이든은 그 여자를 여기 데려온 적이 없어요."

이번에도 사본을 남겨둘 걸 하는 생각이 들었다. "내가 보기에는 진짜 같던데."

"그게 요점이에요. 진짜처럼 보이게 하는 거요. 하지만 요즘은 자기 눈도 못 믿을 세상이라서요."

멀리서 가드너 집안의 보트하우스가 서서히 시야에 들어왔다. 우리는 거의 캠프에 다 와있었고, 나는 서로 상한 기분으로 소풍을 끝내고 싶지 않았다. 배는 호숫가 오두막을 몇 개 지나쳤고, 우리가 묵는 블랙버드 오두막 정면도 천천히 눈에 들어왔다. 태미가 포치에서 안락의자에 앉아있다가 손을 흔들었고, 우리 둘 다 마주 손을 흔들었다. 애비게일은 보이지 않았다.

잠깐 뒤, 배는 L 자 모양의 선착장으로 진입하고 있었다. 오스프리 산장이 시야에 들어왔고, 주 정원은 사람들로 가득했다. 마치 모든 하객들이 우리가 돌아오는 걸 환영하러 밖으로 나와있는 것 같았다. 화재경보가 울려서 잠에서 깬 모습 같기도 했다. 서둘러 뛰쳐나왔는지 많은 사람이 아직 잠옷과 슬리퍼, 오스프리 코브 가운 차림이었다. 나는 매기에게 단체로 아침 식사라도 먹는 건지 물었다. "아뇨, 아뇨. 이상하네요. 무슨 일이지?"

에롤 가드너과 게리 레빈슨은 모래사장에서 휴고와 대화하고 있었다. 경비 두 명이 무릎까지 잠긴 물에서 우리 쪽으로 다가왔다. 휴고는 우리 카누를 보더니 양손을 휘저어 보트하우스 쪽을 가리켰다. "만으로 들어오지 마세요! 거기 선착장에 묶어두십시오!"

오스프리 산장 위에 해가 떴고, 나는 상황을 파악하려고 눈을 가늘게 뜨며 손으로 햇빛을 가렸다. 무슨 일이 벌어지고 있는지 알아볼 수가 없었다. 매기는 노를 세워 배를 180도 돌렸고, 그때 마침 구름이 태양을 가리면서 호숫가가 분명히 시야에 들어왔다. 두 남자는 이제 허리까지 물속에 잠긴 채, 수면 바로 아래에 떠있는 커다란 물체를 향해 다가가고 있었다. 나는 물체를 빤히 바라보았다. 서서히 대략적인 형체가 눈에 들어왔고, 단편적인 물상이 선명해지기 시작했다. 날씬한 맨다리, 옷자락이 펼쳐진 흰 가운, 긴 빨강 머리였다.

3.

매기는 서둘러 에롤과 게리에게 향했고, 나는 급히 카누를 묶어놓고 그쪽으로 뒤따라갔다. 더 심각한 문제, 호수에 떠있는 여자의 시체와 그 시체를 어떻게 끌어내느냐 하는 문제에 집중하고 있어서인지, 경비들은 아무도 나를 저지하지 않았다.

가운은 허리가 풀려서 마치 천사의 날개처럼 수면에 펼쳐져 있었다. 경비는 노를 이용해서 시체를 해안 쪽으로 찌르기도 하고, 밀기도 했다. 정원의 하객들은 정중하게 거리를 유지했지만, 칼라니가 아이폰을 들고 상황을 녹화하고 있는 모습이 눈에 띄었다. 게리도 보았는지, 경비에게 가보라고 했다. "저 멍청한 여자도 기밀유지 서약서에 사인했다는 걸 알려줘. 저 여자 친구들한테도 모두 서명했다는 걸 다시 한번 상기시키라고 해. 이 일이 틱톡에 오르기라도 하면, 내가 곧장 저 여자한테 연락하겠다고."

휴고는 모래사장 위에 무릎을 꿇고 얇은 장갑을 끼더니 여자를 반

듯이 돌아누웠다. 나는 긴 빨강 머리를 알아볼 수 있었지만, 그웬돌린의 얼굴을 보는 충격에는 미처 대비가 되어있지 않았다. 눈은 뜬 상태였고, 입술은 거무죽죽했으며 약간 벌어져 있었다. 표정은 놀란 것 같았다. 마치 침수된 배처럼 입에서 물이 흘러나와 뺨을 타고 뚝뚝 흘러내리고 있었다.

"말이 안 돼." 매기가 말했다. "아빠와 나는 8시 30분에 바로 여기 있었어요. 그때 호숫가는 텅 비어있었는데."

"선착장 아래 있었어." 에롤이 설명했다. "조경사가 호숫가를 청소하러 왔다가 그중 한 사람이 발견했다."

휴고는 그웬돌린의 목을 손가락으로 짚어보고 맥박을 확인했다. 나는 전혀 불필요한 절차라고 생각했다. 하지만 어쩌면 정원에 수많은 사람들이 보고 있으니 일부러 그러는지도 몰랐다. 휴고는 다른 경비를 돌아보더니 말했다. "담요를 갖다 줘. 빨리, 빨리, 빨리!" 그는 그나마 남아있는 존엄성이라도 지켜주려는지 시체의 가운 매무새를 바로잡아 주었다. "다른 손님들과 이야기해 봐야겠습니다. 경찰이 도착하기 전에 확인할 수 있는 건 확인해야지요. 간밤에 누가 저 여성을 봤는지 알아봐야 합니다."

"제가 간밤에 그웬돌린을 봤어요." 매기가 말했다. "11시 정도였어요. 아니, 아니구나. 11시 반이었어요." 휴고는 계속 말하라고 재촉했다. "친구들과 호숫가를 떠나 오두막으로 돌아가는 길이었는데, 그웬돌린은 물 쪽으로 걸어가고 있었어요. 혼자였고요. 지금 입고 있는 저 가운 차림이었어요. 제가 너무 늦었다, 다들 수영은 다 했다고 말했지만, 그웬돌린은 듣지 못했는지 아랑곳하지 않았어요. 그냥 계속 걸어가더군요."

"취해 보였습니까?"

"모르겠어요. 저하고는 그리 친하지 않아서, 굳이 말을 걸려고 노력하지는 않았거든요. 하지만 에이든 말로는 약을 많이 했다니까, 그랬다 해도….." 매기는 적당한 표현이 생각나지 않는지 말끝을 흐렸다.

"그랬다 해도 이상한 일은 아니다?" 에롤이 거들었다.

"맞아요." 매기가 말했다.

공평하게 말하자면, 간밤에 많은 사람이 마약을 하고 있었다는 점을 지적해야 할 것 같았다. 나는 매기에게 칼라니가 권한 젤리와 와일드카드가 들어있던 THC에 대해 이야기했지만, 매기는 내가 뭘 잘 모른다는 듯 대꾸했다. "마이크로도스는 아니고요, 아빠. 그웬돌린은 길거리 마약을 했어요. 진짜 하드코어 불법 약물요."

경비가 담요를 들고 달려왔고, 나는 그와 함께 그웬돌린의 시체를 덮어주었다. 담요로 얼굴을 가리기 직전, 나는 그녀의 목 옆쪽에 빨간 자국이 두 군데 난 것을 보았다. 각각 25센트 동전 크기 정도였다. "이건 뭐지?"

휴고가 모두에게 멈추라는 뜻으로 한 손을 들었다. 이어 그는 무릎을 꿇고 시체의 얼굴 위로 마치 키스라도 하려는 듯 몸을 바싹 숙였다. 하지만 휴고는 갑자기 벌떡 일어나더니 손을 털었다. "호수 안에서 어디 부딪힌 모양입니다. 돌이나 나뭇가지 끝 같은 데요." 그는 검지로 쿡쿡 찔러 보이더니 우리에게 마저 시체를 덮으라고 손짓했다. "당연히 경찰에 신고할 테니, 검시관도 올 겁니다." 그동안 구경꾼들이 많으면 경찰이 과민할 수도 있으니 그는 사람들을 해산시키라고 부하들에게 지시했다. "그리고 누가 에이든을 찾아서 소식을 알려야겠습니다."

"제가 할게요." 매기가 말했다. "제가 알릴게요. 충격을 받을 테니, 제가 곁에 있어주고 싶어요."

나는 조심하라고 경고하고 싶었다. 한편으로 그웬돌린에게 무슨일이 벌어졌는지, 에이든은 이미 알고 있을 거라는 직감이 들었다.

"나도 같이 가자." 내가 말했지만, 매기는 단호하게 고개를 저어 내 도움이 필요하지 않다는 뜻을 분명히 했다.

4.

"골치 아픈 여자로 보였다는 데는 다들 동의하지 않겠어?"

그웬돌린의 사망 소식이 얼마나 빠르게 전해졌는지, 태미는 나를 보자마자 이미 이 문제에 대해 강한 의견을 표출했다.

"간밤에 뷔페 줄 서다가 봤는데⋯ 처음 든 생각이 아, 저 친구 약쟁이구나, 이거였다니까. 그런 사람들 특유의 번들거리는 눈빛과 영양 부족으로 퀭한 분위기가 있었어. 게다가 음식을 거의 안 먹더라고. 그냥 강낭콩과 옥수수, 밥 조금, 그뿐이었어. 무슨 뜻이겠니?"

"채식주의자?"

"그 여자는 문제가 있었어, 문. 제. 마약 문제."

나는 빅벤 그늘 밑에서 태미와 애비게일을 만났다. 빅벤은 (명판에 적힌 설명대로라면) 1893년, 북군의 전쟁 영웅이었던 벤저민 버틀러가 심은, 영지에서 가장 우람하고 나이 많은 나무였다. 가장 낮은 가지에 나무 그네 두 개가 달려있었지만, 애비게일은 그네를 무시하고 나무를 타고 올라갔다. 지금 그 애는 까마득히 높은 곳까지 올라가서 옹이구멍에 무작정 손을 집어넣고 있었다. 나무 안에 살고 있는 짐승이 언제 네 손가락을 깨물지 모른다고 경고했지만, 애비게일은 내 말을 무시하고 더 깊이 손을 밀어 넣었다.

"그웬돌린이 마약중독자였다고 생각하지는 않아." 내가 말했다. "간밤에 잠시 이야기했었어. 정신이 아주 멀쩡해 보였는데."

"프랭크, 그런 사람들은 자기 상태를 능숙하게 숨겨. 내 말 믿어. 내가 상대하는 친부모 중 많은 사람이 중독자인데, 정말 아닌 척 잘해. 하지만 위험신호를 미리 파악하고 있으면 알아볼 수 있지." 누나는 한숨을 쉬었다. "그나저나 이 일이 결혼식에 영향이 없어야 할 텐데. 연기하게 될까?"

"그래야겠지. 경찰이 와있어. 캠프에 있는 모든 사람과 면담할 거야. 주말 전체에 그늘이 드리워지겠지."

뭔가 내 목 뒤를 찔러서 돌아보니, 애비게일의 운동화가 내 얼굴을 스치고 지나갔다. 그 애는 가장 낮은 가지로 내려와서 오도 가도 못하고 있었다. "아저씨, 도와주세요!"

두 팔을 완전히 뻗었는데도, 아이의 무릎 이상 닿지 않았다. "뛰어내려 와야겠다."

애비게일은 고개를 저었다. "못해요."

"내가 잡아준다니까."

"아뇨, 아뇨, 아뇨…."

"가지에서 엉덩이만 조금 떼면 돼. 걱정 마라, 애비게일. 틀림없이 잡을 테니까. 절대 안 떨어진다."

아이의 아랫입술이 금방이라도 울음을 터뜨릴 것처럼 떨리고 있었다. 거미 때문에 난리 치던 그 모습 그대로였다.

"사다리를 갖다달라고 해야겠다." 태미가 말했다. "집 안에 들어가서 0번에 전화 걸면 되지?"

나는 누나를 돌아보았다. "사다리는 필요 없어, 태미. 내가 잡으면 된다고. 뛰기만 하면 돼."

그때 누나의 눈이 놀라 커다래지더니, 애비게일의 30킬로그램 몸무게가 내 어깨 위로 쿵 떨어졌다. 나는 흙에 손바닥을 세게 짚으며 무릎을 꿇었다. 척추 아래쪽에서 뭔가 심하게 우지끈하는 느낌이 들었다. 근육이 반으로 꺾이는 기분이었다.

"애비게일!" 태미가 외쳤다.

나는 이를 악물고 눈을 질끈 감은 채 연거푸 낮게 욕설을 중얼거렸다. 애비게일은 내 위에서 굴러내려 오더니 일어서서 손목에 빨갛게 긁힌 상처를 태미에게 보여주었다. "아파요." 아이는 속삭였다.

태미는 아이를 땅에서 들어올렸다. "괜찮을 거야, 아가. 내 가방에 코르티손이 있다. 오두막에 들어가서 치료하자꾸나." 그러다 마침내 누나는 내가 움직이지 않는 것을 알아차렸다. "괜찮아, 프랭키?"

나는 괜찮다고 말했다. 제발 그냥 들어가 주었으면 하는 기분이었기 때문이었다. 옆으로 몸을 눕히니 통증이 약간 견딜만해졌지만, 일어서는 건 어려웠다.

우리 업계에서 허리 부상만큼 위험한 것은 없다. 한쪽 눈을 잃어도 운전은 할 수 있다. 또 나는 관절염, 무릎 통증, 손목터널증후군을 앓는 운전사들을 안다. 하지만 허리 부상을 안고 평면 스크린 텔레비전을 운반할 수는 없다. 애비게일 때문에 실업자가 되지는 않을까, 장애 때문에 퇴직할 수밖에 없는 건 아닐까 하고 최악의 상황을 상상하며 겁에 질렸다.

하지만 잠시 풀밭에서 쉬고 나니 일어나 앉을 수 있었고, 나는 천천히 몸을 달래가며 일어섰다. 다른 주말이었다면 타이레놀 두 알을 먹고, 얼음 찜질팩을 들고 곧장 침대로 향했을 것이다. 하지만 나는 딸을 찾아보고, 딸의 약혼자가 아까의 소식을 어떻게 받아들이고 있는지 궁금해서 절뚝거리며 다시 오스프리 산장으로 향했다.

5.

        호숫가에는 구급대원 세 명과 경찰 여섯 명이 오스프리 코브의 경비들과 나란히 일하고 있었다. 나는 멀리 떨어진 나무 그늘 밑에 서서 그들의 작업을 관찰했다. 사진을 많이 찍는 것 말고는 아무도 그렇게 할 일이 많은 것 같지 않았다. 모래 위에는 그웬돌린의 시체와 나란히 들것이 놓여있었고, 구급대원들은 시체를 어떤 방식으로 그 위에 올려놓는 게 최선인지 논의하고 있는 것 같았다.

    에롤 가드너가 산장 뒷문으로 나오더니 이쪽으로 걸어왔다. 그는 커피를 담은 보온 컵을 들고 와서 내게 건넸지만, 나는 사양했다.

    "에이든은 어떤가요?"

    "아, 괜찮습니다. 아들은 이 모든 일이 불가피했다고 생각해요. 그웬돌린이 결국 이렇게 되지 않을까 늘 걱정했답니다."

    "약물을 과용한 것 같지는 않았습니다." 나는 말했다. "간밤에 그웬돌린과 잠시 이야기를 나눴어요. 전혀 이상 없이 멀쩡했습니다."

"알아요, 프랭크. 전에도 그렇게 말했지요. 일단 검시관이 뭐라고 하는지 들어봅시다. 하지만 다음 주나 되어야 감정서가 나올 겁니다."

나는 게리와 휴고가 구급대원과 경찰들 사이에 서있는 모습을 보았다. 두 사람은 느긋하고 유쾌하게 대화하고 있었다. 마치 레드삭스 얘기라도 하는 것 같았다.

"결혼식은 유감입니다. 아이들과 일정을 연기하는 문제를 상의해 보셨습니까?"

"일정을 연기하다니, 그럴 수는 없습니다. 아이들은 그대로 진행하고 싶어 하고, 나도 마찬가지예요. 사돈도 그러시겠지요. 구급대원이 가고 나면, 하이킹을 진행합시다. 전부 다 코모런트 언덕까지 올라가자고요." 그는 내 자세가 고통스러워 보이는 걸 알아차렸다. "그런데 걸어 다닐만한 상황이 아닌 것 같습니다, 프랭크. 왜 이렇게 뻣뻣하세요."

나는 허리를 다친 전말을 이야기했고, 에롤은 자기가 다 아프다는 듯 눈살을 찌푸렸다. 그는 캠프 내 응급실에 온열 패드가 있다면서 내 오두막으로 가져다주겠다고 약속했다. 하지만 우선 경찰과 이야기를 해보고 서두르라고 재촉을 해야겠다고 말했다.

나는 그가 호숫가로 내려가서 당연히 그 자리에 있을 자격이 있다는 듯, 당당하게 경찰에게 다가가는 모습을 보았다. 그들의 대화는 들리지 않았지만, 경찰들은 너무 오래 지체돼 사과하는 것 같았다.

물론입니다, 가드너 씨.

곧 끝내겠습니다.

그러면 곧장 물러나겠다고 약속드리지요.

아직 산장 뒤쪽에서 서성거리는 손님들이 많았지만, 아무도 그들과 군이 면담하지 않았다. 호숫가 현장은 경찰들이 수사하는 장소라기보다 커피나 마시며 쉬는 시간 같았다. 믿기지 않아서 어이없는 눈으로 쳐다보고 있는데, 휴대전화가 울리고 문자가 들어왔다. 전날 내가 보낸 문자에 대해 비키가 보낸 답장이었다.

프랭크, 당신이 쓴 축사를 읽었는데. 정말 훌륭했어요. 따뜻하고 진심에서 우러나오는 글이고, 내가 바꾸고 싶은 단어는 하나도 없어요. 사람들도 틀림없이 좋아할 거예요. 특히 매기가요. 잘했어요. ♥ ♥ 비키.

그녀는 보통 정오부터 폐장 시간까지 일하는데, 지금은 겨우 10시 30분이었기 때문에, 전화를 집에서 받을 가능성이 높았다. 나는 프라이버시를 위해 숲으로 들어서서 그녀의 휴대전화 번호를 눌렀다.

"프랭크! 방금 문자 보냈어요!"

"알아요, 방금 읽었습니다."

"다 잘돼가요?"

"아뇨, 그렇지가 않아요. 계속 번거롭게 해서 미안한데….”

"무슨 일인가요?"

나는 나무 사이로 주 정원을 내다보았다. 구급대원들은 들것을 들어 올렸고, 이제 정원을 지나 그웬돌린의 시체를 오스프리 산장 쪽으로 운반하고 있었다. "간밤에 여자 한 사람이 죽었습니다."

"세상에!"

"지금 시체를 처리하는 중인데, 그런 다음에 전부 소풍을 갈 겁니다. 에이든의 어머니만 빼고요. 침실에서 도무지 나오지 않네요. 그래서 누드 수영이니 마이크로도스니 아무것도 못 보고요. 아, 그리고 여기 시계는 전부 다 15분 빨리 가는 거 알아요?"

비키가 의자에 앉아 다이어트 콜라 캔 뚜껑을 따는 소리가 들렸다. "프랭크, 천천히 말해봐요. 처음부터 차근차근 다시. 어제 오후부터 들려줘요, 무슨 일이 벌어지고 있는지."

나는 그보다 더 일찍부터, 수요일 밤에 있었던 상황부터 설명하기 시작했다. 그녀의 미용실에서 머리를 자른 뒤, 집에 돌아와 보니 우편함에 있었던 에이든 가드너와 돈 태거트의 사진이 있었다는 이야기부터, 휴고가 강요한 프라이버시 서약서, 캐서린의 수수께끼 같은 병세, 게리 레빈슨과 말도 안 되게 어린 아내, 모든 것을 다 말해주겠다던 그웬돌린의 약속, 그러다 고작 몇 시간 남겨두고 시체로 발견되었다는 이야기까지 전부 다 비키에게 털어놓았다.

"무슨 마의 삼각지대에 와있는 것 같아요. 어딜 보나 미치광이 같은 상황뿐인데, 사람들은 다들 너무나 정상적이라고 하니…. 뭐가 옳고 뭐가 그른지 더 이상 모르겠어요."

"태미는요? 어떻게 생각해요?"

"태미는 홀랑 넘어갔어요. 사람 미치게 하는 음료수라도 한 사발

꿀꺽꿀꺽 마셨는지, 더 이상 말이 안 통해요."

"그럼 자신의 직감을 믿어야 해요. 마음 속 깊은 곳에서 무슨 생각이 들어요?"

줄곧 간직해 온 의심을 소리 내어 말하려니 기분이 안 좋았지만, 그래도 입 밖으로 나오는 순간 그 말은 진실처럼 들렸다. "나는 에이든이 이 여자들에게 무슨 짓을 했다고 생각해요, 돈 태거트 그리고 그웬돌린에게. 내 딸은 사랑에 눈이 멀어 상황을 있는 그대로 보지 못하고 있고, 에롤 가드너는 여느 돈 많은 부모들처럼 자기 아들이 저지른 짓거리를 무마하고 있는 것 같습니다."

"돈 많은 부모들만 그러는 건 아니에요."

"무슨 뜻입니까?"

"경험에서 하는 말이에요, 프랭크. 우리 딸 재닛이 문제를 일으키기 시작했을 때, 나는 그 애를 위해 수도 없이 변명을 만들어 냈어요. 아, 우리 딸에게 마약 문제가 있는 게 아니야, 그냥 실험 중인 거야, 한번 일탈을 체험해 보고 싶은 거야, 하고요. 진실을 보고 싶지 않았던 거죠. 그 애한테 문제가 있다는 걸 내가 인정했을 때는 이미 너무 늦었어요."

비키한테 이런 기억까지 끄집어내게 한 것이 너무 미안했다. 그녀는 재닛을 잃은 것이 자기 평생 최악의 일이었다고 여러 번 말했다. "미안해요, 비키."

"괜찮아요, 프랭크. 고통스러운 경험에서 내가 배운 걸 말하려는 거예요. 부모가 쓰는 자녀의 서사는 그리 신빙성이 없어요. 우리는 자신이 자식을 누구보다 잘 안다고 생각하죠. 하지만 누구도 자식을 객관적으로 보지 못해요. 에롤 가드너 같은 선구적인 인물조차도. 당신 사위라는 사람은 샘 뱅크먼프리드 같네요."

"누구요?"

"암호화폐의 귀재 있잖아요. 뉴스 안 봤어요?"

"암호화폐니 하는 건 안 읽습니다. 다 헛짓거리예요."

"음, 그건 맞는데 샘 뱅크먼프리드는 그걸로 막대한 돈을 벌었어요. 고객에게서 수십 억 달러를 훔쳤고요. 판사는 그 사람한테 25년 형을 선고했는데, 진짜 골 때리는 건 그 남자의 부모들이었어요. 둘 다 스탠포드 법대 교수인데요, 누구보다 금융 법칙을 잘 아는 사람들이죠. 하지만 자기 아들이 무죄라고 주장했어요, 나쁜 짓을 한 적이 없다고. 아들을 똑바로 보지 못한 거죠. 의도적으로 눈을 감는 거라고요. 프랭크, 나도 재닛에게 마찬가지였어요."

비키는 《월스트리트 저널》에서 일하는 자기 아들에게 연락해 보겠다고 했지만, 나는 수사를 촉발할 만한 말이나 행동은 하고 싶지 않았다. "가드너 집안은 이 일을 조용히 넘기려고 합니다."

"그거 정말 한심하게 들리는 거 알죠?"

등 뒤에 있는 산책로 방향의 동쪽 오두막집에서 사람들이 다가오는 소리가 들려왔다. "이만 끊어야겠어요, 비키."

"어떻게 할 생각이에요?"

"한 가지 생각은 있는데, 잘될지 모르겠어요."

"조심해요, 프랭크. 여기저기 기웃거리다가는 감당하기 힘든 상황이 벌어질 수도 있어요."

"이미 그런 상황입니다. 내일 3시, 매기는 이 남자와 결혼해요."

6.

블랙버드 오두막으로 돌아가 보니 태미
와 애비게일은 포치에서 하이킹 준비를 거의 마쳐가고 있었다. 누나
는 야외 활동을 좋아하는 유형이 아니었지만, 그래도 행사 분위기에
기분 좋게 맞추고 있었다. 옛날 돌리 파튼 콘서트 티셔츠와 카프리
바지, 가정 간병인들이 정해진 신발처럼 흔히 신고 다니는 회색 댄
스코 운동화 차림이었다. 애비게일은 파란 스티치 잠옷을 벗고 마침
내 보통 아이들처럼 갖춰 입고 있었다. 하지만 선크림을 제대로 펴
바르지 않아서 얼굴에 온통 산화아연이 끈적끈적하게 줄무늬를 그리
고 있었다. 그 애는 나를 보더니 이를 드러내고 환히 웃었다. "같이
가실 거죠, 프랭크 아저씨? 매기는 꼭대기까지 올라가면 메인주도
보인대요."

나는 잠을 잘 못 잤다, 그냥 집에서 쉬려고 한다고 했지만, 태미
는 내 말을 믿지 않는 것 같았다. "산 사람은 살아야지, 프랭키. 나도

그 사건 때문에 마음이 안 좋지만, 에롤이 우리 모두 앞으로 전진해야 한단다."

"둘이서 열심히 전진하다 와." 나는 말했다. "난 잠시 쉬어야겠어."

나는 오두막 안으로 들어갔고, 창문을 통해 태미와 애비게일이 일행과 합류하기 위해 출발하는 모습을 지켜보았다. 그런 뒤 부엌으로 가서 사과와 바나나, 치즈 몇 조각을 억지로 입에 넣었다. 두어 시간 돌아다닐 계획이었는데 도중에 배가 고파서 다른 생각이 나면 곤란했다. 하이킹하는 일행의 눈에 띄고 싶지 않아서, 나는 10분쯤 더 기다린 뒤 오두막을 나섰다.

분주한 주도로를 통해 오스프리 산장을 지나치는 대신 호숫가 오솔길을 따라 모래사장으로 나가 보니, 직원들이 양산을 펼치고 라운지 체어를 배치하고 있었다. 경찰과 구급대원은 가고 없었고, 그웬돌린의 시체를 뭍으로 끌어올린 모래사장 쪽이 넓게 움푹 패있었다.

나는 모래사장을 건너 호숫가를 따라 계속 걸었다. 손님들이 뜨거운 돌 마사지와 결혼식을 앞두고 발 관리를 받을 수 있는 작은 스파, 다른 오두막들을 지나쳤다. 그러다 숲으로 꺾어 들어 다시 몇 분 걸으니, 캠프 입구가 나왔다. 우리가 도착했을 때 프라이버시 서류를 작성했던 작은 목재 건물이 있는 그곳이었다. 경비 두 명이 휴대용 물병에서 음료를 마시면서 열띤 대화를 나누다가 내가 접근하는 소리를 듣고 입을 다물었다.

그때 휴고가 건물에서 나왔다.

"저토스키 씨, 길을 잘못 드셨습니다! 코모런트 언덕은 반대편이에요!"

"시내에 나가야 합니다. 내 차는 어디 있나요?"

"아, 오스카한테 운전하라고 하겠습니다. 어디로 가시려고요?"

"직접 운전해도 됩니다."

"필요한 게 있으십니까?"

"그냥 이런저런 게 필요해서요, 타이레놀이랑 잡다한 것요."

그는 누구보다 하얀 이를 드러내며 미소 지었다. "우리 의무실에 타이레놀이 있습니다. 제가 오두막으로 한 병 보내드리면 굳이 번거로운 걸음 하지 않으셔도."

"그래도 잡다한 게 필요합니다."

휴고는 자세히 말해보라고 재촉했다. 캠프에서는 하루 종일 배달 신청을 받고 있는데, 원하는 것이면 뭐든지 한 시간 안에 구해줄 수 있다는 것이었다. "배터리, 컴퓨터 충전기, 옷가지, 개인적인 물건….."

"내가 원하는 건 내 지프입니다." 나는 그에게 말했다. "내 지프는 얼마나 기다려야 합니까?"

무슨 말로도 휴고의 쾌활한 봉사 정신을 꺾을 수는 없었다. "조금만 기다리십시오." 그는 오두막으로 들어가더니 잘 들리지 않는 목소리로 지시를 내렸다. 그리고 다시 나와서 지프가 오는 중이라고 했다. "그동안 초소에 잠시 들어가 계시겠습니까? 그늘이 더 편하실 텐데요."

"괜찮아요."

나는 휴고에게 경찰이 아직 캠프에 있느냐고 물었다. 그는 경찰은

가족의 행사를 최대한 방해하지 않으려고 신속하게 수사를 끝냈다고
했다. "이런 시골 공동체에서 마약은 워낙 골칫거리라서요. 경찰도
마약을 과용한 사례는 충분히 봤기 때문에 그런 징후를 충분히 알아
봤을 겁니다."

주위를 둘러보니, 다른 경비들은 3미터 높이의 울타리를 따라 숲
속으로 들어가고 있었다. 나는 그들을 가리켰다. "저 울타리는 영지
전체를 두르고 있는 건가요?"

휴고는 고개를 끄덕였다. "보기 흉하다는 건 알지만, 비시즌 중에
캠프를 노리는 사람이 많습니다. 컴퓨터, 부엌살림, 침대 시트, 수건
같은 온갖 물건이 많고, 도둑들은 뭐든지 훔치니까요. 저는 혼자고
요. 몸이 여러 개나 되면 모를까."

"그럼 11월에도 여기 계시나요?"

"1년 내내 있습니다, 저토스키 씨. 오스프리 코브는 제 집입니다.
저 숲으로 100미터 정도 들어가면 동고비라는 작은 오두막이 제 거
처입니다."

"혼자입니까? 겨울 내내?"

"아뇨, 아뇨. 그럴 리가요. 배관공, 조경사, 정원사, 제설차… 부
르는 인력이 수없이 많습니다. 건물이 워낙 많으니 항상 어딘가 수
리해야 하거든요. 하지만 가드너 부부가 필요하실 때 언제든지 찾으
실 수 있도록 모든 것을 완벽하게 유지하는 것이 제 임무입니다. 비
시즌에 찾는 걸 좋아하세요. 특히 단풍이 물들 무렵."

"에이든은? 그 친구도 비시즌에 찾아온 적 있습니까?"

내 질문 뒤에 숨은 진의를 파악하려는지, 휴고의 미소가 잠시 흔들렸다. "거의 없습니다. 에이든은 예술 작업과 보스턴 학교 강의 때문에 바빠서요. 한가롭게 쉬면서 좋은 걸 즐길 여유가 없지요." 이내 미소가 되돌아왔다. "하지만 결혼식이 끝나면 달라질지도 모르겠습니다. 따님은 여기서 정말 행복하신 것 같던데요."

내 지프 타이어가 자갈을 밟으며 드라이브웨이를 올라오는 소리가 들렸다. 휴고는 혹시 길을 가르쳐 드릴까 물었지만, 나는 괜찮다고 대꾸했다. 운전석에 앉아있는, 오스카라는 젊은 남자는 오늘 아침 호숫가에서 본 그 사람이었다. 카누 노로 그웬돌린의 시체를 쿡쿡 찔러 모래사장으로 밀어 올렸던 남자. 그는 주차 기어를 넣고 시동을 켜둔 채 차에서 내렸다. "잘 다녀오십시오."

지프를 몰고 정문을 나서면서, 나는 백미러로 휴고를 흘끗 보았다. 그는 휴대전화를 꺼내 귀에 대고 있었다.

나는 구불구불 이어진 자갈길을 따라가다가 길고 울퉁불퉁한 진입로를 통과해 시내로 이어지는 고속도로로 나섰다. 이번에도 맘앤대드 식당 주차장은 거의 가득 차있었다. 남의 이목을 끌지 않고 지프를 세워둘 수 있었기 때문에 반가운 광경이었다. 포치에 브로디 태거트(나 다른 사람)는 보이지 않았지만, 그가 근처에 산다는 사실을 알고 있었기 때문에 상관없었다. 알파인 크리크 강둑의 트레일러, 그렇게 들었다. 나는 도로를 달리는 차가 없는 틈을 타서 서둘러 고속도로를 건넌 뒤 숲으로 들어갔다.

길이 확실하게 나있지 않았기 때문에, 나는 그냥 양치류와 쓰러진 나뭇가지를 넘고 도깨비바늘을 피해 가며 수풀을 뚫고 지나갔다. 1분 정도 걸었을까, 멀리서 라이플 총성이 들렸다. 검정과 노랑으로 '사냥금지'라고 적힌 경고판이 나무 몇 개에 부착돼 있었지만, 경고판은 햇빛에 바래고 못은 녹슬어서 예전의 규칙이 요즘도 적용되는지 알 수 없었다.

이어 가파르고 미끄러운 언덕이 이어졌다. 나무에서 나무로 떨어지며 단단한 밑동에 부딪히다시피 몸을 지탱할 때마다, 허리의 통증은 둔하게 욱신거리며 계속 심해졌다. 나는 나무에서 뛰어내려 하필내 어깨 위에 착지한 애비게일을 향해 몇 번이나 소리 없는 투덜거림을 퍼부었다. 스트라우드버그에 돌아가면 곧바로 지압사부터 불러야 할 것 같았다.

계곡 바닥에 도착한 나는 물살이 빠르게 흘러가는 개울가에 멈췄다. 여기가 알파인 크리크 같았다. 계곡을 따라 좁은 길이 나있었고 양쪽으로 발자국이 찍혀있어서, 어느 쪽으로 가야 할지 알 수 없었다. 하지만 생각을 정리하며 거기 서있는 와중에 서쪽에서 개 짖는소리가 들려왔고, 그 소리 덕분에 마음을 정할 수 있었다. 개가 있다면 주인이 있을 것이고, 그 주인은 브로디 태거트일지도 모른다.

풋볼 경기장 가로 길이 정도 걸었을까? 혹시 반대쪽으로 가야 하지 않았을까 하는 의문이 들었을 때였다. 작은 집 뒤쪽이 언뜻 보였다. 매기에게서 들은 이야기를 토대로, 나는 연방정부에서 지급하는 트레일러와 비슷한, 모든 가구가 내부에 고정되어 있는 답답한 금속상자 같은 것을 상상하고 있었다. 하지만 이 집은 밝은 노란색 알루

미늄 벽면과 흰 창틀이 있는, 조그마한 단독주택 크기 정도는 되는 상당히 큰 모듈러 주택이었다. 건물 전체가 땅에서 60센티미터 정도 높이의 콘크리트 기초 위에 지어져 있었고, 누군가 집 앞에 단단하고 견고한 포치를 짓고 식물과 풍경, 미국 국기 같은 것으로 장식해 놓았다. 자갈 드라이브웨이에는 차 세 대가 서있었다. 곰팡이 핀 검은 방수포를 씌워둔 스노우캣 설상차, 은색 셰비 블레이저 그리고 고물 토요타 코롤라였다. 코롤라를 보는 순간, 나는 제대로 찾아왔다는 것을 알 수 있었다.

포치 계단을 올라가자, 다시 개 짖는 소리가 들렸다. 이번에는 집 안에서 미친 듯이 으르렁거리고 입질을 하며 현관문에 몸을 들이받고 있었다. 커다란 유리창 안에서 뭔가 움직임이 보인 것 같았지만, 레이스 커튼이 쳐져있어서 확실히는 알 수 없었다. 개는 짖고 또 짖었고, 여기 온 것이 실수가 아닐까 하는 생각이 들었다. 딸이 돈의 어머니를 묘사했던 표현을 아직 기억하고 있었기 때문에, 나는 긴장하고 있었다. *항상 술에 취해있어요. 하루 종일 나이트가운 차림이고요, 오렌지색 파운데이션을 떡칠하고 돌아다녀요.*

다시 노크하려고 손을 뻗는데, 작게 달칵 하는 소리가 들렸다. 전투지역에서 잠시라도 머물러 본 사람이라면, 아마 선택 사격 스위치를 '안전'에서 '반자동' 혹은 '점사'로 넘기는 독특한 소리에 익숙할 것이다. 나는 아주 천천히 움직이며 두 손을 들고 소리가 난 쪽으로 돌아섰다. 브로디 태거트가 AR-15를 들고 있었다. 내가 이라크에서 늘 들고 다니던 M16 소총의 민간 보급용이다. 슬라이드에 특수 망원

조준경과 레이저 조준경이 장착돼 있었고, 지금 그 총구가 내 가슴을 곧장 겨냥하고 있었다.

"셋까지 세겠어." 그는 말했다. "그 뒤에 포치에 서있는 사람이 누구건 발사하겠다."

나는 그가 숫자를 세도록 기다리지 않았다. 곧장 계단으로 물러나서 자동차를 지나 드라이브웨이 끝까지 걸어갔다. 그 뒤에야 나는 걸음을 멈추고 돌아섰다. "어제 식당에서 만났지요." 나는 기억을 일깨웠다. "돈에 대해 이야기했소, 기억하시오?"

"하나." 그는 숫자를 세었다.

"포치에서 내려왔잖소. 왜 아직 숫자를 세는 거요?"

"마음이 바뀌었어, 계속 걸어가."

"간밤에 여자가 죽었소, 오스프리 코브에서. 사람들은 호수에 빠져 죽은 거라고 해. 마약 과용이라고 하는데, 거짓말하는 것 같소."

"내 알 바 아니야, 둘."

나는 두 손을 들어 올리며 내 말을 들어달라고 간청했다. "누나분이 같이 계시오? 돈의 어머니? 그분과 이야기하고 싶소."

현관문이 안으로 열리더니 남성용 플란넬 셔츠와 청바지 차림의 덩치 큰 여자가 나타났다. 그녀가 뭐라 오빠에게 알아들을 수 없는 말을 하자, 그는 총을 내렸다. 갈색과 흰색 털이 북실북실한 코커스패니얼 한 마리가 밖으로 뛰어나와 내게 덤벼들더니 다리 사이를 빙빙 돌며 무릎 위에 기어올랐다. 허리를 굽혀 손 냄새를 맡게 하자, 개는 곧장 뒤로 벌렁 드러누워 배를 보이며 애정을 갈구했다.

"봉고예요." 여자는 외쳤다. "그리고 전 린다 태거트, 돈의 어머니예요."

"프랭크 저토스키, 제 딸이 에이든 가드너와 결혼합니다."

"아, 다 알아요, 프랭크. 당신한테 그 사진을 보낸 게 저예요." 그녀는 나를 포치로 부르더니 안락의자에 앉으라고 권했다. 다행히도 그녀는 완전히 멀쩡한 정신이었다. 화장을 했는지 몰라도, 아주 살짝 했는지 전혀 눈에 띄지 않았다. 린다는 곧 돌아오겠다, 마실 것을 갖고 오겠다고 했다. 문득 그녀는 오빠를 날카롭게 쳐다보더니 중국이 조만간 쳐들어올 일은 없으니 무기를 치우라고 했다. 브로디는 그것도 알 수 없지 않느냐는 식의 눈빛을 보내다가 마지못해 그녀를 따라 집 안으로 들어갔다.

나는 포치로 올라가서 의자에 앉았고, 봉고는 행복하게 내 발치에 웅크렸다. 나는 개를 기분 좋게 쓰다듬어 준 뒤 각종 화분들을 둘러보았다. 등꽃, 보스턴 고사리 등 눈에는 익지만 이름을 모르는 식물들이 스무 개는 될 것 같았다. 모두 파릇파릇 잘 자라고 있는 모습을 보니 린다는 진짜 정원사인 것 같았다.

그녀와 오빠는 아이스티 세 잔과 개 간식을 큰 대접을 들고 돌아왔다. "저는 2학년 선생님이에요." 그녀는 어깨를 으쓱했다. "드릴 게 더 있으면 좋겠지만, 이렇게 직접 오실 줄은 몰랐어요."

나는 아이스티를 마셨다. 집에서 직접 만든 상쾌한 맛이었고, 숲을 뚫고 지나온 터라 마침 목이 말랐다. "사과는 제가 드려야겠습니다. 이렇게 불쑥 찾아온 건 죄송합니다. 전 그냥 두렵기도 하고 어떻게 해야 할지 모르겠어요."

"그 죽었다는 여자 이야기를 해주세요. 무슨 일이 있었나요?"

아마도 비밀유지 서약서를 위배하는 일이겠지만(휴고는 '프라이버시 서류'라고 그럴듯하게 포장했다), 나는 목요일 오후에 그웬돌린을 처음 만났을 때부터 시체를 발견했을 때까지 자초지종을 린다에게 죽 이야기했다. 시체는 분명 목에 멍이 들어있는데도, 마약 과용으로 죽었을 거라고 즉각 결론을 내렸다는 이야기도 했다.

"가드너 집안은 늘 그런 방식이에요." 린다는 설명했다. "그냥 소리 내어 말하기만 하면, 자기들이 뭐든지 사실로 둔갑시킬 수 있다고 생각하지요. 본인들이 진실이라고 말하는 게 진실이 돼요. 자기들이 8시이기를 바라면, 무작정 8시라고 하고 남들에게 시계를 고치라는 식이지요. 미친 건, 사람들이 그 말에 기꺼이 따른다는 겁니다!"

"가드너 표준시." 나는 말했다.

"그렇죠. 저는 '담합'이 적당한 표현이라고 생각합니다만, 그들은 자기들의 행동을 숨기지도 않아요. 그냥 뻔뻔하게 거짓말을 하고 남들에게 그렇게 알아들으라는 식입니다."

"에이든은 당신이 보낸 사진이 가짜라고 했습니다." 나는 이어 말했다. "자기는 초대한 적이 없대요. 돈을 오스프리 코브에."

"에이든은 새빨간 거짓말쟁이요." 브로디가 말했다. "그 자식의 목을 따서 목구멍에 똥을 싸면 속이 시원하겠네."

그는 아까부터 대화에 관심을 보이며 끼어들 기회를 찾고 있었고, 더 이상 참을 수가 없는 것 같았다. 린다는 그에게 조용히 하라고 쉿

소리를 내며 그런 말은 도움이 안 된다고 했다.

"나한테는 도움이 돼, 상상하는 게." 브로디는 설명했다. "나는 온 갖 장면을 머릿속에 그리고 있다고. 불알을 총으로 쏴서 여기 이 봉 고 놈한테 먹이는 장면이라든가."

자기 이름이 들리자 봉고는 귀를 쫑긋 세웠지만, 브로디는 고개를 젓고 개한테 가만있으라고, 조금 더 기다리라고 했다.

"돈에 대해 말씀해 주시죠. 처음 에이든을 어떻게 만났습니까?"

우선 린다 태거트는 홉스 페리의 젊은 여자들 모두 에이든 가드 너에 대해 알고 있다는 말로 운을 뗐다. 그는 이 마을의 왕자님 같은 존재였다. 젊고, 학벌 좋고, 미남이고, 규모조차 상상할 수 없을 정 도의 부자. "우리는 월요일 밤마다 연애 프로그램, 〈미혼 남자들〉을 보곤 했는데, 돈은 여기 나오는 텔레비전 미혼 남자들은 에이든 가 드너에 비하면 아무것도 아니라고 농담했어요. 만난 적도 없었는데! 하지만 이 마을에서 자라면, 그자는 살아있는 전설이나 마찬가지 존 재였어요."

두 사람의 우연한 만남은 작년 7월이었다고 린다는 설명했다. 돈 은 파트타임으로 두 가지 일을 하고 있었다. 햄프턴인 객실 청소와 달러제너럴 창고 관리. 둘 다 위니페소키호수 쪽으로 30분 떨어진 거리였다. 어느 날 오후, 집으로 돌아오는 길에 돈은 도로변에 에이 든이 타이어가 터진 자동차를 세워놓은 모습을 발견했다. 에이든에 게 예비 타이어가 없었기 때문에, 돈은 자기 트렁크에 있던 타이어 를 빌려주겠다고 했다. 한데 에이든이 잭 다루는 법조차 모르는 것을 보고, 그녀는 도로에 무릎을 꿇고 얼른 직접 갈아주었다. "일을 마친 뒤 에이든은 돈을 건넸답니다. 수고비 조로? 하지만 제 딸은 사양했어요. 대신 와인이나 한잔 사라고. 드라이 피노 그리지오로." 린다는 회상에 젖어 웃었다. "맹세하지만 그 순간까지 제 딸은 평생 피노 그리지오를 마셔본 적도 없었어요. 틱톡에서 그런 이야기를 봤대요."

돈은 그 만남에 들떠서 집으로 돌아왔고, 곧 에이든과 자주 만나는 사이가 되었다. 그는 마음 넓은 남자 친구였고, 돈에게 값비싼 선물을 잔뜩 안겨주었다. 랩톱 컴퓨터와 스캐너, 파타고니아 재킷, 티파니 팔찌 같은, 모텔 종업원이 감히 감당할 수 없는 값비싼 물건과 가전제품들이었다.

"많은 엄마들이 기뻐했겠죠." 린다는 말했다. "하지만 난 별로였어요."

"왜요?"

"건강한 관계 같지 않아서요. 사회적인 교류가 전혀 없었어요. 다른 사람과 만난다든가 하는 거. 돈의 친구들은 그자를 만나본 적도 없었답니다. 에이든은 '여기 사람들'이 자기를 쳐다보는 게 싫다고 해서 식당이나 극장에 같이 다니지도 않았어요."

"우리 말이오." 브로디가 끼어들었다. "귀족 나리가 신기한 나머지, 우리 같은 평민이 입을 쩍 벌리고 쳐다보는 게 싫다, 이 말이야."

"다른 예도 들려드릴까요?" 린다는 말했다. "매년 돈의 생일날, 전 야외 파티를 열어요. 대단한 건 아니고, 그냥 마당에서 조촐하게 차려놓고 모이는 자리인데, 돈은 에이든을 초대하지 않으려고 했어요. 그 사람한테 우리 집을 보여주는 게 너무 민망하다고. 그래서 제가 말했죠. '돈, 그 남자가 널 사랑한다면, 네가 사는 곳도 사랑할 거야. 네 가정은 언제나 너의 일부니까.' 하지만 전 진실을 깨닫게 됐어요." 린다의 목소리가 약간 갈라졌다. "사실은⋯ 딸은 그냥 제가 부끄러웠던 겁니다."

나도 이런 기분에 대해 조금은 알고 있었다. 매기가 대학교로 떠나기 전부터, 나는 아이가 점점 멀어진다는 사실을, 우리 가족의 규범으로부터 거리를 둔다는 것을 느낄 수 있었다. 매기는 내가 '토르티야' 같은 특정한 단어를 발음하는 방식을 비판하기 시작했다. 창고형 마트에서 할인가에 산 내 타이맥스 손목시계와 커클랜드 청바지도 놀리곤 했다. 나는 10대의 건강한 발달 과정이다, 모든 세대는 새로운 것을 갈구하기 마련이라고 스스로에게 말했다. 그래도 매기의 말들은 아팠다.

"에이든은 딱 한 번 데이트했다고 하던데요." 나는 말했다. "같이 저녁 식사 딱 한 번, 그뿐이었다고 맹세했습니다."

린다는 고개를 저었다. "그럼 그 사진은 어떻게 설명하던가요? 저는 딸한테 말했어요. 그 청년을 나한테 인사시키지 않을 거면 최소한 사진이라도 보여달라고. 돈은 컴퓨터로 가서 앨범을 훑어보고 제가 우편으로 보내드린 바로 그 사진을 출력했어요. 같이 윈덤호수에 간 게 확실하잖아요. 가드너 영지 안 호숫가에서 찍은 게."

"에이든은 당신이 포토숍으로 조작했답니다."

브로디는 웃었다. "또 시작이네, 현실 왜곡. 주위를 한번 둘러보시오, 프랭크. 우리가 포토숍 같은 거 할 줄 아는 사람들로 보입니까?"

"돈은 여름 내내 에이든을 만났어요." 린다는 강조했다. "그러다 9월 중순쯤 시들해지기 시작했어요. 돈은 에이든이 강의로 너무 바쁘다고 하더군요. 오스프리 코브까지 나오는 게 힘들어졌다고. 저는 그냥 이렇게 대꾸했어요. 잘됐다, 헤어져. 난 돈도 에이든에 대해 마음이 멀어졌다고 생각했어요. 하지만 11월 3일, 그 남자를 마지막으로 만났답니다. 그 애가 실종된 게 바로 그날이에요."

토요일 아침, 돈은 일찍 일어났다. 샴푸가 필요해서 가게로 갔다 (오겠다고 돈이 말했다). 그녀는 한 시간 뒤 돌아왔지만 샤워를 하지 않았고, 린다는 돈의 침실에서 우는 소리를 들었다. 그녀는 노크를 해보았다. 돈에게 문을 열고 이야기하자고 말했다. 하지만 돈은 통화 중이었다. 린다는 한쪽 대화밖에 들을 수 없었다. "에이든, 만나야겠어." 돈은 말했다. "아니, 다음 주 말고, 내일 말고. 당장 여기 와서 나하고 이야기해. 긴급 상황이야."

다시 두 시간이 지난 뒤, 돈은 마침내 침실에서 나왔다. 린다는 무슨 상황인지 말해보라고 계속 달랬지만, 돈은 말할 기분이 아니었다. 그녀는 새 겨울 부츠를 사러 나갔다 오겠다고 했다.

"저는 딸을 알아요, 프랭크. 아이가 거짓말을 할 때 모든 부모들이 알아차리듯, 그 애가 거짓말하고 있다는 걸 알고 있었습니다. 그날 못 나가게 할걸. 어떻게든 무슨 일인지 상황을 말하게 할걸. 나가지 못하게 했더라면…."

브로디는 그녀의 무릎에 손을 얹었다. "그 생각은 이제 하지 말고. 그다음에 어떻게 됐는지 말해봐. 휴대전화에서 뭘 봤는지."

린다는 심호흡을 했다. "맞아, 그것도 설명해야지. 돈의 휴대전화 요금은 원래 제가 내고 있었어요. 그 애가 고등학교에 다닐 때부터 계속. 그러다 보니 습관이 돼서 신경 쓰지 않았어요, 조금이라도 도움이 되고 싶었고. 청구서라도 하나 줄여주자, 이런 마음이었어요. 게다가 애가 어디 있는지 알 수 있다는 점도 좋았어요. 늦게까지 안 들어올 때, 언제든지 내 전화로 지도를 확인하면 파란 점으로 위치가 깜빡거리거든요."

무슨 말인지 나도 정확히 알고 있었다. 매기와 나도 가족 휴대전화 요금제를 썼기 때문에, 고등학교 시절 내내 딸이 수업에 지각하지 않았는지, 어디 안 좋은 곳을 돌아다니지는 않는지 항상 위치를 파악하고 있었다.

"돈이 집을 나섰을 때, 전 어디로 가는 건지 짐작하고 있었어요. 하지만 확인하고 싶어서 전화를 켰죠. 깜빡이는 파란 점이 고속도로를 따라 오스프리 코브를 향해 가더군요. 에이든이 만나자고 한 줄 알았죠. 그리고 몰래 염탐하는 것 같아 죄책감이 들었어요. 내 일이나 신경 써야 하는데. 그래서 저는 휴대전화를 치우고 일하기 시작했어요. 집을 청소하고, 쓰레기통을 비웠죠. 마침 돈의 침실에 들어간 김에 쓰레기통을 비워주는데, 거기 뭔가가 있었어요."

그녀는 천천히 의자를 밀고 일어나 내게 집 안으로 따라오라고 했다. 우리 셋은 짧은 복도를 지나 아주 좁은 침실로 들어섰다. 문을 절반쯤 열면 안에 있는 침대와 부딪힐 정도였다. 아이보리색 벽과 흰 커튼으로 새로 단장하던 중이었다. 이곳저곳 유심히 둘러보니, 거의 다 칠해진 흰색 페인트 밑으로, 아직 다 가려지지 않은 핫 핑크가 조금씩 눈에 띄었다. 10대 소녀가 남긴 물건들이 여기저기 놓여있었다. 또래 친구들과 찍은 폴라로이드 사진, 고등학교 발리볼 대회 메달, 어리숙하게 웃고 있는 북극곰 우편엽서.

린다는 침대 옆 쓰레기통을 가리켰다. "여길 들여다봤더니 이게 들어있었어요." 초기에 99퍼센트 정확도로 임신 여부를 확인할 수 있다는 광고가 적힌 월그린 속성 임신 테스트기 포장지였다. "상자만 있었고 실제 테스트기는 없어서, 돈이 가져간 거라고 생각했어요. 에이든에게 보여주려고. 문자를 보내서 집으로 오라고 하고 싶었어요. 에이든에게 도움을 구걸할 필요 없다고 말해주려고, 필요한 지원은 우리가 뭐든지 다 해주겠다고. 하지만 파란 점을 보니, 돈은 이미 오스프리 코브에 도착해 있었어요. 너무 늦었다 싶었지요. 그냥 기다려 보는 수밖에."

딸의 침실에 있는 것만으로도 린다는 감정이 북받치는 모양이었고, 나도 그런 감정에 약간은 공감할 수 있었다. 그녀는 돈의 침대가에 주저앉아 내게 옆에 앉으라고 손짓했다. 브로디는 보초병처럼 문간에 서있었고, 봉고는 빙빙 돌다가 러그 위에 웅크렸다. 린다는 얼른 그다음 이야기를 계속했다. 돈은 토요일 밤 집에 돌아오지 않았고, 린다가 딸이 어디쯤 있나 지도를 확인해 보니 파란 점은 사라지고 없었다. 위치 불명. 그때만 해도 린다는 걱정하지 않았다. 돈이 밖에서 밤을 보낸 것이 처음도 아니었고, 휴대전화 배터리가 방전된 적도 있었던 것이다. 좋은 소식일지도 모른다는 상상도 했다. 어쩌면 아이들끼리 이야기로 풀고 화해했는지도 모른다. 린다는 최선을 기대하며 잠자리에 들었고, 다음 날 아침에 돈이 출근하지 않는다, 어디 있는지 모르느냐고 짜증스럽게 묻는 햄프턴인 지배인의 전화에 잠에서 깼다.

린다는 돈의 친구들 전부에게 전화를 걸어봤지만, 아무도 주말 내내 돈을 본 적이 없다고 했다. 아무도 에이든의 전화번호를 몰랐다. 하지만 한 친구가 오스프리 코브에 배달 등의 용도로 사용하는 일반 전화가 있다고 했다. 린다가 그 번호로 전화를 걸었더니 네덜란드 억양의 남자가 전화를 받았다. 그는 주말 내내 일했고, 캠프에는 아무도 없다고 했다. 가드너 가족은 모두 보스턴에 있고 손님도 없었다는 것이었다. 공감하거나 걱정하는 대신, 그는 그냥 911에 연락하라고 했다.

경찰은 돈의 토요타 코롤라를 오스프리 코브에서 남쪽으로 32킬로미터 정도 떨어진 주 삼림 등산로 기점의 주차장에서 발견했다. 그들은 경찰견 두 마리와 같이 산을 수색했다. 돈을 찾지는 못했지만, 그녀가 집을 나설 때 입었던 회색 후드 스웨트 셔츠를 발견했다. 그래서 딸이 오스프리 코브에서 사라졌다는 린다의 주장을 진지하게 듣는 사람은 아무도 없었다.

"경찰서장이 여기 왔을 때, 저는 방금 했던 이야기를 그대로 했답니다. 임신 테스트 상자를 보여주었고, 작은 파란 점에 대해서도 이야기했어요. 그리고 정말 멍청한 짓도 했습니다."

"멍청한 짓이라니요?"

"경찰서장한테 제 전화를 줬어요, 증거물로. 제 전화에 돈이 오스프리 코브에 갔었다는 증거가 있을지도 모른다고 하더군요. 아직 메모리 칩에 딸의 행적이 있을지도 모르니 찾아보겠다고. 전 정말 무슨 말이든 믿고 싶은 심정이었기 때문에, 그냥 전화를 넘겨줬어요." 린다는 고개를 저었다. "일주일 뒤, 경찰서장은 전화를 돌려줬어요. 아무것도 못 찾았다면서. 하지만 전 그 사람들이 뭔가 찾아서 지웠다고 생각해요."

"이 점을 아셔야 하는데," 브로디가 말했다. "저 경찰들 중 많은 사람이 가드너 집안에서 파트타임으로 일합니다. 비번일 때 사설 경비를 서요. 한 시간에 60달러로. 슬쩍 눈감아 줄 이유는 수없이 많소."

"하지만 경찰이 에이든과 이야기는 했을 것 아닙니까? 면담을 해봤겠지요."

"당연하죠, 만나봤죠. 에이든은 여름 내내 자기는 돈을 만난 적이 없다, 증거가 어디 있느냐고 했습니다. 그 애가 실종된 날, 자기는 보스턴에서 당신 딸과 같이 있었다고 했어요. 이제 아홉 달이 지났고, 두 사람은 결혼합니다. 타이밍이 공교롭지 않나요?"

나도 약간 당황스럽다는 데 동의했고, 린다는 내게 매기가 큰 위험에 처해있다고 했다. "만약 따님한테 무슨 일이 일어난다면, 이 마을에서 당신을 도울 사람은 아무도 없을 거예요."

"보안 카메라는요? 캠프 여기저기에 달려있었습니다. 경찰이 카메라 테이프를 확인하지 않았을까요?"

"아, 그럼요. 가드너 집안은 대단히 협조적이었죠. 주말분 테이프를 전부 다 넘겼대요. 날짜와 시간이 찍힌 그대로. 하지만 미러클 배터리를 발명한 사람이라면 날짜나 시간 정도야 얼마든지 조작할 수 있지 않을까요?"

나도 요즘 세상에는 뭐든지 조작할 수 있는 것 같다고 동의했다. 조 바이든이 이야기하는데 입에서는 도널드 트럼프의 목소리가 나오는 유튜브 비디오를 본 적도 있다. 옛날에는 자신의 눈과 귀를 믿을 수 있었지만, 요즘은 뭔가를 믿는 것이 점점 더 어려워진다.

린다는 내 눈에서 반신반의하는 기색을 읽었는지, 한층 강한 표현을 썼다. "저는 제 딸이 그 캠프에 갔다는 사실을 알고 있어요. 그 인간들이 그 애 차를 옮기고, 스웨트 셔츠도 옮긴 거라고요. 하지만 제 딸은 아직 그 안에 있다고 확신해요."

7.

트레일러를 떠날 때, 브로디는 내가 절룩거리는 모습을 보고(허리가 아직 아파서 걸음걸이 전체가 부자유스러웠다) 차량용 진입로를 통해 고속도로로 나가는 게 좋을 거라고 했다. "이런 말 하기 좀 그렇지만, 계곡을 기어오를 상태는 아닌 것 같소만."

나는 그의 제안에 따랐다. 이쪽 길은 길었고 목적지에서 약간 떨어진 방향이어서, 낮 2시가 다 되어서야 맘앤대드 식당에 도착할 수 있었다. 주차장에서 후진하는데, 식당 문이 열리더니 내 친구 바텐더가 밖으로 나왔다. 그는 내 지프를 알아보고 앞 유리창 너머로 눈을 가늘게 뜨면서 나를 확인했다. 그러고는 어리둥절한 듯 손을 흔들었다. 나도 마주 손을 흔들었다. 마침 차가 빠져나가고 있어서 굳이 차를 다시 세우고 여기 주차한 이유를 설명하지 않아도 된 게 다행이었다.

오스프리 코브로 돌아가니, 대여섯 대의 차량이 캠프에 들어가려고 기다리고 있었다. 이제 막 도착한 하객들이었다. 경비들은 차량마다 신원을 확인하고 서명을 받았기 때문에, 나도 한참을 기다려야 했다. 하지만 휴고가 나를 보더니 이쪽으로 가볍게 뛰어와서 지프를 두고 내리라고 했다. "마거릿이 찾고 계셨습니다. 결혼식 주말인데 따님과 같이 계셔야지요. 여기서 기다리실 거 없습니다."

그는 이미 차 문을 열고 있었기 때문에, 나도 거절할 수가 없었다. "배려해 주어서 고맙습니다, 휴고."

"천만에요, 저토스키 씨. 시내에서 필요한 건 찾으셨습니까?"

그러고 보니 봉투 하나 들고 오지 않은 빈손이었다. 휴고가 미소 짓는 모습을 보니 내가 거짓말했다는 사실을 알고 있는 눈치였다.

"기대 이상 찾았습니다." 나는 말했다. "여자에 대한 소식은 없나요?

"무슨 여자요?"

이걸 되묻다니, 믿을 수가 없었다.

"죽은 여자요, 그웬돌린."

"아, 아뇨. 다음 주까지는 별다른 소식이 없을 겁니다." 그는 목소리를 낮췄다. "하지만 이제 가족이시니 비밀 정보를 알려드리지요. 경찰이 그 여자의 가방에서 자일라진을 발견했습니다. 아마 이 약물 이름은 잘 모르시겠지만… 정말 고약한 약물이에요. 헤로인, 심지어 펜타닐보다 훨씬 더 위험하다고 알려져 있습니다. 농부들이 동물 마취약으로 쓰는 종류예요. 하지만 여자분의 명예를 위해서 가드너 씨는 정보가 밖에 새어나가지 않도록 당부했습니다."

나는 열쇠를 그에게 건네고 주도로를 따라 캠프 안으로 들어갔다.

이제 하객들이 본격적으로 도착하기 시작하자, 오스프리 코브는 완전히 새로운 에너지로 북적이고 있었다. 조경사와 가정부들은 모두 물러갔고, 남은 것은 그들의 노동이 남긴 결실이었다. 나무와 알록달록한 화단, 잘 빗질한 보행로, 티끌 하나 없이 깨끗한 오두막.

주변은 온통 하객이었다. 자동차에서 짐을 내리는 사람들, 해먹에 누워 흔들거리거나 프리스비를 날리는 사람들, 친구들과 포옹하고 하이 파이브를 하며 인사하는 사람들. 다들 와인 잔이나 플라스틱 컵을 들고 있는 것을 보니 이미 칵테일 시간이 된 것 같았다. 아무도 여기서 여자가 죽었다는 사실을, 수상한 멍 자국 두 개가 남은 시체가 발견되었고, 경찰 수사가 진행 중이라는 점을 모르는 것 같았다.

딱따구리라는 이름의 오두막을 지나치는데, 젊은 여자가 계단을 총총 내려오며 내게 손을 흔들었다. "저토스키 씨! 저 민이에요. 뱁슨 대학교에 다닌!" 그녀는 나를 향해 팔을 활짝 벌려 스웨트 셔츠 가슴팍의 뱁슨 대학교 문장을 보여주었다. "저 기억하세요?"

당연히 기억했다. 민과 매기는 대학 4년 동안 룸메이트였다. 컴퓨터 추첨을 통해 무작위로 선정됐지만 친한 친구가 되었고 같은 여학생 클럽에서 활동했다. 언제 보아도 착한 학생이었고 충실한 친구였다. 매기가 예전에 알던 사람을 드디어 만나게 된 것이 나는 너무나 반가웠다. 그녀는 나를 포옹했고, 나도 와주어서 고맙다고 인사했다.

"제가 이 결혼식을 놓칠 거라고 생각하셨다면, 저를 잘 기억 못 하시는 거죠. 이곳은 정말 믿을 수 없을 정도로 넓네요!"

그녀는 자기도 얼마 전에 결혼했다면서 새 신랑 브라이언에게 손을 흔들어 불렀다. 그는 고등학생이라고 해도 믿을 것 같았다. 밝은 눈빛, 장난스러운 미소, 새 신부에게 푹 빠진 빛이 역력했다. 그가 반사적으로 아내의 손을 찾아 잡는 모습이 눈에 띄었다. 이제 결혼한 지 1년이 약간 넘었지만, 아직 신혼여행 중인 잉꼬부부 같은 들뜬 말투였다.

"저토스키 씨, 재미있는 게요… 마침 브라이언에게 뱁슨 대학교 행정실에서 매기를 엿 먹였던 그 일에 대해 이야기하던 참이었어요. 다들 매기에게 너무 고약하게 굴었었죠, 기억하세요? 하지만 제가 예언 하나 할까요? 이번 주말이 지나면 바로 그 학장들, 교무처장들이 전부 매기의 현관에 줄을 서서 기부금 좀 부탁한다고 구걸하겠죠. 매기가 지옥에나 가버리라고 쫓아내 버렸으면 좋겠어요."

그녀는 자기 농담에 자기가 웃었지만, 내게는 그리 우습지 않은 주제였다. 나는 그 일은 생각하고 싶지 않다고 대답했다.

"네, 학교에서도 이미 잊어버렸을 거예요. 그쪽 후원회는 기억력이 워낙 짧으니까요. 매기가 서른 살이 되기 전에 아마 대학 졸업생 회지 표지에 실릴 거예요, 장담해요."

내 인생의 가장 큰 후회 중 하나는 매기를 다른 주에 있는 대학교에 보낸 것이었다. 나는 고등학교를 졸업하자마자 육군에 입대했기 때문에, 매기가 대학교 지원서를 쓸 때가 되어도 딸과 나, 둘 다 어떤 기준으로 대입을 판단해야 하는지 아는 것이 없었다. 나는 만약에 대비해 가까이 있는 게 좋을 것 같아서 딸이 펜실베이니아 주립대에 가기를 원했다. 하지만 매기는 그 대학교 운동부 마스코트가 별 볼일 없다고 했다. 경쟁력 있는 명문 대학교에 가야 한다면서, 대뜸 '뱁슨 대학교'가 아마존, 구글, 마이크로소프트, 뱅크 오브 아메리카 같은《포춘》500위권 기업에 졸업생들을 대거 입사시키는 학교라고 했다. 학비는 터무니없이 비쌌지만 그래도 감당할 수는 있었고, 나는 돈으로 살 수 있는 유리한 입지라면 뭐든지 다 갖게 해주고 싶었다.

성적은 전부 A로 훌륭했고, 매기는 그 대학교 경영학과의 가장 인기 있는 학회에 가입해서 전문적인 인맥을 방대하게 쌓을 수 있었다. 문제는 졸업 학년 중간쯤, 제시카 스위니라는 같은 학회의 학생이 시험 답안을 판매한 일이 발각되면서 시작됐다. 스위니는 학술윤리위원회에 끌려갔지만, 다 큰 성인답게 자기 잘못을 인정하지 않고 매기에게 모든 잘못을 뒤집어씌우려고 했다. 매기가 진짜 주동자였고, 자신은 그저 조수였을 따름이었다는 것이었다. 대부분 회원들은 매기 편을 들었지만 단둘만 제시카의 말이 사실이라고 주장했고, 남은 학기 내내 학생들은 둘로 갈라져 비난과 협박이 오가는 첨예한 내전을 벌였다. 매기는 매일 밤 울며 내게 전화했다. 나는 아이가 그렇게 겁에 질리고, 절망하고, 무서워하는 목소리를 들은 적이 없었지만, 세 주나 떨어진 곳에 있어서 도울 수가 없었다. 나는 심리상담사를 만나보라고 타일렀고, 문제 해결을 돕기 위해 변호사를 고용했다. 결국 내 딸은 완전히 무혐의 처분을 받았고, 제시카 스위니는 불명예스럽게 학교를 떠났다. 하지만 이 경험은 매기의 대학 생활을 망쳐놓았고, 내 딸은 자기 졸업식에 참석조차 하지 않았다.

"매기가 그런 일을 겪어서 정말 마음 아파요." 민은 말했다. "하지만 그거 아세요? 전 그때 일이 매기를 더 강하게 만들었다고 생각해요. 이제 아무도 그 애를 건드리지 못할 거예요."

정말 마지막 문장대로일까? 난 알 수 없었다. 아니, 린다 태거트의 이야기를 듣고 나니 매기가 놀아나고 있다는 생각이, 언젠가 상황을 바로잡기 위해 내 도움이 필요할 거라는 확신이 그 어느 때보다 강해졌다. 나는 민과 브라이언에게 저녁 식사 시간에 다시 보자고 말한 뒤, 내 딸을 찾아 오스프리 산장을 향해 걸음을 옮겼다.

출장 요리 업체의 직원들은 이미 주 정원에서 분주히 오가며 전날 밤 가져왔던 것보다 두 배나 많은 탁자와 의자를 배치하고 있었다. 이제 호숫가에는 햇볕을 쬐는 사람들이 가득했다. 구릿빛 피부의 젊고 아름다운 사람들이 라운지 체어에 벌렁 누워 휴대전화를 스크롤하면서 피나콜라다를 마시고 있었다. 물속에는 더 많은 사람이 수영도 하고, 패들 보드와 카약을 타고 있었다. 나는 적당히 떨어져 서서 매기가 없는 것을 확인한 뒤, 다시 호숫가 오솔길을 따라 내 오두막으로 향했다.

"이제 왔구나!" 태미가 외쳤다. "대체 어디 있었니?" 누나와 애비게일은 포치에서 아이스티를 마시고 있었다. 오후 내내 야외에서 지냈는지, 얼굴은 햇빛에 약간 분홍빛으로 그을려 있었다.

"약국에 갈 일이 있어서."

"왜?" 태미가 물었다.

"별거 아니야. 뭐 하고 있었어?"

누나의 말에 따르면, 두 사람은 최고의 오후를 보냈다고 했다. 우선 모두 다 코모런트 언덕 정상까지 하이킹했는데, 경치가 '장대하고' 점심은 '예술'이었다고 했다(내가 먹어본 최고의 감자였어, 하고 말하면서 태미는 엄지손가락과 다른 손가락을 맞대는 요리사의 키스를 흉내 내 보였다). 그러다 에롤 가드너가 애비에게 수상스키를 가르친다면서 자기 보트를 몰고 호수로 나갔다. "매기도 같이 갔지, 정말 즐거운 시간이었어."

애비게일은 상대적으로 크게 재미가 없었던 것 같았다. "전 카누를 타고 싶었어요. 하지만 에롤이 수상스키가 더 재미있다고 해서 그걸 했어요."

"아직 최고가 남았어." 태미가 말을 이었다. "호수에서 나온 뒤에 에롤이 나한테 줄 게 있다고 했어." 누나는 목소리를 낮췄다. "결혼 선물 같은 거라고. 내가 매기를 키우는 데 워낙 큰 역할을 했다면서." 그제야 나는 누나의 무릎 위에 두꺼운 서류 같은 게 놓여있다는 사실을 알아차렸다. 은행에서 사용하는 듯한, 금박 글씨가 박힌 군청색 폴더였다. "커패시티 주식 천 주야. 게리가 내 증권계좌를 만들어 줬단다. 월요일에 우리가 스트라우드버그에 돌아가면 돈을 송금할 거래. 이렇게 손 큰 사람 본 적 있니?"

지난번에 확인했을 때, 커패시티 주식은 한 주당 262달러였다. 이 선물은 누나가 지난 5년 동안 번 돈을 모두 합한 것보다 더 큰 돈이었다.

"그리고 내가 장담할 일은 아니다만," 태미는 목소리를 잔뜩 낮췄다. "너한테도 당연히 뭔가 돌아가지 않겠냐."

뭐라 대답할 여유도 없이, 매기가 레모네이드 한 잔을 들고 우리 오두막에서 나타났다. "아빠! 어디 계셨어요?"

"마침 여기 있어서 잘됐구나. 이야기 좀 할 수 있겠니?"

"이번에는 또 무슨 이야기예요?"

"둘만 따로. 미안하다, 매기. 또 물어보기 미안하지만 정말 중요한 이야기야."

내 딸은 이 요청에 갑갑한 것 같았지만 그래도 호수로 이어진 오솔길을 따라왔다. 나는 태미와 애비게일이 듣지 못하도록 더 멀리까지 가고 싶었지만, 매기는 이 정도면 충분하다고 했다. "이미 문명의 이기에서 까마득히 먼 곳이에요. 또 무슨 긴급하고 사적인 용건이 있으셔서 여기까지 끌고 오세요?"

"네게는 불쾌한 이야기겠지만 말하지 않을 수 없구나. 부디 귀를 기울여서 잘 듣겠다고 약속해 다오. 알겠지?"

딸은 숨을 푹 내쉬더니 그래도 열린 마음을 유지하겠다는 뜻으로 웃어 보였다. "알겠어요, 아빠. 아주 집중해서 들을게요. 뭐예요?"

"오늘 오후에 시내로 나갔다 왔어. 돈의 가족을 만났다."

매기는 뭐라 대답하려고 입을 벌렸지만, 아무 말도 나오지 않았다. 이 소식에 말문이 막힌 것 같았다.

"그쪽 이야기를 들어보고 싶었다. 넌 미친 사람들이라고 했지만… 내가 보기에는 전혀 그렇지 않았어. 사실을 이야기한다고 생각한다."

매기는 호수 쪽으로 걸음을 옮기며 나와 거리를 벌렸다. 당장이라도 물에 뛰어들어 수영이라도 하고 싶은 것 같았다. "아빠, 제발! 농담이시죠? 제 결혼식 전날에 그 인간들을 만나러 간 건 아니시죠?"

"너도 린다의 이야기를 들어봐야 한다고 생각해. 술에 취해있지도 않았고, 미친 사람도 아니었다. 여기서 아주 안 좋은 일이 일어났어."

내 모든 말이 매기에게 상처를 입히는 것 같았다. 매기는 내 헛소리로부터 자기 자신을 보호해야겠다는 듯 격하게 두 손을 흔들었다. "아빠, 이러실 줄 알았으면 그냥 초대하지 말 걸 그랬어요. 지금 제가 아빠한테 연락한 거를 후회하게 하고 계시다고요. 왜 그냥 즐거운 주말을 보낼 수 없는 거예요?"

나는 매기에게 린다 태거트가 한 말의 요점을 들려주었다. 스마트폰 위치추적 앱으로 오스프리 코브까지 딸의 행적을 추적했다는 점, 캠프 안에서 돌아다녔던 사실도 확인했지만 파란 점이 사라졌다는 것. "이런 건 어떻게 설명하겠니, 매기?"

"설명은, 거짓말이라고요! 지어낸 이야기라고요!"

"아니, 매기. 난 네가 거짓말을 하고 있다고 생각한다." 매기는 뺨이라도 얻어맞은 것처럼 나를 멍하니 쳐다보았지만, 내뱉은 말을 돌이킬 수는 없었다. "난 네가 에이든을 너무나 사랑하고, 보호하고 싶어서 걔가 네 아파트에서 주말을 보냈다고 경찰한테 거짓말했다고 생각해. 어쩌면 여기 있는 모든 사람이 네 말을 믿을지 모르겠지만, 나는 네 아빠고 네 눈치를 읽을 줄 알아. 처음부터 난 그 이야기를 믿지 않았다. 넌 뭔가 숨기고 있어."

"아, 그렇게 말씀하셔서 기분이 얼마나 좋은지 모르겠네요, 아빠. 말씀해 주셔서 고마워요. 하지만 한 가지 여쭤보죠. 제가 어떤 비밀을 숨기고 있다고 생각하세요? 에이든이 연쇄살인범이라고? 오스프리 코브에서 여자들을 살해하고 있다고? 세상에, 그이가 그웬돌린도 죽였을까요? 아빠가 생각하는 게 그거예요? 제가 제프리 다머와 사랑에 빠졌다고?"

"모르겠다, 매기. 나는 뭘 믿어야 할지 모르겠어."

매기는 나를 향해 소리 질렀다. "반어법이었어요! 그이는 제프리 다머가 아니라고요! 아빠는 대체 어디가 잘못된 거예요?"

나는 딸과 비슷한 수준으로 목소리를 높이지 않으려고 애썼다. 고함지르고 싶지 않았다. "매기, 이 집에서 뭔가 대단히 이상한 일이 벌어지고 있다는 건 너도 인정할 거다. 간밤에 여자가 죽었는데, 네 동료들은 그 시체가 밀려 올라온 곳에서 모래성을 쌓고 있어."

"경찰이 그 여자 슈트케이스에서 마약을 찾았어요. 자일라진이라고 하는 거요."

"그래, 나도 들었다. 하지만 이건 어떠냐? 너, 캐서린 가드너를 본 적 있니? 문을 잠가놓고 한 번이라도 나온 적이 있는 거냐?"

"어머님은 아프다고요! 몇 번이나 말씀드려야 해요?"

"그리고 에이든은? 어디 있니? 지난 스물네 시간 동안 난 그 친구 얼굴을 본 적도 없다!"

"또 시작이시⋯."

"난 네가 잠깐 멈춰야 한다고 생각한다, 매기. 정말 네가 이 기차를 타고 싶은지 다시 한번 생각해 봐야 해."

"지금 캠프에는 하객 200명이 와있어요, 내일 100명이 더 올 거고요. 기차는 이미 역을 떠났어요!"

"아니, 아직 떠나지 않았다. 기차는 내일까지 떠나지 않아. 아직 시간이 있다. 여기 있는 물음표를 전부 들여다 봐. 그웬돌린, 에이든의 어머니, 돈 태거트의 사진…."

그때 갑자기 매기는 뭔가 기억이 났는지, 갑자기 온몸에서 힘이 죽 빠졌다. 그리고 긴장이 풀리는지 웃기 시작했다. 어리석게도 어쩌면, 드디어, 내 말을 알아들었는지도 모른다는 생각이 들었다.

"뭐가 우습니?"

"방금 뭘 깨달았거든요." 매기는 말했다. "오후 내내 안 계셨으니까 사진에 대해 모르시는 것도 당연하지. 아빠가 우편으로 받은 그 사진요. 지금 제가 갖고 있으면 좋을 텐데."

사실 그 사진은 내 주머니 안에 있었다. 린다 태거트의 집을 나서기 전에 사본을 인쇄해 달라고 부탁했고, 린다가 돈의 침실에 있던 장비로 출력해 줬던 것이다. 나는 뒷주머니에서 종이를 꺼내 펼쳤다.

"게리가 자기 사무실로 이 사진 스캔본을 보내서 인턴한테 분석하게 했어요. 그림자 길이니 뭐니 하는 걸 분석하는 특수 프로그램이 있거든요. 한데 그 프로그램조차 필요 없었어요. 인턴 한 명이 곧장 알아차렸대요."

매기는 6킬로그램 정도 살이 붙은 몸매로 내가 한 번 본 적이 없는 활달한 미소를 짓고 있는 에이든의 사진을 가리켜 보였다. 뭘 알아차려야 한다는 건지 알 수 없었다.

"손을 보세요." 매기가 말했다. "에이든의 손을 보시라고요."

왼팔은 괜찮아 보였다. 팔은 몸통 옆에 늘어뜨리고 있었고, 왼손도 정상으로 보였다. 오른팔은 돈의 허리를 감싸고 있었고, 오른손은 그녀의 엉덩이 위에 올려놓고 있었다. 아직도 내가 무슨 문제인지 알아차리지 못하자, 매기가 직접 짚어 보였다. "엄지를 보세요, 모르시겠어요?"

그제야 나는 매기의 말뜻을 알아들었다.

에이든의 오른손 엄지가 반대쪽에 붙어있었다.

린다 태거트가 내게 출력해 준 사진 속의 에이든 가드너에게는 왼손만 두 개 있었다.

8.

우리는 원래 여름캠프에 지어진 오래
된 옥외극장, 글로브에서 결혼식 예행연습을 했다. 숲속 깊숙이 높
은 나무 사이에 숨겨져 있고, 나무 객석이 중앙 무대를 둘러싸고 있
는 깊은 원형극장이었다. 성스러운 공간, 숲속 깊은 곳의 비밀 성소
라는 느낌이 들었고, 이렇게 많은 사람이 북적거리지만 않는다면 고
요하고 평화로운 분위기일 것 같았다. 나는 예행연습이 신랑 신부나
가족들만 참석하는 조촐한 자리일 거라고 생각했다. 그러나 수십 명
의 하객들이 주말 공연의 다음 차례를 구경하듯 와인 잔과 음식 접시
를 든 채 어슬렁거리고 있었다. 아무도 손님들을 물리치지 않는 게
실망스러웠다.

무대 아래쪽에는 바이올린과 비올라를 든 검은 드레스 차림의 여
자 네 명이 조용하고 능숙하게 악기를 조율하고, 악보를 편곡하고
있었다. 연주 준비를 지켜보고 있는데, 헝클어진 곱슬머리를 한 젊

은 남자가 다가와서 나를 끌어당겨 안았다. "안녕하세요, 아버님. 뵙게 되어서 반갑습니다! 준비는 다 되셨어요? 저는 RJ예요. 결혼식 사회를 맡았습니다."

그는 치노 바지와 운동화, 코닥 필름 광고가 찍힌 노란 티셔츠 차림이었다. "결혼식 사회라고? 목사요?"

"가끔 그런 느낌도 들곤 하지요! 하지만 아닙니다. 저는 인사과에서 일해요. 에롤과 마거릿 밑에서요." 그는 스탠드 업 코미디도 가끔 하고 토요일 오후에 즉흥연기도 가르치기 때문에 관객과 소통하는 건 익숙하다고 했다. 오로지 마거릿과 에이든의 결혼식 사회를 맡기 위해 웹사이트에 65달러를 내고 정식 목사로 등록까지 했다고 했다.

"한 가지 부탁이 있는데요, 신랑이 누군지 알려주시겠어요? 시작하기 전에 미리 인사해야 할 것 같아서요."

에이든은 젊은 남자 세 명과 같이 의자에 앉아있었는데(신랑 들러리들은 나중에 들었지만 모두 매사추세츠 미대 동료였다), 약간 아파 보이고 열도 나는 것 같았다. 얼굴은 창백하고 식은땀이 배어있었으며 두드러기인지 이마에 작고 붉은 점이 여기저기 나있었다. RJ는 인사 대신 에이든과 주먹을 두 번 마주쳤다. "신랑이 여기 계시군!" 그는 외쳤다. "기분이 어떠신가?"

에롤 가드너는 게리와 시에라와 함께 도착해서 아내가 참석하지 못하는 데 대해 유감의 뜻을 구구절절 표현했다. 캐서린이 아직 상태가 좋지 않지만, 토요일 본식에는 반드시 활기찬 모습으로 등장하겠다고 자신 있게 말했다는 것이다. 한편, 태미는 화동 역할을 연습하기 위해 애비게일을 데리고 나타났다. 하지만 우리와 같이 앉아서 예행연습이 시작될 때까지 참을성 있게 기다리지 않고, 애비게일은 그림자처럼 매기의 뒤를 따라 글로브 여기저기를 돌아다니며 '신부의 사촌'이라고 자기소개를 했다.

"사실이 아니잖아." 나는 태미에게 말했다. "저렇게 말하지 않았으면 좋겠어."

"귀엽잖니, 프랭키. 사람들이 좋아해."

"핀볼처럼 사방팔방 뛰어다니고 있어. 대체 술 들어간 아이스티를 몇 잔이나 마시게 한 거야?"

태미는 나를 향해 눈살을 찌푸렸다. "애비게일에 대해 네가 이해해야 할 점이 있어. 저 애는 결손가정 출신이야. 저 아이가 아는 건 전부 결손가정에서 배운 거다. 디즈니 만화 외에 좋은 결혼이란 걸 본 적도 없을 거야. 하지만 이번 주말에 드디어 서로 사랑하는 두 사람을 만나게 됐어. 둘이서 영원한 서약을, 한 사람이 다른 한 사람에게 할 수 있는 가장 큰 약속을 주고받는 모습을 지켜보게 된 거다. '죽음이 우리를 갈라놓을 때까지.' 넌 늙고 세상 풍파에 닳디닳은 냉소적인 인간이니 이런 언어에 무슨 뜻이 담겨있는지 까먹은 거 아니냐? 하지만 애비게일은 이 모든 걸 처음 볼 테니 당연히 흥분했지. 너 또한 마음을 열고 잠시라도, 이 아름다운 공간을 새로운 눈으로 둘러본다면 북받칠 게다."

나는 태미가 장광설을 끝낼 때까지 기다리다가 말했다. "그런데 내가 볼 때 에이든은 그다지 설레지 않은 것 같아. 걔는 자기 친구가 방금 죽어서 슬퍼하는 것 같은데, 모두가 아무 일도 없었던 것처럼 행동하고 있어."

"그냥 긴장해서 그런 거지. 네 결혼식 예행연습 정찬 때가 아직 기억나는구나. 너도 잔뜩 긴장한 신랑이었어."

이렇게 말하고 태미는 돌아앉더니 반대편에 앉은 여자에게 자기소개를 했다. 다시 한번 나랑 이야기하는 게 질린 모양이었다.

나는 진정하고 여유를 가지라고 나 자신을 다독였다. 가짜 사진은 린다 태거트의 이야기가 엉터리라는 사실을 입증해 주었다. 돈은 오스프리 코브에 간 적이 없었다. 어쩌면 그웬돌린도 정말 마약 과용이었을 것이다. 파티에서는 분명 상당한 양의 마약이 돌고 있었다. 어쩌면 에이든은 자기 친구의 예기치 않은 죽음을 진심으로 마음 아파하고 있지만, 내 딸을 너무나 사랑하는 나머지 결혼식을 미루지는 못하는 것이다. 이 모든 생각이 너무나 이성적이고, 타당하게 느껴졌다. 그래서 나는 걱정을 그만두고 이제 좀 즐기자고, 의식적인 결정을 내렸다.

4시 15분, 예행연습이 시작됐다. RJ는 성경으로 보이는 큰 하드커버 책을 들고 무대에 올라가서 행진을 지휘했다. 애비게일이 꽃잎을 뿌리는 시늉을 하면서 앞장서서 걸었다. 다음으로 세 쌍의 신부 들러리와 신랑 들러리, 그 뒤에 에이든과 에롤 가드너가 따랐다. 이제 내가 매기를 인도해서 나갈 차례였다.

사진이 조작이었다는 사실이 의심할 여지조차 없이 밝혀졌기 때문에, 호수를 떠난 뒤 매기는 줄곧 내게 싸늘한 태도를 보였다. 매기는 '대체 어떤 아버지가' 딸 대신 생면부지의 낯선 사람들 편을 드느냐고 나를 몰아세웠고, 나는 딸의 직감을 신뢰하지 않은 것이 솔직히 미안했다. 나는 여느 아버지와 딸들이 결혼식에서 하듯 팔짱을 끼자고 제안했지만, 매기는 몸이 서로 닿는 건 내일을 위해 남겨두자고 했다. 그리고 매기는 나보다 반 발짝 앞서서 아주 단호하게 식장으로 걸어 들어갔고, 따라잡으려고 허둥지둥 들어가는데 구경꾼들이 키득거리는 소리가 들려왔다.

무대 위에 올라가 보니 RJ의 성경은 표지 덮개를 벗긴 《해리 포터》 책, 그러니까 그냥 소품이었다. "이제 제가 묻습니다. '누가 신부를 넘겨주십니까?' 그러면 아버님 차례입니다. 이렇게 대답하시면 됩니다. '아버지의 축복으로 신부 자신이 스스로 입장합니다.' 이렇게 말씀하세요. 그런 뒤 아름다운 따님을 포옹하고, 신랑과 악수하면, 아버님의 역할은 끝입니다. 앉으셔서 긴장 풀고 남은 예식을 즐기세요."

나는 앞줄에 있는 태미와 애비게일 옆에 앉았고, 누나는 내 무릎을 두드리며 잘했다고 축하했다. "내일은 미소 짓는 것만 잊지 마라, 잔뜩 얼었어."

RJ는 남은 식순을 빠르게 진행했다. 매기와 에이든에게 '종교적인' 부분은 대충 하겠다고 하더니, 상황이 상황이니만큼 커패시티식 유머를 조금 섞어도 되냐고 좌중을 향해 물었다. 모두 에롤의 판단을 기대하는지 그를 돌아보았고, 그는 어깨를 으쓱했다. "너무 과하게만 하지 마. 두 사람 결혼식이지 주주총회가 아니지 않나."

대부분 참석자들은 너무 긴장하거나 쑥스러워서 자기 역할을 제대로 연습하지 못하는 것 같았다. 유일한 예외는 짧은 성경 낭독을 맡은 내 누나뿐이었다. 태미는 얼마나 크게 읽어야 하는지 확인하고 싶어서 무대 위에서 연습하고 싶은데 그래도 되는지 물어보았다.

"물론입니다." RJ는 짐짓 극적으로 팔을 휘두르며 태미를 무대 위로 초대했다. "무대는 얼마든지 사용하세요, 부인."

태미는 안경을 쓰지 않아도 보이도록 커다란 글씨로 미리 자기 대사를 종이에 적어왔다. "사도바울이 고린도인에게 보내는 첫 번째 서신에서 나오는 구절입니다. 다들 잘 들리나요? 이 정도면 됐나요?"

나는 누나에게 엄지를 들어 보였고, 태미는 성경 구절 전체를 계속 낭독했다.

사랑은 오래 참고, 친절합니다. 사랑은 시기하지 않으며, 뽐내지 않으며, 교만하지 않습니다. 사랑은 무례하지 않으며, 자기의 이익을 구하지 않으며, 성을 내지 않으며, 원한을 품지 않습니다. 사랑은 불의를 기뻐하지 않으며, 진리와 함께 기뻐합니다. 사랑은 모든 것을 덮어주며, 모든 것을 믿으며, 모든 것을 바라며, 모든 것을 견딥니다. 사랑은 없어지지 않습니다.

태미는 미소 짓더니 나직하게 안도의 한숨을 내쉬며 낭독을 마쳤고, 성경의 힘 앞에서 다른 모든 언어가 하찮게 느껴지는지 잠시 글로브에는 정적이 흘렀다.

이어 매기를 바라보던 RJ가 표정에서 뭔가 마음에 안 드는 구석을 발견했는지 물었다. "너무 거창한가요? 좀 더, 글쎄요, 현대적인 게 나을까요?"

순간 나는 매기가 그의 말에 동의할까 봐 걱정했다. 하지만 매기는 마음에 걸리는 생각을 떨치고 고개를 젓더니 에이든의 두 손을 잡고 그의 눈을 지그시 응시했다. "아니, 아니. 너무 거창하지 않아요. 완벽해요."

9.

       리허설 연회 테마는 '랍스터의 밤'이었고
자리마다 물티슈, 빨간색과 흰색이 어우러진 체크무늬 냅킨, 선물용
랍스터크래커, 특별히 주문해서 문구를 찍은('마거릿과 에이든의 결혼
– 축하의 집게발') 턱받이가 갖춰져 있었다.

  자리는 정해져 있었고 태미, 매기, 에이든, 에롤, 애비게일이 모
두 같은 식탁에 앉게 되어서 고마웠다. 캐서린 가드너의 상태가 좋
아져서 참석하게 될 경우를 대비해 좌석이 하나 더 마련돼 있었지
만, 이 시점이 되자 나는 사부인을 만날 수 있으리란 기대는 포기하
고 있었다.

  에이든은 매기와 애비게일 사이에 앉았고, 나는 식탁 너머로 그에
게 말을 건넸다. "그웬돌린 일은 안됐네."

  "감사합니다, 프랭크."

  "누가 그웬돌린의 가족에게 연락했나?"

"게리의 사무실에서 알아보는 중입니다. 그웬은 할머니와 자랐는데 이미 돌아가셔서 누구한테 연락해야 할지 애매하다고 하는군요."

매기는 의자에서 몸을 기울였다. "아빠, 예행연습 연회잖아요. 기억하시죠? 행사에 집중하면 안 될까요? 다들 랍스터 드실 거죠?"

태미는 손을 들었다. "그럼, 먹어야지."

애비게일은 선뜻 나서지 않았다. "무섭게 생겼어요."

에이든은 그래도 하나 먹어보라고 했다. "뉴잉글랜드 랍스터는 세계 최고야. 이보다 더 좋은 기회가 없을 거야."

한 사람 앞에 어마어마한 집게발이 접시 양 옆으로 대롱대롱 늘어진, 특대 크기의 랍스터 하나씩이었다. 웨이터들이 음식을 가져오자, 에이든은 껍질을 깨고 안에 든 부드러운 살을 꺼내는 방법을 참을성 있게 애비게일에게 가르쳐 주었다. 한 번도 들어본 적이 없는, 너무나 부드러운 말투였다. 세계 지리에 관심이 많은 애비게일에게 좋아하는 산은 뭔지, 강은 뭔지, 화산은 뭔지 차근차근 물어보는 게 들렸다. 주말 내내 에이든이 다른 사람과 대화하는 모습은 그웬돌린을 제외하면 이 순간이 가장 많았다. 그는 좌중의 다른 사람들과 예행연습을 무시하고 어린아이에게 관심을 집중하는 게 즐거워 보였다.

만찬 분위기는 시골스러운, 격식 없는 분위기였다. 밴조와 워시보드를 연주하는 저그밴드가 와서 황소개구리와 햇살, 만월 아래에서 사랑에 빠지는 연인에 대한 우스운 노래들을 연주했다. 웨이터들은 맥주 피처를 들고 좌석 사이를 누볐지만, 아무도 과하게 마시지 않았다. 다들 전날 밤의 비극을 통해 교훈을 배운 것 같았다. 이따금 누군가 포크로 와인 잔을 두드리면, 다른 사람들도 합세해서 매기와 에이든이 키스할 때까지 계속해서 더 크게 쨍그랑거리곤 했다. 그때마다 애비게일이 일어나서 박수를 쳤다. 그 애는 이것이 진짜 전통이라니 믿을 수 없다고 했다. 결혼식 백과사전에는 그런 이야기가 없었다는 것이었다.

신랑 신부를 위해 축사를 올리고 싶은 사람을 위해 마이크와 무대가 준비돼 있었고, 에롤은 내게 한마디 준비한 이야기가 있느냐고 물었다. 나는 내일 결혼식을 위해 아껴두고 있다고 대답했고, 그는 아주 간단하게 자기 축사를 했다. 아내가 계속되는 건강 문제 때문에 불참하게 되어서 안타깝지만, 내일 아침에는 틀림없이 참석할 거라고 약속했다. 그리고 신랑 신부를 향해 잔을 들어올렸다. "마거릿은 똑똑하고, 성실하고, 아름다운 여성이고, 마거릿과 에이든이 서로를 발견한 것이 너무나 기쁩니다. 둘 다 많이 사랑한다." 그가 축사를 끝내자 마치 마틴 루터 킹의 '내게는 꿈이 있습니다' 연설이었다는 듯 우레 같은 기립박수가 터졌다. 태미는 체크무늬 냅킨으로 눈자위를 두드리며 눈물을 닦았다. "난 언제나 결혼식에서 울어요." 누나는 주위 사람들에게 말했다.

에이든은 정중하게 박수를 치다가 휴대전화를 주머니에서 꺼내 수신 문자를 확인했다. 그는 화면을 보며 눈살을 찌푸리고 전화를 자기 접시 옆에 내려놓았다. 이어 애비게일에게 그랜드 캐니언에 가봤는지, 그 계곡이 엠파이어 스테이트 빌딩을 네 개나 쌓은 높이라는 사실을 알고 있는지 물었다.

축배가 계속 이어졌다. 에롤의 축사를 뒤따라 모든 커패시티 임직원들이 연단에 올라, 매기가 자기들의 삶에 어떤 영향을 주었는지 이야기하고 싶은 것 같았다. 이어 RJ가 일어서서 객석에 앉은 모든 부부를 가볍게 놀리는 농담으로 10분 동안 관중을 즐겁게 했다('장모님들은 왜 다 그렇습니까, 예?'). 나는 집중하기가 힘들었다. 상념은 에이든이 돈 태거트와 찍은 수수께끼의 사진으로 계속해서 흘러갔다. 매기의 말이 옳다는 사실은 알고 있었다. 분명 조작된 사진이었고, 명백한 가짜였다. 하지만 린다와 브로디를 만나보니, 그들이 그런 조작을 할 수 있을 거라고 믿을 수가 없었다.

그렇다면 남은 인물은 돈 태거트였다. 그녀의 침실에는 값비싸 보이는 컴퓨터가 있었다. 그녀 자신이 사진을 포토숍으로 조작했을 가능성도 있다. 하지만 왜?

왜 에이든과의 관계를 꾸며냈을까?

무대에서 게리와 시에라는 신랑 신부를 위해 합동 축배를 들면서 자기들의 성공적인 결혼 생활의 비밀을 털어놓고 있었다. 나는 미래의 사위가 조용히 앉은 채 무릎 위에서 두 손을 맞잡으며 비틀고 있는 모습을 보았다. 그 역시 다른 생각에 잠겨 축사는 귀에 들어오지도 않는 것이 분명했다.

그리고 에이든의 옆에는 이 모든 질문에 대한 해답을 줄 수 있는 열쇠가 놓여있었다.

10.

해가 지자, 웨이트리스 한 사람이 돌아다니며 탁자 한복판의 초에 불을 켰다. 모두 자리를 옮겨 대화 상대를 바꿨다. 이제 에롤은 애비게일 옆에 앉아서 미러클 배터리의 작동 원리를 설명하고 있었고, 태미는 매기와 에이든이 곧 함께 떠날 스페인 신혼여행에 대해 이야기하고 있었다. 그들은 찌는 듯한 여름 더위를 피해 스페인 북부에서 2주 동안 지낼 계획이었다. 에이든은 앞면이 아래로 가도록 휴대전화를 식탁 위에 올려놓았고, 나는 그쪽으로 가까이 자리를 옮겨 체크무늬 냅킨을 그 위에 아무렇지 않게 던져놓았다. 그리고 아무도 보는 사람이 없다는 걸 확인한 뒤, 교묘히 에이든의 전화를 식탁에서 밀어, 내 무릎 위로 떨어뜨렸다.

나는 화장실에 다녀오겠다고 양해를 구하고 오스프리 산장을 빙 돌아 현관으로 향했다. 현관에 들어서니 여자들이 화장실을 이용하려고 길게 줄을 서있었다. 몇몇은 나를 보고 미소 지었고, 나도 마주

웃어 보인 뒤 계단으로 올라갔다. 귀한 손님인 사돈으로 와있으니 다들 내가 당연히 여기 드나들어도 된다고 생각할 것이다. 나는 3층으로 올라가서 그웬돌린을 처음 마주친 복도로 접어들었다. *아직 캐서린 가드너를 못 만났다면, 아무것도 모르시는 거예요.* 그녀는 이렇게 경고했었다.

나는 주인 침실 문 앞으로 다가가서 노크했다.

"가드너 부인? 계십니까?"

대답은 없었다. 나는 에이든의 전화를 검은 센서 패널에 댔고, 부드러운 달칵 소리와 함께 잠금장치가 풀렸다. 문을 밀어 여니, 짧고 어두운 복도가 나왔다. 복도 끝에는 파란색과 흰색 불빛이 깜빡이고 있었고, 스튜디오에서 관객들이 박수치며 환호하는 소리가 희미하게 들려왔다. 등 뒤에서 문이 닫혔고, 전자 데드볼트 자물쇠가 웅 소리를 내며 다시 덜컥 잠기는 소리가 들렸다.

한 걸음 앞으로 나가니 부드러운 것이 밟혔다. 블라우스 옷감 같았다. 바닥에는 온통 옷가지가 흩어져 있었다. 드레스, 스웨터, 치마, 바지. 열 명은 넘는 여자가 입을만한 양이었다. 나는 가볍게 옷 사이를 지나쳤다. "계십니까? 아무도 안 계세요?"

복도를 지나는데, 고약한 냄새가 느껴졌다. 쓰레기차 짐칸 냄새 같은 시큼하고 독한 꽃다발 향이었다. 복도 끝에 도착하니 텅 빈 침실이었다. 너무 어두워서 실내가 잘 보이지 않았다. 커튼은 모두 쳐져있었고, 방 안의 유일한 불빛은 〈가정 불화〉를 틀어놓은 대형 평면 텔레비전뿐이었다. "100명의 미국인에게 물었습니다. 인간의 몸을 연상시키는 음식 이름으로는 무엇이 있을까요?" 참가자 한 명이 버저를 누르며 "바나나!"라고 대답하자 관객들은 폭소를 터뜨리며 박수를 치고 발을 굴렀고, 사회자는 이렇게 기발한 답이 나올 줄은 몰랐다는 듯 놀라 자빠지는 척했다.

바닥에도, 가구에도 온통 여자 옷이 있었다. 모든 물건은 새것 같았고 한 번도 안 입은 것 같았다. 대부분 가격표가 그대로 붙어있었고, 아직 비닐봉지 안에 봉한 것도 있었다. 소파 위에도 워낙 옷가지가 많이 쌓여있어서, 하마터면 그 사이에 앉아있는 사람을 못 보고 지나칠 뻔했다. 여자는 하객들이 오두막에서 입고 있는 것과 같은 흰 목욕 가운 차림이었지만, 온통 갈색과 노란색 얼룩이 묻어있었고 가운 자락을 여미지도 않았다.

나는 캐서린 가드너의 사진을 온라인에서 본 적이 있었다. 보스턴 미술관 이사회에 참석한, 맵시 있는 옷차림의 우아한 여성이었고, 이 여자와는 조금도 닮지 않았다. 지금 방 안에 있는 이 여자는 놀랄 정도로 비쩍 말라서 거의 해골 같았고, 화장은 어린아이 솜씨로 바른 것 같았다. 뺨에는 귀와 목 색깔과 어울리지 않는 희끄무레한 화장품이 덕지덕지 묻어있었다. 눈가에 칠한 분홍색 섀도는 마치 박테리아에 감염된 증세 같았다. 그녀는 멍한 표정으로 텔레비전을 보고 있었지만 한 단어도 알아듣는 것 같지 않았다.

게임 쇼 사회자는 유쾌하게 가족 구성원들을 환영하더니 나이 지긋한 할머니에게 똑같은 설문을 되풀이했다. "인간의 몸을 연상시키는 음식 이름을 대세요."

"가지!" 할머니가 외치자 관객들이 환호했고, 사회자는 마치 얼굴을 주먹으로 한 방 맞은 듯, 놀라 허우적거리며 무대 위에서 비틀거렸다. 그래도 캐서린 가드너는 아무 반응을 보이지 않았다. 내가 그녀와 화면 사이에 서자 그녀는 마침내 내 존재를 인지했다. 캐서린은 조용한 목소리로 물었다. "에이든은 어디 있지요?"

스튜디오 관객들의 환호에 파묻혀 목소리가 거의 들리지 않았다. "아래층에 있습니다, 가드너 부인."

"누구세요? 여기서 뭐 하는 거예요?"

"제 이름은 프랭크 저토스키입니다."

"여기 오시면 곤란합니다. 제 아들을 부르겠어요."

그녀는 옷가지 속으로 손을 뻗어 더듬더듬 옷에 파묻힌 전화를 찾았다.

"제 딸이 내일 에이든과 결혼합니다." 나는 말했다. "저는 마거릿의 아버지입니다."

그녀는 전화를 찾던 움직임을 멈추고 탁자 등으로 손을 뻗어 스위치를 켜더니 나를 찬찬히 쳐다보았다. "그렇군요, 닮았어요. 이게 무슨 예의람."

갑자기 그녀는 소파를 뒤로 밀치고 비틀비틀 몸을 일으키려 했다. 가운 앞자락이 벌어져서 비쩍 마른 벌거벗은 몸이 완전히 드러났다. 그녀는 팔을 한 번 휘둘러 소파에 쌓인 옷가지를 밀어내고 내가 앉을 자리를 마련해 주었다.

"앉으시겠어요?"

나는 애써 눈을 똑바로 쳐다보았다. "옷을… 도와드려야 할까요?"

캐서린은 내려다보더니 마치 내가 신발 끈이 풀렸다고 알려준 양 웃었다. 그녀는 옷자락을 단단히 여미고 서툴게 끈을 묶었다. "한심한 여주인이라고 생각하시겠네요. 텔레비전 소리를 줄여야겠어요." 그녀는 소리를 낮추려고 리모컨을 들었지만, 자기가 리모컨을 거꾸로 들고 있다는 사실도 알아차리지 못했다. 내가 대신 받아 들어 소리를 끝까지 내렸다. "아, 고맙습니다, 프랭크. 이제 앉으세요. 제가 뭘 좀 드릴게요, 안 그러면 제대로 접대하지 못한 것 같아요."

나는 소파 가장자리에 걸터앉았고, 그녀는 텀블러 두 잔과 탱커레이 한 병을 가져왔다. 떨리는 손으로 그녀는 잔에 진을 가득 따랐다. 얼음도, 라임도 없었고, 그저 잔 테두리까지 넘치도록 따른 무색의 알코올뿐이었다. 이어 캐서린은 다시 내 옆에 앉아 잔을 들었다. 술이 옆으로 넘쳤고 손과 손목 위로 철철 흘렀다. "마거릿을 위하여." 그녀는 말했다. "멋진 젊은 여성이에요."

그녀가 축배를 드는데 마침 어디선가 높다란 소리가 울렸다. 나는 에이든의 전화에서 나는 소리라는 것을 깨달았다. 주인에게 전화의 위치를 알려주는 일종의 사이렌 발신음이었다. 자기 전화가 없어진 사실을 깨닫고 찾고 있는 것이다. 전화 표면에 있는 온갖 버튼을 황급히 눌렀더니 마침내 경보가 꺼졌다.

"방이 어지러운데 양해해 주세요." 캐서린은 발치에 쌓인 옷가지를 가리켜 보였다. "워낙 시골구석이라 쇼핑할 곳이 없어서 옷은 전부 온라인으로 주문했답니다. 하지만 사이즈 맞추기가 까다롭네요. 끊임없는 시행착오의 반복이에요. 그래도 결혼식 날에는 멋지게 보이고 싶어서."

고작 1분 사이, 캐서린은 멍한 상태를 떨쳐내고 생기발랄한 여주인 역할을 하고 있었다. 그녀는 탁자 맞은편에 앉아 내가 일어나면 어쩌나 걱정하기라도 하는지 내 양손을 잡았다. "주말 내내 숨어있어서 죄송합니다. 의사가 체력을 잘 배분하라고 했어요. 하지만 여기까지 오셨으니, 제가 해드릴 일이라도 없을까요?"

"괜찮으시다면 제 사위될 청년에 대해 묻고 싶습니다. 내일이 결혼식인데 아직 아드님에 대해서 잘 몰라요."

아들 이야기가 나오자 캐서린의 표정은 환해졌다.

"제가 가장 좋아하는 화제이지요, 뭐든지 물어보세요. 전 감추는 게 없어요."

"소문에 대해 알고 싶습니다. 돈 태거트라는 여자."

캐서린은 내 손을 놓고 의자에 다시 몸을 묻었다. "그럼요, 전적으로 이해할 수 있어요. 그쪽 가족이 에이든에 대해 뭐라고 하는지 알고 있어요. 하지만 분명히 말씀드리지만, 에이든은 그 여자에게 손끝 하나 대지 않았습니다. 그 애는 정말 다정해요, 아주 세심하고요. 정말 충실하고 믿음직한 남편이 될 거예요. 그건 걱정하지 않으셔도 됩니다."

"저는 오늘 오후에 린다 태거트를 만났습니다."

"그 여자는 바보예요."

"에이든에 대해서는 옳으실지 몰라도, 저는 린다 태거트가 바보라고 생각하지 않습니다. 그냥… 오해하고 있는 것 같아요."

"어떻게?"

"린다 태거트는 딸의 행적을 확인하는 버릇이 있었습니다. 휴대 전화 위치를 추적했어요. 그래서 자기 딸이 그날, 오스프리 코브에 왔다는 건 알고 있었습니다. 그건 확실한 사실이에요. 돈 태거트는 캠프에 있는 누군가를 만나고 있었습니다. 집으로 온갖 장신구니 값비싼 선물을 갖고 왔으니, 누가 주는 건지 설명할 핑계가 필요했겠지요. 그래서 어머니에게 에이든 가드너를 만나고 있다고 둘러댔던 겁니다. 심지어 포토샵으로 둘이서 찍은 사진도 조작했어요. 도저히 사실대로 어머니에게 털어놓을 수가 없어서, 가상의 애인 관계를 만들어 낸 겁니다."

"사실이라면?"

"돈은 유부남과 불륜을 저지르고 있었습니다."

캐서린은 올바른 방향으로 진전하고 있는 학생을 독려하는 선생님처럼 미소 짓고 고개를 끄덕였다. "아주 좋아요, 프랭크. 정말 예리한 분이군요."

"저는 진실을 알아야겠습니다. 에롤이 돈 태거트에게 무슨 짓을 했습니까?"

"제 남편이? 오, 그럴리가요. 에롤은 누굴 해칠 사람이 아니에요. 어쨌든 자기 손으로는. 그런데, 잠시만요. 칵테일 한 잔 더 따르고요."

나는 그녀가 첫 잔을 다 마셨다는 사실도 미처 모르고 있었다. 캐서린은 떨리는 손으로 술병을 들더니 잔을 다시 채우고 말을 이었다. "남편은 남녀 문제에 대해 사고방식이 굉장히 구식이에요. 남들에게는 대놓고 말하지 않아요. 요즘은 워낙 조심해야 하니까요, 인터넷이다 뭐다. 하지만 술이 몇 잔 들어가면, 자기 소신을 늘어놓는답니다. 그이는 남자들에게 일부일처제란 불가능하다고 믿어요. 남자들, 특히 돈 많고 권력 있는 남자들은 최대한 많은 여자와 짝짓기를 해야 하는, 진화상의 의무가 있다고 믿는 거죠. 사업계의 거물들은 다 그런대요. 제프 베조스, 빌 게이츠, 우리가 아는 영화배우들, 미식축구 쿼터백들 그리고 물론 정치가들. 전부 다." 캐서린은 어깨를 으쓱했다. "혹시 당신도 이 말이 옳다고 생각하세요, 프랭크?"

나는 그렇게 생각하지 않는다고 말했다. 돈 많고 권력 있는 남자들 중에도 배우자에게 정절을 지키는 사람들이 많다고 생각한다. 하지만 캐서린은 예를 들어보라고 했고, 나는 단 한 사람도 생각해 낼 수가 없었다. 아마 톰 행크스? 지미 카터? 미스터 로저스?

"제 남편에게 분별력이란 게 있다면 에스코트 서비스를 이용했겠죠. 그이 친구들은 다 그렇게 하니까. 우리 변호사, 게리가 스물한 살 난 신부를 만난 것도 그쪽을 통해서였고요. 그 서비스는 세계 어느 곳이든 젊고 아름다운 여자를 공급해 주거든요. 심지어 여기, 홉스 페리에도요. 하지만 남편은 돈을 내기가 싫었던 거예요. 에롤은 사냥하는 짜릿함을 좋아해요. 정복한다는 느낌이 들어야만 하는 사람인 거죠. 사회 통념에 어긋나는, 금지된 관계일수록 더 좋아해요. 수십 명의 여자들이 있었어요, 프랭크. 어쩌면 수백 명. 나도 몰라요, 성병 검사를 몇 번이나 받았는지… 이제 기억도 안 나요. 상상할 수 있는 가장 모욕적인 과정이죠." 그녀는 작은 탁자 위에 놓인, 반쯤 비운 시리얼 그릇으로 손을 뻗었다. 자작하고 미지근한 우유 안에 갈색 플레이크가 질척하게 엉겨있었다. "실례지만 좀 먹을게요, 식사 중에 들어오셨어요. 내가 어디까지 이야기했죠?"

"남편께서는 돈 태거트를 어떻게 만났습니까?"

"아, 그게 재미있는 사연이에요. 지난여름 어느 저녁, 돈이 에이든을 만나겠다고 오스프리 코브로 찾아왔어요. 타이어를 고쳐 끼워 준 사례로 이미 에이든이 저녁 식사를 대접한 뒤였어요. 에이든은 한 번 만남으로 족했어요. 그 멍텅구리하고 더는 엮이고 싶지 않았으니까. 한데 캠프에 젊고 예쁜 여자가 찾아오니까 제 남편이 기꺼이 구경시켜 준 거예요. 에이든과 저는 그때 보스턴에 있었어요. 무슨 일이 벌어지고 있는지 전혀 몰랐죠." 그녀는 시리얼을 한 숟가락 후루룩 먹었고, 나는 그녀가 먹는 모습을 보지 않으려고 무릎을 내려다보았다. "남편은 그 여자를 곁에 두는 게 좋았던 것 같아요. 그이가 캠프에 혼자 있을 때는 언제나 찾아오곤 했으니까. 전형적인 원조남과 꽃뱀의 시나리오죠. 여자가 하늘거리는 속옷을 입고 오면, 남편은 랩톱이니 티파니 팔찌를 안겨서 집에 보냈어요."

캐서린은 생각해 보라는 듯 손가락을 들었는데, 그때 갈색 액체 한 줄기가 입술에서 흘러나오더니 턱을 타고 흘러내려 우유 그릇에 떨어졌다. 우유가 한순간 사방에 튀었고, 캐서린은 내가 눈치챘는지 확인하려는 듯 내 표정을 살폈다. 내가 아무런 반응을 하지 않았다면 아마 그녀는 이야기를 계속했을 것이다. 하지만 토사물 냄새 때문에 나는 소파에서 뒤로 물러앉았고 그녀는 사과했다.

"괜찮으십니까? 뭘 좀 가져올까요?" 내가 물었다.

"괜찮아요. 이따금 이래요." 그때 걸쭉한 갈색 죽 같은 것이 다시 입에서 꾸르륵 나왔고, 캐서린은 액체를 받으려고 턱 아래에 그릇을 갖다댔다. 그녀는 괜찮다, 잠시 시간을 달라는 뜻으로 손가락을 움직여 보였다. 토악질을 마치고 가래를 뱉어낸 뒤, 그녀는 우유와 섞인 토사물 그릇이 우리 사이에서 눈에 계속 띄지 않도록 탁자 저쪽으로 밀어냈다.

"정말 괜찮으세요?"

"어린애 취급 마세요, 프랭크. 괜찮다고 했잖아요. 자, 돈 태거트와의 문제는 결국 남편이 그 여자한테 질렸다는 점이었어요. 새로운 이달의 맛이 등장해서 새대가리하고는 작별하고 싶어진 거예요. 그러자 새대가리가 깜짝 소식을 들고 등장합니다. 아기를 가졌대요! 양육비가 필요하대요! 파워볼 복권이라도 당첨된 기분 아니었겠어요? 여자는 우선 에이든한테 전화해서 말했어요. 제 남편 말고 저하고 먼저 이야기하고 싶다고. 같은 엄마 입장이라야 상황을 분명하게 바라보고, 올바른 대책을 세울 수 있을 거라고."

에롤은 싱가포르에서 출장 중이었기 때문에, 에이든과 캐서린은 그와 상의할 수 없었다. 그들은 11월 3일 아침, 보스턴에서 오스프리 코브로 출발했고 정오 직전에 캠프에 도착했다. 한창 비시즌인 토요일이었기 때문에 영지에서 일하는 사람은 휴고뿐이어서 말이 새어나갈 염려가 없었다.

"그 여자를 제 집에 들이는 건 싫었지만, 어쨌든 에롤의 서재로 불러들였더니 여자는 임신 테스트기를 보여줬어요. 그리고 마치 크리스마스가 다가오고 있으니, 원하는 건 뭐든지 달라는 식의 태도로 요구사항을 늘어놓더군요. 아기가 살 곳이 필요하니 집세, 공과금, 자동차 기름값, 의복비, 식료품비, 대학 학자금까지요. 전부 합쳐서 1년에 4만5천 달러가 필요하다고 했어요. 제가 정말 어처구니가 없어서! 돈 개념도 없고, 에롤과 제 재산이 어느 정도인지 아무것도 모르는 주제에. 작년에 전 수족관에 140만 달러를 기부했다고요, 해파리 전시를 위해서! 지금 지갑에 들어있는 푼돈만 세도 4만5천 달러는 될 거예요. 한데 그 여자는 너무나 당연하다는 태도였고 너무나 불손해서 전 원칙에 따라 거절했어요. 창녀에게는 자선을 베풀지 않는다고 했죠." 그녀의 목소리는 떨리고 있었고, 새로운 사실 하나하나를 내뱉을 때마다 마치 심장을 도려내는 듯 상처를 새삼 후벼 파는 아픔을 느끼는 것 같았다. "아마 그 순간 약간 이성을 잃었던 것 같아요."

이제 에이든의 전화가 울리고 있었지만(주머니 안에서 진동을 느낄 수 있었다) 나는 캐서린에게 계속 이야기하라고 재촉했다. "돈은 남편이 자기한테 즐겨했던 짓들을 일일이 열거하기 시작했어요. 다 큰 아들이 바로 내 옆에 앉아있는데, 정말 역겹고 불쾌한 말들을. 너무나 끔찍하고 천박해서 제가 그만하라고 했지만, 도무지 말을 그치지 못하더군요. 제가 돈을 내놓겠다고 할 때까지 상처를 주고, 주고, 또 주려는 것 같았어요. 어느 순간 전 더 이상 못 참겠더군요. 손에 가장 가까이 놓인 물건을 쥐고 그 여자의 머리를 후려갈겼어요. 에롤이 항상 책상 옆에 두는 그 연료전지요."

"당신이 그 여자 머리를 치셨다고요?"

캐서린은 고개를 끄덕였다. "지금 말하는 상대가 누구인지 알고 나 지껄이라는 뜻에서 두어 번 때렸을 뿐이에요." 그녀는 못을 박듯이 손짓했다. "탁, 탁, 탁. '입 닥쳐, 이 멍청한 창녀야.'"

그때 침실 문에서 커다란 노크 소리가 들렸다. 누가 복도에서 캐서린의 이름을 부르고 있었지만, 나는 그녀에게 끝까지 이야기하라고 재촉했다.

"뭐, 그게 다예요. 에이든은 연료전지를 제게서 뺏어 들었고, 그 멍청한 년은 자기가 뭘로 얻어맞았는지도 몰랐어요. 머리에서 피가 나서 얼굴을 타고 흘러내렸으니, 당연히 화가 났겠죠. 에이든이 진정시키려고 뒤따라갔지만 손에 연료전지를 들고 있었으니 여자는 겁에 질렸어요. 계단으로 달려 나갔다가 발을 헛디뎌서 쿵쿵쿵, 털썩. 맨 아래 계단까지 굴러떨어진 거예요." 캐서린은 늘 있는 일 아니냐는 듯 어깨를 으쓱했다. "결국 본인 스스로가 칠칠맞지 못해서 그렇게 된 거죠. 분명 제가 책임을 질 상황은 아니에요."

배심원도 그 말에 동의할지는 알 수 없었지만, 누가 문을 여는지 데드볼트 자물쇠가 돌아가는 소리가 들렸고 이제 딱 한 가지 질문을 할 시간밖에 없었다. "제 딸도 이 일에 대해 아는 게 있습니까?"

캐서린은 웃었다. "아, 프랭크! 이야기의 요점을 놓치셨네요! 제가 잘못 말씀드렸나? 마거릿 부분을 빠뜨렸던가요?"

"네! 무슨 뜻입니까?"

대답은 듣지 못했다. 휴고가 침실로 뛰쳐 들어왔고, 에이든과 간호복 차림의 중년 여성이 뒤따라왔다. "저토스키 씨, 여기 오시면 안 됩니다." 휴고가 말했다. "가드너 부인은 몸이 안 좋으시다고 했잖습니까."

나는 그의 말을 무시하고 캐서린에게 시선을 집중했다. "제발 대답해 주세요. 마거릿 부분이라는 건 뭡니까?"

"따님은 축복이에요." 간호사는 벌써 캐서린의 소매를 걷고 주사를 찌르고 있었다. 몇 초 만에 캐서린의 눈꺼풀이 파르르 떨렸다. 그녀는 말했다. "마거릿이 없었다면 우린 어떻게 해야 할지 몰랐을 거예요." 이 말을 남기고 캐서린은 정신을 잃었다. 간호사는 숙련된 솜씨로 그녀를 돌보기 시작했고, 휴고는 나를 데리고 복도로 나왔다. 에이든도 우리 뒤를 따랐다.

"가드너 부인은 매우 아프십니다." 휴고는 말했다.

"예, 편두통 때문에 정말 심한 지경이 되셨군요. 아니면 정신적으로 완전히 무너졌을 수도 있고요."

"그러니 방금 들은 이야기는 그냥 무시하시는 게 좋을 겁니다. 워낙 취약한 상태시라서요. 저분의 기억은 믿을 수 없습니다."

"돈 태거트가 계단에서 떨어져서 두개골이 부서졌다고 기억하시는데요. 믿을 수 있는 이야기입니까?"

에이든이 대답하려 했지만 휴고가 말을 끊었다. "우리는 돈 태거트가 어떻게 되었는지 모릅니다. 이미 경찰에 보안 카메라 테이프를 제출했고, 그 여자가 오스프리 코브를 찾아왔다는 증거는 없어요. 돈 태거트가 실종된 사건은 너무나 안타까운 비극이고, 우리도 그 가족과 이 마을 전체의 아픔을 함께하고, 기도하고 있습니다. 자, 이제 이 설명으로 마음이 편해지셨는지 알려주시지요, 저토스키 씨. 분명히 납득할 만한 대답을 해주시기 바랍니다."

"그 질문에 대한 내 대답은 매기한테 달려있습니다." 나는 매기의 약혼자를 돌아보았다.

"매기는 자네를 보호하려고 거짓말을 하고 있어. 하지만 그 애도 사실을 알고 있나? 무슨 일이 벌어졌는지 매기에게 있는 그대로 알렸나?"

에이든은 고개를 끄덕였다. "마거릿은 모든 것을 알고 있습니다. 어르신께도 솔직하게 털어놓았어야 하는데, 마거릿이 아버지는 이해하지 못할 거라고 걱정했어요."

나는 이해할 수 없었다. 이 새로운 정보를 듣고 나니 두 사람의 관계 자체가 사기극처럼 보였기 때문이었다. "매기는 자네를 핼러윈에 만났다고 했어, 변장 파티에서. 그런데 고작 사흘 뒤에 자네를 보호하기 위해 경찰에 거짓말을 하겠다고 동의한 게 돼. 일이 어떻게 그렇게 됐지?"

"질문은 이만 됐습니다." 휴고가 말했다. "가드너 씨를 찾아서 다시 이야기해 봅시다."

"가드너 씨는 당신이나 찾아가세요." 에이든이 말했다. "나는 프랭크한테 있는 그대로 털어놓겠습니다. 애당초 처음부터 이분에게 솔직했다면 많은 골칫거리를 덜었을 겁니다."

11.

에이든은 오스프리 산장을 나설 때까지 한 마디도 하지 않았다. 앞장서서 드라이브웨이를 건너 전날 밤, 내가 그웬돌린을 만났던 컴컴한 소나무 숲으로 들어선 뒤에야 그는 마침내 입을 열었다. "제 휴대전화를 훔쳐가셨어요?"

나는 그에게 전화를 돌려주었다. "미안하네, 에이든. 사실을 알아야 했어. 하지만 아직 일부밖에 모르는 것 같아."

"나머지는 모르고 계시는 편이 안전합니다. 그웬돌린한테는 솔직하게 말했어요. 전부 다 털어놓았죠. 그런데 저들이 그웬을 어떻게 했는지 보십시오."

"저들이라니, 누구지?"

"제발 묻지 마십시오. 오스프리 코브에서는 사고를 당할 방법이 수없이 많습니다. 이미 어르신은 휴고의 레이더에 걸려있어요."

"나는 그 작자가 두렵지 않아."

"두려워 하셔야 합니다." 에이든은 누가 엿듣고 있지는 않나 초조하게 주위를 둘러보았다. "그 사람은 콩고 킨샤사에서 코발트 광산을 운영하다가 국제앰네스티 사람들한테 발각됐습니다. 아버지가 커패시티 제트기에 태워서 국외로 빼돌렸어요. 그자는 각종 범죄 혐의를 받고 있었습니다. 인신매매, 아동착취, 사업장 '사고'. 진짜 반인륜적 범죄 말입니다. 휴고는 여기서 2년간 숨어있었는데, 아직도 전 그자의 본명을 몰라요. 그저 아주 위험한 인물이고 아버지한테 충성을 바친다는 것밖에 모릅니다. 지금 휴고는 어르신을 지켜보고 있습니다. 조언 하나 드릴까요? 아까 들은 내용을 잊어버리고, 파티로 돌아가서, 그냥 아무 일 없는 것처럼 행동하십시오."

"자네 어머니는 도움이 필요해, 에이든. 치료 시설에 들어가지 않으면, 그러니까 진짜 치료시설 말이야, 병원. 어쩌면 술만 마시다 돌아가실 수도 있어."

"너무 늦었어요, 프랭크. 어머니는 원래부터 술을 많이 드셨습니다. 아버지가 그렇게 바람을 피우고 돌아다니는데, 안 그런 게 이상하지요. 하지만 돈 태거트가 찾아온 뒤에는 나락으로 떨어지셨어요. 완전히 신경쇠약 증세를 보이고 계십니다. 정신과 의사에게 털어놓을 수도 없는 문제고요. 교도소에 갈 각오를 하지 않는 이상 말입니다."

"사부인은 매기도 관여돼 있다고 하시던데."

"그건 제가 약속드립니다, 프랭크. 따님은 절대적으로 안전하고, 정확히 자기가 원하는 걸 얻고 있습니다. 하지만 어르신이 감당하지 못하실 거라고 생각하기 때문에, 이 결혼식에 대해 절대 어르신께 사실대로 털어놓지는 않을 겁니다."

"그건 무슨 뜻인가? 돈과 그웬돌린이 살해당했다는 것보다 더 나쁜 일이 있을 수 있나?"

에이든은 순간 내게 털어놓고 싶은 기색이었지만, 그는 다시 숲을 헤치고 나가 오스프리 산장 밖에 모인 하객들이 모두 보이는 드라이브웨이로 돌아갔다. 젊은 여자 세 사람이 그를 알아보고 서둘러 다가왔다. "가라오케 시간이야!" 그들은 신랑 주위를 둘러싸고 입을 모아 외치며 빨리 파티장으로 돌아가자고 재촉했다.

"갑시다, 프랭크." 그는 내게 말했다. "가라오케 시간이에요. 파티장으로 돌아갑시다."

나는 따라가지 않았고, 그의 여성 숭배자들은 나까지 설득할 마음은 없어 보였다. 에이든은 총살 집행장에 끌려가는 사형수 같은, 체념한 표정으로 여자들을 따라 산장 옆으로 돌아갔다. 이제 방금 알아낸 모든 정보를 가지고 다시 한번, 매기를 대면해서 진실을 추궁하는 게 내게 남은 유일한 길이었다. 하지만 주 정원에서 에롤과 게리, 다른 모든 사람이 지켜보는 앞에서 그 대화를 입에 올릴 수는 없었다.

다행히 나는 아직 오스프리 코브의 지도를 주머니에 접어 가지고 있었고, 딸이 벌써 오두막에 묵고 있다는 것도 기억하고 있었다. '캠프 반대쪽 끝', 오스프리 산장과 주 정원의 흥겨운 분위기에서 멀리 떨어진 곳이었다. 나는 거기 가서 매기가 돌아올 때까지 기다려야겠다, 모든 것을 사실대로 털어놓을 때까지 거기서 죽치고 있어야겠다고 결심했다.

나는 숲으로 난 오솔길을 따라 걷다가 곧장 나무뿌리에 걸렸다. 워낙 밤늦은 시간이라 숲에는 달빛 한 점 새어 들어오지 않았다. 나는 휴대전화를 꺼내 손전등 모드를 켜고 길을 비췄다. 오솔길을 따라 내려가니 계곡이 나왔고, 찌르레기와 학이라는 이름의 오두막을 지나쳤다. 투숙객들은 아직 파티장에서 놀고 있는지, 두 곳 다 캄캄했다.

꽤 오래 걷는 동안에도 아무것도 나오지 않았다. 오스프리 코브 지도가 축척에 맞춰 그린 게 아니라는 증거이기도 했는데, 벌새라는 이름이 붙은 오두막은 아무 데도 보이지 않았기 때문이었다. 정적과 캄캄한 어둠 때문에 시야가 좁아졌다. 다음 한 발을 내딛는 것 말고는 아무것도 생각할 수가 없었고, 주위 상황에 극도로 민감해졌다. 다시금 내 모든 상황인식 습관이 발동했다. 또다시 함정으로 걸어 들어가고 있다는, 저 모퉁이 너머에 뭔가 지독한 일이 기다리고 있다는 불편한 기분이 밀려왔다.

아니, 어쩌면 등 뒤에서 뭔가 끔찍한 것이 따라오고 있는지도 모른다. 나뭇가지가 바삭하며 부서졌고, 나는 휙 돌면서 약하디약한 휴대전화 전등으로 어둠 속을 비췄다. 아무도 보이지 않았지만, 누군가 숨어있을 만한 장소는 수없이 많았다.

"에이든?" 나는 불렀다. "따라오고 있나?"

대답은 없었다. 나는 돌아서서 다시 걷기 시작했다. 마침내 지평선에 사각형 불빛 세 개가 보였다. 은은한 조명이 켜져있는 오두막의 작은 창문이었다. 마침내 벌새 오두막에 다다른 것 같았다. 나는 포치 계단을 올라 문을 열어 보았다. 잠겨있었다. 하지만 센서에 휴대전화를 갖다 대니 볼트가 돌아가고 문이 안으로 열렸다.

오두막 안에 들어서 보니 내게 배정된 곳보다 훨씬 작았다. 소파 하나, 작은 식탁 하나, 조그마한 싱크대 하나가 들어가니 공간이 거의 없었다. 거의 본능적으로, 내가 혼자가 아니라는 직감이 들었다. 안쪽의 방문이 약간 열려있었고, 반대쪽에서 인기척이 느껴졌다. 나는 부엌 싱크대로 손을 뻗어 빈 와인 병을 집어 들었다. 병목을 쥐고 몽둥이처럼 든 채, 문을 열었다.

매기는 침대에 누워있었다. 등을 약간 굽힌 채 플란넬 시트에 몸을 뻗고 있었고, 드레스 자락은 허리춤까지 밀려 올라가 있었다. 매기는 천장을 향해 눈을 감은 채 매트리스를 움켜쥐며 아랫입술을 깨물고 숨을 몰아쉬고 있었다. 그리고 매기 앞에 허연 살집이 뒤룩뒤룩한 괴물이 웅크리고 앉아, 매기의 허벅지 사이에 얼굴을 파묻고 있었다. 내가 미처 깨닫지도 못한 사이, 병이 바닥에 떨어져 산산조각 났다. 에롤 가드너는 눈을 커다랗게 뜨고 입술이 축축하게 젖은 채 나를 돌아보았고, 나는 그에게 덤벼들었다. 그는 침대에서 바닥으로 떨어졌다. 그가 도망칠 사이도 없이, 나는 북실북실한 벌거벗은 상체 위에 걸터앉았다. 매기는 비명을 질렀고, 에롤은 살이 축 늘어진 땀투성이 배로 나를 밀쳐내려고 애썼지만 상대가 되지 않았다. 나는 그를 바닥에 단단히 밀어붙였다. 손바닥으로 얼굴을 후려치고, 두 손으로 그의 목을 조르며 엄지손가락을 목젖에 있는 힘껏 눌렀다.

매기는 계속 비명을 지르고 있었지만, 그것은 그저 소음일 뿐이었다. 매기는 내 어깨를 잡아당겼고, 순간 허리에서 날카롭게 찌르는 듯한 통증이 느껴졌다. 이 틈을 타 에롤이 팔을 어설프게 휘둘러서 내 머리 옆을 가격했고 왼쪽 귀가 먹먹해졌다. 어질어질하고 구역질이 날 것 같았다. 팔에서 힘이 빠졌다. 침실 창문을 쳐다보니, 열린 문간이 유리창에 비쳐 보였다. 휴고가 검은 곤봉을 머리 위에 높이 치켜든 채 방 안으로 뛰어 들어오고 있었다.

모든 것이 캄캄해지기 직전, 나는 내 딸이 비명을 그쳤다는 사실을 깨달았다. 매기는 문을 바라보고 있었고, 휴고가 달려오는 모습을 보고 있었는데도 내게 조심하라는 말 한마디 하지 않았다.

PART 4

결혼식

1.

아침 햇살이 창문을 가득 채웠다. 나는 눈을 가늘게 뜨고 햇빛에서 고개를 돌리며 담요를 어깨까지 끌어당겼다. 베개 위에 장님거미 한 마리가 내 얼굴에서 고작 몇 센티미터 떨어진 지점에 웅크리고 앉아있어서 손으로 털어냈다. 다른 거미 한 마리가 침대 기둥에서 나를 쳐다보고 있었지만, 내버려두었다. 나중에 처리하면 된다. 그냥 자고 싶었다.

하지만 그때 기억이 났다.

나는 일어나 앉아 다리를 침대 옆으로 내렸다. 찌르는 듯 갑작스러운 통증이 뒤통수 밑에서 느껴졌다. 맙소사, 뇌에 꼬챙이라도 꽂은 것 같았다. 눈을 감고 이를 악물며 정신을 차리려고 애썼다. 나는 내 오두막에 돌아와 있었다. 동화책 코너가 있고 알록달록한 물고기 벽지가 발라진 그 어린이 방. 아래층 침대에 누워있었지만, 나는 여기로 돌아온 기억이 없었다.

마지막으로 기억나는 장면은 벌거벗은 땀투성이 에롤 가드너와 바닥에서 몸싸움했던 일이었다. 손바닥의 평평한 면으로 그의 얼굴을 후려갈겼던 기억이 났다.

꿈이야, 나는 스스로에게 말했다.

불안감이 부채질한 끔찍한 악몽이야.

그러나 주먹 관절이 찢어져 있었다. 허리도 욱신거렸다. 나는 전날 밤 입었던 옷도 그대로 입고 있었다.

두피에 손을 대보니 물렁물렁하고 쑤시는 듯한 혹이 만져졌다. 머리카락에는 마른 피가 엉겨 붙어있었다. 상황을 이해하기도 전에, 뱃속에서 구역질이 올라왔다. 간신히 욕실까지는 갔지만, 변기에 입을 대기도 전에 세면대에 온통 토해버렸다.

나는 수건걸이를 붙잡고 중심을 잡으며 생각을 정리하려고 애썼다. 사랑은 오래 참고, 친절합니다. 그 자식은 빌어먹을 어둠의 왕자야. 또 시작이네, 현실 왜곡. 돈 태거트는 걱정거리도 아니에요. 따님은 정확히 자기가 원하는 걸 얻고 있습니다. 머리통 안의 통증은 견딜 수 없을 정도였다. 마치 뇌의 한 조각이 잘려나갔고, 그 안의 부드러운 상처가 노출된 것 같았다.

나는 조명을 켠 뒤, 거울에서 거미를 털어내고 내 모습을 확인했다. 셔츠는 흙과 피로 얼룩져 있었다. 단추 두 개는 떨어져 나가고 없었다. 좀비 영화에서 사무실로 출퇴근하던 도중 바이러스에 감염되는 직장인 엑스트라 같은 꼴이었다. 나는 수돗물을 틀어서 찬물을 얼굴에 끼얹고 입안을 헹궜다. 세면대에 칫솔, 디오더런트, 화장

수 등 세면도구가 있었지만, 나는 그런 것을 굳이 챙기지 않았다. 머릿속에 떠오르는 건 오로지 두 가지뿐이었다. 매기 그리고 오스프리 코브에서 멀리멀리 도망치자.

타이맥스 시계는 11시 53분을 알리고 있었지만, 물론 이건 가드너 표준시였다. 나는 작은 버튼을 이리저리 눌러 시각을 다시 11시 38분, 동부 표준시로 바꾸었다. 헛짓거리는 이제 그만이다. 나는 슈트케이스를 꺼내러 벽장으로 갔다. 벽장 안 불을 켜자마자, 수십 마리의 거미들이 갑작스러운 내 움직임에 놀라 벽을 타고 흩어졌다. 그 따위는 이제 아무 의미도 없었기 때문에, 나는 얼른 가방만 꺼내고 문을 닫았다. 5분 뒤에 나는 여기 없다.

주머니에 휴대전화가 있었고, 배터리는 8퍼센트밖에 남아있지 않았다. 그리고 새로운 알림이 떠올랐다. 오전 10시 52분에 비키에게서 온 음성메시지였다. 나는 재생을 누르고 귀를 기울였다.

"간밤에 당신에게서 소식이 없었는데, 모든 게 다 잘됐나 보죠? 아들 토드한테 연락했다고 전하려고 메시지 남겨요. 신문사에 다니는 아들요. 걱정 말아요, 프랭크. 나는 아무 말도 안 했어요. 그냥 혹시 가드너 집안에 대해서 이상한 소리 들은 거 없냐고 물어봤어요. 흔히 기자들은 기삿거리를 주워듣는데, 정작 기사로 쓸만한 근거는 부족할 때가 많거든요. 이번 일도 그런 상황이 아닐까 싶어요. 토드는 조용히 듣고만 있더니 아무것도 말할 수가 없다고 했어요. '뭔가' 있을 때 늘 그런 식으로 말하거든요. 그러니 조심하세요. 이 메시지 받는 대로 연락줘요. 직접 통화할 때 더 자세히 설명할게요."

하지만 비키가 더 자세히 설명해 줄 필요는 없었다. 비키든 누구든 충고는 의미 없었다. 슈트케이스를 침대 아래 칸에 올려놓고 뚜껑을 여는 순간, 태미가 침실 문간에 나타났다. 누나는 형식적으로 빠르게 노크를 한 뒤 문을 열었다.

"들어봐, 프랭키. 네가 잘 있는지 확인하려고…. 어머, 세상에! 얼굴이 왜 그 모양이니! 셔츠는!"

"짐 챙겨. 우린 이제 떠날 거야."

태미는 이 말 뒤에 결정적인 농담이라도 뒤따를 거라고 생각하는지 불편하게 웃어 보였다. "무슨 소리야? 무슨 일 있니?"

"난 몰라, 태미. 무슨 일이 있는지 나는 모른다고. 하지만 이 결혼식이 엉터리라는 건 분명해. 매기는 끔찍한 실수를 저지르고 있고, 우린 그 애를 여기서 데리고 나가야 해."

"프랭키, 프랭키, 진정해." 태미는 가까이 다가와서 내 팔에 부드럽게 손을 얹었다. "매기는 괜찮아, 응? 방금 그 애를 봤어. 우린 같이 아침 식사를 했다고. 나랑, 매기, 애비게일, 이렇게 딸기팬케이크를 먹었는데 매기는 아무 문제 없이 좋아 보였어. 오늘은 그 애 결혼식 날이야. 기억하지? 매기는 에이든 가드너와 결혼한다고."

"나도 무슨 날인지는 알아. 왜 어린아이 상대하듯 말하는 거야?"

"네가 혼란스러운 것 같으니까. 간밤에 사람들이 널 여기 데려왔을 때 나도 있었어. 네가 술을 너무 많이 마셨다고 매기가 그러더구나. 넘어져서 머리를 다쳤다고."

"그 말을 믿었어?"

"당연하지!"

"내가 취했다고 생각해? 그래서 필름이 끊겼다고? 내 딸의 결혼식 예행연습 만찬에서? 그게 내가 할만한 짓으로 들려?"

"음, 아니. 프랭키, 하지만 솔직히 말하자면, 지난 며칠 동안 넌 너답지 않았어. 어마어마한 스트레스를 받고 있는 것 같아. 넌 간밤에 무슨 일이 있었다고 생각하는데?"

태미에게 말하고 싶지 않았다. 나의 일부는 지금까지 알게 된 것들을 혼자만 간직할 수 있기를, 사실이 아니기를 바라고 있었다. 하지만 누나의 도움 없이 멀리 갈 수는 없었다. 이야기를 다 하려면 시간이 좀 걸릴 것 같아서, 나는 아래층 침대에 걸터앉아 태미를 옆에 앉혔다. "간밤 연회 도중에 오스프리 산장으로 들어가서 캐서린 가드너를 만났어. 그 여자는 아픈 게 아니었어, 태미. 편두통이 아니야. 일종의 신경쇠약이지. 하루 스물네 시간 술에 취해있었고, 그 때문에 하객을 만나지 못한 거야. 그리고 돈 태거트를 죽인 건 캐서린이었어."

태미는 갑자기 내게 전염병이라도 있을까 봐 두려운지 상체를 뒤로 젖히고 거리를 두었다. "됐어, 그만."

"그 여자가 자동차 배터리로 돈 태거트의 머리를 박살 냈어. 에이든도 그때 같은 자리에 있었고. 걔가 전부 봤어."

"그만, 그만, 그만. 알고 싶지 않아."

"태미, 내 말을 제대로 안 듣는군. 내 말은, 캐서린 가드너가 임신한 여자를 살해했다는 거야. 바로 여기 이 캠프에서. 그리고 에이든이 범행 은폐를 도왔다는 거야."

"똑똑히 듣고 있어. 분명히 말하지만, 이건 우리 집 구린 구석이 아니야. 모든 가족들이 비밀을 갖고 있어. 우리 문제나 신경 쓰자고."

나는 믿기지 않아 누나를 빤히 바라보았다. 태미는 다른 사람을 돌보는 일에 평생을 바친 사람, 수십 명의 위탁아동과 셀 수 없는 노인들을 돌본 사람이었다. 불의를 보면 누구보다 먼저 나서는 사람이었지만, 지금 나는 마치 다른 사람한테 이야기하고 있는 기분이었다. 게다가 아직 최악의 상황은 나오지도 않았다. "캐서린과 얘기하고, 나는 매기의 오두막으로 찾아갔어. 숲속 깊숙이 자리 잡은 집. 매기는 거기서 에롤 가드너와 한 침대에서 뒹굴고 있었어." 나는 무슨 반응이 있나 누나의 얼굴을 살폈지만, 태미의 표정에는 변함이 없었다. "내가 방금 한 말을 이해하겠어? 미래의 시아버지와 섹스하고 있었다고. 결혼식 전날 밤에. 나는 그 새끼를 바닥에 내동댕이치고 두드려 패기 시작했는데, 휴고가 달려와서 내 머리를 곤봉으로 쳤어. 그게 마지막으로 남은 기억이야."

아주 오랫동안 누나는 아무 말도 하지 않았다. 이야기가 엄두가 나지 않아 이해하려고 노력하는 줄 알았다. 하지만 마침내 태미가 입을 열었을 때, 나는 놀랐다.

"네가 충격이 심했구나."

나는 눈을 깜빡였다. "내가 충격이 심했다고?"

"네가 한 말이 모두 사실이라고 믿는다. 그 일이 왜 마음에 걸리는지도 알겠어. 내 마음에도 걸리는 건 마찬가지야. 나도 매기가 다른 선택을 했으면 좋겠다. 하지만 그래도 역시 매기 아니니. 정말 네가 놀랐다고 할 수 있니?"

"할 수 있어. 난 놀랐어."

"프랭키, 생각해 봐. 나도 그 애를 키우는 걸 도왔지 않니. 너 못지않게 나도 그 애를 사랑한다. 하지만 솔직해지자, 매기한테는 전적이 있어."

"무슨 전적?"

"사람들을 조종한 전적. 사람들을 이용해서 자기가 원하는 걸 얻어낸 전적 말이야. 대학 시절 학생회 회원들이랑 빚었던 갈등, 휴대전화 박사 일도 그렇고. 애당초 매기가 너와 연락을 끊었던 이유를 생각해 봐라."

"내가 자기를 실망시켰으니 연락을 끊었지. 도움을 달라고 했는데, 내가 그 애를 외면했으니까."

"아니, 프랭키. 그때 일은 그렇지 않았어. 매기는 네가 그런 식으로 상황을 보도록 널 조종한 거다. 왜냐하면, 역시, 그 애는 사람들을 조종하는 데 능숙하기 때문에. 특히 널. 내 기억으로 너는 올바른 일을 하려고 노력했을 뿐이야."

태미의 말이 귀에 들어오지 않았다. 상황이 너무 빠르게 전개되고 있었고, 나는 그저 모든 것이 멈췄으면 하는 마음뿐이었다. "우린 그 애를 도와야 해."

"그 애는 도움을 원치 않아. 이건 영화 〈테이큰〉이 아니고, 너는 리암 니슨이 아니야. 넌 매기를 구출할 필요가 없어. 매기는 자기가 뭘 하고 있는지 알고도 남을 애니까. 나는 그 애가 한 선택을 이해할 수 없지만, 어쨌든 이게 그 애 본인의 선택이란 건 분명해. 매기가 이걸 원하는 거야. 그걸 그냥 받아들인다면, 우리는 훨씬 행복할 거라고 생각한다."

"돈 태거트는 살해당했어. 그러다 그웬돌린이 그걸 알아내고 그 여자까지 죽였다고. 휴고가 약을 먹이고 물에 빠뜨려 죽인 뒤 시체를 쓰레기처럼 유기했어."

"하지만 매기가 그 사람들을 해친 건 아니잖니. 게다가 가드너 집안이 무사히 빠져나갈 거라는 거, 너도 알잖아? 이런 사람들은 무슨 짓을 해도 항상 무사해. 변호사를 고용하고 시스템을 이용할 줄 아니까."

"그럼 누나는 그냥 아무 일도 없었던 척하자는 거야? 정말 그럴 수 있어?"

"프랭키, 난 그럴 수 있어. 피곤하니까, 응?" 태미는 도저히 납득할 수 없다는 내 표정을 읽고, 자신의 대답을 다른 방식으로 다시 표현하려고 노력했다. "우린 상황이 너무나 달라, 동생아. 3년 뒤에 넌 연금과 의료보험을 갖고 은퇴할 거고, 그러면 뭐든지 자유롭게 하면서 살면 되겠지. 하지만 난? 난 연금 같은 거 안 나온다. 이 결혼이 잘못되면, 에롤이 나한테 선물한 주식을 도로 가져가면, 나한테는 개인은퇴계좌에 있는 4만 달러하고 사회보장제도에서 지원하는 푼돈만 남는다고. 그 정도 돈만 갖고는 평생 일을 그만둘 수가 없어. 나이 아흔이 될 때까지 카테터 닦아주고 욕창이나 치료해야 한단 말이다. 난 이제 그렇게 살고 싶지 않아." 누나는 창밖의 캠프를 가리켜 보였다. "특히 이 모든 걸 보고 나니 더 그렇구나. 여기는 모든 게 너무나 아름다워."

"내가 돌봐줄게, 태미. 내가 누나를 양로원에서 살도록 내버려둘 것 같아?"

"너한테 빌붙어서 살고 싶지 않아. 자동차 타이어 갈 때마다 손 벌리고 싶지 않단 말이다. 주식을 챙기고 품위 있게, 조용히 은퇴하고 싶어."

다시 물결처럼 고통이 밀려오는 것을 느끼고, 나는 이를 악물고 매트리스 가장자리를 움켜쥐며 최악의 상황에 대비했다. 누나는 언제나 나를 돌봐주었고, 언제나 나를 도와주었고, 언제나 내 옆에 있어주었다. 근데 이제 커패시티 주주가 되니 더 이상 내가 알던 누나가 아닌 것 같았다. 태미는 허리에 두른 복대를 앞으로 돌려 조그만 주머니 지퍼를 열고 작은 애드빌 병을 꺼냈다. 그리고 갈색 알약 두 개를 꺼내더니 내 손에 가만히 쥐여주었다.

"이렇게 하자. 매기를 찾아가서 여기 데려올 테니까 이야기를 하렴. 하지만 그 애가 오기 전에 넌 샤워부터 해야겠다. 행색이 엉망이고 냄새도 고약해. 가서 좀 씻어라. 그리고 샤워하는 동안 너와 매기가 왜 연락을 끊었는지 기억을 더듬어 보렴. 너 자신에게 솔직하게. 왜냐하면 이 모든 상황이 너무나 익숙하게 느껴져, 프랭키. 3년 전 일과 똑같이 느껴진단 말이다. 네가 똑같은 실수를 저지르는 걸 보고 싶지는 않아. 이제 매기가 어른으로서 선택하고 어른으로서 책임질 준비가 됐다는 것을 인정해야 너도 지금부터 그 애와 진짜 관계를 정립할 수 있어. 그게 안 되면 계속 싸우고 네 딸의 결정을 폄하하면서 함께하는 미래를 만들 기회를 영영 잃어버릴 수도 있겠지. 널 아끼는 사람으로서 하는 말이지만, 나는 네가 전자를 선택했으면 좋겠구나." 태미는 내 무릎을 두드리고 시계를 보았다. 정오가 다 되어있었다. "서두르는 게 좋겠다. 이제 세 시간밖에 안 남았어."

2.

        나는 오랫동안 뜨거운 물로 샤워하고, 머리카락에서 피를 씻어내며, 누나의 조언에 따라 상념에 잠겼다. 내가 어쩌다가 이렇게 심한 실수를 저질렀는지, 어쩌다가 이렇게 형편없는 선택을 할 수 있는 사람을 기르게 된 건지 이해하려고 노력해보았다. 얼마 되지 않은 과거를 곱씹는 걸 좋아하지는 않지만, 태미는 내가 거기서 교훈을 얻을 수 있을 거라고 생각하는 모양이었다. 어쩌면 그 말이 옳을지도 모른다.

        나는 매기가 대학교를 졸업한 뒤 집으로 돌아와서 앨런타운이나 레딩 같은 곳에서 직장을 잡았으면 했다. 하지만 딸은 최고의 경력을 쌓을 수 있는 기회는 모두 보스턴에 있다고 고집했다. 살 곳이 필요하다고 해서, 나는 반지하 원룸 아파트 임대차 계약서에 공동 명의로 서명했고, 자립할 때까지 첫 1년간의 월세도 내주기로 했다. 나는 누군가 매기의 가치를 알아보고, 걸맞는 연봉을 제안하는 일은 그저 시간문제라고 생각했다.

그동안 매기는 전자기기 액정이 깨지면 수리해 주는 싸구려 매장, 휴대전화 박사에서 일주일에 서른 시간 일했다. 나는 그 '가게'에 단 한 번 찾아가 봤지만, 첫인상은 긍정적이지 않았다. 어둑어둑한 인공조명뿐인, 어수선하고 퀴퀴한 공간이었다. 양탄자는 닳아있었고, 창문에는 얼룩이 심했다. 여러모로 그 주인을 닮은 업장이었다. 올리버 딩엄은 마흔여섯 살이었고, 피부가 창백하고 얼룩덜룩했으며, 옆머리를 벗어 넘긴 대머리였다. 대체로 나일론 운동복 차림이었지만, 그가 트랙이나 여타 다른 평지에서 달리는 모습은 상상할 수가 없었다. 자기 아버지에게서 가게를 물려받았고, 사업을 키우는 데는 손톱만큼의 관심도 없었다. 일 외에는 자칭 'AFOL', 즉 성인 레고 팬이어서, 그의 침실 두 개짜리 아파트에는 벽돌 3천 개로 정교하게 재현한 호그와트 성과 밀레니엄 팔콘이 가득 들어차 있었다. 내가 그에 대해 지나치게 가혹한 평을 내리는 이유는 그것은 그가 스물한 살짜리 직원에게 홀딱 반한 기색이 역력했기 때문이었다.

"안 그래요." 매기는 내가 그런 우려를 이야기하자 이렇게 고집했다. 나는 내 딸이 기본적인 상황 판단을 제대로 못하기 때문이라고 했다. 그는 오랫동안 데이트 한 번 하지 못한, 머리 벗겨진 중년 남자였다. 매기는 밝고 아름다운 젊은 여성이었다. 두 사람은 일주일에 서른 시간을 유동인구도 거의 없는 좁은 방에서 함께 지내고 있었다. 차라리 무인도에 낙오되는 편이 나을 것이다. 나는 매기에게 일을 그만두고 다른 직장을 찾으라고 사정했다. 식당, 볼링장, 어디라도 좋으니 젊은 사람들과 어울릴 수 있는 곳을 알아보라고. "그 남자와 일주일 내내 거기 틀어박혀 있으면 안 돼. 네 인생 최고의 시기를 낭비하는 거다."

하지만 내가 아무리 걱정해도 막무가내였다. 매기는 기술 분야라면 어떤 직업이든 이력서에 넣으면 좋아 보인다고 주장했다. 또한 올리버는 최저임금보다 한참 더 높은 시급인 22달러를 지급한다고 했는데, 내게는 이것 역시 적신호일 뿐이었다. 매기는 올리버가 자기한테 추근거린 적이 없다고도 했지만, 나는 그저 시간문제라는 사실을 알고 있었다. 휴대전화 박사에서 매기를 구출하기 위해 나는 딸 대신 구인광고를 찾기 시작했다. 그러나 내가 아무리 구인정보를 알려줘도 매기는 절대 연락하지 않았고, 아마 그때부터 우리 관계는 악화되기 시작한 것 같다. 매기는 내게 간섭이 많고 과하게 비판적이라고 했다. 나는 매기에게 게으르고 목적의식이 없다고 했다. 그 애가 집에 전화하지 않게 된 것도 당연하지 않을까? 우리의 대화가 차츰 줄어든 것도? 매기가 추수감사절과 크리스마스는 보스턴에서 친구들과 축하하면서 지내겠다고 했을 때, 나는 너무나 낙심했다.

그러던 2월의 어느 토요일 새벽, 나는 차가 우리 집 드라이브웨이에 들어오는 소리를 듣고 잠에서 깼다. 5시 30분이 약간 넘은 이른 시각이었고 밖은 아직 컴컴했다. 차는 드라이브웨이 끝까지 들어와서 집 뒤쪽으로 돌아갔고, 자동차 문이 조용히 열렸다가 닫히는 소리가 들렸다. 운전사가 아무도 방해하지 않으려고 신경 쓰는 것 같았다. 침대에서 일어나 아래층 부엌으로 내려가니, 마침 딸이 뒷문을 열쇠로 열고 들어서고 있었다.

"놀랐죠!" 매기는 말했다. "저 때문에 깬 거 아니시죠?"

매기는 찢어진 청바지와 칙칙한 녹색 스웨트 셔츠, 너덜너덜한 나이키 신발 차림이었고, 피곤해 보였다. 나는 딸을 포옹하면서 머리카락에서 담배 냄새가 나는 것 같다고 느꼈지만 모른 척하기로 했다. 매기는 불쑥 집이 그리워서 밤새 차를 달려 나를 보러 왔는데, 이제 샤워하고 한숨 자고 싶은 마음이 간절하다고 했다. 나는 매기가 씻고 깨끗한 옷으로 갈아입는 동안 스크램블드에그를 만들어 주었다. 그리고 아이가 자는 사이 윤활유를 보충하고, 타이어 공기압을 확인하고, 바닥 매트에 흩어진 부스러기를 진공청소기로 치워주는 등 자동차 점검도 마쳤다.

그날 오전에 눈이 내리기 시작해서, 우리는 하루 종일 집에서 지냈다. 태미가 위탁아동 둘을 데리고 찾아와서, 우리 다섯은 어마어마한 솥에 치킨수프를 끓이고 빵을 여러 덩이 구웠다. 마당이 흰 눈으로 뒤덮이자 매기는 아이들을 밖으로 데리고 나가 눈 위에 누워 천사 모양을 만들고 얼음집도 지었고, 태미와 나는 핫초코를 마시며 서리 낀 유리창을 통해 그 모습을 바라보았다. 저녁을 먹은 뒤에는 빌리 조엘 시디를 틀고, 위탁아동들에게 유커와 오셕스 카드놀이 하는 법을 가르쳐 주었다. 시작부터 끝까지 거의 완벽한 하루였다.

일요일 아침, 매기는 달라 보였다. 딸은 충격을 받은 기색으로 침실에서 나왔다. 방에서 심상치 않은 기색으로 통화하는 소리가 들렸지만, 나는 엿듣고 싶은 충동을 꾹 참았다. 괜찮으냐고 물어보니, 매기는 괜찮다고 했다. 우리는 와플하우스로 차를 몰고 나가서 브런치를 먹었고, 웨이트리스는 고향에 돌아온 졸업생처럼 매기를 반겨주었다. 나는 늘 먹던 파머스오믈렛을 주문했고, 매기는 딸기팬케이크를 시켰지만 음식에는 거의 손도 대지 않았다. 빨리 보스턴에 돌아가고 싶은 것 같았다. 나는 이런저런 잡담을 걸어보고 구직 활동에 대해 물어 보았지만, 너무 몰아붙이지는 않았다. 본인 스스로 진전이 없는 게 답답해 보여서 나까지 기분을 더 나쁘게 하고 싶지는 않았다.

우리는 그날 오전 11시에 집에 돌아왔고, 매기는 짐을 챙겨 떠날 준비를 했다. 주말 내내 집 뒷마당에 세워져 있던 매기의 차까지 같이 나갔던 기억이 난다. "아, 들어보세요." 딸은 운전석 문을 열쇠로 열면서 말했다. "한 가지 부탁 좀 들어주실 수 있어요?"

"그럼, 뭐든지 말해봐."

"제가 여기 몇 시에 도착했는지 누가 물어보면, 잘 모르겠다고 해주시면 안 돼요?"

매기는 작은 혼다 안에 미끄러져 들어가서 내 대답을 들으려고 유리창을 내렸다. 마치 화분에 물을 줄 수 있느냐고 부탁하거나 20달러만 빌려달라고 말한 듯한 태도였다.

"넌 토요일 아침에 여기 왔지."

"맞는데, 약간만 덜 구체적으로 해달라고요. 아빠는 금요일 밤에 잠자리에 든 뒤로 제가 도착하는 소리를 못 들은 걸로 하거나. 저한테도 제 열쇠가 있으니까요. 토요일 아침에 일어나 보니, 저는 제 침대에서 자고 있었던 걸로요."

"하지만 넌 침대에서 자고 있지 않았다. 내 집 드라이브웨이에서 깨어있었지."

매기는 내가 요점을 놓치는 게 답답하다는 듯 한숨을 푹 내쉬었다. "거짓말을 하실 필요는 없고요. 그냥… 제 차가 들어오는 걸 못 본 척해주시기만 하면 돼요."

"그게 거짓말 아니냐. 사실이 아니잖아."

"거의 사실이잖아요. 아빠가 그렇게 쓸데없이 일찍 일어나지만 않았어도 사실이라고 생각했을 거 아니에요. 아빠는 절 침대에서 발견했을 거고, 전 밤새도록 거기 있었다고 했을 테니까."

맥박이 빨라지기 시작했다. 이건 좋지 않았다. 나는 불길한 일이라는 것을 직감했다. "매기, 차에서 내려라. 안에 들어가서 이야기해보자."

하지만 매기는 시동을 걸었다. "전 가야 해요."

"내가 도와줄 수 있지만, 우선 몇 가지 대답해야 한다."

"언제부터요? 묻지도 따지지도 않는다던 분은 어디 가셨어요?"

이건 고등학교 시절, 매기가 파티에 참석하고 늦게까지 밖에서 놀기 시작했을 때 항상 지키던 나의 규칙이었다. 집으로 태워주는 차가 필요하거나 그 외 도움이 필요할 때는 언제든지 전화 한 통만 하면 내가 달려간다고 했다. 묻지도 따지지도 않고.

"지금 저한테 필요한 게 그거예요. 묻지도 따지지도 않는 사람이 필요하다고요. 제발, 너무 복잡하게 생각하지 말고요, 네?"

매기는 마지막으로 사정하며 이미 드라이브웨이를 후진해서 빠져 나가고 있었다. 너무 속도를 내는 바람에 쓰레기통을 들이받고, 인 도 턱을 넘어 도로로 진입했다. 그리고 주행 기어를 넣고 빠르게 사 라졌다.

나는 집 안으로 들어와서 이야기를 연습하기 시작했다. 무슨 일이 일어나고 있는지 모르겠지만, 나는 전화가 올 것이라는 사실을 알고 있었고, 준비를 해야만 했다. 금요일 밤, 일찍 잠자리에 들어서 매기 가 오는 소리를 못 들었다, 토요일 아침에 일어나 보니, 딸은 침대에 서 잠들어 있었다….

그날 밤, 나는 남은 치킨수프를 저녁으로 먹었다. 둘째 날은 보통 더 맛있기 마련이지만, 이번은 그렇지 않았다. 설거지를 끝낸 뒤, 나 는 부엌 쓰레기를 비우고 쓰레기봉투를 드라이브웨이로 가지고 나 갔다. 쓰레기통 뚜껑을 열어 보니, 이미 다른 봉투가 안에 들어있었 다. 40리터들이 봉투였지만 거의 비어있었고, 내가 넣지 않은 것은 확실했다. 나는 봉투를 꺼내 남의 눈길이 없는 뒷마당으로 가져가서 인내심 있게 매듭을 풀었다. 안에는 매기의 찢어진 청바지와 칙칙한 녹색 스웨트 셔츠가 나왔다. 양말, 운동화, 속옷까지 들어있었다. 싸 구려 작업용 장갑과 평범한 군청색 야구모자도. 나는 전부 다 봉투 에 넣고, 봉투를 다시 쓰레기통에 넣은 뒤, 다음 날 아침 청소차가 수거할 수 있도록 쓰레기통을 인도로 끌고 나와 내놓았다. 해가 뜰 때까지 길고 잠 못 이루는 기다림 끝에, 마침내 낮게 우르릉거리는 쓰레기차 소리가 동네에 울려 퍼졌다. 그들은 모든 증거를 실어 갔지만, 내 걱정까지 가져가지는 못했다.

며칠이 지나고, 몇 주가 지나고, 한 달이 지나고, 나는 거의 마음을 놓았다. 매기가 옳았던 것 같았다. 모든 게 양호했다. 아무도 내게 전화를 걸어서 질문하지 않았고, 나는 애당초 문제가 없는 곳에서 문제를 보고 있었다. 나는 딸에게 가벼운 문자메시지를 몇 통 보내 어떻게 지내는지 물었다. 답장은 짧았지만 다정했다. 매기는 휴대전화 박사 매장을 관두고 바리스타로 새 일자리를 구했다고 했다. 동시에 여러 곳에 이력서를 보내고 있는 중이다, 더 나은 직장을 구하고 싶다고 했다. 모두 더 밝은 미래를 위한 긍정적인 징조였다.

그러다 매기는 커패시티에 취직했다. 딸은 내게 전화해서 좋은 소식을 알렸고, 우리는 한 시간 가까이 통화하며 축하했다. 캠브리지 시내에 있는 새 사무실에서 근무하는 첫 전문 직종이었고, 괜찮은 신입 연봉에 성과급, 블루크로스 건강보험, 각종 기업 복지 혜택이 있었다. 또 커패시티 임직원은 보스턴 미술관과 뉴잉글랜드 수족관에 무료로 입장할 수 있었다. 그리고 헤르츠, 에이비스, 사우스웨스트 항공 같은 100개에 달하는 업체에서 10퍼센트 할인 혜택을 받았다. 매기는 이런 복지 내역을 끝없이 읽어주었다. 딸이 너무나 자랑스러웠던 기억이 난다. 개인적인 인맥이 전혀 없는 상태에서 문간에 발을 들이기가 얼마나 어려운지 나는 알고 있었고, 매기는 그 힘든 도전에 성공했다. 이 지점까지 오는 길에 비록 우여곡절은 있었지만, 마침내 이룬 것이다. 이제 매기의 미래는 활짝 열렸고, 나는 딸에게 커다란 꽃다발과 함께 '축하한다! 해냈구나!'라고 쓴 카드를 보냈다.

3주 후, 직장에서 집으로 돌아와 보니 흰색 세비 임팔라 한 대가 집 앞에 서 있었다. 내가 도착하는 모습을 보고 운전자는 문을 열고 손을 흔들었다. 셔츠와 타이 차림의 흑인이었는데, 행동거지가 내 아버지를 닮은 데가 있었다. 연배가 그런 것이 아니라(나보다 겨우 반 세대 정도 나이가 많았다), 전체적인 태도가 그랬다. 은퇴 연령을 훨씬 넘긴 뒤에도 본인이 원해서 계속 일하고 있는, 나이 지긋한 남자들에게서 흔히 볼 수 있는 느긋한 걸음걸이였다. 이미 연금을 확보해서 부담이 없지만, 일하는 것을 너무 즐기기 때문에 그만두기 싫은 것이다.

"저토스키 씨?" 그는 드라이브웨이로 걸어왔다. "전 레너드 서머스라고 합니다. 매사추세츠 소방청에서 일하고 있습니다. 질문 몇 가지만 해도 될까요?"

"불이 났습니까?"

"네, 아주 큰 화재였습니다. 마거릿이 말 안 하던가요?"

"그 애는 괜찮습니까?"

그는 고개를 끄덕이며 내 딸은 안전하다고 하더니 같은 질문을 되풀이했다. "화재 이야기를 안 하던가요?"

"한동안 연락이 없었습니다. 얼마 전에 새 직장에 다니기 시작했어요."

"네, 저도 들었습니다." 그는 주머니에 손을 넣어 작은 수첩을 꺼내 펼쳤다. "커패시티라는 곳이군요, 그렇지요? 철자가 'I' 두 개?"

이 순간까지 나는 레너드 서머스가 실수로 나를 찾아왔기를, 엉뚱한 집에서 엉뚱한 마거릿 저토스키를 찾고 있기를 바라고 있었다. 하지만 그렇지 않은 모양이었다.

"맞습니다. C, I, T, I."

"참, 우리 어머니가 보셨으면 정말 싫어하실 철자네요." 그는 미소 지으며 말했다. "록스베리에서 2학년 교사로 일하셨는데, 철자에 얼마나 완고하셨는지. 쿨에이드(Kool-Aid) 같은 맞춤법을 보실 때마다 아이들을 문맹으로 만든다고 열을 내셨습니다. 요즘은 더 심하잖아요. 칙필레(Chick-Fil-A)에서 'Fillet'를 'Fil-A'로 쓴다든가. I 두 개 있는 커패시티, 어머니가 돌아가셔서 이 꼴을 못 보시는 게 천만다행이지요?"

그는 천하에 할 일 없이 여유로운 사람처럼 말을 걸었고, 나는 그냥 정중하게 웃어 보이며 상대의 개인적인 일화를 견뎠다. 속으로는 이 남자가 왜 나를 찾아왔을까 생각하면서.

옆집 이웃이 현관문을 열고 밖으로 나오더니 우편함을 확인하는 척했지만 어디를 보나 엿듣고 있었다. 레너드 서머스는 상냥하게 손을 흔들며 "안녕하시오!" 외치더니 용건은 집 안에 들어가서 이야기하자고 했다.

우리는 부엌으로 들어왔고, 나는 커피를 권했다. 그는 카페인 때문에 잠을 잘 못 자서 점심 식사 이후에는 커피를 마시지 않지만, 물 한 잔만 마실 수 있으면 좋겠다고 말했다. 그래서 나는 물 두 잔을 따라서 부엌 식탁에 두고 그와 같이 앉았다.

"마거릿의 이전 직장에 대해 물어보려고 합니다." 그는 설명했다. "지난주에 저는 올리버 딩엄이라는 남자를 체포했습니다. 만나보신 적이 있습니까?"

"한 번요."

"언제였지요?"

"두어 달 전, 딸을 만나러 보스턴에 갔는데 자기 일하는 곳을 보여 줬습니다."

"그럼 가게에 가보셨군요? 휴대전화 박사 매장?"

"잠깐이었지만, 네. 가봤습니다."

"좋습니다, 좋아요. 덕분에 시간이 좀 절약되겠군요. 두 달 전, 2월 7일 밤, 올리버 딩엄이 일으킨 불로 인해 건물이 전소됐습니다." 그는 배낭에서 랩톱을 꺼내더니 화면을 열어 잔해 사진을 보여주었다. 무너진 돌 더미와 우그러진 쇳덩어리밖에 남지 않은 건물의 잔해에서 연기가 피어오르고 있었다. "자, 저는 아주 오랫동안 이 일을 해 왔고 정말 나쁜 방화범들을 많이 접했습니다만, 딩엄은 그중 단연 최악입니다. 한심한 바보 자식이 실수란 실수는 모조리 다 저질렀어요. 예를 들어, 우발적인 화재 현장을 조사하면 대부분 발화 지점이 단 한 곳입니다. 휴대용 히터라든가, 담배꽁초라든가. 하지만 휴대전화 박사 매장의 화재는 서로 명확하게 다른 세 곳에서 발화했어요. '우발적인 사고 아님'이라는 빨간 불이 커다랗게 켜진 거죠. 아시겠습니까? 게다가 내부 곳곳에서 아세톤 흔적이 발견됐는데, 이건 설명할 수가 없는 일이었어요. 네일 살롱이라면 당연하죠. 아세톤, 톨

루엔, 포름알데히드… 인화성이 강한 온갖 화학물질이 잔뜩 있었을 겁니다. 하지만 휴대전화 수리점은 아닙니다. 현장에 그렇게 많은 액체 촉진제가 있을 이유가 없어요. 이것 역시 커다란 빨간 불입니다."

그는 잠시 말을 끊고, 어쩌면 내게 말할 기회를 주려는지 물을 한 모금 마셨지만, 나는 그냥 땀이 밴 손바닥을 바지에 비비며 그가 이야기를 계속하기를 기다렸다.

"그래서 저는 가게에 왜 그렇게 다량의 아세톤을 비치했는지 물어보려고 딩엄의 집으로 찾아갔는데, 제 평생 가장 짧은 면담이었습니다. 5분 만에 달걀 껍데기처럼 깨지더군요. 울고, 사죄하고, 자백했어요. 그래서 우리는 그를 1급 방화와 1급 살인 혐의로 체포했습니다."

"살인?"

"그게 이 이야기의 최악입니다. 처음 출동한 대원 중에 드숀 윌슨이라는 소방관이 있었습니다. 스물아홉 살. 바닥이 무너지면서 드숀은 지하로 떨어졌습니다. 건물 절반이 그 대원 위로 무너졌어요." 그는 내게 세상을 떠난 영웅의 사진을 보여주었다. 소방관 모자와 제복 차림의 드숀과 젊은 여자, 어린 아들. "이쪽은 부인 킴 그리고 아들 드숀 주니어입니다. 따님이 정말 이런 이야기를 전혀 안 했어요?"

"요즘 아주 바빴습니다. 새 직장에 적응하느라, 통화할 시간도 별로 없었어요."

그는 고개를 끄덕이며 수첩에 뭐라 적었다. "음, 분명 바쁘실 테니 본론으로 들어가지요. 딩엄의 선고는 금요일로 예정돼 있고 저는 검찰을 돕고 있습니다. 관련된 모든 정보를 판사에게 제공하고 싶어요. 한데 딩엄에 대해 알아내면 알아낼수록, 그 사람의 범행 동기를 이해할 수가 없습니다. 왜 자기 업장에 불을 지르지요? 그자는 돈을 뜯어내려고 그랬다고 합니다. 하지만 왜 돈이 필요했느냐, 어떻게 그 돈을 쓸 계획이었느냐고 물어보니까 대답을 못 해요. 자기도 모르는 겁니다. 이상하지 않습니까?"

나는 물 잔을 입술로 갖다 대며 물을 삼키고 생각하는 것처럼 보이려고 노력했다. "경제적인 문제가 있었을까요?"

"저도 그런 생각을 했습니다! 그래서 알아봤어요, 저토스키 씨. 그런데 이거 아세요? 그 구질구질한 가게가 그럭저럭 잘되고 있더라는 겁니다! 작은 유리 조각 하나에 60달러씩 받으면, 이윤이 썩 괜찮게 남는 거예요. 게다가 빚도 전혀 없었습니다. 아픈 친척도 없고, 애당초 가족도 별로 없었습니다. 대단한 야심도 없었는데, 그게 제일 의외였죠. 방화는 대단히 힘든 작업이거든요. 어마어마한 노력이 필요합니다. 한데 딩엄은 뭔가를 위해 정말 열심히 일해본 적이 없다는 느낌을 주는 친구였어요. 그냥 자기 가게 일 적당히 하고, 커다란 레고 모델이나 조립하고, 인터넷 포르노만 들입다 쳐다보면서 살아온 것 같더군요. 이 모든 것을 종합할 때, 혹시 딩엄에게 공범이 있지 않았을까 하는 생각이 들더라는 겁니다." 그는 물을 다시 한 모금 마시느라 잠시 사이를 두고 물었다. "그자가 마거릿에게 시급 22달러를 지급했다는 사실을 알고 계십니까?"

"제 딸을 아주 아꼈던 것 같습니다."

"아, 저도 그렇게 생각합니다. 딩엄은 마거릿을 정말 아꼈던 것 같아요. 두 사람이 주고받은 수백 통의 문자메시지를 읽었는데, 아주 가까운 사이였던 건 명백합니다."

나는 그가 암시하는 것이 마음에 들지 않았다. "그 인간은 마흔여섯 살이었습니다. 내 딸에게 감정이 있었다 해도, 서로 주고받는 관계는 아니었을 거라고 확신합니다."

"그게 아니라는 걸 알려주는 이미지가 저한테 있습니다. 딩엄의 전화에서 찾았어요. 요즘 기준으로 17금 정도랄까? 직장 상사한테 보낼만한 사진은 아니더군요." 그는 컴퓨터를 돌려 내게 보여주려고 했으나, 나는 보고 싶지 않다는 뜻으로 손을 들어 막았다. "어쨌든 이번 주에 따님도 만났습니다. 화재에 대해 물어보니, 그 주말에는 집에 갔었다고 하더군요. 아버님과…." 그는 수첩을 확인했다. "태미 고모를 만났다고. 맞습니까?"

"맞습니다. 토요일에 눈이 왔고, 태미가 위탁아동을 데리고 놀러 왔습니다. 매기는 아이들과 같이 뒷마당에서 놀았습니다."

그는 내가 마거릿 대신 매기라는 이름을 쓰는 것을 듣고 미소 짓더니 수첩에 다시 뭐라 적었다. 그리고 작은 종이 달력을 식탁 위에 놓았다. 달력에는 올해의 모든 주와 달이 나와있었는데, 그는 2월 첫 주를 가리켰다. "이날이 말씀하신 토요일입니까? 2월 7일?"

"네, 맞는 것 같습니다."

"확실하게 말씀해 주시는 게 좋습니다. 매기가 2월 7일 토요일에 여기 이 집에 있었다고 절대적으로, 확실하게 말씀하실 수 있습니까?"

"예, 절대적으로 확실합니다."

"몇 시에 도착했습니까?"

나는 질문을 단어 하나까지 똑같이 반복했다. "몇 시에 도착했습니까?"

레너드 서머스는 작은 미소를 띠었다. 아마 그 순간 나를 파악한 것 같았다. "맞습니다, 저토스키 씨. 토요일 오후에 눈이 왔고, 고모 태미가 위탁아동들과 같이 찾아왔지요. 자, 이제 좀 더 앞으로 당겨 생각해 봅시다. 매기가 몇 시에 집에 도착했습니까?"

"기억이 안 납니다."

"아, 이건 정말 중요한 문제입니다. 제가 여기까지 운전해서 온 이유도 이것 때문입니다." 그는 의자에 물러앉아 물을 마신 뒤 부엌 여기저기로 시선을 주었다. "천천히, 시간을 두고 생각해 보십시오."

"미안합니다." 나는 말했다. "전혀 기억이 나지 않습니다. 모르겠는데요."

그는 예상했던 대답 그대로라는 듯 고개를 끄덕였다. "곤란한 입장이신 건 압니다. 다른 사람도 아니고 따님 일이니까요. 외동딸이지요? 이렇게 해보겠습니다. 질문을 되풀이하기 전에… 같은 아버지로서 선의를 보여드리는 뜻에서, 제가 가진 패를 전부 내놓지요. 저는 이번 화재가 매기의 아이디어였다고 생각해요. 방화 사건의 80퍼센트는 결국 범인이 밝혀지지 않는다는 기사를 어딘가에서 읽고, 그 정도 확률이면 해볼만하다고 생각한 것 같습니다. 그래서 불을 지른 뒤 보험금을 나눠 갖자고 올리버를 설득한 겁니다."

"그 사람이 그러던가요?"

그는 고개를 저었다. "아니요."

"그럼 무슨 증거가 있습니까?"

"솔직하게 말씀드리면, 증거는 별로 없습니다. 하지만 건물 뒤 공
터에서 두 사람의 족적을 찾았습니다. 남자 사이즈 290밀리미터, 여
자 사이즈 240밀리미터. 둘 다 아세톤 흔적이 있었어요. 따님의 신
발 사이즈를 아십니까, 저토스키 씨?"

"내가 그 애의 신발을 사준 건 오래전입니다."

"240밀리미터입니다."

"흔한 여자 신발 사이즈 아닙니까?"

"그렇지요, 하지만 올리버 딩엄이 아는 여자는 많지 않습니다. 아
니, 여자를 아예 모릅니다. 제가 그 남자의 휴대전화를 살펴봤습니
다. 연락처와 사진도 전부 다 확인했습니다. 따님이 나타나기 전까
지 상당히 외롭게 살았더군요. 그자에게 17금 사진을 보내주는 사람
은 분명 없었습니다."

내 일부는 이 남자가 진실을 말하고 있다는 사실을 알고 있었지만
나는 그것을 인정할 수가 없었다. "전 사진에 대해서는 모릅니다. 하
지만 그 애는 범죄자가 아닙니다."

"아, 저는 우리 모두가 어떤 측면에서는 범죄자라고 생각합니다.
불법적인 행동과 비윤리적인 행동에는 광범위한 스펙트럼이 존재합
니다." 그는 자신의 은유를 설명하기 위해 허공에 크게 호를 그려 보

였다. "한쪽 끝에는 제프리 다머, 테드 번디 같은 사람이 있을 것입니다. 반대쪽 끝에는 절대 딱지를 끊지 않는다는 걸 알아서 제한속도를 16킬로미터나 넘어선 속도로 유쾌하게 운전하는, 윤리적으로 올바른 수백만 명의 시민들이 있겠지요. 우리 모두 이 스펙트럼상의 서로 다른 지점에 존재합니다, 안 그렇습니까? 매기는 틀림없이 가운데 어디쯤에 있을 겁니다."

"매기는 한 번도 문제를 일으킨 적이 없어요!"

"그렇지도 않던데요. 가게 물건을 훔쳤다가 들키지 않았습니까? 어렸을 때?"

"어릴 때는 누구나 한 번씩 슬쩍하지 않습니까?"

"하지만 싸움에도 얽혔습니다. 여자들에게는 흔치 않은 일이죠."

나는 고개를 저었다. "아니, 싸움에 얽힌 적은 없습니다."

"못 들어보신 모양이군요. 하지만 꽤 오래전까지 뒤져보면 온라인에 영상이 있습니다. 아이들은 이런 이야기를 올리는 걸 좋아하지요. 유튜브에 싸움 영상을 올렸다가 10년 뒤에는 모두 잊어버리지만, 인터넷은 절대 잊는 법이 없어요. 매기는 고등학교 시절 상당히 다혈질이었지요?"

"제 엄마를 잃었어요, 힘든 시기였습니다."

"당연히 그랬겠지요, 저토스키 씨. 정말 안타깝습니다. 하지만 대학교도 매기에게 힘들었을까요? 여학생회 문제 말입니다. 시험 답안을 판매했던 일?"

"그 애는 그 문제와 아무 관계가 없어요."

"맞습니다, 맞아요. 모든 죄는 다른 여자애가 뒤집어썼지요. 학교를 그만둔 학생, 제시카 스위니. 요 전날 그쪽 이야기를 들어보고 싶어서 전화를 했는데 말입니다, 지금 애리조나에 살고 있어요. 부모님과 같이 집에서 지내고 있습니다. 삶을 추스르면서 말입니다. 그 여자는 당신 따님이 '나르시시스트 소시오패스'라고 했습니다. 저는 익숙하지 않은 용어라 집에 가서 찾아봤어요. 공감이나 죄책감 같은 것을 전혀 느끼지 못하는 사람을 말하더군요. 가까운 친구도 없고, 피상적인 관계의 지인들만 많은. 원하는 걸 얻기 위해 조종하기 쉬운 사람들 말입니다."

나는 매기가 아무 관계도 없다는 사실이 밝혀졌는데, 왜 제시카 스위니 같은 꼴통 말을 들어야 하느냐고 물었다.

"제시카의 이야기가 제 패턴에 들어맞기 때문입니다, 저토스키 씨. 이 패턴은 계속되고, 악화되고, 가속하고 있어요. 지금 멈추게 하지 않으면, 매기에게 필요한 도움을 얻게 하지 못하면, 여기서 어디로 갈까요?"

나는 매기가 새 직장을 얻었고, 이제 밝은 미래가 발 앞에 펼쳐졌다고 했다.

"그럴지도 모릅니다." 레너드 서머스가 말했다. "어쩌면 나쁜 선택을 계속하고 있는지도 모르지요. 전 정말 그렇게 될 위험이 있다고 생각합니다. 인간의 두뇌는 스물다섯 살 이전에는 완전히 발달된 상태가 아니라는 한 의사의 말을 들은 적이 있습니다. 즉, 필요한 도움을 받게 하면… 아직 시간이 있다는 뜻입니다. 그렇지 않고 계속 이대로 가다보면, 저는 그 종착지가 어디일지 모르겠어요."

"지금은 좋은 길을 가고 있습니다. 그 애의 미래는 밝을 겁니다."

서머스는 절대 나를 설득할 수 없다는 결론에 이른 듯 한숨을 쉬었다. "매기의 미래에 대해 논하려고 온 건 아닙니다." 그는 다시 한 번 내 부엌 식탁 위에 놓인 종이 달력을 두드렸다. "저는 마거릿 저토스키가 2월 7일 토요일 몇 시에 이 집에 도착했는지 물어보러 온 것뿐입니다. 아주, 아주 신중하게 답해주시길 부탁드립니다."

그가 차를 몰고 떠난 뒤, 나는 떨리는 손을 진정시키기 위해 술을 따랐다. 그리고 컴퓨터로 가서 드숀 윌슨이라는 사람에 대한 정보를 검색했다. 유튜브에 보스턴 지역 뉴스 채널인 WCVB 방송국 영상이 있었다. 제목은 '워터타운 소방관이자 아버지가 화마와 싸우다 산화: 비극적인 죽음'이었다. 아내 킴은 사고 현장으로 달려갔고, 뉴스 앵커는 연기가 피어오르는 건물의 잔해 앞에서 그녀를 인터뷰했다. 여자는 회색 구급 담요를 뒤집어쓰고, 이제 겨우 아기인 아들을 끌어안은 채 눈물을 감추지 않고 흐느끼고 있었다. "끔찍한, 끔찍한 날이에요." 나는 텔레비전을 꺼야 했다. 차마 볼 수가 없었다.

이어 나는 딸에게 전화해서 집으로 찾아온 손님에 대해 말했다. "다 끝났다, 매기. 그 사람은 모든 걸 다 알고 있었어."

"무슨 말씀이세요?"

"화재 말이다. 휴대전화 박사."

"아빠, 전 그 화재와 아무 상관도 없어요. 전 그 주말에 아빠 집에 있었잖아요, 기억 안 나요?"

매기는 마치 알지 못하는 제3자가 통화에 같이 참여해서 우리의
대화를 듣고 있는 것처럼 말하고 있었다. 누가 알까, 실제로 그럴지
도 몰랐다.

"진실을 말해야 해, 매기."

"그게 진실이에요."

"내가 도와줄게. 다른 변호사를 고용해 주마."

"변호사 필요 없어요. 난 아무 짓도 안 했다고요."

"매기, 들어봐라. 그 남자는 2월 7일에 대해 이야기했어. 네가 몇
시에 우리 집에 왔는지 묻더라."

"그래서요?"

나는 물속에 잠수할 준비를 하듯 심호흡했다. "토요일 아침에 여
기 왔다고 했다. 해뜨기 직전에, 5시 30분쯤."

"거짓말을 하셨어요?"

"난 거짓말하지 않았다."

"전 금요일에 거기 도착했어요, 아빠. 자정 다 돼서."

"아니야, 매기."

"아빠는 주무시고 계셨어요. 그래서 전 뒷문으로 집에 들어가서
침실로 갔고요."

"그만해, 매기. 이제 집으로 올 시간이다."

"아, 씨발!"

"매기!"

"내가 집에 왜 가요? 왜?"

"그래야 내가 널 도울 수 있으니까."

"이건 돕는 게 아니잖아! 내가 아빠한테 부탁한 건 딱 한 가지였어요, 딱 한 가지!"

"우린 일을 바로잡아서…."

"아니, 아니에요. 난 이제 다시는 아빠 안 볼 거야."

"매기, 그러지 말고…."

"내 인생에 끼어들지 마세요, 아시겠어요?"

매기가 전화를 끊은 뒤, 나는 태미의 콘도로 가서 무슨 일이 있었는지 이야기했고, 누나는 따로 매기에게 연락했지만 소용없었다. 우리는 매기가 체포되어서 방화와 살인죄로 기소되리라는 사실을 받아들이고 있었다. 그러나 딸은 회사 동료들과 함께 카보 산 루카스로 날아가 일주일 동안 열리는 영업 콘퍼런스에 참석하고, 포시즌스 리조트에서 5박 6일 동안 호화 여정을 즐기고 있었다. 공식적인 설명이 전달되지는 않았지만, 내가 알기로 (재판 속기록에 따르면) 올리버 딩엄은 매기를 공범이나 공모자로 지목하는 것을 거부했다. 자기가 단독으로 저지른 범행이며 매기는 현장에 없었다고 진술했기 때문에, 검찰에서 제시한 모든 증거는 단순한 정황증거일 뿐이었다. 올리버가 보험금 청구의 단독 수혜자였기 때문에, 주 정부는 홀가분하게 그를 기소하고 모든 수사를 종결했다. 그는 10년 형을 받고 중급 보안 교도소에 수감되었지만, 고작 6개월 뒤 '재소자 관련 분쟁'으로 사망했다.

이후 몇 년 동안 나는 매기의 관점에서 상황을 바라보게 되었다.

부모로서 우리는 언제나 자식을 위해 뭐든지 하겠다고 말하지만, 정말 그럴까? CNN은 마흔 살 된 어머니가 물에 빠진 딸을 구하기 위해 유람선 갑판에서 바다로 뛰어들었다고 보도했다. 난 그저 단순한 선의의 거짓말 한마디만 해주면 되는 것이었는데, 그러기는커녕 하마터면 딸을 교도소에 보낼뻔하지 않았나.

매기가 이후 인생을 꾸려가는 광경을 지켜보며, 진짜 회사에서 진짜 업무를 하면서 정직하고 성공적인 인생을 살아갈 수 있음을 입증하는 모습을 바라보며, 나는 점점 더 내가 내렸던 결정이 불편하게 느껴졌다. 시간을 뒤로 돌려 레너드 서머스에게 다른 대답을 할 수 있다면 얼마나 좋을까? 일찍 잠자리에 들어서 매기가 오는 소리를 못 들었다고, 모르는 척 대답하는 것은 너무나 쉬운 일이었을 텐데.

다시금 똑같은 선택이 내 앞에 놓여있었다.

나는 과연 인생 최악의 실수를 앞둔 내 딸의 곁을 지켜줄 수 있을까?

아니면 딸을 다시는 볼 수 없으리라는 것을 알면서도, 그냥 떠나버리는 걸 선택할 것인가?

3.

　　나는 샤워를 마친 뒤 깨끗한 옷으로 갈아
입고 아래층 거실로 내려갔다. 애비게일은 아이보리색 레이스 드레
스 차림으로 의자에 딛고 서서 팔을 머리 위로 높이 뻗고 있었고, 태
미와 매기는 옷단과 소매를 꼼꼼하게 매만지고 있었다.

　"이제 팔 내려도 돼요?" 아이는 물었다.

　"5초만 더." 태미가 말했다. "거의 다 됐어."

　"팔 아파요!"

　"알아, 잠깐만 더…."

　"다 됐다!" 매기가 말했다. "이제 내려도 돼."

　내가 계단을 다 내려가자 애비게일은 팔을 떨어뜨리고 안도의 한
숨을 쉬었다.

　"딱 시간에 맞게 내려왔구나." 태미가 말했다. "우리 화동 어떠
냐? 예쁘지 않니?"

인정해야겠지만, 애비게일의 모습을 보는 순간 나는 놀라 우뚝 섰다. 거의 알아보지 못할 지경이었다. 여름 데이지로 엮은 화관이 짧게 쳐서 윤곽이 날카로운 머리를 가려주었고, 드레스에 박힌 작은 구슬은 움직일 때마다 반짝거렸다. "아름답구나." 나는 말했다. "공주님 같다."

아이의 얼굴이 붉어졌다. "아, 프랭크 아저씨, 그러지 마세요!"

매기는 재봉 바구니를 내려놓고 내 옆으로 얼른 다가왔다. "기분 어때요, 아빠? 머리 괜찮아요?" 나는 그냥 딸을 가만히 마주 보았다. 간밤에 있었던 해괴한 일은 전혀 없었던 척하려는 모양이었다. 매기에게는 자기가 원하는 것이 현실이었다. "커피 드릴까요? 부엌에 아직 아침이 많이 남아있어요. 크루아상, 과일샐러드, 키시파이….."

"매기, 잠시 얘기하고 싶구나. 괜찮겠니?"

"그럼, 괜찮지." 태미가 말했다. "너희 둘에게는 정말 중요한 날 아니니! 감정이 북받치는 정말 중요한 날." 누나는 우리 둘을 현관 쪽으로 밀어냈다. "난 여기서 애비 치장을 마치고 있을 테니까 밖에서 이야기하렴. 애비가 다 입으면, 내가 애비의 도움을 받아서 몸에 드레스를 밀어 넣을 차례다. 솔직하게 말하자면, 내가 시간이 더 오래 걸릴 거야!"

나는 딸을 따라 오두막을 나가서 숲속으로 들어갔다. 우리는 오랫동안 아무 말 없이 오솔길을 걸었다. 마치 5월의 그날, 매기가 중요한 소식을 전하려고 느닷없이 연락했던 그날 같은 느낌이었다. 분명 대화해야 하지만, 둘 다 어디서부터 시작해야 좋을지 알 수 없는 기분.

"질문하시면 대답할게요." 매기는 마침내 입을 열었다. "사실대로 말한다고 약속해요. 하지만 아빠도 들을 거라고 약속해야 해요. 끝까지 듣겠다고."

"그자가 널 협박하고 있니?"

"누가요? 에롤이? 아뇨! 그럴 리가요. 간밤에 보신 모든 건 상호 합의된 행동이었어요."

말도 안 된다. 혹시 '상호 합의'라는 말 뜻이 내가 생각하는 것과 다른가?

"사귄 지 꽤 됐어요."

"얼마나?"

"1년 가까이."

"이해가 안 된다. 쉰일곱 살 난 유부남과 어떻게 '사귈' 수가 있냐? 이게 무슨 뜻이야? 도대체 어떻게….'

"아빠, 제가 전부 설명드릴 생각이지만, 제발 들으세요. 판단하지 말고, 비판하지 말고, 도덕적 잣대도 갖다 대지 말고, 그냥 제 말을 끝까지 들어주세요. 그러실 수 있죠?"

나는 이를 악물고 고개를 끄덕였고, 매기는 자기 이야기를 시작했다. 커패시티에 입사한 첫 해, 에롤 가드너는 매기에게 말 한 마디 건 적도 없었다. 그는 자기를 위해 오랜 시간 일하는 젊은 부하들의 노고를 치하하거나, 그 존재를 의식조차 하는 일 없는 최고경영자였다. 아니, 매기는 그렇다고 생각했다.

그러던 어느 날, 매기는 점심 초대를 받았다. 에롤은 고위 임원과

하급 직원들 사이에서 멘토십을 촉진하려는 시도를 회사의 새로운 경영방침으로 도입했다고 설명했다. 매기는 이렇게 설득력 없는 핑계는 처음이었다고 했지만, 어쨌든 그가 관심을 가져준 것이 황송했다. 에롤이 접근할 수 있었던 다른 여직원이 수십 명은 될 텐데, 그중 누구라도 에롤과의 점심 식사 자리라면 맨발로 달려갔을 것이다.

딸의 설명에 따르면, 그런 뒤로 두 사람은 경력 개발이라는 핑계로 계속 만났고 분위기는 점점 더 친밀해졌다고 했다. 브레인스토밍 회의, 업무 뒤 저녁 식사, 영업 콘퍼런스에서의 늦은 밤 술 한잔, 시카고 자동차 쇼 일주일, 커패시티 전용기로 뮌헨과 싱가포르, 시드니 여행. "비밀을 지키는 게 아주 중요했어요." 매기는 설명했다. "보스턴이나 캠브리지에서는 같이 다니지 않았어요. 오로지 다른 주, 이상적으로는 다른 나라에서만 같이 있었죠. 싸구려 불륜 관계처럼 들릴 거라는 건 알지만…, 분명히 말씀드리는데 이건 하비 와인스타인 같은 경우는 아니에요. 존중을 기반으로 한 진짜 남녀 관계예요. 우리는 미술관에도 가고, 같은 책을 읽고, 같은 테드 강연을 좋아하고…."

거기서 나는 매기의 말을 끊었다. "네가 유일한 여자가 아니었다는 사실도 알고 있겠지? 캐서린의 말로는 그자가 오랫동안 바람을 피웠다더라. 수십 명은 된단다. 넌 그저 새로 나온 이달의 맛인 거야. 그저 돈 태거트 같은 존재에 불과해!"

"그 이야기도 곧 나와요. 잘 듣겠다고 약속하셨죠, 기억 안 나요?"

우리는 나무 그네 두 개가 묶여있는 큰 나무, 빅벤이 있는 공터에 와있었다. 주위에는 아무도 없었기 때문에 내 딸은 한쪽 그네에, 나도 다른 한쪽 그네에 앉았다. 매기는 이야기를 계속했다. "사귄 지 두어 달 지났을 때, 에롤은 저를 오스프리 코브에 초대했어요. 이곳은 그 사람에게 아주 중요한 장소예요. 최고의 아이디어를 여기서 얻었거든요. 가장 중요한 변화들이 이 호수에서 탄생했어요. 11월 첫 주말이었는데, 에롤은 단풍이 아름다울 거라고 했어요. 우리는 토요일 아침에 보스턴에서 출발했고, 뉴햄프셔에 도착했을 때는 자기가 즐겨 다니는 뒷길을 알려줬어요. 홉스 페리를 건너뛰면 사람들의 이목을 끌지 않아서 좋다고요."

하지만 캠프에 도착했을 때, 에롤은 뭔가 잘못되었다는 사실을 깨달았다. 첫 징조는 텅 빈 경비실이었다. 영지 관리인인 휴고는 자리에 없었다. 에롤이 캠프 안으로 진입해서 오스프리 산장에 도착해보니, 드라이브웨이에 다른 차 두 대가 서있었다. 아내의 검정 BMW 그리고 돈 태거트의 은색 토요타였다.

"차를 본 순간, 저는 뭔가 잘못됐다는 걸 직감했어요. 에롤의 얼굴이 백짓장처럼 창백해졌어요. 그 사람은 로터리를 다시 돌아 나오면서 다음에 오자고 변명을 늘어놓기 시작했어요. 하지만 너무 늦었어요. 캐서린이 에롤의 차 소리를 듣고 현관문을 연 거예요. 캐서린은 에이든과 같이 서있었는데, 둘 다 표정이 너무 안 좋았어요. 저는 저 때문인 줄 알았죠, 현장에서 들킨 거라고. 한데 두 사람을 지나 문간 안쪽에 제3의 인물이 있었어요. 계단 맨 아래쪽에 목이 부러진채 널브러져 있는. 우리가 10분만 더 일찍 도착했더라도 일이 그렇게 되지 않도록 막을 수 있었을 텐데."

그때 휴고는 이미 산장 안에서 상황을 파악하고 최상의 대책을 세우고 있었다. 매기는 그가 킨샤사에서 이미 이런 상황을 경험한 적 있다고 설명했다. 그는 가드너 부부에게 모든 것이 괜찮다, 자기가 그 여자와 차를 처리하겠다고 했다. 하지만 에롤은 린다 태거트가 자기 딸이 실종되었는데 에이든을 가장 유력한 용의자라고 경찰에 신고하리란 사실을 알고 있었다. 아들은 또 다른 인물이 보증하는 알리바이가 필요했다. 그가 오스프리 코브 근처에도 없었다고 증언할 수 있는, 가족 외의 누군가가 필요했다. 그래서 매기가 손을 들고 자원한 것이었다.

"그날 오후 4시, 우리는 제 아파트로 돌아와서 밤늦게까지 이야기를 나누었어요. 에이든은 사고에 대해 너무나 끔찍하게 생각했어요. 우리 모두 감옥에 갈 거라고 했죠. 하지만 휴고는 현지 경찰이 그렇게 집요하게 수사하지 않을 거라고 했는데, 그 사람 말이 맞았어요. 오스프리 코브가 없어지면 마을 전체가 잃을 게 너무 많아요. 에롤 가드너가 홉스 페리 시내로 들어가서 백주대낮에 사람을 쏘아 죽인다고 해도 모두 다른 곳을 쳐다보는 척할 거예요."

매기와 에이든이 반지하 아파트에 틀어박혀 있는 사이, 에롤과 캐서린은 보스턴 미술관으로 갔다. 부부가 오후 내내 같이 있었다고 기억해 줄 이사회 친구가 몇몇 있었다. 한편 휴고는 캠프 뒤처리를 하고 알려지지 않은 장소로 시체를 운반하고 있었다. "휴고는 캄캄해질 때까지 기다렸다가 주 삼림으로 돈의 토요타를 몰았어요. 그런 뒤 경찰 수사에 혼선을 주고자 산길에 그 여자의 옷가지를 던져두었어요." 매기는 웃었다. "돈이 많으면 이런 걸 은폐하기란 엄청 쉬워요. 그래서 교도소에는 가난한 사람들만 바글거리는 거죠."

나는 매기의 목소리에 담긴 경박함을 믿을 수가 없었다. 거의 자랑하는 듯한 말투였다. 그 은폐 작전에서 자신이 맡은 역할이 뿌듯한 듯했다. "연기도 해야 했는데, 점점 솜씨가 좋아지지 뭐예요." 갑자기 매기는 표정이 돌변하더니 마치 요정 대모를 만난 신데렐라처럼 눈을 커다랗게 뜨고 두 손을 가슴에 꼭 움켜쥐었다. 그리고 노래하는 듯한 목소리로 예전에 나와 나눴던 대화 한 구절을 다시 들려주었다. "이야기를 나누다 보면 이따금 에이든이 제 마음을 읽는 것 같다니까요. 마치 텔레파시가 통하는 것 같아요. 아빠도 엄마랑 이런 기분이었어요?"

나는 뺨이라도 얻어맞은 것 같은 표정으로 매기를 응시했고, 매기는 내 반응에 깔깔 웃었다. "아, 아빠, 왜 그러세요! 제가 다른 사람에 대해 그런 식으로 말한 적 있어요?"

"난 네가 사랑에 빠진 줄 알았다. 네 덕분에 기뻤어."

"그이를 사랑한다고 한 적은 없어요. 내가 이 결혼식에 들떠있으니까 그렇다고 아빠가 짐작한 거죠. 하지만 결혼은 전적으로 업무예요. 우리는 공적으로 남편과 아내처럼 보일 계획이지만 사적인 언약 따윈 없어요. 에이든은 원하는 누구하고든 자도 돼요. 불행히도 그 웬돌린과 그럴 수 없는 건 안타깝지만. 그이는 원래 그 여자한테 마음이 살짝 있었어요. 하지만 워낙 부자고 잘 생겼잖아요. 새로운 상대를 찾을 거예요."

매기는 자신의 말이 얼마나 잔혹하고 냉정한지 모르는 것 같았다. "그웬돌린은 살해당했다." 나는 매기에게 일깨웠다. "그러니 너는 그 살인의 공범이야."

매기는 고개를 저었다. "제가 아빠나 고모랑 다를 게 뭐가 있어요? 차라리 캠프의 다른 사람들한테 책임이 더 많겠죠. 전 그 사람들이 그 여자한테 무슨 짓을 했는지 몰라요. 아무도 손대는 걸 못 봤다고요."

"에이든의 마음이 바뀌면 어떡할 거니? 걔는 주말 내내 괴로워 보이더라. 에이든이 경찰에게 가서 자백하면 어떡할 거야?"

"그럴 리 없어요. 에이든은 자기 엄마를 너무나 사랑하는걸요. 엄마가 감옥에 가는 꼴은 보기 싫을 거예요. 이건 그이한테 유일한 선택지예요."

"너는? 너는 여기서 뭘 얻는 거냐?"

"뭐, 저는 돈 태거트도 아니고… 그 정도는 말씀드릴게요. 4만 5천 달러 정도로는 안 되죠. 철통같이 든든한 혼전 계약서를 받아냈어요. 최소한 반년, 길면 1년 사이에 에이든과 전 헤어진다고 발표하고 이혼 신청을 할 거예요. 그이의 펜트하우스 아파트, 8만 주에 달하는 커패시티 주식을 포함해서 모든 재산을 반반으로 나누게 돼있어요. 그 정도면 아빠도 이제 단 하루도 더 일할 필요가 없어요. UPS에 가운뎃손가락을 날리고 때려치우면 돼요."

"나는 UPS가 좋다, 매기. UPS는 26년 동안 우리를 먹여 살린

회사야."

"그거야 뭐, 좋을 대로 하세요. 그게 행복하다면 죽을 때까지 몸을 갈아야지. 단지 선택의 여지가 생겼다는 말씀을 드리는 거예요."

"그동안에 너는 에롤 가드너와 잠자리를 하고? 그 자식의 아들하고 결혼한 동안?"

"인정해 달라고 하는 건 아니에요. 그저 제 결정을 존중해 주셨으면 해요."

그네에 앉아있으니 윈덤호수가 부분적으로 보였고, 알록달록한 요트 수십 대가 물 위를 미끄러져 가고 있었다. 함께 행복한 시간을 보내는 저 모든 가족들, 부모, 조부모, 고모, 이모, 삼촌들. 나는 이 아름다운 풍경과 이 모든 추악한 자백을 도저히 겹쳐 볼 수가 없었다.

"매기, 우린 떠나야 한다."

"난 아무 데도 안 가요."

"이런 짓을 벌일 수는 없어. 이건 너무나 변태적인 결혼이다. 네 엄마와 내가 믿었던 모든 것과 정반대되는. 우리는 이런 결혼을 무조건 금지한다는 걸 분명히 말해두마."

매기는 추하게 웃었다. 짧고 거친 코웃음. "아, 아빠가 금지하신다고요? 뭐예요, 제인 오스틴 소설이라도 쓰시나요?"

"여기서 나가자. 커패시티는 그만두고 집으로 돌아오너라. 다시 일어설 때까지 나랑 지내자. 절대, 아무에게도, 한 마디도 안 하겠다고 약속하마. 하지만 네가 내 말에 따르지 않으면, 정녕 이 결혼식을 강행하고 에이든 가드너와 결혼하겠다면, 나는 곧장 경찰에게 갈 거

다. 진짜 경찰, 이 동네 허수아비 경찰 말고. 가서 전부 다 털어놓을
거야."

매기는 주위를 둘러보고 근처를 걷는 사람이 아무도 없다는 사실
을 확인한 뒤 목소리를 낮췄다. "아빠, 제발 그런 위협은 하지 마세
요. 진담 아니시라는 거 알아요. 하지만 자칫 엉뚱한 사람이 그런 소
리를 듣고 잘못된 결론을 내릴 수도 있다고요."

"나는 진심이야. 네가 이딴 짓을 저지르는 꼴을 보면서 여기 있을
수는 없다."

"선택의 여지가 없으실걸요? 그 사람들이 아빠 지프를 갖고 있어
요. 물론 차 열쇠도요. 휴고는 간밤에 무슨 일이 있었는지 알아요.
그자의 허락 없이 아빠는 이 캠프를 떠날 수 없어요. 떠난다 해도 어
디로 가시려고요? 아무 증거도, 물증도 없으시면서. 에롤과 캐서린
은 수백 가지 자선단체에 수백만 달러를 기부한 사람들인데, 아빠는
그냥 UPS 배달원이잖아요. 아무도 아빠 말 안 믿을 거예요."

나는 린다와 브로디 태거트가 내 이야기를 뒷받침해 줄 거라고 대
꾸했다.

"어련하겠어요? 2학년 교사와 주정뱅이 잡부. 그동안 게리랑 그
사람 팀이 작업에 들어가면, 아빠를 완전히 파멸시킬 거예요. 조그
만 벽돌 한 장 한 장까지 죄다 해체해 버릴 거라고요. 직장도 잃고,
집도 잃고, 평판도 엉망이 되겠죠. 저는 그자들이 다른 사람들을 그
렇게 만드는 걸 봤는데요, 아빠, 정말 잔혹해요."

"그 정도 위험은 감수해야겠지. 그놈들을 어떻게 믿니. 그 인간들

이 널 갖고 노는 거라면? 등을 돌리고 너한테 이 모든 죄를 뒤집어씌울 수도 있지 않니?"

매기는 그런 일은 없을 거라고 자신만만했다. "우리는 아주 오랫동안 결혼식을 계획했는데, 제게는 아주 긴 분량의 대화 녹음이 있어요. 저, 에롤, 캐서린, 에이든, 심지어 게리까지. 그 사람들이 뭔가 시도한다 해도 혼자는 죽지 않는다고요."

귀가 번쩍 뜨였다. "매기, 그런 대화를 녹음해 놨다면 너는 두려울 게 하나도 없다. FBI에 넘기면 돼. 넌 스타 증인이 될 거다."

매기는 내가 요점을 놓치고 있다는 듯이 나를 응시했다. "FBI에 신고하면 저는 얻는 게 없잖아요. 전 이 가족한테 1년을 투자했어요. 이제 두 시간만 있으면 저는 경제적 자유를 얻는다고요. 그런데, 지금 저더러 그만두라는 거예요?"

"애원할게, 제발 그만둬라."

"아빠, 제가 할 말이 있는데요, 마음이 아프실지도 모르겠지만… 들으셔야 할 것 같아요. 전 스트라우드버그의 집으로는 안 돌아가요. 거긴 너무 작아요, 너무 싸구려예요. 그리고 사람들이 죄다 너무 우울해요. 아빠는 뭘 놓치고 살아가는지 모르시는 거예요. 우리가 사는 이 세상은 아빠가 알고 계신 것보다 훨씬 더 크고 놀라워요. 마치… 어떻게 표현하지? 아빠가 뭘 모르는지조차 모르고 살고 있다고요." 매기는 고개를 저었다. "전 안 돌아가요. 차라리 머리에 총알을 박아 넣고 말지."

발소리가 들려서 돌아보니 시에라 레빈슨이 챙 넓은 밀짚모자와 몸에 붙는 꽃무늬 드레스 차림으로 오솔길을 한가롭게 걸어오고 있었다. "아버지와 따님의 다정한 시간을 방해해서 미안하지만, 스타일리스트가 도착해서 마거릿한테 알려주려고 왔어요. 사람들 다 머리 손질해야 해요. 다른 사람부터 시작해도 되지만, 신부가 먼저 하는 게 좋을 것 같아서요."

"고마워요, 시에라." 매기가 말했다. "5분만 있다 갈게요. 기다리라고 해주세요, 네?"

"그럼요, 서두를 거 없어요." 그녀는 내 어깨를 장난스럽게 툭 쳤다. "그렇게 긴장한 얼굴 하지 마세요, 프랭크! 오늘 잘하실 거예요."

매기는 시에라가 오솔길을 내려갈 때까지 기다리고 있다가 다시 입을 열었다. "불만이신 거 알아요, 아빠. 하지만 하시는 말처럼 정말 절 사랑한다면, 제 결정을 존중해 주세요. 턱시도 입고, 같이 결혼식장에 걸어 들어가고, 연회장에서 기분 좋은 축사도 한마디 해주세요. 제가 바라는 건 그뿐이에요. 지난 3년 동안 절 위해서 뭐든지 하겠다고 내내 그러셨잖아요. 제게 필요한 건 이거예요. 오늘, 지금 당장. 도와주실 거예요, 말 거예요?"

딸이 그런 식으로 질문하면, 내게는 선택의 여지가 별로 없었다.

4.

        침실로 돌아가 보니 슈트케이스가 옮겨져 있었다. 가정부가 들어와서 방을 치운 것 같았다. 욕실에서 토한 흔적은 말끔하게 사라졌고, 아래층 침대는 새 시트와 담요로 다시 깨끗하게 정돈돼 있었다. 옷가지는 모두 개어 옷장에 차곡차곡 들어가 있었다. 그리고 장님거미가 전혀 안 보이는 것을 보니, 누가 돌아다니면서 전부 다 쫓아낸 것 같았다. 삼나무 옷장 안에도 마침내 거미가 보이지 않았다.

    나는 옷 가방 지퍼를 열고 턱시도 세트를 조심스럽게 풀었다. 이탈리아에서 수작업으로 제작한 아름다운 슈트였다. 진주 빛이 도는 회색 재킷, 어울리는 조끼, 배 부분에 주름이 없는 바지. 흰 트윌 원단 셔츠는 깔끔하게 다려져서 감촉이 시원했다. 나는 검은 오닉스 단추를 단춧구멍에 밀어 넣었다. 장신구 세트 중에는 똑딱이식 보타이도 있었지만, 결혼식을 앞둔 몇 주간 욕실 거울 앞에서 얼마나 오래 붙어있었는지 모른다. 이제 진짜 보타이도 90초 안에 뚝딱 맬 수 있었다. 결혼식에 참석한 사람 중에 이 차이를 알아챌 사람이 있을지는 의문이었지만, 그래도 내가 제대로 맸다는 걸 알고 있으니 마음이 놓였다.

커프링크스를 셔츠 소매에 고정하고 있는데 휴대전화가 울렸다. 발신자는 '슈퍼컷츠 미용실'이었다.

"안녕하세요, 비키."

"프랭크, 다 잘돼가요?"

"아, 참, 그렇죠. 다 잘돼갑니다."

"전 너무 걱정했어요. 간밤에 전화하실 줄 알았는데. 그 여자는 어떻게 된 거예요?"

"그 여자 오두막에서 마약이 나왔습니다. 자일라진이라는 거래요." 단어가 목구멍에 본드처럼 붙어서 잘 나오지 않았지만, 나는 억지로 입 밖으로 밀어냈다. "아주 문제가 많은 사람이었던 것 같아요."

"돈 태거트는? 그 여자는요?"

"그건 그냥 큰 오해였습니다, 비키." 거짓말하는 나 자신이 싫었지만 절대로 사실을 인정할 수는 없었다. "그냥 그랬던 것 같아요, 제가 원체 이런 사람들에게 익숙하지 않다 보니. 스트라우드버그는 워낙 작은 곳이잖아요? 제가 많은 걸 잘못 해석하고 있었던 것 같습니다. 하지만 이제 다 좋아졌어요, 오해가 전부 풀렸습니다."

그녀는 내 목소리가 어딘지 마음에 걸리는 모양이었다. "확실해요? 프랭크, 우리 아들이 당신 걱정을 많이 하는 것 같았어요. 자세히는 설명하지 않으려고 했어요. 기자 윤리라나, 뭐라나 그런 게 있대요. 하지만 이 모든 상황이 아주 찜찜한 것 같았어요."

나는 비키에게 토드가 틀렸다, 아무 문제 없다고 안심시키고 결혼식은 한 시간 뒤에 시작된다고 덧붙였다. "그러니 이제 예복을 갖춰 입어야 합니다."

"알았어요, 이제 가봐요." 그녀는 전화를 끊는 대신 다시 말을 걸었다. "정말 아무 일 없는 거 맞아요?"

"괜찮아요. 집에 돌아가면 전화할게요."

"좋아요. 축사 잘하시고요!"

맞다, 축사. 전화를 끊은 뒤, 나는 책상 서랍을 열고 마지막으로 고친 축사를 적은 종이 한 장을 꺼냈다. 오늘 매기의 어머니는 분명 하늘에서 지켜보고 있을 것이고, 틀림없이 이 모습을 기뻐하고 있을 겁니다…. 그제야 나는 축사를 쓰는 게 왜 그렇게 힘들었는지, 내 연설이 왜 그렇게 줄곧 가짜고 위선처럼 들렸는지 깨달았다. 가슴 깊숙한 곳에서, 나는 단 한 마디도 믿지 않았던 것 같다.

5.

낮 2시, 결혼식 참가자들이 기념사진을 찍기 위해 윈덤호숫가에서 모였다. 나는 사적인 소규모 모임일 거라고 짐작했지만, 예행연습이 그랬듯 하객 수십 명이 주위를 서성거리며 식전 행사를 구경하며 즐기고 있었다. 심지어 오스프리 산장 근처에는 칵테일을 섞어주는 바텐더도 있었다. 맘앤대드 식당의 그 남자, 가드너 집안이 이 공동체에 가져다준 온갖 좋은 것들을 좀 더 인정해야 한다고 말했던 그 남자였다. 이미 술 한잔하려는 하객들이 그의 앞에 길게 줄을 서있었다.

한편, 매기와 신부 들러리들은 선착장으로 나와 호수 앞에서 포즈를 취하고 있었다. 또 사진사 팀은 카메라 셔터를 누르고, 비디오 작가는 광각 파노라마 영상을 찍었다. 캣츠아이 스타일 안경을 쓰고, 클립보드를 든 여자가 소리치며 지시하고 있었다. "수줍은 모습! 얌전한 모습! 좋아, 이제 경박하게! 섹시하게! 자자, 여자분들, 끼를 발휘해 봐요! 침실에서도 그런 눈빛인가요!"

결혼식 날 웨딩드레스를 입은 딸의 모습을 보는 것만큼 뭉클한 일은 없다고들 한다. 아버지로서의 마지막 중요한 임무이자, 모든 아버지에게 굉장히 감동적인 순간이다. 하지만 매기를 보면서 나는 그저 무감각했다. 레이스 티어드 볼가운은 1만5천 달러나 하는, 유명한 파리 디자이너의 작품이라고 했지만 내 눈에는 핼러윈 가게에서 파는 코스튬마냥 조잡하고 보잘것없어 보였다.

나는 아디론댁 의자를 나무 그늘에 끌어다 놓고 앉아서 사진 촬영을 지켜보았다. 점점 더 많은 손님들이 정원으로 나왔다. 남자들은 파란색이나 연회색 같은 중간색 여름 슈트 차림이었고, 여자들은 그보다 좀 더 색깔이 밝고 화려한 드레스를 입고 있었다. 커패시티 직원 중에 내 딸의 비밀을 아는 사람이 있을까? 분명 소문은 났을 것이다. 대학을 갓 졸업한 젊은 여직원이 해외 출장까지 보스를 수행하기 시작하면, 가십과 추측이 반드시 돌게 마련이다. 하지만 내가 만난 모든 사람은 매기가 자신의 합당한 능력으로 고위 관리직에 오른, 드물게 탁월한 인재라고 믿는 것 같았다. 믿느냐 마느냐에 급여가 달려 있다면, 누군가로 하여금 뭔가를 믿게 하는 일은 쉬울 것이다.

군중 속에서 세 사람이 내게 다가왔다. 에롤 가드너는 아내가 앉은 휠체어를 밀고 있었고, 묘하게 낯익어 보이는 남자가 옆에서 따라왔다.

에롤은 검은 턱시도를 입고 진한 선글라스로 내가 얼굴에 남긴 멍을 가리고 있었고, 캐서린은 전날 밤에 내가 만났던 여자와 닮은 곳이 하나도 없어 보였다. 가벼운 화장은 아주 정교했고, 머리는 깨끗하고 예술적으로 단장돼 있었다. 우아한 시퀸 드레스 차림이었고, 진주 귀걸이와 반짝이는 다이아몬드 목걸이를 하고 있었다. 무엇보다 약을 숨넘어가도록 복용한 상태였다. 무릎 위에 손을 겹쳐 얹고 있었고, 움직임과 활동에 압도됐는지 멍한 눈은 정원을 연신 두리번거리고 있었다.

에롤은 마치 우리가 처음 만나는 사이인 양 인사를 건넸다. "캐서린, 이쪽은 프랭크요. 마거릿의 아버지. 당신을 만나서 정말 반갑다는군."

캐서린의 눈에 나를 알아보는 빛이 언뜻 스치는 것 같았다. 어제 저녁에 우리가 나눈 대화를 기억한다는 작은 신호였다. 하지만 그녀는 좀 더 일찍 아래층에 내려오지 못해 미안하다고만 사과했다. "약이 잘 듣지 않아요." 그녀는 거의 속삭이듯 작게 말했다. "그래서 늘 피곤하네요."

"의사들은 계속 누워있으라고 했습니다." 에롤이 설명했다. "한데 이 사람이 말을 안 듣는군요. 이 결혼식을 놓칠 수는 없다고요."

우리 모두 헛짓거리는 관두고 솔직해지자고 말하려는데, 제3의 인물이 입을 열었다. 어디서 많이 들은 목소리였다. "그런 결정을 해줘서 고마워요, 캐서린. 어머니가 아들의 결혼식에 빠지다니, 그런 일은 있을 수 없어."

나와 비슷한 나이, 대머리… 내가 틀림없이 알고 있는 얼굴이었다. 하지만 늘 보던 곳이 아닌 장소에서 만나서 그런지 통 누구인지 알아차릴 수가 없었다.

"프랭크, 내 막역한 친구를 소개하지요." 에롤이 말했다. "이쪽은 아르만도 카스타도. 두 분이 같이 일하실 텐데."

맙소사, 느닷없이 나는 UPS 최고경영자와 악수를 나누고 있었다. "만나서 정말 반갑소, 프랭크. 축하하네."

"감사합니다, 카스타도 씨."

"아르만도라고 불러요."

"그러죠, 네. 아르만도." 너무나 예기치 못한 만남이었기 때문에, 지난 사흘 동안의 사건은 모조리 잊고 현재에 집중할 수 있었다. "여기서 뭐 하시는 겁니까?"

"가드너 부부가 나를 초대했소. 물론 마거릿도. 지난 몇 달 동안 우리 모두 같이 일했어서, 청첩장을 받으니 상당히 기뻤어요. 신부의 아버지가 동료 UPS 사원이라니, 이보다 더 좋을 수는 없는 일이지. 서클 오브 오너 소속이시라고?"

"네, 26년 근속입니다."

아르만도는 서클 오브 오너가 무엇인지 에롤과 캐서린에게 잠시 설명했다. 사소한 사고 한 번 내지 않고 25년을 운전하기란 불가능에 가깝기 때문에, UPS 운전사 중 소수만이 그 명예를 얻는다는 것이었다. "그 오랜 세월, 긴 거리를 무사고로 운전하려면 탁월한 기술과 규율, 지능이 필요하지. 대다수 사람들은 아예 엄두를 못 내."

"나도 못해." 에롤이 말했다. "지난주만 해도 공항에서 범퍼를 들이받았어."

캐서린은 불편하게 미소 지으며 손을 내려다보았다. 대화를 이해하고 있기나 한 것인지 알 수 없었다. 웨이터가 샴페인 잔을 쟁반에 받쳐 들고 다가오더니, 결혼식 전 축하주를 한잔하실 건지 물었다. 아르만도는 긴 잔을 하나씩 들어 모두에게 돌렸다. "신부의 아버지를 위해 축배를 듭시다." 그는 말했다. "기억하시오, 프랭크. 따님을 잃는 게 아니야, 아들을 얻는 거라네. 축하하네."

"옳소! 옳소!" 에롤이 말했다.

이어 그는 잔을 아내의 입술에 갖다 댔다. 샴페인이 그녀의 가슴을 타고 무릎으로 흘렀지만, 우리 모두 못 본 척했다. 나는 이런 상황에 체념한 것 같다. 지난 스물네 시간 동안 알게 된 사실들을 모조리 무시하기만 하면, 나머지는 전부 내가 꿈꿔오던 결혼식이었다. 하늘은 맑았고, 햇빛은 빛났고, 내 딸과 신부 들러리들은 아름다웠다. 사돈 부부는 나와 태미를 가족의 일원으로 품위 있게 받아들이고 있고, 이제 내가 다니는 회사의 최고경영자까지 내게 칭찬을 퍼붓고 있다. 내가 할 일은 그저 긴장을 풀고, 맛있는 샴페인을 마시며, 온갖 낡아빠진 진부한 문구를 주워섬기는 것뿐이었다. 이보다 더 좋은 날이 없네요, 결혼은 힘들지만 그만한 가치가 있는 것이지요, 함께 늙어갑시다, 최고의 날은 아직 오지 않았어요….

사진사가 급히 다가오더니 우리의 대화를 끊었다. "가족분은 전부 선착장에 모이셔야 합니다. 어머님과 양쪽 아버님도요. 모두 환히 미소 지으셔야 합니다!"

"저녁 식사 시간에 좀 더 이야기합시다." 아르만도가 말했다. "결혼식에서 행운을 빌겠네, 프랭크. 멋진 자리가 될 거요."

사돈을 따라 호숫가로 내려가 보니, 신랑 들러리와 신부 들러리 그리고 매기가 기다리고 있었다. 에이든이 늦어서 사진사들은 그가 없어도 되는 사진부터 찍고 있었다. 나와 매기, 매기와 태미 그리고 물론 매기를 가운데 세워놓고 나와 에롤 가드너가 양옆에 있는 사진도. "활짝 웃으세요, 프랭크!" 사진사는 셔터를 연신 누르며 외쳤다. "행복한 표정을 지어보세요! 아, 완벽합니다! 좋아요!" 촬영을 끝내자마자, 나는 웨이터에게 샴페인 한 잔을 더 청했다. 이 결혼식을 끝까지 치르고 싶다면, 캐서린 가드너의 본보기를 따라야 한다는 사실을 깨달았기 때문이었다.

2시 반이 되자, 에롤은 신랑 들러리들에게 가서 도대체 에이든이 왜 이렇게 늦느냐고 물었다. 아무도 만족할 만한 대답을 하지 못했다. 한 시간 동안 그를 본 사람은 아무도 없었다. 모두 에이든의 전화로 문자를 보냈지만, 그때마다 지금 가는 길이라는 답변만 돌아왔다.

클립보드를 든 여자는 모든 것이 잘될 테니 걱정 말라고 했다. 그리고 나머지 사진은 예식이 끝난 뒤 찍는 게 낫겠다고 했다. "신랑들이 혼란스러워하는 건 흔한 일이죠. 아마 곧장 글로브로 가서 다들 어디 있는지 어리둥절한 거 아닐까요?"

그럴 것 같지는 않았지만 시간은 계속 흐르고 있었고, 일단 모두 식장으로 옮기자는 공감대가 형성되었다. 인파를 따라 정원으로 가면서, 나는 애비게일이 앞장서서 행진하며 신부 앞에서 길을 만드는 모습을 바라보았다. 태미가 내 옆으로 다가왔다. "너 오늘 정말 잘생겨

보인다, 동생아. 마침내 분위기에 맞추는 걸 보니 반가워."

"신랑은 안 올 것 같아."

"당연히 오지. 불길한 소리를."

"걔는 갔어, 태미." 생각을 입 밖에 내고 나니 마치 가슴을 내리누르던 짐이 날아간 것처럼 마음이 홀가분해졌다. "결국 정신을 차리고 여길 **빠져나간 거야.**"

"아, 그냥 정문으로 운전해서 나갔다고? 휴고랑 그 사람이 거느린 특수부대가 지키고 있는데? 그럴 리가 있겠니, 프랭키." 사진사 한 사람이 우리 옆에서 걸으며 자연스러운 모습을 카메라에 담았고, 누나의 활기찬 미소는 흔들리지 않았다. "에이든은 아마 글로브에서 기다리고 있을 거다."

하지만 태미는 틀렸다. 옥외극장에 도착했지만 에이든은 보이지 않았고, 결혼식은 20분 뒤 시작이었다. 이제 모든 사람이 신랑에게 문자를 보내고 있었지만 답을 받은 사람은 아무도 없었다. 에롤은 게리를 오스프리 산장에 보내 확인해 보도록 했고, 휴고는 자기 팀에게 무전을 보내 영지를 샅샅이 둘러보게 했다. 나는 아무도 에이든의 작업실에 가볼 생각을 하지 않는 모습을 보고 놀랐다. 그가 오스프리 코브의 부산함을 피해 항상 이용하는 곳이라고 했다. "제 비밀 장소를 찾아내셨군요." 그는 이렇게 말했었다. "대부분 여기 이런 곳이 있는지도 몰라요."

다른 사람들에게는 말하지 않고, 나는 직접 작업실을 확인하기 위해 숲으로 들어갔다. 아직 이틀 전 갔던, 에이든과 그웬돌린의 뒤를 따라 영지 바깥의 경계까지 갔던 길을 기억하고 있었다. 몇 분 정도 걸은 뒤, 나는 시간을 확인하고 걸음을 재촉했다. 3시 15분 전이었다. 내 직감이 틀렸다면, 에이든이 작업실에 없다면, 결혼식 시간에 맞춰 글로브에 돌아갈 수 없다. 딸을 인도해서 식장에 입장할 기회는 영영 사라진다.

하지만 마침내 오두막에 도착해 보니, 문은 잠겨있지 않았다. 나는 안으로 들어갔다. 에이든은 보이지 않았지만, 혼자라는 기분이 들지 않았다. 낯설고 퀭한 표정을 한 흑백 얼굴들이 나를 응시하고 있었다. 나는 나선계단 옆에 멈춰 바닥에 난 구멍 속을 들여다보았다. 바닥에는 희미한 불빛이 보였다.

"에이든? 거기 있나?"

"내려오지 마세요, 프랭크."

"모두가 자네를 찾고 있어. 게리, 휴고, 사진사들…."

"꺼지라고 하세요."

뭐라고 대답해야 할지 알 수 없었다. 나는 그 자리에서 한 바퀴 돌며 작업실을 둘러보고, 작업 중인 모든 그림을 관찰했다. 얼굴 중 하나는 그웬돌린이라는 것을 알아볼 수 있었다. 눈을 살짝 내리깐 채, 수줍으면서도 약간은 도발적인 미소를 지으면서 그림을 마주한 이를 바라보고 있었다.

"아래층으로 내려가겠네, 에이든."

"오지 마세요." 그의 목소리는 떨리고 있었다. 무슨 육체적인 노동이라도 하는 듯 힘든 음성이었다. "그냥 가십시오. 제가 여기 있다고 아무에게도 말하지 마세요."

"에이든, 잠시 확인만 하겠네, 알겠나? 이 결혼식, 굳이 할 필요 없어. 자네가 경찰에 거짓말한 사실 알고 있네. 자네 어머니를 보호하려고. 그건 장한 일이야. 왜 그랬는지 누구나 이해할 거야. 하지만 매기도 거짓말을 했어. 둘 다 똑같은 죄를 저지른 거야. 그러니 자네가 결혼식을 취소한다 해도 그 애가 자네를 해칠 방법은 없어. 아무 힘도 없어."

"마거릿이 힘이 없다고 생각하신다면 따님을 잘 모르시는 겁니다."

"내 말 믿어, 나는 누구보다 그 애를 잘 알아. 그저 오랫동안 진실을 보지 않으려고 애썼을 뿐이지."

상황인식 훈련을 통해 생긴 습관 중에는 출구가 단 하나뿐인 어두운 지하실에는 자발적으로 들어가지 않는다는 규칙이 있다. 하지만 얼굴을 마주 보고 대화하지 않는다면 에이든을 설득할 수 없다는 사실을 알고 있었기에, 나는 본능적인 판단을 무시하고 계단을 내려갔다. 계단은 짧고 좁았다. 철제 기둥을 잡은 채 몸을 부자연스러운 자세로 비틀어서 바닥까지 내려가야 했다. 둥근 철문이 나있는, 거대한 금고 입구처럼 생긴 좁고 갑갑한 현관 같은 공간이었다.

철문 안에는 높은 철제 선반이 늘어선 터널이 있었는데, 오랜 세월이 흘렀지만 여전히 비상식량이 빼곡하게 구비돼 있었다. 토마토 스튜를 담은 커다란 통조림이 녹슬어 있었고, 크림옥수수, 돼지고기와 콩, 참치, 델몬트 과일칵테일 등이 있었다. '비스킷', '생존', '다용도' 표식이 붙은 곰팡이 핀 판지 상자가 쌓여있었고, '식수'라고 적힌 거대한 물통, 차민 두루마리 화장지, 에이잭스 세제, 아이보리 비누, 에버레디 건전지 등 1950년대 가정용품들이 많았다. 문고판 소설, 각종 설명서, 백과사전 전집 등이 있는 작은 도서관도 마련돼 있었다. 방공호 전체에서 중고 서점 같은 기분 좋은 먼지 냄새가 풍겼다.

터널 안쪽 끝에서 통로 폭이 넓어지면서 소파와 식탁, 의자, 네 쌍의 군용 2층 침대가 놓인 일종의 생활공간이 있었다. 에이든은 검은 턱시도를 차려입고 격식을 차린 만찬에 나를 초대하듯 식탁 상석에 앉아있었다. 그의 앞 식탁에는 금속 상자가 놓여있었고, 상자 안에는 검은 콜트 권총이 들어있었다. 방공호는 외부의 위협을 방어하는 곳이니, 당연히 이 공간을 지은 사람은 각종 최악의 시나리오에 대한 대비책을 마련했을 것이다.

"가까이 오지 마세요, 프랭크. 위층에 그냥 계셨어야 했습니다."

"이야기를 해봐, 에이든. 지금 무슨 생각을 하고 있나?"

그는 나를 보려 하지 않았다. 나는 총에 시선을 주었지만 장전되어 있는지 알아볼 수 없었다. 60년 동안 눅눅하고 먼지 쌓인 지하실에 보관한 상태였기 때문에, 총이 제대로 발사되는 상태인지, 실탄이 아직 제 성능을 발휘할지도 알 수 없었다.

"자네는 이 캠프에서 내가 신뢰하는 유일한 사람이야." 나는 그에게 말했다. "자네한테 무슨 일이 일어난다면, 나도 여기서 안전하지 않다고 봐야 해."

"괜찮을 겁니다, 프랭크. 제가 방금 어르신이 묵고 계시는 오두막에 갔다 왔어요. 선물 하나를 슈트케이스 안에 넣어놨습니다."

"무슨 선물?"

"보면 아실 겁니다. 그 정도면 어르신을 보호하기에 충분해요. 걱정 마십시오."

그의 목소리에는 이 지하실을 나갈 생각이 전혀 없는 듯, 일종의 체념한 슬픔이 어려있었다.

"에이든, 내 말 들어봐. 내 친구의 친구가 《월스트리트 저널》에서 일해. 그들이 이미 당신 가족에 대해 취재하고 있는 모양이야. 아마 자네를 도울 수 있는 사람들을 알고 있을 걸세."

"프랭크, 제가 《월스트리트 저널》에 폭로하면 따님은 아주 곤란해질 겁니다."

"난 그 애에 대해 걱정하지 않아. 지금 내가 걱정하고 있는 건 자네와 그 식탁 위에 있는 총이야. 그 상자 좀 닫아주겠나?"

그는 여전히 눈 마주치기를 피하면서 고개를 저었다. 얼굴은 붉게 상기돼 있었다. 분명 울고 있었던 것 같았다.

"좋은 생각이 있어, 에이든. 지금 모든 사람이 글로브에서 자네를 기다리고 있네. 이 순간을 이용해서 여기를 빠져나가는 거야."

"무슨 뜻입니까?"

"오스프리 코브를 떠나자는 말이야. 다시 돌아오지 말자고."

그는 클클 웃었다. "그게 그렇게 쉽습니까? 휴고가 철통같은 경비 태세를 취하고 있을 겁니다. 절대 못 빠져나가요."

"울타리는? 망가진 부분이 없을까? 빠져나갈 만한 곳이?"

"제가 본 적은 없습니다. 찾아볼 수는 있겠지만, 항상 경비가 보초를 서고 있습니다."

"호수는?"

"수영이라도 하고 싶으십니까?"

"자네 아버지의 보트를 타고 가면 되지. 일단 물로 나가면 못 쫓아올 거야, 목격자가 너무 많으니까. 그 많은 요트 하며. 호수를 건너서 아무 마을에나 들어간 뒤 태거트에게 연락하면 돼."

"그 사람들은 저를 미워합니다. 우리를 도와주지 않을 거예요."

"자네가 사실대로 말하기 시작하면 얼마든지 도와줄 거야. 자네 부모님은 그 사람들의 인생을 망쳤어. 그 사람들도 실제로 무슨 일이 있었는지 알 자격이 있네."

그가 동의한다는 건 알 수 있었지만, 겁을 먹고 있다는 점도 보였다.

"이것 봐, 에이든. 자네 자신을 위해서도, 태거트를 위해서도 굳이 하고 싶지 않다면… 그웬돌린은 어떤가? 그웬돌린은 자네를 좋아했어. 자네를 염려했지. 자네가 스스로 일어서길 바랐어. 그들이 그웬돌린에게 무슨 짓을 했나? 끔찍한 기분이라는 거 알아."

그는 여전히 나를 쳐다보지 않았지만 고개를 끄덕였다. 내 말이 가닿고 있다는 걸 알 수 있었다.

"그웬돌린이 아직 살아있다면… 자네가 총을 넣어두고 나랑 같이 위로 올라가길 바랐을 거야."

"맞습니다, 그랬을 거예요."

"하지만 지금 가야 해, 사람들이 글로브에서 흩어지기 전에." 이미 3시 10분이었다. 빠져나가려면 서둘러야 했다. 둘 다 턱시도를 입고 검은 옥스퍼드 구두를 신은, 눈에 띄는 차림이었지만 빨리 출발하면 불가능하지는 않았다. "준비됐나?"

에이든은 잠시 생각하다가 대답했다. "그웬에게 결혼은 그냥 전시용이라고 했습니다. 1년 정도만 유지할 거라고, 그동안에 다른 사람도 얼마든지 만날 수 있다고. 하지만 그웬은 그렇게 맞장구치는 걸 거부했습니다. 자기 원칙이 너무 강했어요. 나와 아무것도 함께하지 않겠다고 했습니다. 내가 집안의 돈에 등을 돌리고 진실을 말하지 않는 이상."

문득 에이든은 마침내 그렇게 하기로 마음먹었는지 일어서서 재킷을 바로 잡았다. 그는 총이 든 상자 뚜껑을 닫고 자물쇠를 잠근 채 높은 선반 위에 올려놓았다.

"지름길을 알고 있습니다." 그는 말했다. "숲을 질러서 보트하우스까지 가는 길이 있습니다."

"서두르세."

에이든을 따라 나선계단을 올라가서 작업실을 가로질렀지만, 문으로 가려는데 바깥 포치에서 발소리가 들렸다. 나는 계산이 틀렸다는 사실을 깨달았다.

3시 10분은 맞았지만, 가드너 세상에서는 이미 3시 25분이었다. 그들은 이미 한참 전부터 우리를 찾고 있었던 것이다. 에이든이 문을 열자, 밖에는 그의 아버지와 게리 레빈슨은 물론 휴고까지 와있었다.

"에이든! 여기서 뭘 하고 있냐!" 에롤은 격분해서 소리쳤다. "하객들이 300명이나 기다리고 있어."

그의 아들은 돌아서서 계단으로 도로 달려갔다. 나는 그를 잡으려고 몸을 날렸으나 한발 늦었다. 그의 이름을 불렀지만 에이든은 그냥 계단을 내려가서 구멍 안으로 들어가 버렸다.

에롤은 내게로 화살을 돌렸다. "당신은 뭐 하고 계신 거요? 왜 글로브에 가지 않고?"

나는 그를 무시했다. 계단 꼭대기로 달려가서 지하실에 대고 외쳤다. "에이든! 잠깐만! 제발…."

그때 우리 모두가 들었다. 한 발의 총소리가 지하실의 단단한 콘크리트 벽 안에서 증폭되어 메아리쳤다. 나는 결혼식이 취소되었다는 것을 알았다.

6.

한 시간 안에 업체 직원들은 의자를 쌓아 올리고 모든 식탁을 치웠다. 예술적으로 접어놓았던 리넨 냅킨 300장도 모두 다시 펼쳤다. 은 식기를 전부 거두고 식탁 위의 물건들을 죄다 플라스틱 쟁반에 분류해 담았다. 정찬 접시, 샐러드 접시, 빵 접시도 식기 수레에 차곡차곡 쌓아 올렸다. 식탁보는 세탁하고 다리기 위해 통에 담았다. 식탁을 장식했던 꽃은 아까우니 하객들에게 가지고 가라고 권유했고, 이 권유에 담긴 속뜻은 분명했다. '가족들끼리 조용히 슬퍼할 수 있도록 최대한 빨리 떠나주세요.'

내게 다가와서 조의를 표한 하객들은 '끔찍한 사고'라는 표현을 썼다. 아마 달리 더 정중하게 표현할 방법이 없었을 것이다. 하필 결혼 서약을 하기로 한 바로 그 순간, 에이든이 방공호에 들어가서 빈티지 권총을 청소하고 있었다는 해명을 믿는 척하자, 하는 속뜻일 테니. 하지만 손님들은 돌아서자마자 다시 자기들끼리 모여서 수군거리고 있었다. 에이든이 오랫동안 정신과 치료를 받아왔으며, 항상 냉담하고 외톨이 기질이 있었다는 사실은 공공연한 비밀이었다. 그는 '예술가의 성정'을 갖고 있었다. 그림 소재는 항상 문제가 너무 많아 보였고 더욱이 가까운 친구를 마약 과용으로 잃었다. 당연히 고통스러웠을 것이고, 큰 고통을 속으로 삭이고 있었을 것이다. 그리고 온갖 위험 징후는 너무나 간과하기 쉬워서….

호화 버스가 호텔에 묵는 하객들을 시내로 실어 날랐고, 4시 반이 되자 오두막이 비워지기 시작했다. 아직 턱시도 차림으로 나는 주도로의 벤치에 앉아 손님들이 캐리어 가방을 끌고 각자 차량으로 가는 광경을 지켜보았다. 가능하면 다들 눈길이 마주치는 것을 피하고 있었다. 아무도 뭐라고 해야 할지 몰랐다. 무슨 말도 적절하지 않은, 그런 끔찍한 상황이었다.

아르만도 카스타도는 내게 말을 걸려고 노력한 사람들 중 하나였다. 그는 벤치에 나란히 앉더니 개인 전화번호가 찍힌 명함을 건네고 전화를 걸라고 했다. "들어줄 사람이 필요하면 언제든지 나한테 연락하게. 전화 기다리겠어, 프랭크."

나는 아무와도 이번 사건에 대해 의논할 마음이 없었고, 아르만도 카스타도와는 특히 더 그랬다. 하지만 그의 배려는 고마웠다. "감사합니다."

"마거릿은 이겨낼 거요." 그는 다짐했다. "아버지의 사랑과 든든한 뒷받침이 있으니 괜찮을 거요."

나는 확신할 수 없었다. 하객들을 뒤로하고 글로브를 나온 이후 매기를 본 적이 없었지만, 산장 안 어딘가에서 에이든의 부모님과 함께 슬퍼하고 있다는 이야기를 전해 들었다. 나는 그들과 어울리고 싶은 마음이 없었다.

총성이 울린 직후, 휴고는 우리 모두에게 위층에 있으라고 한 뒤 상황을 살펴보기 위해 나선형 계단으로 내려갔다. 그는 자기 혼자 가는 것이 더 안전할 거라고 했다. 에롤과 게리는 기꺼이 그 말을 들었지만, 그래도 나는 휴고를 뒤따라 내려갔다. 오늘까지도, 나는 내려간 것을 후회한다. 그 작자와 내가 지하실에서 봤던 장면을 뇌리에서 지울 방법은 영영 없을 것이다. 에이든은 바닥에 널브러져 있었고, 그의 머리 대부분은 벽을 따라 흘러내리고 있었다. 하지만 어째서인지 나머지 몸통은 아직 살아있었다. 그는 여전히 '움직이고 있었다'. 나는 911에 신고하려고 전화를 꺼냈지만, 휴고는 전화를 후려쳤다. "어리석은 짓 하지 마시오."

전화를 집어 들려는데, 그가 나를 벽에 밀어붙이고 날카로운 손날로 내 허리를 갈겼다. 전기충격기로 지진 것 같았다. 휴고가 바로 뒤에 서서 내 팔을 꺾고, 나를 벽에 밀어붙인 채, 에이든의 목에서 씩씩거리는 마지막 숨소리를 듣게 하지 않았다면, 나는 그 자리에서 무너졌을 것이다. 휴고는 1분만 더 견디면 된다고 침착하게 속삭였는데, 내 평생 가장 긴 1분이었다. 오늘날까지도 가끔 술집이나 식당에서 낯모르는 사람이 헛기침하는 소리를 들으면, 갑자기 얼굴을 차가운 콘크리트 벽에 누른 채 움직일 수도, 도와줄 수도 없이 속수무책이었던 그 지하실로 돌아간 기분이 들 때가 있다.

마침내 호흡이 멎자, 휴고는 나를 놓아주었고 그제야 나는 바닥에 엎어졌다. 그는 에롤과 게리에게 내려와도 안전하다고 소리쳤지만, 둘 다 서두르지 않았다. 아마 무엇을 보게 될 것인지 이미 알고 있었을 거라고 생각한다. 그들은 절반쯤 계단을 내려오다 멈추고 더 이상 보려 하지 않았다. 에롤은 조금도 가책을 느끼는 것 같지 않았다. 마치 내려와 보니 지하실이 물에 잠겨있어서 귀찮은 일거리가 생긴 사람 같았다. 그는 그저 변호사를 돌아보며 이렇게 물었다. "이제 어떻게 하지?"

게리는 잠시 생각하다가 대략의 계획을 제안했다. "휴고는 911에 연락해서 공식적으로 신고한 기록을 남기게. 어제 일도 있었으니, 경찰은 이렇게 금세 다시 사건이 터진 걸 보고 놀랄 거야. 하지만 다행히 이번에는 상황이 더 간단하네. 에이든이 결혼식에 늦어서 우리 넷이 그를 찾아 와보니 이렇게 되어있더라, 이유는 모르겠다, 모두 아직 충격을 받은 상태다." 게리는 에롤과 휴고를 차례로 보고 이어 나를 보았다. "다들 이런 상황이라는 데 동의하지?"

에롤은 고개를 끄덕였고 휴고도 말했다. "물론입니다."

나는 물었다. "대안이 뭐요?"

"무슨 말씀이신가, 프랭크."

"내가 동의하지 않으면 어떻게 되느냐는 말이오. 경찰이 에이든의 시체 옆에서 내 시체도 발견하게 되나? 아니면 돈 태거트처럼 나도 실종되나? 이게 언제 끝나느냐는 말이오."

게리는 내 질문을 무시했다. 쓸데없는 질문이라고 보는 것 같았다. "일단 지금 하객 수백 명이 글로브에서 우리를 기다리고 있어. 내가 거기로 가서 끔찍한 사고가 있었다고 설명하지. 마거릿에게도 알리고, 이 소식을 들어도 될 정도로 제정신이라면 캐서린에게도 알리고. 휴고가 경찰에 신고하고 나면, 우리는 손님들을 슬슬 내보내야겠지. 그동안 당신 둘은 합의를 보게나. 말을 맞출 시간이 10분밖에 없어."

우리는 그들을 따라 방공호에서 위층으로 올라왔다. 휴고와 게리는 이미 작업실을 나서고 있었지만, 나는 잠시 서서 에이든의 그림을 바라보았고 에롤도 옆에 남았다. 그 순간 걸음을 멈추고 그의 작품을 감상하는 것 말고 에이든의 인생을 기릴 더 나은 방법은 찾을수가 없었다. 에이든이 흑백으로 그렸던 보통 사람들의 얼굴 전부가, 간호사와 교사, 요리사와 버스 운전사, 주름살과 잡티, 온갖 불완전함… 그 모두가 오스프리 코브에 모인 결혼식 하객과는 동떨어진 사람들이었지만, 어쩌면 그런 이유로 이 얼굴들을 그린 게 아니었을까.

"그쪽이 어떻게 고개를 들고 살아갈 수 있을지 모르겠군." 나는 에롤에게 말했다. "당신 아들은 좋은 사람이었어, 재능이 대단했지. 근데 이제 죽었어, 당신 때문에."

에롤은 태연하게 어깨를 으쓱하며 그런 말에 별로 개의치 않는다는 티를 냈다. "진실은 약간 더 복잡해요, 프랭크. 듣고 싶은 거요, 아니면 다 알지도 못하면서 비난만 하고 싶은 거요?"

그가 자기 행동을 변호하려 한다는 것을 믿을 수가 없었지만, 그는 정확히 그렇게 했다. "15년쯤 전, 나는 애터버스 지네틱스라는 작은 스타트업 회사에 투자할 기회가 있었소. 회사는 오래가지 못했지. 23앤미라는 회사에 밀려버린 게야. 기본적으로 똑같은 아이디어를 갖고 있었거든. 그게 뭐냐면, 컵 안에 침을 뱉어서 연구실에 보내면 DNA의 모든 비밀을 분석해서 다시 보내주는 거요. 최고경영자는 친구들에게 나눠주라고 샘플 키트를 잔뜩 보내줬는데, 재미 삼아 나는 아들을 검사해 보기로 했소. 그때 아들은 열 살 정도. 나는 걔가 나한테 뭘 물려받았는지 궁금했어. 답은 제로였소. 다른 사람들이었다면 놀랐겠지만… 나는 그렇지 않았지. 사실 원래부터 의심하고 있었어. 아들은 나와 전혀 닮지 않았거든. 성격도 극과 극이었지. 걘 언제나 소심하고, 조심성이 많고, 겁도 많았소. 에이든이 내 아들이 아니라는 사실을 알게 되니, 진심으로 마음이 놓일 정도였어. 난 걔를 캐서린에게 맡기고 일에만 집중하기로 결심했소."

"에이든에게 누가 사실대로 말해줬나?"

"모르지, 나는 말 안 했소."

"그럼 자식을 내팽개치면서 이유도 전혀 설명해 주지 않았단 말이오? 그게 에이든에게 정당한 일인가?"

"경제적으로 뒷바라지는 계속했네만. 미술로는 그 펜트하우스 집세도 감당 못 하지."

"부모로서 그 정도로 할 일을 다 했다고 생각하나? 진짜 애비답게 행동하든지, 사실대로 말해줬어야 했어. 아버지가 왜 자신을 싫어하는지 고민하게 하지 말고."

에롤은 이미 듣고 있지 않았다. "그래봤자 내게 죄책감을 들게 하지는 못할 거요, 프랭크. 이 난장판을 만든 건 내가 아니야. 돈 태거트의 머리를 깬 건 내가 아니란 말이오. 하지만 당신 딸은 이 일에 깊이 개입되었으니, 딸의 안녕이 걱정된다면 내 변호사의 충고를 따르길 바라. 게리는 아주 유능한 사람이고, 당신만 좋다면 당신 가족을 위해 일할 거요."

나는 그가 옳다는 것을 알고 있었다. 가드너 표준시를 좀 더 오래 지키면서, 그들의 공식적인 해명에 동의하는 모습을 보여야 한다는 사실도 알고 있었다. 하지만 이제 매기와 가드너 집안의 인연은 이것으로 끊어졌다는 점도 깨달았다. 결혼식은 취소됐고, 지금 매기는 자유로운 여성이었다. 앞으로 어디든지 갈 수 있었고, 무엇이든지 할 수 있었고, 오스프리 코브를 떠나 다시는 돌아오지 않을 수도 있었다.

나는 정확히 그렇게 할 계획이었다.

7.

경찰 두 명이 내 이야기를 듣고 진술을 녹음했지만 질문을 많이 하지는 않았다. 그들은 내 기억이 에롤과 게리의 진술과 일치한다는 점만 확인하고 싶은 것 같았고, 그런 뒤 나를 보내주었다. 대화는 채 15분도 걸리지 않았다.

내가 오두막을 향해 출발할 무렵, 정원은 비어있었다. 업체 직원들은 만찬의 마지막 흔적까지 쓸어가 버렸다. 마치 이번 주말에 아무 일도 없었다는 듯 깨끗했다. 블랙버드 오두막 문은 잠겨있었고, 휴대전화를 사용해서 안에 들어가야 했다. 나는 태미와 애비게일을 불렀지만, 의외로 오두막에는 아무도 없었다.

나는 위층에 있는 내 침실로 올라가 턱시도를 벗은 뒤, 매거나 달고 있던 것들을 옷 가방 안에 다시 꼼꼼히 넣었다. 그런 다음 치노 바지와 티셔츠, 가벼운 플리스 스웨트 셔츠를 껴입었다. 밤새도록 운전해야 했기 때문에 편안해야 했다.

내 슈트케이스는 여전히 2층 침대 아래 칸에 놓여있었고, 나는 맨 위쪽 지퍼를 열었다. 가장 큰 공간에 100달러짜리 지폐 열 장이 들어있는, 오래된 마닐라 봉투가 들어있었다. 나는 이것이 에이든이 말했던 선물이라는 것을 깨달았지만, 도대체 왜 이런 걸 줬는지 알수 없었다. 그는 이 선물이 나를 보호할 거라고 했는데, 이 돈으로 무슨 안전을 살 수 있다는 걸까?

비밀스러운 표식이나 여타 다른 실마리가 없나 봉투를 자세히 살펴보았지만, 아무것도 발견하지 못했다. 돈에서는 헌책에서 나는 퀴퀴한 향이 풍겼고, 모두 1953년 이전에 발행된 지폐인 걸로 보아, 지하 방공호에 몰래 보관하고 있던 돈인 것 같았다. 어쩌면 에이든이 워낙 순진해서 천 달러 정도면 나 같은 노동계급 일꾼한테는 큰돈일 거라고 생각했는지도 모른다. 그 생각을 하니 화가 치밀어서 이대로 오두막에 놓고 갈까 하는 생각이 스쳤다. 하지만 마지막 순간, 나는 봉투를 가방 안에 던져 넣고 지저분한 옷가지를 그 위에 쌓아 올렸다.

4시 반, 나는 슈트케이스를 오스프리 산장으로 옮겼다. 부엌을 통해 들어갔더니, 결혼식 만찬을 위해 업체에서 준비했다가 그대로 두고 간 곁들임 음식과 샐러드 뷔페 주위에 경찰 대여섯 명이 모여있었다. 게리는 경찰들에게 음식이 아까우니 접시째 가져가서 친구와 가족들과 같이 먹으라고 권하고 있었다. 하지만 남의 불행에서 이득을 보고 있는 것이 부끄러웠는지, 내가 들어서자 그들은 갑자기 이야기를 멈추고 눈길을 피했다.

매기와 태미는 문을 닫고 커튼을 친 채 거실에 숨어있었다. 경찰들과 마찬가지로 내가 들어서자마자 그들은 대화를 멈췄다. 매기는 풍성한 흰 레이스 드레스 차림으로 소파 하나를 거의 다 차지하고 있었다. 손에 티슈를 쥐고 있었고 옆에 휴지 갑이 놓여있었지만, 화장은 아직 그대로였다. 뺨도 말라있었다.

"경찰이 우리는 이제 가도 좋다고 했어." 나는 말했다. "원한다면 둘이 작별인사라도 하든가. 나는 밖에서 기다리마."

"가려고?" 태미가 물었다.

"끝났어, 모두 다 갔어."

"손님들은 갔지. 우리는 가족이잖니. 모두 똘똘 뭉쳐서 서로를 지지해 줘야 하는, 그런 때 아니냐."

"태미, 난 이 상황을 전혀 지지하지 않아. 세 사람이 죽었고, 내가 입을 다물고 있는 유일한 이유는 저 애 때문이야." 도저히 딸의 이름을 부를 수가 없어서 나는 그냥 손으로 매기를 가리켰다. "20분 기다릴 테니까 짐을 싸. 하지만 20분이 지나면 준비되든 안 되든 나는 바로 출발할 거야."

태미는 내가 진지하다는 것을 알고 일어섰다. 하지만 매기는 움직이지 않았다.

"이제 널 위한 건 여기 없다." 나는 말했다. "끝났어. 결혼도 없고, 혼전 계약도 없다. 넌 아무것도 못 얻어."

매기의 표정을 보니 그 점은 아직 흥정할 만한 여지가 있는 것 같았다. "분명 계획은 바뀌었죠. 하지만 아직 에롤과 이야기할 게 많이 남아있어요. 아빠와 고모는 가세요, 전 여기 좀 더 있을 거예요."

매기를 오스프리 코브에 두고 간다면 영영 못 나오는 게 아닌가, 가드너 가족에 영영 매이는 게 아닌가 하는 걱정이 들었다. 하지만 싸우기에는 너무 피곤했다. 같은 말싸움을 언제까지나 할 수는 없었다. 하루 종일 아무것도 먹지 못했고 허리가 너무 아팠다. 그냥 누워서 눈을 감고 자고 싶었다. 그러나 드러눕는 대신, 나는 내 딸이 한때 집이라고 불렀던 작고, 서글프고, 비참한 세상을 향해 여섯 시간이나 운전해야 한다.

매기는 우리 둘에게 포옹하고 내일 전화해서 진척 상황을 알리겠다고 약속했다. 그런 뒤 위층으로 올라가서 옷을 갈아입겠다고 말했다. "이 드레스는 세 번이나 고쳤는데 그래도 안 맞네." 매기는 뒤로 끌리는 드레스 밑단을 들어 올린 채 현관으로 나갔고, 우리는 매기가 계단을 올라가서 사라질 때까지 지켜보았다.

"음," 태미가 조용히 말했다. "나도 짐을 챙겨야겠네."

"주식 잊지 마."

누나는 뺨이라도 얻어맞은 것처럼 움찔했고, 나는 말을 주워 담고 싶었다. "안 그래도 기분이 엉망인데 그렇게까지 말해서 더 나쁘게 할 것까지는 없잖아."

"미안해, 그 말은 잘못했어."

누나가 주식을 챙기고 그냥 모른 척하자고 유쾌하게 말해서 화가 났던가? 그랬다. 하지만 우리 둘의 경제적 상황이 반대라면 나도 똑같이 행동했을까? 아마 틀림없이 그랬을 것이다. 태미는 평생 다른 사람이 남긴 지저분한 것들을 치우면서 살았다. 언제나 제대로 평가

받지 못하고, 인정받지 못하고, 급여도 적었다. 5년치 급여라면 인생을 바꿀 수 있는 돈이었고, 그걸 받았다고 해서 누나를 비판하고 싶지는 않았다.

"난 에이든이 이 결혼에 아무렇지도 않은 줄 알았다." 태미는 말했다. "걔가 계획한 거라고 생각했어! 조금이라도 그런… 그런… 기미가 보였다면…."

나는 문장을 굳이 끝맺을 필요 없다는 뜻으로 태미의 몸에 팔을 둘렀다. "아무도 누나를 탓하지 않아. 이 캠프가 누나 머릿속을 혼란스럽게 한 거야. 이 모든 돈… 이것 때문에 사람들이 미친 소리를 하고 미친 생각을 믿는 거야. 우리는 빨리 여기서 나가야 해. 애비게일은 어디 있어?"

"우리 오두막에."

나는 방금 오두막에서 오는 길이라고 했다. "애비게일은 없었어. 마지막으로 어디서 봤는데?"

"글로브에서, 우리 모두 소식을 들었을 때. 애비게일한테 오두막에 가 있으라고 하고, 나는 매기랑 같이 여기로 왔어."

"그 애를 본 게 그때야?"

"시간이 어떻게 흘렀는지 모르겠다. 그냥 어안이 벙벙해서."

"짐 싸, 아이는 내가 찾을게."

나는 캠프를 사방으로 둘러보았다. 호숫가, 선착장, 보트하우스 그리고 애비게일이 나무를 타고 올라갔다가 내 어깨 위로 떨어져서 허리를 다치게 한 커다란 나무, 빅벤에도 가봤다.

마침내 나는 다급한 심정으로 태미가 마지막으로 애비를 봤다는 글로브, 하객들이 결혼식 참관을 위해 모였던 장소에도 가봤다. 무대는 깨끗했고, 현악 4중주단은 퇴장했다. 꽃다발도 모두 치워졌고, 의자는 뒷줄에 있는 딱 한 자리만 빼고 텅 비어있었다. 결혼식에 마지막까지 남아있는 사람은 여름 데이지 화관을 머리 위에 삐딱하게 얹은 어린 소녀였다. 무릎 위에는 꽃잎이 가득 든 작은 바구니가 놓여있었다. 그 애는 무대를 향해 앉은 채 기다리고 있는 것 같았다. 아직 결혼식이 시작될지도 모른다는 작은 희망을 놓지 않은 듯했다.

나는 그 애 옆에 앉았다. "여기 있었구나, 애비."

"안녕하세요." 작게 쉬어 꺽꺽거리는 서글픈 목소리, 나는 애비가 울고 있었다는 걸 깨달았다. 우는 것도 당연하다. 동화 속에 나오는 결혼식을 기대했을 텐데. 애비게일은 두 사람이 서로에게 할 수 있는 단 하나 최고의 맹세를, 사랑과 믿음, 헌신의 특별한 선언을 지켜봐 달라고 초대받았다. 그런데 이제 에이든은 죽고, 모두가 흩어지고, 다음 주 월요일이면 태미의 콘도를 떠나서 다시 누군지도 모르는, 자기를 돌봐줄지 말지조차 알 수 없는 낯선 보호자의 집으로 가서 살아야 한다.

나는 그 애를 데려온 게 실수라는 걸 깨달았다.

"이제 우린 차 타고 집으로 돌아갈 거다." 애비게일은 주먹으로 눈을 문지르고 고개를 끄덕였다. "지금 가자는 거야."

이 말에 아이는 더 심하게 울기 시작했다. 그 애는 당황해서 두 손으로 얼굴을 가리고 내게서 고개를 돌렸다. "죄송해요, 프랭크 아저씨. 저는….”

애비게일의 얼굴은 눈물 콧물로 범벅이었고, 나머지는 알아볼 수도 없었다. 나는 스웨트 셔츠를 벗어서 부드러운 플리스 안감으로 가볍게 애비의 뺨을 닦아주었다. 아이는 몸을 앞으로 숙이고 옷감에 대고 코를 풀더니 사과했다. 나는 괜찮다고 했다. “전부 다 풀어.” 그 애는 코를 몇 번 풀고, 심호흡을 하더니 마침내 진정했다.

“태미한테 무슨 일인지 들었니?”

“사고가 났다고 들었어요.”

나는 고개를 끄덕였다. 애비가 알아야 할 일은 이것뿐이었다. “이렇게 돼서 정말 유감이다, 애비게일.”

“기분이 너무 나빠요.” 아이는 배가 아픈 듯 몸을 앞으로 숙이며 이를 악물었다. “그냥 너무 아파요.”

다른 하객들은 이미 각자의 삶을 향해 움직이고 있었다. 어떤 이는 집으로, 현실을 향해 떠났고, 여기 오스프리 코브에서 내 고통과 슬픔 전부를 함께하고 있는 이는, 심지어 나보다 더 아파하고 있는 사람은 단 한 명이었다.

“나도 마음이 아프구나.” 나는 말했다. “너까지 이런 일을 겪게 해서 정말 미안해, 애비게일.”

나는 아이의 무릎에 손을 얹었고, 애비게일은 내 옆에 다가들어 몸을 기댔다. 우리는 한참 동안 말없이 그렇게 앉아있었다. 계속 전화가 진동하는 게 느껴졌다. 누나가 우리를 사방으로 찾으며 문자메시지를 여러 번 보내고 있었지만, 나는 굳이 한 통도 읽지 않았다.

애비게일이 누군가의 관심을 오롯이 받을 가치가 있는 사람이라고 느꼈고, 지금 그렇게 해주어야 하는 사람은 나였다.

얼마나 거기 앉아있었는지 기억나지 않지만, 얼마 후 정신을 차려 보니 해가 떨어지고 있었다. 곧 땅거미가 내릴 것이다. 잠들었나 했지만, 내가 헛기침하자 아이는 몸을 움직였다. "이제 가야겠다. 출발 하면 우리 둘 다 기분이 좋아질 거야."

"정말 그럴까요?"

"틀림없다. 내일 아침에는 기분이 아주 조금 더 좋아질 거야. 그 다음 날에는 그보다 아주 조금 더 좋아질 거고. 지금은 일단 힘을 내 서 움직여야 한다."

애비게일은 고개를 끄덕이고 플리스 스웨트 셔츠를 내 무릎에 밀어놓았다. 콧물과 코딱지 범벅이어서, 나는 그냥 셔츠를 뒤집어 허리에 묶었다. 그리고 자리에서 일어났지만 애비게일은 꼼짝도 하지 않았다.

"일어나라, 이제 가야 해."

아이는 안아달라는 듯이 두 팔을 들었다. 허리가 버틸 수 있을까 걱정스러웠지만, 그래도 한번 해보기로 했다. 나는 애비게일의 작은 손을 잡았고, 그 애는 의자를 딛고 올라섰다. 그런 뒤 나는 아이의 허리를 영차 하고 들어 한 손으로 내 등에 받쳤다. 너무 가벼워서 의외였다. 나는 반대 손으로 꽃잎 바구니를 들고 오스프리 산장으로 향하는 오솔길을 걷기 시작했다. 애비게일은 한 팔로 내 어깨를 감 더니 반대쪽 손으로 머리 옆쪽을 긁었다.

"아직 가려우냐?"

그 애는 고개를 끄덕였다.

"매기가 의사를 불러준 줄 알았는데."

"불러준다고 했어요."

"한데 아무도 안 왔어?"

애비게일은 고개를 저었다. 그리고 좀 더 머리를 긁더니 내 어깨에 손을 내려놓았고, 그렇게 우리는 캠프로 돌아왔다.

PART 5

작별 선물

1.

다음 날 오후, 나는 턱시도를 돌려주러 스트라우드버그의 멘스웨어하우스로 갔다. 분홍색으로 머리를 물들이고 눈썹에 피어싱을 한 점원, 내게 값비싼 액세서리 세트를 팔았던 바로 그 친구가 계산대 뒤에 서있었다. "아, 돌아오셨군요! 일은 다 잘 끝났습니까?"

나는 정중하게 뭐라 중얼거리고 얼른 거기서 나왔다. 그의 질문에 대한 대답은 이것이었다. '아직 모르겠다.'

나는 전날 저녁, 태미와 애비게일과 함께 뉴햄프셔에서 차를 몰고 돌아왔다. 자정 즈음 두 사람을 집에 데려다주고, 나는 12시 30분에야 내 침대에 누울 수 있었다. 완전히 녹초가 된 상태였지만 신경이 곤두서서 잠이 오지 않았다. 매기에게서 이후 무슨 일이 벌어졌는지, 상황을 알리는 전화가 오지 않을까 하고 계속 기다렸다. 매기의 장담에도 불구하고 나는 걱정을 접을 수가 없었다. 그러다가 가물가

물 잠들었지만, 다음 날 아침 일찍 잠에서 깨자마자 곧장 휴대전화로 손을 뻗었다. 수신된 메시지는 없었다.

나는 집안일로 바삐 움직이려고 노력했다. 매기가 어린 시절 쓰던 침실로 가서 시트를 벗기고 세탁기에 집어넣었다. 딸이 더는 집에 오지 않으리란 사실은 알고 있었지만, 그래도 마음이 바뀔 경우에 대비해서 준비해 두고 싶었다. 택시도를 반납한 뒤, 나는 숍라이트로 차를 몰고 가서 식료품 카트에 딸이 좋아하는 음식을 가득 채웠다. 그러는 동안에도 혹시 놓치는 전화라도 있나 계속 확인하고 있었다. 오후 늦은 시각, 휴대전화가 처음 울리자 나는 심장이 떨어지는 기분으로 발신자 이름을 확인했다. 슈퍼컷츠의 비키였다. 받고 싶지 않았지만, 피할 수 없는 대화라는 것을 알고 있었다.

"성가시게 해서 미안해요, 프랭크. 방해한 건 아니죠?"

그녀는 무슨 일이 있었는지 듣고 조의를 표하기 위해 걸었다고 했다. 에이든 소식이 온갖 뉴스를 도배하고 있는 모양이었고, 비키는 이 소식을 페이스북에서 읽었다. 부유한 첨단기업 재벌의 아들이 결혼식을 몇 분 앞두고 총기 사고로 사망했으니, 온라인 알고리즘과 인플루언서들이 앞다투어 소식을 전파하는 건 당연한 일일 것이다.

"매기는 어때요?"

나는 이 질문에 어떻게 대답해야 할지 알 수 없었다. 비키에게 거짓말을 하고 싶지는 않지만, 그렇다고 진실을 말할 수도 없었다.

"아주 혼란스러워해요."

"당연하죠, 충격이 얼마나 심할까요."

"내가 도울 수 있으면 좋겠는데, 어떻게 해야 할지 모르겠어요."

비키는 언제 펜실베이니아로 돌아올 거냐고 물었고, 나는 이미 집에 와있다, 하루 종일 있었다고 말했다.

"아, 프랭크. 왜 진작 말 안 했어요? 오늘 밤에 만날까요? 저녁이라도 먹으면서 이야기하는 게 어때요?"

"그건 좀 곤란할 것 같아요."

"당신이 여기로 와도 돼요. 부엌에 음식이 있어요. 얼른 뭘 좀 준비하죠."

휴, 당장 그렇게 하고 싶었다. 무슨 일이 있었는지 죄다 털어놓고 싶었다. 하지만 아무에게도 사실대로 말하면 안 된다. 특히 비키에게는.

"지금 별로 말하고 싶은 기분이 아닙니다."

"그 이야기 하기 싫은 거 이해해요. 프랭크, 당신 기분은 당연히 존중하죠. 정말 트라우마가 남는 경험이었을 거예요. 하지만 알잖아요, 감정적으로 누구 도움이 필요하지 않겠어요?"

전화를 끊지 않으면 그렇게 하겠다고 수락할 것 같았다. 그녀의 집에 달려가서 모든 전말을 다 털어놓고 마리라. 그래서 나는 그녀한테 전문 상담사가 아니지 않느냐고 대꾸했다.

"그게 대체 무슨 관계가 있어요?"

"당신이 조언할 입장이 아니라고요. 이런 문제에 제대로 배운 적도 없잖아요. 그냥 머리 깎는 사람이면서."

나는 이 말에 그녀가 상처받았다는 걸 알고 있었다. 그녀의 반응에서 혹은 무반응에서 읽을 수 있었다. 오랜 침묵이 뒤따랐다.

"난 단순히 머리 깎는 사람이 아니에요, 프랭크. 당신이 더 빨리 권했다면 결혼식에 참석했을 거라고요. 하필 마지막 순간에 급히 청하지만 않았어도. 할 일이 있었던 게 내 잘못이에요?"

"이제 끊어야겠어요, 비키. 미안합니다."

나는 전화를 끊고 이런저런 명함을 자석으로 붙여놓은 냉장고로 향했다. 나는 비키에게 다시 전화하고 싶은 충동이 생기지 않도록 명함을 모두 떼어내서 쓰레기통에 넣었다. 머리를 자르려면 최소한 다음 달은 되어야 할 것이고, 그때는 두 마을 건너 마운트 포코노에 있는 다른 슈퍼컷츠 지점으로 달려가면 된다.

2.

한 시간 후, UPS의 내 상관이 조의를 표하고자 전화를 걸었다. 그는 유급 병가가 한참 남았으니 얼마든지 사용해서 약혼자를 잃고 슬픔에 처한 딸 곁에 있어주라고 권했다. 나는 매기 곁에 친구들이 많아서 괜찮다, 다시 출근하는 게 최선일 것 같다고 했다. 아침 일찍 출근해서 보고한 뒤, 평소 월요일에 다니는 일정대로 운전하겠다고 했다.

이제야 바깥세상에 관심을 돌려보니 폭염이 예보돼 있었다. 뉴욕과 필라델피아 시장은 이미 비상사태를 선포했다. 주민들에게 실내에 머무르며 수분을 충분히 섭취하고, 이웃의 노약자를 돌보라고 권고하고 있었다. 보통 이런 더위 속에서 근무할 때는 이글루 쿨러에 아이스 팩과 자른 수박, 네이블오렌지 몇 개를 채워서 갖고 다니지만, 월요일 아침에 나는 평소 먹던 햄치즈샌드위치와 사과 하나, 물을 가득 담은 보온병만 준비해서 집을 나섰다.

평범한 날이 아닐 거라는 직감이 처음 든 것은 물류 창고에 도착해서 관리자들이 햇빛 모자와 아이스 팩, 폴란드 스프링 생수병을 나눠주는 모습을 보았을 때였다. 대부분 UPS 차량에는 에어컨이 없기 때문에, 운전사는 모두 알아서 속도를 조절하고 자주 휴식을 취하라는 권고가 나왔다. 내 트럭에 짐을 싣는 친구는 '준'이라는 한국 청년인데, 평소대로 트럭을 점검하러 가니 그가 조심하라고 경고했다. "오늘은 개사료가 많아요, 프랭크." '개사료'란 사람들이 온라인으로 구매하는, 말도 안 되게 무거운 짐이나 불규칙한 형태의 물건을 가리키는 물류 창고 속어다. 매트리스, 상자에 가득 든 프린터 용지, 평평하게 포장한 가구, 어마어마하게 커다란 진짜 개 사료 같은 것들이다. 이런 개사료를 트럭에 싣는 것도 힘든 일이라, 나는 준에게 미리 알려줘서 고맙다고 인사하고 팁을 조금 더 건넸다.

나는 8시 반에 센터를 출발했고, 9시가 되자 땀에 흠뻑 젖었다. 트럭 바깥은 숨 막힐 만큼 습도가 높았다. 트럭 안쪽 역시 이글거리는 햇빛 아래에서, 창문 없는 철제 상자가 점점 더 뜨겁게 달아오르고 있었다. 견딜 수 없을 정도였다. 소포를 하나 내리러 짐칸으로 갈 때마다 맥박이 치솟고 땀이 이마에서 줄줄 흘러내려 눈을 찔렀다. 준의 말이 맞았다. 오늘 배달할 소포 중에는 개사료가 월등히 많았다. 고객 중 아홉 명이 폭염을 이기고자 창문형 에어컨을 구매했고, 나는 그 어마어마한 상자를 짊어지고 교외 저택의 긴 드라이브웨이를 올라가야 했다. 허리는 그럭저럭 버텨주었지만, 세 번째인가 네 번째로 에어컨을 배달하고 나니 손과 팔에 경련이 일어나는 열사병 특유의 증상이 느껴졌다. 그래서 나는 맥도널드에 차를 세우고, 체온을 조절하기 위해 커다란 오렌지 주스를 마시며, 에어컨 바람이 시원한 실내에서 잠깐 쉬었다. 아침 11시도 채 되지 않았는데, 아직 배달해야 할 소포는 139개나 남아있었다.

일을 하면 매기에 대한 고민을 떨칠 수 있을 거라고 생각했지만, 딸에 대한 걱정이 머릿속에서 떠나지 않았다. 아직 오스프리 코브에 있을까? 에이든이 죽었으니 이제 어디에서 살까? 캐서린 가드너는 그렇게 쉽게 사실대로 나한테 털어놓았지만, 가족이 아닌 누군가에게 자기 죄를 고백하면 무슨 일이 생길까? 태미는 돈 많은 사람들은 범죄를 저지르고도 쉽게 법망을 빠져나간다고 주장했지만, 나는 그 반대되는 최근의 예를 줄줄이 댈 수 있었다. 제프리 엡스타인, 하비 와인스타인, 빌 코즈비. 가드너 부부는 무적처럼 보일지 몰라도, 나는 확신하지 않았다. 4차선 교차로를 지나치는데, 내비게이션이 예상 경로를 이탈했다는 오류 메시지를 내더니 다른 경로를 알려주었다. 이 사소한 실수로 하루 업무가 6분 길어졌다.

12시 반이 되자, 팔에 다시 경련이 일었고 심장이 중립 기어를 넣은 엔진처럼 공회전하기 시작했다. 다시 일을 멈추고 쉬어야 한다는 사실을 알고 있었지만, 차를 세울 곳이 마땅치 않았다. 국유림을 가로지르는 2차선 고속도로였고, 도로 양쪽은 얕은 계곡이었다. 수천 번도 더 다닌 길이었지만, 그날 삼림이 유난히 낯설고 이상해 보였다. 앞 유리창에 풍경이 통과하면서 색깔이 모두 포화되는 느낌이었다. 그때는 의식하지 못했지만, 아마도 내가 의식을 잃기 시작한 건

이 순간이었을 것이다.

그때 멀리서 차 한 대가 비상등을 켜고 도로변에 멈춘 게 보였다. 선명한 빨강 혼다 시빅이었다. 갓길이 따로 없었기 때문에, 차량 대부분이 내 차선을 차지하고 있었다. 한 여자가 차량 뒤에 무릎을 꿇고 앉아, 도로에서 왼쪽 뒷바퀴를 잭으로 들어 올리고 있었다. 남자는 여분의 타이어를 가지고 가까이 서있었는데, 내 들끓는 뇌는 이 두 사람을 돈 태거트와 에이든 가드너라고 인식했다. (두 사람이 정확히 이렇게 만났다고 하지 않았나? 도로변에서 타이어를 고치면서?) 나는 속도를 줄이고 그들을 피하기 위해 반대쪽 차선으로 옮겼다. 얼굴을 더 잘 확인하려고 목을 비틀고 있는 중에도, 트럭은 계속 차선을 옮기고 있었다.

그때 내 차의 왼쪽 앞 타이어가 아스팔트에서 미끄러져 풀이 무성한 계곡으로 들어갔고, 곧장 그 아래 무른 흙이 무너졌다. 핸들이 손에서 빠져나갔고 트럭은 옆으로 돌았다. 마치 세상이 나를 중심으로 돌고 있는 것처럼, 앞 유리창의 모든 것이 시계방향으로 회전했다. 이어 유리가 폭발했고, 나는 얼굴을 가리려고 손을 들었다. 안전벨트가 복장뼈에 파고들며 내 몸을 의자에 꽉 눌렀다. 나는 주먹을 쥐고 충격에 대비했고, 택배 꾸러미들은 전부 우당탕 선반에서 떨어져 마치 건조기 속 양말처럼 트럭 안에서 돌고, 돌고, 또 돌았다.

3.

병원 침대에서 깨어나 보니 한쪽 팔이 부러졌고, 코도 부러졌으며, 갈비뼈 세 대에 금이 갔고, 중간 정도의 열사병 증상이라고 했다. 하지만 다행히 다친 사람은 없었다. 사고의 가장 큰 피해자는 내 차량과 26년 무사고 경력이었다. 노동조합 대변인이 방문해서 직장을 잃을 염려는 없으니 걱정 말라고 안심시켰다. 하지만 본사에서 방문한 정장 차림의 직원은 훨씬 애매한 태도였다. 앞으로 회사에서의 내 미래는 어떻게 될까 물어봤더니, 그는 그냥 이렇게 대답했다. "음, 아직 조사하고 있습니다."

같은 날 스크랜턴에서 발행하는 지역신문 기자가 찾아왔다. 그녀는 배송 기사의 열악한 노동환경에 대한 기사를 쓰고 있다고 했다. UPS 경영진이 내 사고에 어느 정도 책임이 있다, 트럭에 에어컨이 없었기 때문에 내가 죽을뻔했다는 논지였지만, 나는 전적으로 오해라고 대답했다. 나는 극단적인 기온에서 일하는 훈련을 적절하게 받앉고, 사고는 나 자신의 부주의 때문이었으니, 내 한심한 실수를 다른 사람의 잘못으로 돌리고 싶지 않다고 했다.

홀리 리디머 병원에서 사흘 동안 입원해 있는 동안, 많은 사람이 병문안을 왔다. 배달원, 상하차 담당자, 그 밖의 물류 창고에서 일하는 사람들 그리고 태미(휴대전화와 충전기를 갖다주었다), 심지어 나와 아주 친한 고객 두 사람도 지방 뉴스에서 사고 소식을 보고 찾아왔다. 하지만 매기에게서는 48시간이 꼬박 흘러서야 겨우 연락이 왔다. 나를 보러 집으로 급히 찾아오지 않을까 생각했지만, 대신 딸은 보스턴에서 전화를 걸었다. 가드너 부부를 도와 에이든의 장례식을 계획하는 중이라고 했다. 직계가족만 모여서 조촐하게 치를 생각이니, 나나 태미가 참석할 필요는 없다는 것이었다. 어쩌면 진통제 때문에 이런 대답이 나왔는지도 모르겠지만, 나는 괜찮다고 대답했다. "그냥 몇 군데 긁힌 것뿐이다. 걱정할 거 없어."

다음 날, 나는 무거운 석고 붕대를 감은 오른팔을 목에 걸고 퇴원했고, 26년 만에 처음으로 할 일이 전혀 없었다. 낮 시간 텔레비전을 틀어보았지만, 세상에, 낮 시간 텔레비전이 왜 이렇게 됐지? 내가 어렸을 때는 가벼운 시트콤과 〈이건 얼마일까요?〉가 나왔는데, 지금은 그저 〈피부과 의사와 상담하세요〉와 〈바람둥이 감별하기〉만 끊임없이 흘러나오고 있었다. 케이블 뉴스는 더 심해서, 애국자들은 캘리포니아를 싫어했고 진보주의자들은 플로리다를 싫어했으며, 모두다 의회를 싫어했다. 이 모든 프로그램을 보고 있으니 피가 끓는 것 같아서, 나는 이 멍청한 세상이 똥통으로 처박히는 모양이라고 확신하며 텔레비전을 껐다.

아르만도 카스타도에게서는 다시 연락이 없었지만, 그의 엄지손가락이 내 사고 수사의 저울추를 아주 살짝 기울인 건 아닌가 하는 생각은 든다. 내 차량에 달린 많은 센서와 기계장치, 카메라를 자세히 분석한 끝에 위원회는 내게 '연금을 통한 유급 휴가' 처분을 내리기로 결정했다. 즉, 은퇴할 나이가 될 때까지 앞으로 3년간 기본급을 계속 받게 되지만, 다시는 UPS 운전을 할 수 없다는 뜻이었다. 이 소식을 들었을 때 나는 울뻔했다. 마지막으로 일하는 날을 꿈꾸며 지난 26년을 보냈지만, 이런 식으로 끝나리라고는 상상해 본 적이 없었다. 창문이 없는 2층 회의실에서 딱딱한 의자에 앉은 대여섯 명의 변호사들, 중역들, 노동조합 대변인들이 지켜보는 가운데, 나는 각종 면책 서류와 퇴직 동의서에 서명했다.

그러고 나니, 아침 일찍 일어날 이유가 없었다. 별로 할 일도 없었고, 그러다 보니 상당히 어두운 공간으로 빠져들고 있었다. 문자 메시지나 전화도 받지 않게 되었다. 내 집을 돌보는 일도 그만두었고, 멍청한 휴대전화나 들여다보는 데 시간을 너무 많이 쓰게 되었다. 오후 내내 교통사고에 집착하며 장면 하나하나를 복기하고, 내가 통제를 잃은 정확한 순간이 언제였는지 기억해 내려고 했다.

그러다 에이든 가드너와 똑같이 생긴 도로변의 남자를 생각했던 기억이 났다. 그때 나는 차를 세우고 그에게 물어보고 싶었다. 내 딸이 잘 지내는지? 도대체 왜 내게 천 달러를 남겼는지? 돈을 은행 계좌에 예치하는 건 너무 죄스럽다는 기분이 들어서, 100달러 지폐 봉투는 여전히 내 옷장 서랍 안에 들어있었다.

8월 말의 어느 화요일 아침 9시 30분, 누나가 예기치 못했던 전화로 나를 깨웠다. 포코노 파인스에 사는 알츠하이머 환자를 돌보는 일을 맡았는데, 애비게일을 며칠만 돌봐달라고 했다.

"얼마나?"

"개학할 때까지만. 이 일은 시급이 50달러인데, 그 정도 돈이면 안 한다고 할 수가 없어."

나는 오스프리 코브를 떠난 뒤로 애비게일을 못 봤고, 마지막으로 소식을 들었을 때 친모의 집으로 돌아갔다고 했다. 한데 무슨 문제가 있었는지, 일주일 뒤 애비게일은 쿠츠타운의 한 과수원으로 옮겨졌다. 여섯 명 혹은 여덟 명 정도의 위탁아동들이 2층 침대에서 나란히 지내면서 방과 후에 잡일을 돕는, 그런 가족 농장이었다. 그 집에서도 잘 어울리지 못했는지, 지금 애비게일은 다시 누나의 콘도에서 지내고 있다는 것이다.

"난 못 해, 태미."

"왜? 오늘 뭐 할 건데?"

할 일은 없었지만, 나는 잠이 덜 깨서 몽롱한 상태라 그럴듯한 핑계를 생각해 낼 수가 없었다. "아직 부목을 대고 있어. 팔이 부러졌는데 아이를 어떻게 돌봐?"

"그 애를 안아 올릴 필요는 없잖아. 유아가 아닌데."

"암튼 못 해, 미안해."

태미는 전화를 끊었고, 나는 이렇게 일이 일단락된 것으로 알고 다시 잠을 청했다. 한데 20분 뒤, 현관에서 태미가 열쇠 따는 소리가 들렸다. 거실로 비틀비틀 나가보니 애비게일이 이제 막 여름캠프에 도착한 학생처럼 운동화와 짧은 바지 차림으로 배낭을 매고, 필통과 스도쿠 잡지를 들고 서있었다.

"안녕하세요, 프랭크 아저씨."

"태미는?"

"방금 갔어요. 7시 30분에 온다고 하셨어요."

"오늘 밤 7시 30분?"

"그렇겠죠? 죄송해요."

애비게일은 기억에 남아있는 모습과 달라 보였다. 이는 전부 사라졌고 머리가 좀 더 자라있었다. 이제 버즈 커트와 단발의 중간쯤 되는, 어색한 섀기 커트였다. 그 애는 배낭을 벗었지만 바닥에 내려놓지 않고 어정쩡하게 들고 있었다. 어디다 두어야 할지, 자기 자신도 어디 있어야 할지 모르는 것 같았다.

"소파에 앉아라. 난 리클라이너 의자에 앉으마."

소파 쪽으로 가던 애비게일은 내가 집에서 조립하다가 방치한 커피 탁자의 나무판에 발이 걸렸다. 나는 집이 어지러워서 미안하다고 사과하고 커튼을 걷어 거실에 빛을 들였다. 그러니 모든 것이 한층 더 지저분해 보였다. 그간 집 치우기를 방치했더니, 가구마다 작은 커피 자국과 중국 음식이 널려있었다. 나는 텔레비전 리모컨을 애비게일에게 건네며 원하는 건 뭐든지 보라고 했다. "아니면 밖에 나가서 놀아도 되는데, 기차선로 쪽으로는 가지 마라."

그 애는 동네를 한 바퀴 정탐한 뒤, 주위에 아무도 없다면서 20분 뒤에 돌아왔다. 예전에 우리 동네에는 자전거를 타거나 그냥 빈들거리는 아이들이 많았는데, 지금은 다들 집 안에서 인터넷이나 하는 모양이었다. 애비게일은 텔레비전을 켰고, 우리는 하루 종일 디스커버리 채널에서 상어 다큐멘터리를 보았다. 해양생물학자와 상어의 공격에서 살아남은 생존자들의 독점 인터뷰가 몇 시간 동안 이어졌다. 애비게일은 이따금 퍼즐 책을 풀기도 했고, 그것도 지겨워하는 것 같아서 그림을 그리라고 두루마리 종이 타월을 주었다. 그러다 아이는 배가 고프다고 했지만 내가 직접 뭔가를 요리할 마음은 나지 않았다. 그래서 돈을 주고 동네에 있는 엑손모빌 주유소로 보내 핫도그와 프레첼을 사오게 했다.

다음 날도 비슷했는데, 오후에 리클라이너 의자에서 잠들었다가 눈을 떠보니 애비게일은 없었다. 텔레비전 화면에는 상어 한 마리가 다음 먹잇감을 찾아 뿌옇고 탁한 물속에서 고요히 헤엄치고 있었다. 혹시 애비게일이 핫도그를 또 사러 주유소에 갔나? 아니, 그 애는 매기의 침실에서 조용히 딸의 옷장을 뒤져서 온갖 물건을 꺼내보고 있었다. 나는 애비가 옛날 스포츠 트로피를 만져보다가 깔끔하게 갠 스웨터가 들어있는 서랍장을 뒤지는 모습을 문간에서 지켜보았다. 그러다 애비게일은 봉제 인형이 가득 든 등나무 바구니 옆에 무릎을 꿇고, 15년 전에 매기가 필라델피아 근처의 킹 오브 프러시아를 방문했을 때 만들었던 빌드어베어를 꺼냈다.

"갖고 싶으면 그거 너 해라." 내가 말했다.

애비게일은 내가 지켜보고 있다는 것을 미처 모르고 있다가 너무 놀라서 곰을 떨어뜨릴 뻔했다. "진짜요?"

"그 바구니 안에 있는 건 다 가져도 돼. 그렇게 하거라. 매기는 이 제 여기 오지 않으니."

입 밖에 내기 전에는 그것이 사실이라는 걸 몰랐다. 결혼식 후 한 달 동안 딸은 업무상 싱가포르, 런던, 로스앤젤레스 등 전 세계를 누 볐지만 스트라우드버그에 올 일은 없었고, 심지어 내가 사고를 당해 서 갈비뼈 골절로 병원에 입원했을 때조차 걸음하지 않았다.

나는 벽장을 열고 거기 걸린 알록달록한 온갖 드레스도 가리켰다. "여기 이것도 괜찮아. 마음대로 가져가거라."

애비게일은 옷에 전혀 관심 없었지만, 등나무 바구니를 거실로 끌고 나가서 내용물을 하나씩 살펴보기 시작했다. 스펀지밥, 큐리 어스 조지, 수많은 비니베이비. 그 애는 인형 하나를 꺼낼 때마다 신기한 듯 열심히 뜯어보고 소파에 내려놓았다. 텔레비전에서는 아 직 〈이 주의 상어〉가 흘러나오고 있었지만, 나는 전원을 끄고 그냥 애비게일이 장난감을 가지고 노는 모습만 바라보았다. 오스프리 코 브에 갔던 때 이후로 저 애가 이렇게 들뜬 모습은 처음이었다. 갑자 기 갑갑한 내 집을 탈출하고 싶다, 모든 걸 두고 떠나고 싶다는 참 을 수 없는 충동이 밀려왔다. 나는 자리에서 일어나서 지프 열쇠를 집어 들었다.

"나가자." 나는 애비게일에게 말했다.

"어디로 가요?"

"모르겠다. 아무 데나 가자."

첫날 오후는 동네만 한 바퀴 돌았다. 나는 애비게일을 데리고 UPS 트럭 사고가 났던 고속도로로 돌아가서 내가 도로에서 어떻게 벗어났는지 설명했다. 그런 다음 콜린과 내가 결혼했던 세인트 루크 교회를 지나치고, 결혼 연회를 열었던 이탈리아 식당, 실비오스에도 갔다. 애비게일이 흥미를 가지리라고는 생각하지 않았지만, 그 애는 질문 세례를 퍼부었다. 손님들은 몇 명이나 초대했어요? 첫 춤을 출 때 무슨 노래를 틀었어요? 그런데 이탈리아 음식이 뭐예요? 이 마지막 질문에 나는 어이가 없었다. 어떻게 열 살이 될 때까지 이탈리아 음식을 한 번도 안 먹어볼 수가 있나?

그래서 우리는 식당으로 들어가서 웨이트리스에게 상황을 설명했다. 그녀는 기꺼이 식당에서 자랑하는 특별 요리를 작은 접시에 조금씩 전부 다 내놓았다. 뇨키, 브루스케타, 리소토, 라자냐, 파르메산치즈를 얹은 닭요리, 브로콜리라베. 우리는 배가 부를 때까지 먹었고, 그런 뒤 애비게일이 티라미수를 한 번도 안 먹어봤다, 젤라토도 안 먹어봤다고 해서 그것도 주문했다. 아이가 너무나 행복해하는 모습을 보니 나도 기뻤다. 말이야 바른 말이지만, 여름 내내 내가 성취한 것 중에 처음으로 의미 있는 일 같았다.

그래서 다음 날, 나는 다시 그렇게 해보기로 했다. 우리는 애비게일이 한 번도 경험하지 않은 일들을 아주 긴 목록으로 만들어서 하나씩 경험해 보는 것으로 남은 여름을 보냈다. 우리는 크리스털 케이브와 허시초콜릿 공장을 견학했다. 미국에서 가장 큰 북유럽식 뷔페 식당, 섀이디메이플에서 저녁을 먹었고, 모든 음식을 바로 눈앞에서 요리해 주는 일본 식당, 쇼군펠리스에도 갔다. 애비게일의 첫 메이저리그 경기 관람을 위해 차를 몰고 필라델피아도 갔다. 운전을 많이 했지만, 창문을 활짝 열고 음악을 커다랗게 튼 채 다시 도로를 달리니 기분이 좋았다.

여름방학 마지막 날에는 뭔가 특별한 일을 하고 싶어서, 애비게일을 데리고 델라웨어 워터 갭 국립 휴양지에 있는 케이시 카누로 갔다. 매기가 어렸을 때 이후로 나도 처음 오는 길이었지만, 기억하던 모습 그대로였다. 보트를 빌릴 수 있었고 강 상류까지 셔틀이 있었으며 심지어 샌드위치와 사과, 주스를 넣은 갈색 종이봉투 도시락도 팔았다. 한 시간 안에 애비게일과 나는 시끄러운 10대들과 함께 노란 대형 스쿨버스를 타고 있었다. 아직 부목을 댄 상태였기 때문에, 다들 나를 미친 사람처럼 쳐다보았다. 버스 운전사는 어떻게 강 하류까지 노를 저을 거냐고 물었고, 나는 애비게일이 전부 다 할 거라고 대답했다.

델라웨어강은 길고 넓으며, 연중 대부분 아주 천천히 흐른다. 거품을 일으키는 폭포를 보고 싶은 사람들은 아주 실망할 것이다. 하지만 이제 처음으로 강을 경험하는 열 살 난 어린아이에게는 완벽한 배움의 장소다. 30분 정도 가르치니, 애비게일은 자신 있게 노를 저으며 바위와 교각을 요리조리 피해 다녔다. 점심 때 우리는 가족들이 많이 쉬고 있는 작은 섬에 잠시 들러 샌드위치를 먹으려고 했다. 애비게일이 아이들과 함께 물장구를 치며 노는 사이, 나는 수양버들

그늘에 좋은 자리를 찾았다. 놀랍게도 나는 여름이 끝나지 않기를
바라고 있었다.

4.

         하지만 여름은 끝났고, 태미는 수고했다, 이제 아이 보는 일은 도와줄 필요 없다고 했다. 그래도 나는 누나가 좀 더 편해지도록 계속해서 도왔다. 애비게일이 방과 후 수학 클럽이 있으면 내가 늦지 않도록 챙겼다. 예방접종을 할 때가 되면 소아과에 데려갔다. 좋은 치과도 찾아서 여러 군데 충치도 치료해 주었는데, 치과의사는 교정전문의를 소개해 주었고, 교정전문의는 커리어를 걸고 도전할 만한 환자를 만났다는 듯 경이로운 눈으로 애비의 입안을 들여다보았다. "교정기를 많이 해야 할 것 같습니다." 의사는 말했다. 나는 비용 처리를 해달라고 사정하며 펜실베이니아 메디케이드와 일주일간 통화했다. 그들은 더 싼 병원으로 나를 보내려고 했지만, 이를 제대로 고치고 싶었기 때문에 결국 비용 대부분을 내가 냈다. 어느 싸구려 시술사가 애비의 이를 망치게 하고 싶지는 않았다.

시월이 되자, 우리 셋은 평화롭고 규칙적인 일상에 정착했다. 어느 오후, 누나가 일하다가 갑자기 일이 생기는 바람에 애비게일을 학교에서 데려와 달라고 부탁해서 나는 지프를 끌고 아이를 태미의 콘도로 데려다주었다. 내가 저녁으로 타코를 만드는 동안, 애비게일은 거실 바닥에 드러누워 숙제를 했다. 설거지를 한 뒤 우리는 넷플릭스를 같이 시청했다. 아무것도 모르는 멍청이들이 빵을 구우려고 하다가 다 망치는 요리 프로그램을 보고 나서, 나는 애비를 위층 침실로 보냈다. 책을 읽도록 30분 여유를 준 뒤, 나는 '불 끄라고' 이르기 위해 그 애의 침실에 들렀다.

"5분만 더요." 애비게일은 부탁했다. "네?" 《워리어 캣츠》라는 판타지 소설을 읽고 있는데 이제 열 페이지만 더 읽으면 다 읽는다는 것이었다.

"딱 5분이다." 나는 동의했다. "하지만 태미가 집에 돌아올 때까지는 잠들어 있어야 해. 안 그러면 내가 따끔하게 혼을 낼 테다."

애비게일은 엄지손가락을 세워 보이고 다시 책을 읽기 시작했다. 방을 나서려는데, 서랍장 바로 위의 벽에 핀으로 지도 한 장이 붙어 있는 것이 눈에 띄었다.

최근 애비게일은 미로, 크로스워드 퍼즐집, 스도쿠, 디즈니 영화 포스터, 번들거리는 잡지 화보 같은 것으로 자기 침실을 잔뜩 꾸몄다. 지도는 그 정신없는 물건들 사이에 반쯤 숨겨져 있었다. 윈덤호수 일대를 그린 작은 지형도였는데, 구불구불한 등고선과 숫자 같은 것이 해발 고도와 수심을 표시하고 있었다.

"애비게일, 이게 뭐니?"

"여름캠프요."

"어디서 났어?"

"에이든이 저한테 줬어요."

"언제?"

그 애는 어깨를 으쓱했다. "뉴햄프셔에서 돌아왔을 때, 슈트케이스 안에 있었어요. 옆 주머니에요. 에이든이 제가 지리를 좋아하는 걸 알고 저한테 가지라고 준 것 같아요."

나는 좀 더 자세히 그림을 들여다보았다. 뱃사람이나 어부들이 항해할 때 사용하는 훨씬 큰 지도를 복사한 것 같았다. 누가 지도 위에 연필로 표기한 추가 정보도 있었다. 보트하우스, L 자 모양의 선착장, 오스프리 산장. 하지만 가장 눈에 띄는 것은 불규칙적인 형태로 푹 팬, 수심 52미터짜리 호수 밑바닥에 선명한 빨강으로 표시한 X 자였다.

"에이든이 이걸 줬다는 걸 어떻게 아니?"

"뒷면에 쪽지가 있어요. 읽고 싶으시면 벽에서 뜯어보세요."

나는 지도를 찌른 핀을 조심스럽게 떼어내고 뒤집어서 쪽지를 읽었다. *훗날 이게 유용할 것. 사용하기를 두려워하지 말 것. - 에이든.*

애비게일은 혼란스러운 내 표정을 보고 자기 추측을 털어놓았다. "아마 보물 지도인 것 같아요."

"그렇게 생각하니?"

"전 언젠가 오스프리 코브로 돌아가서 X 지점을 찾아볼 거예요.

스쿠버 복장을 사서 거기 뭐가 있는지 잠수해 보려고요, 같이 가요."

"이걸 누구한테 보여줬니? 태미도 봤어?"

애비게일은 고개를 저었다. "태미 아줌마가 오스프리 코브에 대해서는 아무한테도 말하지 말라고 했어요. 보건복지부가 거기서 있었던 일에 대해 알면 우리 모두 문제가 생긴다고요."

속이 미식거리는 것 같았다. 다음에 할 말을 아주 신중하게 골라야 한다는 것을 알고 있었다. "애비게일, 내 말 들어봐라. 실수로 지도를 네가 갖게 된 것 같다. 에이든은 이걸 너한테 주려던 게 아닐 거야." 그 애의 표정이 미심쩍게 변했고, 나는 얼른 설명했다. "에이든은 네게 돈을 주려고 했던 것 같아. 걔는 너한테 천 달러를 주려고 했어."

애비게일은 내가 자기를 놀린다고 생각했다. "재미있네요, 프랭크 아저씨."

"아니, 진담이야." 나는 내 추측을 설명하기 시작했다. 에이든은 나와 애비게일이 서로 방을 바꾼 걸 미처 모르고 내 슈트케이스에 천 달러를 넣어놓았던 것이다. "네가 주인 침실을 썼고, 내가 아이 방을 썼잖아. 그래서 내 슈트케이스에 돈을 넣어놓고, 네 슈트케이스에 이 지도를 넣은 거다."

"말도 안 돼요! 농담이시죠? 천 달러를요?" 이 지점에서 애비는 책을 옆으로 던져놓고 잠옷 차림으로 매트리스에서 벌떡 일어서 있었다. "아직 갖고 계세요?"

"갖고 있다. 한 푼도 안 썼어."

"그럼 저랑 바꾸실래요?"

내가 그러자고 대답할 줄은 생각 못 했던 것 같았지만, 나는 그렇게 하는 것이 옳겠다고 대답했다. 나는 지갑에 있던 84달러를 일단 전부 다 애비게일에게 주고, 나머지는 은행 계좌로 넣어주겠다고 약속했다. 요즘도 은행에서 통장을 발급해 주는지는 잘 모르겠지만, 잔액이 얼마나 남아있는지 수시로 확인하고 예금을 더 넣어서 차츰 불려가라는 당부도 했다. 애비게일은 메가밀리언 복권 광고 당첨자처럼 눈이 튀어나올 듯 활짝 미소 지은 채 지폐로 펄럭펄럭 부채질을 했다. 하지만 나는 손이 떨려와서 지도를 제대로 쥐고 있기조차 힘들었다.

5.

"태워버려." 태미가 말했다.

밤늦게, 애비게일이 잠들고 누나가 퇴근한 뒤였다. 우리는 디카페인 커피를 한 잔씩 놓고 지도를 부엌 식탁에 펼쳐놓은 채 마주 앉았다. 오래 바라보면 마치 종이가 방사능을 뿜어내기라도 하는 듯, 구불구불한 등고선이 고동치며 진동하는 것 같았다.

"갖고 있으면 안 돼, 프랭키. 너무 위험해. 태우든가, FBI에 넘기든가 둘 중 하나야. 네가 FBI에 넘기지는 않을 거 아니야."

나는 린다와 브로디 태거트를, 알파인 크리크에 있는 그들의 아담한 집을 떠올렸다. 나는 에이든의 죽음이 그 가족에게 어느 정도 평화와 종결을 가져다주었다고 생각하고 싶었다. 하지만 그들이 딸의 시체를 되찾아 제대로 된 장례식을 영원히 치르지 못할 거라고 생각하면 고통스러웠다. 너무 오래 생각하면 머리가 터져버릴 것 같았다. 생각을 거두고 매기의 안녕만이 내겐 최우선 관심사라고 거듭

되뇌어야 했다.

그래서 집에 돌아오자마자, 나는 뒷마당에 나가 히바치 그릴 안에 석탄 한 봉지를 부어 넣었다. 석탄을 라이터 기름에 적시고 성냥에 불을 붙인 뒤, 석탄이 뜨겁게 달아오를 때까지 기다렸다가 주머니에서 지도를 꺼냈다. 어떤 과학수사팀도 이 그릴에서 종이 쪼가리 하나라도 찾아내지 못하도록 지도를 완전히 태워 없애고 싶었다. 종이를 불꽃 위에 던지려는 순간, 혹시 이것이 기회를 던져버리는 것이 아닌가 하는 의문이 들었다.

이것은 매기에게 내가 딸을 얼마나 신뢰하는지 보여줄 수 있는 마지막 기회였다. 과거의 실수에서 내가 얼마나 많은 것을 배웠는지 보여줄 수 있는 기회. 가드너 집안의 약점을 쥐고 있어야 할 사람이 있다면, 그 사람은 내가 아닌 매기다. 나는 지도를 다시 접어 주머니에 넣었다. 그리고 그릴 뚜껑을 덮었다. 11시가 다 된 시각이었지만, 어쨌든 나는 매기에게 전화를 걸어보았다. 매기는 보스턴 비콘타워의 펜트하우스에 아직 살고 있었는데, 가드너 부부가 원하는 만큼 머물러도 좋다고 했다는 것이었다.

"무슨 일이세요?" 딸은 물었다.

마치 매일같이 대화를 주고받는 아버지와 딸인 것처럼, 설탕 한 봉지 빌리러 다니는 사이인 것처럼 목소리는 밝고 활기찼다.

나는 비밀리에 할 말이 있다고 했다. 절대 에롤이나 게리, 다른 사람에게 말해서는 안 되는 정보라고. "우리 둘만의 비밀로 지킬 수 있냐?"

"무슨 말씀이신데요?"

"일단 약속부터 해다오."

"좋아요, 약속할게요. 뭔데요?"

"애비게일 기억나니? 태미의 위탁아동?"

"머리에 이가 있던 그 애요? 그럼요."

"그 애가 슈트케이스에서 뭔가 발견했어. 에이든이 죽기 적전에 애비게일에게 지도를 남겼다. 윈덤호수 지도. 그 위에 X 자 표시가 되어있어. 물속의 어떤 지점이다. 아마도….'"

"잠깐만, 잠깐만, 잠깐만." 갑자기 매기는 대화에 지대한 관심을 보였다. "조금 앞으로 돌아가서 차근차근 설명해 주세요. 애비게일이 왜 윈덤호수 지도를 갖고 있다고요?"

그래서 나는 이야기 전체를 설명했다. 에이든이 의도치 않게 내 슈트케이스가 아니라 애비게일의 슈트케이스에 지도를 남겼다고. "나를 보호할 수 있는 정보를 주고 싶었던 거야. 가드너 부부의 약점을 쥐고 있으라고."

"그럼 지도가 지금까지 애비게일의 침실에 걸려있었단 말이에요? 다른 사람들이 환히 볼 수 있는 곳에?"

"괜찮아, 매기. 그 애는 여기 온 지 얼마 안 됐어. 친구도 별로 없다."

"사회복지사는요? 잘 지내는지 확인하러 콘도에 방문하지 않나요?"

"이건 확실해. 그 지도가 뭔지 아는 사람은 나뿐이다. 아까 태워 없애버리려고 했어. 한데 어쩌면 네가 갖고 있어야 할지도 모른다는 생각이 들더구나, 혹시 '너한테' 필요할 수도 있으니. 집에 잠깐 들르면 내가 주마."

"음… 저도 정말 보고 싶은데, 수요일에 마드리드로 출장을 떠나서 열흘 정도 있어야 해요."

나는 열흘이나 지도를 갖고 있고 싶지 않았다. 그러면 차라리 내가 태워버리는 게 낫겠다고 했다.

"그럼 아빠가 보스턴으로 오시는 게 어때요?" 매기는 말했다. "내일 혹시 할 일 있으세요? 여기서 만나요. 루시아한테 일정이 비면 음식을 좀 만들어 달라고 할게요. 루시아 요리 좋아하셨죠, 기억나세요?"

6.

      나는 작은 짐 가방에 옷가지와 칫솔을 넣었지만, 호텔을 찾아보지는 않았다. 필요할 것 같지 않았다. 매기의 펜트하우스 아파트에는 객실이 있었던 것 같고, 어쩌면 매기가 자고 가라고 할지도 모른다. 밤새도록 뜬눈으로 이야기를 나눌지도 모르고, 날이 새면 근처의 와플하우스를 찾아가서 팬케이크라도 먹고.

  어리석은 상상이었다. 이제는 나도 알고 있다. 부모란 사람들이 자기 자신을 기만하는 데는 한도 끝도 없다.

  화요일 늦은 오후, 나는 제이킴다리를 건너 익숙한 도로를 타고 비콘타워로 향했다. 이번에는 지프를 넓은 직원용 주차장에 그냥 세워둔 채 길을 건너 로비로 들어갔다. 아름다운 올리비아는 아직 안내 데스크에서 일하고 있었고 따뜻한 미소로 나를 다시 맞이했다.
"찾아주셔서 반갑습니다, 저토스키 씨. 운전은 어떠셨어요?"

  "좋았습니다, 올리비아. 고맙습니다. 제 면허증 필요하십니까?"

"아, 아니요, 전부 준비되었습니다. 바로 뒤에 있는 D번 엘리베이터를 쓰시면 됩니다. 즐거운 시간 되세요."

나는 버튼이 없는 익숙한 검정 금속 상자에 들어갔고, 이번에도 엘리베이터는 자유의지에 따라 움직이는 것 같았다. 작은 디지털 화면이 켜지더니 지나치는 층수가 나타났다. 2, 3, 5, 10, 20, 30, PH1, PH2, PH3. 마침내 문이 양쪽으로 열리고, 나는 다시 아파트에 돌아와 있었다. 매기는 반짝거리는 민소매 드레스와 다이아몬드 귀걸이 차림으로 나를 기다리고 있었다. "아빠! 오셨군요!"

머리는 더 길었고, 내 기억보다 조금 더 어두운 색이었다. 결혼식 이후 염색한 것 같았다. 굽이 가늘고 높은 힐을 신고 있어서 얼굴이 나와 비슷한 높이였다. 매기는 내 부목을 건드리지 않도록 아주 조심하며 얌전하게 나를 포옹했다. 나는 매기를 끌어당겨 이미 팔이 다 나았다는 것을 보여주었다. 의사가 이번 주말에 깁스를 벗기기로 했으니, 어디 부러질 걱정 없이 마음껏 포옹해도 된다는 뜻이었다.

아파트는 새롭게 단장되어 있었다. 여전히 똑같은 평면 구조였고, 도시의 스카이라인을 내려다보는 큰 창문들이 많았다. 하지만 가구는 모두 새것이었고, 흑백 그림은 없었다. 대신 보스턴 미술관에서 전시하는 고상한 프린트 몇 점이 걸려있었다. 범선과 꽃병, 이런 것들이었다.

"얼굴 그림은 없구나?"

매기는 웃었다. "휴, 다행이죠? 볼 때마다 소름 끼쳤어요." 생각하니 섬뜩한지 부르르 떨었다. "창고에 넣게 되어서 정말 좋아요."

이번에도 옷을 너무 초라하게 입고 온 것 같았다. 나는 두꺼운 깁스 때문에 선택의 여지가 없어서 스웨터와 청바지 차림이었는데, 매기는 금방이라도 아카데미 시상식에 참석할 수 있을 것 같았다. "어디 나가게 될 줄은 몰랐는데. 네가 여기서 먹을 거라고 하지 않았니."

"여기서 먹어요. 아빠도 이대로 괜찮아요. 다른 사람들은 테라스에 있어요."

매기를 따라 거실을 가로질러 가다가, 에롤 가드너와 게리 레빈슨이 바깥 발코니에서 난간에 기댄 채 버번 잔을 들고 있는 모습을 보고 마음이 무거워졌다. 매기는 여닫이문을 열었고, 그들은 가식적인 미소로 나를 맞이했다.

"프랭크 저토스키!" 에롤이 말했다. "팔은 어떠신가, 친구? 제대로 굴렀다고 들었는데."

나는 그를 무시하고 딸에게 돌아섰다. "이 사람들은 여기서 뭐 하는 거냐?"

"아빠, 우리 모두랑 연관된 문제잖아요. 같이 머리를 맞대면 더 좋을 거예요. 그냥 모든 걸 투명하게 하자는 뜻이에요."

나는 휴고도 거기 있는 것을 깨달았다. 발코니 저쪽 끝에 서서 내가 도착한 것을 모르는 척, 그는 덤덤하고 무표정한 얼굴로 스카이라인을 바라보고 있었다.

그리고 소파 한쪽에는 시에라가 얼굴을 숙이고 엎드리면서 눈을 감은 채 가볍게 코를 골고 있었다. 하이힐을 벗어던진 맨발이었고, 드레스 밑단이 밀려 올라가 끈 팬티가 약간 보였다.

"이 분은 왜 이렇소?" 나는 물었다.

"칵테일을 너무 많이 마시는 바람에." 게리가 설명했다. 그는 다정하게 미소 짓고 담요에 손을 뻗어 펼치더니 조심스럽게 아내의 몸을 덮어주었다. "몸무게가 40킬로그램밖에 안 나가면, 정말 속도 조절을 잘해야 하는데."

나는 에롤을 돌아보고 그의 아내에 대해 묻지 않을 수 없었다. "캐서린은 어떻게 지내시오? 이 자리에 오실 거요?"

그는 싸구려 농담이라도 들은 듯 실망스럽다는 표정을 지었다. "아내에게 힘든 한 해였잖소, 프랭크. 외아들을 잃었는데."

"그런데도 곁에서 아내를 위로하는 대신 이렇게 나를 만나러 오셨군, 황송하네."

더 이상 예의를 차리고 싶은 마음이 없었다. 젊은 커패시티 직원들 말투를 빌리자면 '좆 까라'였다. 에롤은 내 냉소에도 불쾌한 기색이 없었지만, 휴고는 나를 발코니에서 집어 던지라는 신호만 기다리고 있다는 듯 긴장했다.

"프랭크, 나는 감사의 마음을 전하러 온 거요. 당신이 찾아낸 정보는 많은 사람에게 큰 가치가 있어. 힘든 선택을 하셨으리라고 생각해요."

"나는 매기를 위해 가져온 거요. 당신이나 다른 인간들을 위해서가 아니라. 내가 여기 온 건 이유는 오직 내 딸 하나뿐이야."

유리문이 열리더니 하얀 주방장 가운을 입은 루시아가 미소 띤 얼굴로 밖으로 나왔다. 나는 그녀의 눈에서 동정의 기색을 엿볼 수 있었다. 주방에서 투명인간처럼 일하는 동안 수많은 대화를 엿들었을 것이고, 아마 추악하고 불쾌한 비밀을 속에 잔뜩 간직하고 있을 것이다. 어쩌면 결혼식이 연극이라는 사실도, 내 딸이 내게 거짓말을 하고 있었다는 것도 애당초 알고 있었을지 모른다. 여기 와있는 게 나한테 얼마나 고통스러울지 다 이해한다는 표정이었기 때문이었다. "다시 뵙게 되어서 반갑습니다, 프랭크. 마실 걸 갖다드릴까요? 맥주, 칵테일, 그 외에도 뭐든지 말씀하세요."

그때 소파에 널브러져 있던 시에라가 한쪽으로 무너졌고, 담요가 바닥에 떨어지면서 온 도시의 스카이라인을 향해 끈 팬티와 맨 궁둥이가 드러났다. 루시아는 표정 변화도 없이 아예 못 본 척했다.

"고맙습니다, 루시아. 하지만 나는 잠깐 있다가 갈 겁니다. 인사만 얼른 하고 나가려고요."

매기는 짐짓 작게, 공손하게 항의했다. "아빠, 무슨 말씀이세요? 루시아가 특제 오리구이를 해놨어요. 준비하려면 사흘이나 걸리는데… 정말 말도 안 되는 맛이에요."

나는 못 먹게 되어서 안타깝지만 스트라우드버그로 돌아가 봐야 한다고 했다.

"다른 때 오세요." 루시아는 약속했다. 나는 그녀가 나보다 먼저 진실을 알고 있었다고 생각한다. 내가 다시는 이 아파트에 돌아오지 않을 거라는 사실을, 자신의 요리를 맛볼 기회 따윈 영영 없으리란 걸 말이다. 나는 그녀가 안으로 들어가서 문을 닫을 때까지 기다렸다가 지도를 꺼내 딸에게 건넸다.

"에이든은 이게 날 보호해 줄 거라고 했어. 아마 어떤 무기 같은 걸 주고 싶었던 모양이지. 하지만 내가 이걸로 뭔가를 할 생각은 없다. 나는 네게 좋은 일만 있기를 바라. 그러니까 네가 갖고 있는 게 좋을 거다."

"고마워요, 아빠. 감사히 받을게요."

딸은 지도를 자세히 들여다보다가 에롤과 게리에게 건넸고, 그들은 휴고에게 손짓해서 와서 보라고 했다. 모두 거리낌 없이 맨손으로 지도를 만졌고, 잠시 후 나는 그 이유를 깨달았다. 에롤은 지도를 벽난로로 가져가더니 불 속에 신중하게 넣었다. 잠시 후 종이에 불이 붙었고, 한순간 확 화염이 지도를 감싸더니 종이는 한 줌 재로 변했다. 소파에 널브러져 있던 시에라가 뒤척이다 등을 아래에 대고 누우며 잠결에 속삭였다. "안 돼, 안 돼…."

에롤은 문제가 해결됐다는 듯이 가볍게 두 손을 마주 잡았다. "프랭크, 술 한잔 안 하셔도 되나? 지금 도로가 엉망진창일 텐데. 맥주 한잔만 하고 가시지."

나는 필요 이상 머물고 싶지 않았다. 이 개자식들 앞에서 딸에게 작별인사를 하고 싶지는 않았지만, 매기는 내게 선택의 여지를 주지 않았다. "3년 전, 네가 도움을 청했을 때 난 널 실망시켰지. 그 일이 항상 마음에 걸렸다. 이번 일로 만회했기를 바란다, 매기. 난 네가 잘되기만을 바랄 뿐이야." 머릿속에는 수백 가지의 다른 생각들이 오가고 있었고, 하고 싶은 말은 그보다 더 많았지만, 이제 마지막 한 마디밖에 할 시간이 없었다. "언제라도 이 모든 것이 피곤해지면, 더 이상 여기 있고 싶지 않으면, 언제든지 집으로 오너라. 어느 때나 머물 곳이 필요하면…. 내가 기다리고 있으마."

"알아요, 아빠. 고마워요. 제가 안아드릴게요."

매기는 앞으로 다가와 내 몸에 팔을 둘렀다. 나는 그것이 마지막으로 딸을 보는 순간이 아니기를 바랐지만, 어쩌면 그럴지도 모른다는 것을 깨달았다.

사실 정말 이해할 수가 없었다. 매기 안 어딘가에는《잘 자, 고릴라》를 좋아하던 그 어린애가 있었다. 허그몬스터 놀이를 좋아하던 아이, 휘핑크림을 잔뜩 뿌린 딸기팬케이크를 좋아하던 아이, 더운 여름날에 정원 스프링클러에서 뿜어 나오는 물줄기 사이로 뛰어다니던 작고 귀여운 아이…. 나는 그 애한테 무슨 일이 일어났는지 몰랐다. 내가 어디서 잘못했는지, 어떻게 망쳤는지는 몰랐지만…, 그 뒤에 일어난 모든 일들에도 불구하고 언제까지나 그 아이를 사랑하리란 건 알고 있었다. 눈물이 날 것 같아서 나는 포옹을 풀고 떨어졌다. 에롤에게 그런 모습을 보여줄 수는 없었다. *정신 차려, 프랭키. 진정해.* 작별인사를 하는 내 목소리는 거의 속삭임이었다. "사랑한다, 매기. 잘 지내라, 알았지?"

"알았어요, 아빠. 안전하게 여행하세요."

그리고 나는 돌아서서 발코니 문으로 향했다. 그때 게리가 헛기침하는 소리가 들렸다. "프랭크, 한 가지 더 할 말이 있소만." 그는 주머니에 손을 넣어 작은 수첩을 꺼냈다. "그 여자아이는 지금 어디서 지내고 있소?"

질문이 허공에 잠시 머물렀다. 목이 메어서 이해가 되지 않았다.

"무슨 아이?"

"애비게일 그림, 지도를 찾은 여자아이."

"내 누나와 같이 지내고 있소."

휴고는 태블릿 컴퓨터를 게리에게 가져가서 화면을 보여주었다.

"누님은 아직 코노버 로드 18번가 106호에 살고 계시오?"

"그렇소, 그런데 그걸 왜 물으시는지?"

게리는 손을 내저어 내 질문을 물리쳤다. "그냥 확인하는 거요."

"뭘 확인하는 거냐는 말이오."

나는 에롤에게서 매기에게로 시선을 돌렸다. 둘 다 내 질문에 대답하려 하지 않았다. "대체 무슨 일이냐?"

그러자 게리가 마침내 입을 열었다. "우리가 알기로 에이든은 애비게일에게 지도를 줬소. 당신 추측대로 실수였겠지. 근데 어쩌면 의도적이었을 수도 있소. 애비게일이 지도를 갖고 있기를 원했을 수도 있단 거지. 다른 정보를 줬을 수도 있고. 중요한 건 의도나 상황을 우리가 모른다는 거요. 그게 문제요."

"그 애는 겨우 열 살이오." 내가 말했다.

"아주 영리한 열 살 아닌가." 게리가 말했다. "시시콜콜한 정보에 대한 기억력이 탁월하지 않았던가. 누님이 그 애더러 〈제퍼디!〉 쇼에 나가야 한다고 하셨다면서."

"꼬마들은 기억력이 좋아." 에롤이 말했다. "아마 그 주말에 온갖 소문을 다 들었을 거요."

매기는 우리가 뉴햄프셔에 처음 도착했을 때, 애비게일이 브로디 태거트까지 만나지 않았느냐고 했다. "브로디가 에이든이 돈 태거트를 죽이고 캠프에 시체를 숨겼다고 했다면서요. 그리고 사흘 후 에이든은 애비게일에게 X 자가 표시된 캠프 지도를 줬어요. 언젠가 두 사건이 연결되어 있다는 걸 발견할지도 몰라요."

"그래서 그 애가 어떻게 할 거라고? 겨우 5학년이야, 봉제 인형을 안고 자는 아이라고."

에롤은 모든 것이 잘될 거라는 듯 조용하고 침착한 목소리로 말했다. "우리는 단지 상황이 벌어지기 전에 미리 조치를 취하려는 것뿐이요, 프랭크. 요점은 이거야. 우리는 가족이니, 당신을 신뢰해. 마거릿이 제일 잘되기만 바란다는 거 알고 있소. 마찬가지로 태미도 같은 이유로 믿고 있어. 하지만 그 꼬마는 예측할 수 없는 존재요. 미지의 변수. 언젠가 퍼즐을 끼워 맞출 거요. 나이 먹고 노숙자가 되거나, 임신하거나, 마약중독자가 되거나 해서, 이 정보를 어디다 팔아먹을지 누가 알겠나? 그러니 문제는, 그런 일을 어떻게 예방하느냐는 거지."

에롤이 이런 설명을 하는 동안 나는 휴고가 전화에 메시지를 치는 걸 보았다. "뭐 하는 거요?"

그는 메시지를 다 치고 전송할 때까지 내 말을 무시했다. "걱정하실 필요 없습니다, 저토스키 씨. 이미 가장 중요한 일, 문제를 우리에게 알리는 일을 해주셨습니다. 나머지는 우리가 알아서 하면 됩니다."

소파에 누워있던 시에라가 잠에서 깨어 일어나 앉더니 입맛을 다

섰다. 어쩌다 벌레를 삼킨 사람 같았다. "미안해요." 그녀는 중얼거리다가 다리를 내려다보더니 드레스를 끌어내려 몸을 좀 더 정숙하게 가렸다.

"사과할 거 없어." 게리가 말했다. "그냥 잠들었을 뿐이야."

그녀는 입술 사이에 손가락 두 개를 집어넣더니 조심스럽게 긴 머리카락 하나를 끄집어내고 충혈된 눈으로 살펴보았다. "이건 절대 내 머리카락이 아닌데." 그녀는 발코니 가장자리로 비척비척 걸어가서 머리카락을 난간 너머로 던지고, 바람에 날려가는 모습을 지켜보았다. 모두가 이런 행동이 지극히 정상이라는 듯, 아무 관심도 없었다.

"매기, 이 대화가 도대체 무슨 뜻인지 네가 통역 좀 해줘야겠다. 대체 무슨 말을 하고 있는 거냐?"

매기는 통역할 필요가 없다고 했다. "대화는 완벽하게 이해하셨을 거예요."

"너도 그게 괜찮다는 거냐?"

"기분이 좋지는 않아요. 우리 중 이런 걸 원하는 사람은 아무도 없어요. 하지만 해야 하는 일은 해야죠."

매기가 내 이해의 한계를 완전히 넘어섰다는 사실을 깨달은 것이 바로 그 순간이었다. 이전까지 나는 뭐든지 정당화할 준비가 되어있었다. 하지만 이건? 너무나 말도 안 되고, 야만적이고, 비윤리적이고, 사악하고…….

"그래도 좋은 소식이 있으니 기운들 내요." 게리가 말을 이었다. "다음 주, 커패시티 케어스 재단에서 애비게일의 이름으로 위탁아동을 위한 기금에 거액을 투척하기로 했어. 스물다섯 명이나 되는 젊고 불쌍한 여성한테 대학 장학금을 지급할 수 있는 액수야. 스물다섯 명의 작은 애비게일들이 빈곤에서 벗어나 더 밝은 미래를 향해 도약할 수 있는 기회를 얻게 되는 거요."

나는 어느 시점에서 말을 더 이상 듣고 있지 않았다. 무슨 일이 벌어질지 상상해 보았다. 평일에 애비게일이 학교에서 집까지 걸어가는 길목에는 통행량이 많은 교차로가 여러 개 있다. 언제든 뺑소니가 일어날 수 있었다.

아니면 콘도에서 사고가 발생할지도 모른다. 강도가 침입해서 불행한 일이 생기거나, 사고로, 그러니까 토스터 오븐 고장 같은 걸로 집에 불이 날지도 모른다.

혹은 그냥 실종될지도 모른다. 태미의 콘도 뒤쪽 숲에서 경찰이 애비게일의 스웨트 셔츠를 발견할지도 모른다.

"아빠?" 매기는 내 얼굴 앞에서 손가락을 딱 울렸다. "게리가 방금 한 이야기 들으셨어요? 장학금 이야기?"

"그래서 그 조치를 언제 취하겠다는 거냐?"

게리는 내가 걱정할 거 없다고 했다. "집에 도착하실 때쯤에는 전부 다 끝났을 거요."

모든 일이 다 잘되리라고 초조한 고객을 안심시키는, 산전수전 다 겪은 변호사의 자신 있는 말투였다. 계획은 이미 진행 중이었다. 내가 도착하기 전에 이미 전부 결정돼 있었다. 나는 전화를 꺼내 태미에게, 경찰에게, 세상 사람들에게 알리고 싶은 충동을 억눌렀다.

에롤은 내게 몸을 기울이고 손가락 깍지를 끼며 내 표정을 살폈다. "프랭크, 괜찮으신가? 더 이야기할 문제라도 있나?"

나는 애써 그의 행동을 그대로 따라 했다. 침착해야 한다는 것을, 상대가 이해할 수 있는 방식으로 반응해야 한다는 것을 알고 있었다. 루시아에게 술을 청했더라면 손에 잔이라도 하나 들고 있었을 텐데 하는 생각이 불현듯 들었다. 내 얼굴에서 시선을 분산시킬 수 있는 소도구로.

"결혼식에 그 애를 데려갈 생각은 없었어. 그건 전부 태미의 생각이었지. 나는 실수일 거라고 했는데." 나는 말했다.

"기억하고 있어." 에롤이 대답했다. "내 기억으로 당신은 못마땅해 보였지."

"그랬지. 애비게일은 애당초 거기 가지 말았어야 할 아이지. 그러니 문제를 어떻게 해결하든 나는 상관없어."

에롤은 긴장을 풀었다. "잘됐어, 프랭크. 이해해 줘서 고맙네."

"하지만 정말 내게서 동의를 구하고 싶다면, 주식 5천 주를 주시오."

순간 나는 충분한 요구가 아닌가, 너무 적은 액수라서 장난처럼 들리지 않을까 하는 걱정이 스쳤다. 하지만 게리가 내게 요구사항을 제시할 입장이 아니라면서 반대하고 나서는 모습을 보니, 노림수가 적중한 것 같았다.

"내 누나한테는 결혼식 참석만으로 천 주나 줬다면서." 나는 그에게 일깨워 주었다. "난 오로지 신의를 지키기 위해 오늘 밤, 이렇게 지도를 가져왔어. 빈손으로 가도 돼. 하지만 그 계획 마지막 부분에 대해 정말 내가 입을 다물기를 바란다면, 잊고 지내기를 바란다면, 5천 주 정도는 필요하다는 거요. 증권사 계좌로, 내일 영업시간 종료 전까지." 나는 매기에게 돌아서서 요구를 마무리했다. "이 일로 고모가 얼마나 괴로워할지 너도 알지? 너무나 마음 아프실 거다."

"고모는 괜찮을 거예요, 아빠. 애비게일을 대신할 아이들은 늘어서 있잖아요."

"아니다, 매기. 보건복지부에서는 더 이상 위탁아동을 태미에게 맡기지 않을 거야. 면허를 뺏길 거고, 고모는 절대 자신을 용서할 수 없을 거다. 그 뒷감당은 내가 해야 해. 너도 알잖니? 그러니 이 정도가 합당한 액수라고 네가 잘 좀 말해봐라."

그때, 내 딸의 얼굴에 보일락 말락 한 미소가 떠올랐다. 그리고 나는 매기의 표정에서 오랫동안 보지 못했던 뭔가를 발견했다. 그것은 존경심이었다. 너무나 오랜만에, 나는 마침내, 딸을 감탄시킨 것이다.

"저도 그 정도가 정당하다고 생각해요. 하지만 제가 내릴 결정이 아니에요."

"당연하지." 게리가 말했다.

"내가 이야기하지." 에롤이 게리에게 말했다. "5천 주는 큰 액수요, 프랭크."

그는 다시 내 눈을 쳐다보며 내 요구가 얼마나 진지한지 가늠하고 있었고, 나는 시선을 피하지 않았다. 눈 한 번 깜빡하지 않았다. 지금이야말로 진실을 내보여야 하는 순간이었고, 에롤 가드너가 나라는 인간에 대해 굳이 알려는 의지조차 없었던 것이 내게 가장 유리했던 점이었다.

그렇기 때문에 나는 내가 아닌 다른 사람이 될 수 있었다.

마침내 에롤은 버번 잔에 손을 뻗으며 어깨를 으쓱했다. "그 정도의 주식을 하룻밤에 이전할 수는 없어. 감사를 피하려면 안전 절차가 필요해. 하지만 사흘간 여유를 주면 보내도록 하지. 이 정도면 됐나?"

달리 말해, 그는 나를 믿었다. 하지만 믿는 것이 당연했다. 에롤 가드너 같은 인간에게는 내 반응이야말로 완벽하게 이성적이었다. 그의 세계관에서 모든 관계는 거래였다. 좋은 패를 쥐게 되면, 최대한의 이득을 위해 자신의 유리한 입장을 이용하는 것이 당연하다. 협조는 멍청이들이나 하는 짓이다. 품위 따위는 패배자들이나 지키는 것이다.

"3일이면… 좋소." 나는 말했다.

그는 미소 지었다. "흠, 오늘 저녁 식사는 생각보다 좀 비싸구먼. 정말 같이 안 드시겠나?"

나는 스트라우드버그까지 먼 길을 운전해야 한다, 돌아가서 할 일이 많다고 했다. "하지만 가기 전에 화장실 좀 써야겠소."

매기가 알려줄 테니 같이 가자고 했지만, 나는 어디 있는지 기억하고 있다고 했다. 나는 그들을 발코니에 남겨두고, 거실을 가로질러 짧은 복도를 지나, 파우더 룸과 벽장을 통과해서 안방까지 들어갔다. 문은 약간 열려있었다. 나는 안으로 들어가서 문을 잠갔다. 누가 아까 샤워라도 했는지 거울과 벽면 타일에 물기가 맺혀있었다.

나는 즉시 전화를 꺼내 누나에게 전화를 걸었다. "아, 프랭키, 왜…."

"태미, 내 말 잘 들어. 애비게일이 위험해."

"뭐?"

"애를 데리고 콘도에서 나가, 지금 당장. 호텔을 잡아서 들어가고 아무에게도 어디 있다고 말하지 마. 내 말 알겠어?"

"아니, 모르겠다! 대체 무슨 일이…."

"지도 말이야, 태미. 애비게일이 지도를 봤다는 걸 그자들이 알아. 애가 말하고 돌아다닐까 봐 걱정하는 거야. 누가 지금 누나 콘도로 들이닥칠 거야."

태미는 애비게일을 불러 아래층으로 내려와서 신발을 신으라고 했다. "차 타고 가야 한다, 애비." 갑자기 부엌에서 지갑을 찾는다, 열쇠를 챙긴다, 코트를 걸친다, 부산한 소리가 들려왔다. "이게 다 내 잘못이야." 태미는 나직하게 말했다. "네 말이 맞았어, 프랭키. 네 말을 들었어야 했는데. 이제 어떻게 되지?"

"그냥 나가. 최대한 빨리 다시 전화할게."

태미는 계속 질문했지만, 설명할 시간이 없었다. 나는 전화를 끊고 변기 탱크 뚜껑을 열었다. 한 손으로 하려니 서툴고 힘들었다. 나는 손이 닿지 않는 곳에 뚜껑이 미끄러지지 않도록 다리 앞쪽으로 받친 뒤, 조심스럽게 무릎을 꿇고 타일 바닥에 뚜껑을 놓았다. 검은 비닐 봉투는 아직 바닥에 덕트테이프로 붙어있었고, 나는 찬장을 열고 뭔가 날카로운 가위 같은 걸 찾다가 끝이 뾰족한 집게를 꺼냈다. 살 살 긁어서 비닐을 뜯은 뒤 손가락으로 벌려보니 안에는 크기와 모양 이 수표책과 비슷한, 길고 좁은 금속 상자가 들어있었다. 컴퓨터 데 이터를 백업할 때 쓰는 장치였다.

아파트에 처음 찾아왔던 날 밤, 나는 에이든이 딸에게서 뭔가 비 밀을 숨기고 있는 게 아닌가 생각했었다. 하지만 결혼식 날 매기는 내게 고백했었다. 가드너 집안 사람들의 대화를 아주 오랜 시간 녹 음했다고. 에롤, 캐서린, 에이든, 심지어 게리까지. *그 사람들이 뭔 가 시도한다 해도 혼자 죽지 않는다고요.* 그간 아파트에 비밀을 숨 겼던 이는 매기였다. 그리고 지금 나는 딸의 비밀을 꺼내고 있었다.

나는 상자를 내 주머니에 넣고 다시 도기 뚜껑을 돌아보았다. 비 닐봉지와 덕트테이프를 전부 다 떼어내서 아예 흔적을 없애버릴까 하는 충동이 일었다. 하지만 한 손으로 그런 작업을 하기는 거추장 스럽고 힘들었으며 시간도 없었다. 서둘러야 했다. 그래서 나는 멀 쩡한 손으로 뚜껑을 들어 올렸고, 급히 일어나다가 젖은 도기가 손 가락 사이로 미끄러지는 것을 느꼈다.

뚜껑은 바닥에 떨어져 산산조각 났다.

나는 대경실색해서 그 자리에 얼어붙은 채 복도에서 급히 달려오 는 발자국 소리가 들려오기를 기다렸다. 매기나 휴고, 다른 누군가 가 무슨 소리냐고 물어보러 올 것이다. 당연히 모두 들었을 것이다.

하지만 그들은 모두 바깥에, 발코니에 있다. 주변은 온통 도시의 소음이다. 정적이 몇 초 흐르자, 어쩌면 무사할 수도 있겠다는 생각이 살그머니 들었다.

당장 빠져나가야 한다.

그 자리를 치운다는 건 불가능했다. 도기 조각과 파편이 너무 많았고, 흰 가루가 바닥에 온통 흩어져 있었다. 욕실 문을 열어보니, 시에라가 복도에 서서 주먹으로 눈을 문지르고 있었다.

"식염수 있어요?"

"예?"

"콘택트렌즈 때문에요. 렌즈가 너무 건조하네요."

나는 찬장 문을 열고 그녀의 시선을 그쪽으로 끌려고 했지만, 시에라는 이미 변기 뚜껑과 바닥에 흐트러진 파편을 응시하고 있었다. "무슨 일이에요?"

나는 바슈롬 안약 병을 찾아 그녀의 손에 밀어 넣었다. "이걸 써보세요, 문 닫아드릴 테니 편하게 쓰세요."

거실로 돌아와 보니 매기가 미소 지으며 발코니 문간에서 기다리고 있었다. "다 됐어요?"

"그런 것 같다."

에롤과 게리도 매기를 따라 아파트로 들어왔고, 매기는 엘리베이터 버튼을 눌렀다. 우리 넷은 늦은 오후의 도로에 대해 어색한 대화를 나누었고, 에롤은 그래도 서둘러 나가면 혼잡한 퇴근 시간을 피할 수 있다고 했다. 나는 엘리베이터 통로에서 모터나 기어, 도르래 소리가 들리지 않는지 귀를 기울였지만, 아무것도 들리지 않았다.

버튼에 불이 들어와 있었지만, 나는 버튼을 다시 가볍게 누르며 딸에게 미소 지었다.

"내 아내는 어디 있지?" 게리가 물었다.

"화장실에. 콘택트렌즈에 문제가 있다고 했소."

마치 신호라도 된 듯, 하이힐을 신은 시에라가 비틀거리다가 한쪽 벽에 손을 짚어 몸을 가누며 어두운 복도에서 나타났다.

"저기 오는군." 에롤이 말했다.

저쪽 어딘가에서 마침내 엘리베이터가 올라오기 시작하는지, 부드러운 기계음이 엘리베이터 통로에서 메아리쳤다.

"렌즈 때문에 죽겠어." 시에라가 말했다. "잠시 잠을 좀 자야겠어."

"객실을 쓰세요." 매기가 말했다. "침대는 다 정리돼 있어요."

시에라는 고개를 끄덕였다. "그래야겠어요. 고마워요." 그녀는 복도 끝의 아파트 안쪽을 향해 돌아서다가 문득 생각났는지 마지막으로 한마디 했다. "참, 당신 아버지가 변기를 깨뜨렸어요."

매기, 에롤, 게리 모두 나를 향해 돌아섰고, 나는 마치 시에라가 또 엉뚱한 농담을 한다는 듯 호탕하게 웃었다. "진짜 낮잠 한숨 주무셔야겠네."

시에라는 내 생각보다 정신이 맑았는지 눈을 가늘게 뜬 채 인상을 썼다. "농담 아니에요, 마거릿. 내가 그런 게 아니니까 나한테 뒤집어씌우지 마세요. 저분이 그랬어요. 옷에 흰 가루 보이죠?"

매기는 내 바지를 내려다보았다. 무릎 주변에 과자에서 떨어진 설탕 같은 흰 가루가 묻어있었다. "아빠? 시에라가 무슨 말을 하는 거예요?" 엘리베이터는 여전히 덜컹거리며 올라오고 있었고, 문은 여전히 열리지 않았다. "변기에 무슨 짓을 하셨어요?"

그 모든 일을 겪은 뒤에도, 나는 딸에게 거짓말을 할 수가 없었다. 에롤이나 게리라면 괜찮았지만 매기에게는 차마. 우리가 자식에게 물려줄 수 있는 가장 중요한 것은 진실이다. 딸은 내 눈에서 진실을 읽었는지, 현장을 확인하기 위해 돌아서서 서둘러 복도를 달려가기 시작했다.

"매기, 그냥 뒤라!" 나는 외쳤다. "나는 간다!"

하지만 엘리베이터 문은 아직도 열리지 않았다. 에롤은 아래층 직원들이 퇴근하는 시간이기 때문에 5시경에는 이용자가 많다고 했다. "주차장은 동물원 같을 거요."

"거기까지 내려갈 수 있을지 모르겠군." 나는 농담을 던졌고, 시에라는 거실 저쪽에서 나를 노려보고 있었다. 그녀는 소파에 앉아 매기가 돌아오면 자신의 무죄를 확인해 줄 거라고 생각하는지 기다리고 있었다.

가볍게 띵 소리가 나며 엘리베이터 문이 마침내 열렸고, 바로 그 순간 매기가 아파트 안쪽에서 소리쳤다. "아빠! 잠깐만! 기다려요!"

나는 못 들은 척했다. "그럼 이만 가보겠소."

"못 가게 하세요!"

어디서 나타났는지, 어떻게 이렇게 재빠른지 몰랐지만, 갑자기 휴고가 나와 엘리베이터 사이를 가로막았다. "저토스키 씨, 따님이 부릅니다. 안 들립니까?"

매기는 거실로 달려 나왔고, 당황한 눈은 부릅뜨고 있었다. "돌려주세요."

에롤은 어리둥절했다. "뭘 돌려줘?"

나는 나 때문에 딸이 진퇴양난의 입장에 처했다는 걸 깨달았다. 녹음이 존재한다는 사실을 인정하지 않고는, 자신이 몰래 에롤과 게리를 도청하고 있었다는 점을 인정하지 않고는 그 기록을 요구할 수가 없는 것이다.

"아빠가 제 걸 가져가셨어요. 하드드라이브. 개인 정보가 들어있는 거요." 매기는 내 허리를 보고 바지 안으로 금속 상자의 윤곽을 확인했다. "지금 그 주머니 안에 들어있어요."

"그리고 변기도 깨뜨렸잖아!" 시에라가 외쳤다. "내가 그랬죠? 하지만 아무도 내 말은 진지하게 듣지를 않아." 그녀는 고개를 뒤로 젖히고 눈을 감았다. "다 꺼져버려."

휴고는 엘리베이터를 붙잡고 있다가 손을 놓았다. 문이 닫히는 모습을 보자, 심장이 내려앉는 것 같았다. "다음 엘리베이터를 타십시오, 저토스키 씨. 주머니에 든 걸 꺼내주시겠습니까?"

나는 힘들게 획득한 상황인식 기술도 소용없이, 어리석게도 갇혔다는 사실을 깨달았다. 게리가 내 왼쪽에, 에롤과 매기는 오른쪽에, 휴고는 내 앞에 선 채 내가 지시에 따르기를 기다리고 있었다. 그는 외투 안에서 작고 검은 권총을 꺼냈지만 자연스럽게 늘어뜨린 채 존재감만 과시하고 있었다. 내가 볼 때는 불필요한 신호였다. 무기 없이도 그는 얼마든지 나를 제압할 수 있었다. 나는 아직도 그가 방공호 벽에 나를 밀어붙이고 에이든의 마지막 숨소리를 듣게 했던 순간을 기억하고 있었다. 나는 주머니 안에 손을 넣어 하드드라이브를 꺼냈다.

"그거예요!" 매기가 말했다.

매기는 하드드라이브를 빼앗으려 했지만, 휴고가 물러나라고 지시했다. "아주 천천히, 가드너 씨에게 넘겨주십시오." 그는 내게 말했다. "그런 다음 컴퓨터를 찾아서 그 안에 뭐가 들어있는지 같이 봅시다."

하지만 나는 하드드라이브를 넘겨줄 수가 없었다. 이 작은 금속 상자는 애비게일의 안전을 보장할 수 있는 유일한 희망이었다. 내가 그들의 비밀을 쥐고 있는 한, 그들은 감히 그 애를 노리지 못할 것이다. 휴고는 이제 자기 지시를 따르라는 뜻으로 총을 들어 내게 겨누었다.

"어리석은 짓 하지 마." 에롤이 말했다. "무슨 생각을 하는지는 몰라도 감히 이길 거라고…."

비명 소리가 그의 말을 끊었다. 루시아가 부엌에서 거대한 오리구이 접시를 들고 나오다가 총을 보고 비명을 지른 것이다. 바닥에 떨어진 접시는 보란 듯이 산산조각 났고, 나는 그때를 틈타 휴고에게 오른팔을 휘둘렀다. 석고 깁스는 그의 안면을 강타해서 코를 잘 익은 빨간 딸기처럼 곤죽으로 뭉개 놓았다. 그는 총을 떨어뜨리고 얼굴을 두 손으로 감싼 채 뒤로 비틀거렸다. 손가락 사이로 피가 터져 나왔다. 아주 잠시 망설이며 루시아와 시선을 교환한 순간, 나는 그녀가 의도적으로 일을 벌였다는 걸 깨달았다. 꼬박 3일이나 공들여

준비한 특제 요리를 희생하면서 내게 기회를 준 것이다.

나는 벽장문 앞을 지나고 파우더 룸, 안방 문을 통과해서 계속 복도를 달려갔다. 소방법에 따르면 아파트에서 빠져나가는 두 번째 비상구가 분명히 있을 것이다. 부엌과 거실에는 비상구가 없었으니, 분명 복도 끝의 그 문이 틀림없다. 가운데 금속 바가 붙어있던 그 문, 그 문을 밀어젖히니 넓은 콘크리트 계단실이 나왔다. 단순한 T 자 화재경보기 옆 벽에 'PH3'이라는 글자가 스텐실로 새겨져 있었다. 나는 레버를 당겼고, 귀가 찢어질 듯한 경보음이 밀폐된 콘크리트 공간 안을 가득 채웠다. 나는 PH2층으로 달려 내려가서 그 층의 화재경보기도 당겼다.

40층까지 내려갔을 때는 이미 건물 직원들이 재킷을 껴입으며 또 쓸데없는 화재경보훈련을 한다며 투덜투덜 계단실로 밀려나오고 있었다. 나는 그들을 밀치며 최대한 빨리 내려가려고 했지만 한 계단 한 계단 내려갈수록 점점 안전하다는 기분이 들었다. 여기는 오스프리 코브가 아니었다. 여기는 행동에 결과가 따르는 진짜 세상, 국제적으로 수배 중인 휴고 같은 범죄자도 사람들이 북적거리는 계단실에 대고 무턱대고 총을 쏘지는 못할 것이다.

직원들과 못마땅한 세입자들이 붐비는 로비로 인파에 섞여 꾸역꾸역 나가보니, 안내데스크의 불쌍한 올리비아가 화난 얼굴들과 시끄럽게 울리는 전화에 포위되어 있었다. 건물 바깥의 유리벽에 소방차 한 대가 경찰차 두 대와 함께 경광등을 번쩍이고 사이렌을 울리며 다가오는 게 보였다. 내 깁스와 스웨터에는 채 마르지 않은 피가 묻어있었다. 그제야 오른팔에 둔하게 욱신거리는 통증이 느껴지는 걸 보니 다시 부러진 것 같았다.

사람들을 헤치며 로비를 지나 건물 바깥으로 나가니 더 많은 사람이 바깥 플라자에 모여 기다리고 있었다. 300명쯤 되는 직원들이 군데군데 모여 두런두런 이야기를 나누고 있었다. 어떤 사람들은 연기나 불길이 어디서 보이는지 위층을 올려다보고 있었다. 대부분은 각자 휴대전화만 멍하니 바라보고 있었다. 선명한 노란색 제복 차림을 한 소방관 세 명이 나를 지나쳐서 묵직한 부츠를 신고 플라자 계단을 밟고 올라갔다. 두 번째 소방차도 이미 경광등을 번쩍이면서 사이렌과 함께 주차장에 들어서고 있었는데, 그 소음 너머로 매기가 부르는 소리가 들리는 것 같았다.

"아빠! 아빠! 아빠!"

내 상상이었을 지도 모른다. 확신할 수 없었다. 감히 돌아서서 확인할 용기가 없었다. 사이렌은 점점 더 크게 울렸고, 사람들은 손으로 귀를 막으며 귀가 먹을 듯한 소음을 피해 건물 쪽으로 밀려갔다.

"아빠! 아빠! 아빠!"

귀가 먹먹해져서 더 이상 목소리가 들리지 않을 때까지, 나는 인파 속을 혼자 걸었다. 자진해서 사이렌 쪽으로 움직이는 사람은 나뿐이었다.

돌아보지 마, 프랭키.

돌아보지 말고 계속 걸어.

7.

슈퍼컷츠는 밤 9시에 문을 닫았지만, 나
는 10시 15분이 되어서야 스트라우드버그에 도착했다. 연료계량기
가 한도를 넘어서서 엔진이 증기로 돌아가고 있었지만, 나는 너무
두려워서 감히 차를 세우고 주유하지도 못했다. 한순간도 허비해서
는 안 된다는 사실을 알고 있었다. 나는 상가 주차장에 들어가서, 지
프를 임시 주차구역에 세워놓고, 치폴레 식당 앞에서 스케이트보드
를 타는 사람들을 지나쳤다. 10대 아이들 대여섯 명이 휠체어 경사
로에서 재주를 부리고 있었다. 슈퍼컷츠 문에 달린 안내판은 '영업
종료' 쪽으로 뒤집어져 있었지만, 다행히 창문 안에 빗자루로 머리카
락을 쓸어 담는 비키의 모습이 보였다. 문이 잠겨있었기 때문에, 나
는 주먹으로 유리창을 두드려 그녀의 시선을 끌었다. 그녀는 고개도
들지 않고 소리쳤다. "영업 끝났습니다."

나는 더 크게 두드렸다. "비키, 프랭크요."

그녀는 아주 잠시 손길을 멈추었다가 별일 아닌 척 빗자루로 계속 바닥을 쓸었다. "아침에 다시 오세요. 7시 30분부터 스타일리스트가 일을 시작해요."

"비키, 제발…. 할 이야기가 있어요."

"흠, 나는 왜 그러시는지 모르겠는데요? 난 단지 당신 머리나 깎는 사람일뿐인데."

"진심으로 한 말이 아니었습니다, 미안해요. 일단 문 좀 열어주겠어요?"

"마감 시간 이후에는 손님을 들이지 않아요. 회사 방침입니다."

이제 그녀는 탁자에 놓인 패션 잡지를 정리하며, 다음 손님이 편히 집어 들 수 있도록 최신 《보그》와 《엘르》, 《인스타일》 잡지를 나란히 부채꼴로 배치했다. 비키는 오렌지색 호박 등 그림과 '놀랐지!' 라는 글자가 그려진 검은 스웨터 차림이었다. 미용실은 종이로 오려낸 해골과 박쥐, 프랑켄슈타인 등 핼러윈 장식이 가득했다.

"비키, 매기가 끔찍한 짓을 저질렀어요. 너무 부끄러워서 당신한테 말하고 싶지 않았어요. 하지만 거짓말하기 싫어서 당신을 피했던 겁니다. 지금 정말 곤란한 상황에 빠졌는데… 당신 도움이 필요해요. 당장 집에 갈 수도 없어요, 위험해요. 제발, 제발 이 문 좀 열어줄래요?"

소리를 질렀더니 스케이트보드를 타던 아이들이 이쪽으로 관심을 돌리고 있었다. 아이들은 올리와 킥플립을 잠시 중단하고 우리 대화를 엿듣고 있었다. 코에 금속 봉 피어싱을 한 여자아이가 혹시 911에 연락해야 하면 자기 전화를 쓰라고 했다. 나는 손을 내저으며 정중하게 "아니, 괜찮다"라고 대답했다. 경찰은 아직 필요 없었다. 고속도로에서 누나에게 전화했더니, 누나와 애비게일은 안전하게 햄프턴인의 객실에 들어가서 이제 어떻게 해야 할지 내 연락을 기다리고 있었다.

"비키, 제발." 나는 그녀가 볼 수 있도록 하드드라이브를 들어 보였다. "이걸 좀 틀어봐야 합니다. 네? 컴퓨터로. 이걸 들어보면 내가 요즘 왜 그렇게 이상하게 굴었는지 이해할 겁니다. 모든 질문에 대한 해답이 들어있어요."

이 말에 그녀는 관심을 보였다. 비키는 영리하고 호기심 많은 사람이었다. 한번은 자기가 가장 좋아하는 역사 로맨스 소설에는 전부 비밀이나 수수께끼가 들어있다고 했다. 그녀는 커다란 열쇠 뭉치를 들고 다가와서 자물쇠를 따고 내가 안으로 들어갈 수 있을 만큼만 살짝 문을 열었다. 그런 다음 다시 문을 잠그고, 창문에 블라인드를 내리고, 밖에서 가게 안을 못 보게 블라인드 각도를 조절했다.

"우리 컴퓨터는 10년이나 된 고물인데." 그녀는 경고했다. "지난 주에는 고장이 나서 10월 예약 기록이 전부 다 날아갈 정도였으니 크게 기대는 하지 마세요."

우리는 손님들이 예약하고 요금을 내는 안내 데스크 뒤로 돌아갔다. 비키는 컴퓨터 본체 뒤쪽에 연결된 USB 선을 찾았고, 나는 선을 하드드라이브에 꽂았다. 새 장치가 연결되었으니 잠시만 기다리라는 메시지가 작은 모니터 창에 떴다. 조그마한 모래시계가 빙글빙

글 돌았다. 비키는 나를 훑어보았고, 나는 내 몸에서 냄새가 난다는 사실을 깨달았다. 미친 듯이 지그재그로 추월해 가며 시속 130킬로미터로 집까지 달려오느라 땀에 절어있었다. 피곤했고 목이 말랐고, 스웨터에는 작은 핏자국도 말라붙어 있었다. "맙소사, 프랭크, 대체 무슨 일이 있었어요?"

나는 비키가 내 머리카락을 보고 있다는 걸 깨달았다. 나는 마운트 포코노에 있는 다른 슈퍼컷츠에 가기 시작했는데, 담당 미용사는 교도소에서 미용을 배운 루스터라는 남자였다.

"레이어 넣는 솜씨 한번 참…, 당신이 직접 잘라도 그것보다는 낫겠어요." 그녀는 말했다. "머리에 접시를 엎어놓고 밑으로 빠져나온 부분을 자른 것 같네."

마침내 파일 디렉터리가 화면에 열렸다. 디스크 안에는 파일이 스무 개 정도 있었다. 그냥 알파벳과 숫자, 날짜, 시간의 조합이었고 일관성 있는 이름은 없었지만, 비키는 그 안에서 뭔가 질서를 찾아낸 것 같았다.

"뭘 열어봐야 하는 거예요?"

"나도 모르겠습니다."

그녀는 첫 파일을 더블클릭했고, 작은 오디오 플레이어가 화면에 열렸다. 파일은 8분 7초 길이였고, 재생되자마자 대화하는 목소리들을 알아들을 수 있었다.

에이든: 그래서 얼마나 오랫동안 생각하고 있는데?

매기: 2년.

에이든: 2년?

게리: 1년이면 충분하지.

에이든: 그것도 너무 길군요.

에롤: 너는 얼마나 생각하고 있는데?

에이든: 30일. 라스베이거스 결혼식처럼요.

매기: 고작 한 달이면 아무도 믿지 않을 거예요.

에이든: 그래도, 1년은 못 하겠어. 미안해, 차라리 교도소에 가겠어.

게리: 너 혼자 가는 게 아니다. 네 결정으로 많은 사람이 영향을 받아.

에롤: 에이든, 네가 생각하는 것과는 달라. 매기와 나는 1년 대부분 여행을 다닐 거다. 한 달에 한두 번, 공적으로 얼굴이나 같이 비추면 돼. 그 외에는 자유롭게 지내면 된다.

에이든: 아니, 저는 유부남인데요. 아버지 여자 친구와 결혼한. 이게 정말 변태적인 상황이라고 생각하는 건 저뿐입니까?

"잠깐, 잠깐, 멈춰봐요." 비키는 손을 뻗어 '멈춤' 버튼을 눌렀다. "누가 아빠의 여자 친구와 결혼한다는 거예요? 이게 에이든인가요?"

"맞습니다."

"그럼 여자 친구는 누구예요?"

나는 비키가 명백한 사실을 깨달을 때까지 아주 잠시 망설였고, 그녀의 눈은 커다랗게 열렸다. 그런 다음 나는 얼른 다른 대화를 들고 싶어서 다음 파일을 클릭해서 열었다.

매기: …그런 뒤에 아빠한테 전화했어요.

에롤: 그래서?

매기: 잘됐어요. 나한테서 연락이 오니까 반가워하시더라고요. 결혼식에 참석하겠다고 하셨어요.

에롤: 잘됐군. 사람들이 당연히 아버지도 오신다고 생각하지.

매기: 한데 이번 금요일에 보스턴에 오시겠대요. 사위 될 사람을 만나보고 싶다고. 그런데 에이든이 고집을 부려요.

에롤: 왜?

매기: 이미 다른 약속이 있다고요.

에롤: 무슨 약속?

매기: 몰라요. 난 에이든한테 맞추려고 노력했어요. 아파트에서 만나자, 루시아에게 요리를 시키겠다, 길어야 두세 시간이다…. 그런데 심통을 부리네요.

에롤: 무조건 해야 된다고 해.

매기: 합의한 것 이상이래요.

에롤: 이리 와, 우리 애기. 다 잘될 거야. 휴고한테 에이든과 이야기해 보라고 하지.

매기: 휴고가 뭐라고 할 건데요?

에롤: 그런 걱정은 안 해도 돼. 그냥 계획대로 저녁 식사 준비나 해. 에이든은 틀림없이 참석할 거야.

그 뒤로도 대화가 이어졌지만 나는 집중할 수 없었다. 아파트에 처음 찾아갔을 때, 에이든이 늦게 도착했던 일과 저녁 식사 중에 대체로 저기압이었던 점이 떠올랐다. 나와 그렇게 대화하기 꺼렸던 것도.

매기는 내게 그의 얼굴에 난 멍에 대해 묻지 말라고 했었다.

비키는 키보드의 스페이스 바를 눌러 대화를 중지시켰다. 그녀는 계속 말이 없었지만, 더 이상 참을 수가 없는 모양이었다. "도와줘요, 프랭크. 무슨 맥락인지 알아야겠어요. 이 사람들이 대체 무슨 이야기를 하는 거예요?"

"전부 이야기해 줄게요." 나는 약속했다. "하지만 우선 당신 아들한테 전화부터 합시다."

8.

         일곱 달 뒤, 애비게일은 초등학교 뮤지컬 〈미녀와 야수〉로 무대에 데뷔했다. 그 애는 숟가락(이라기보다 마법 때문에 숟가락으로 변신한 성의 하인이었다) 역할을 맡았다. 무대에 올라간 10분 동안 단 한 곡만 불렀지만, 애비게일은 마치 자신이 주연이기라도 한 듯 몇 주 동안 열심히 연습했다. 개막일 7시에 커튼이 올라갔을 때, 나는 무거운 장비를 옮겨주기로 자원한 다른 아빠들 몇 명과 함께 무대 뒤에 있었다. 놀랍게도 나는 초조했다. 뮤지컬이 완벽하기를 진심으로 원하고 있었다. 기나긴 일주일 동안 리허설을 하면서 나는 모든 노래 가사를 외게 되었고, 운전하다가 빨간불에 걸릴 때면 항상 가락을 흥얼거리게 되었다. *마음껏 드세요, 마음껏 드세요, 뭐든지 말씀하시는 것은 다 대령하겠습니다….*

  비키와 태미는 세 번째 줄에서 관람했고, 애비게일의 생모가 앉을 자리도 마련해 두었지만, 그다지 놀랍지 않게도 그 불쌍한 여자는 오지 않았다. 끔찍하게 들릴 거라는 건 알지만, 나는 오래전부터 생모를 탓하지 않게 되었다. 비키는 중독이 얼마나 파괴적인지 우리 모두에게 가르쳤고, 그래서 나도 완벽하게 재활한다는 게 너무나 어려운 일이라는 사실을 알게 되었다. 앞으로 애비게일과 그 애의 엄마가 계속 인연을 만들어 갈 수 있을지는 미지수였다. 하지만 태미와 내가 애비게일을 위해 희생한 그 많은 것들을 생각하면, 아이를 위탁가정 시스템으로 다시 돌려보낸다는 건 있을 수 없는 일이었다. 그래서 태미는 작년에 입양 신청을 하고 새해 전날 모든 서류에 서명했다.

나도 서류에 공동으로 서명하고 싶었지만, 펜실베이니아주 법에 따르면 남매가 양육권을 공동으로 가질 수는 없었다. 그래서 법적으로는 그냥 프랭크 아저씨로 만족해야 했다. 그래도 나는 매일 애비게일을 만나는 것을 원칙으로 하고 있었다. 누나가 조금이나마 쉴수 있도록 방과 후와 주말에 아이 돌보기를 담당했다. 애비게일의 연극반 선생님이 연극 장비를 옮겨줄 힘센 자원봉사자가 필요하다고 했을 때도 내가 가장 먼저 손을 들었다.

개막일 밤은 대성공이었다. 쇼가 끝나자 출연진 전부 기립 박수를 받았고, 모든 사람이 무대 제작진도 나와서 인사하라고 외쳤다. 나는 아이들이 걸려 넘어지지 않도록 거대한 종이 통나무를 무대 옆으로 끌고 가느라 바빠서 커튼콜을 놓쳤다. 하지만 나중에 무대 뒤에서 애비게일을 만나, 선생님들과 부모님들이 조촐한 파티를 꾸며놓은 학교 주차장으로 함께 나갔다.

올해 처음으로 따뜻한 밤이었고, 아이들은 전부 봄 기온을 누리며 집에서 만든 쿠키와 컵케이크, 브라우니의 달콤한 맛에 들떠 재킷이나 장갑도 없이 아스팔트 위를 뛰어다녔다. 손으로 퍼주는 아이스크림콘 앞은 줄이 길었지만 우리는 기다리기로 마음먹었고, 애비게일은 그동안 수학 클럽에서 배운 새 농담을 내게 알려주며 시간을 보냈다. 파이와 이야기하면 영원히 계속될 것이니 대화를 시작하지 말 것. 냉동실에서 온기를 유지하는 가장 좋은 방법은 구석을 찾아가는 것, 왜냐하면 항상 90도니까. 누구를 평균이라고 부르지 말 것, 기분 나쁜(mean, '나쁜', '평균' 두 가지 뜻을 동시에 갖고 있다—옮긴이) 말이니까. 이 마지막 농담은 이해가 안 돼서, 애비게일이 농담을 하다 말고 시시콜콜 설명해 주어야 했다.

아이스크림을 받아 들자마자, 애비게일은 얼른 뛰어가는 실수를 저질렀다. 커다란 초콜릿칩 아이스크림 한 덩어리가 콘에서 굴러 떨어져 아스팔트에 철퍽 하고 뭉개졌다. 나는 애비게일의 빈 콘을 받아 들었다. "내 거 먹어라, 바꾸자."

애비게일은 거절했다. 공평하지 못하다는 것이었다.

"괜찮아, 내가 바꾸고 싶다." 나는 말했다. "사실 내가 제일 좋아하는 부분은 콘이야."

잠시 어르고 달래서 아이스크림을 바꾸고 난 뒤, 애비게일은 내 아이스크림을 아주 조심스럽게 친구들이 있는 주차장 건너편까지 가지고 갔다.

상황을 지켜보던 비키가 다가왔다. "콘을 제일 좋아한다고요? 정말이에요?"

나는 어깨를 으쓱하고 애비게일의 콘이 완전히 비어있지 않다는 걸 보여주었다. 아직 초콜릿칩 아이스크림이 바닥에 눌려 담겨있었다. "이 정도면 나한테는 충분합니다. 딱 적당한 양이에요."

우리는 다른 학부모들과 이야기를 나누고, 아이들이 서로 축하하는 모습을 지켜보며 즐거운 시간을 보냈다. 애비게일은 아이스크림을 먹은 뒤 다른 숟가락 역할, 포크 역할을 한 친구들과 함께 관객들에게 오늘 공연에 나왔던 노래, 〈마음껏 드세요〉 앙코르를 선보였다. 아이들은 로케츠 무용단처럼 나란히 서서 팔을 서로 엮고 다리를 차올리며 한 치의 쑥스러움도 없이 가사를 꽥꽥 외쳤다.

파티가 끝나기 직전, 학교 교장이 내게 다가왔다. 정장과 타이를 갖춰 입고 뮤지컬을 보러 온 유일한 남자였다. 많은 학부모가 그를 싫어한다는 사실을 알고 있었지만(선생님과 학교 커리큘럼, 시설, 심지어 급식의 질에 이르기까지 항상 흠만 잡는 사람들이 있다) 나는 그의 일처리가 썩 괜찮다고 생각했다.

"오늘 밤 도와주셔서 감사합니다." 그는 말했다. "애비게일의 아버지이시죠?"

의료와 관련해 위급한 상황이 생길 수도 있으니, 나는 학교 관계자에게는 명확하게 하는 것이 중요하다고 배웠다. "사실 삼촌입니다."

"프랭크 저토스키 씨 아닌가요?"

"네, 하지만 태미 저토스키는 제 누나입니다. 우리는 부부가 아니에요." 태미는 운동장 건너편에서 엄마들과 수다를 떨고 있었고, 나는 누나를 가리켰다. "우리는 작년에 애비게일을 입양했어요."

교장은 당황했는지 오해해서 미안하다고 사과했다. 나보다 훨씬 민감한 학부모들을 대하는 데 익숙하다는 점을 알 수 있었고, 나는 괜찮다고 응답했다. "애비게일은 이 학교를 좋아합니다. 선생님들도 모두 아주 좋았습니다."

교장이 내 칭찬을 들었는지 알 수 없었다. 그는 아직 자신이 저지른 실례가 신경 쓰이는 것 같았다. "한 가지 보여드릴 게 있는데요, 잠시만 시간을 내주시겠습니까?"

비키와 나는 그를 따라 주차장을 지나 건물 안으로 들어간 뒤, 계단을 올라가서 교실들이 늘어선 어둑어둑한 복도로 접어들었다. 우리는 유명인의 사진과 짤막한 에세이가 잔뜩 붙은 게시판 앞에서 멈췄다. 〈최고의 작곡가 비욘세〉, 〈최고의 쿼터백 제일런 허츠〉, 〈최고의 마술사 신 림〉 같은 사진들이 있었다. 교장은 5학년 학생들이 대단한 일을 하게끔 영감을 주는 각자의 영웅에 대한 글을 썼다고 했다. 그리고 카누 위에서 포즈를 취하고 있는 내 사진과 〈최고의 아빠 프랭크 저토스키〉라는 제목의 에세이를 가리켰다.

"그래서 제가 헷갈렸던 겁니다." 교장은 해명했다.

독서용 안경을 가져오지 않았기 때문에, 눈을 찡그리고 글씨를 읽어야 했다. 내 아버지에 대한 재미있는 사실들은 다음과 같다. 아빠는 미 육군 군인이었다. 걸프전에 참전했다. UPS에서 160만 킬로미터를 운전하면서 우리에게 필요한 물건을 배달했다. 카누를 잘 조종하고, 치즈를 구울 줄 알고, 방에서 벌레를 몰아낼 줄도 안다. 나를 돌봐주는 일도 잘한다.

"애비게일이 서로의 관계에 대해 헷갈리고 있다면, 우리 상담 부장님과 면담 일정을 잡아볼 수 있습니다. 민감한 화제도 아주 잘 이끄시는 분입니다. 한번 통화하시는 것이 어떨지요?"

목소리가 갈라질까 봐 나는 대답하지 않았다. 나는 목에 작은 콘 조각이 걸렸다는 듯이 손짓해 보였고, 다행히 비키가 나서 나를 구해주었다.

"프랭크는 괜찮습니다." 그녀는 말했다. "직접 애비게일과 대화해서 괜찮다고 알려주면 돼요."

교장은 또 한시름 놓았다는 듯, 다행이라는 표정을 짓고 파티장으로 돌아가 봐야겠다고 했다. 그는 천천히, 시간을 두고 에세이를 끝까지 읽어보라고 했다. "좋은 글 중 하나입니다. A 플러스를 받았어요."

9.

코베츠빌 연방 교도소는 뉴욕주 빙엄턴에 있는 최소 보안 교정 시설이다. 우리 집에서 차로 두 시간 정도 걸리는 거리에 있고, 그나마 폭력성이 없는 범죄자들을 수감하고자 설계한, 5년도 채 안 된 새 시설이다. 철창이 있는 감방 대신, 재소자들은 대학 기숙사 비슷한 공간을 공유한다. 모두 바깥을 내다볼 수 있는 창문을 하나씩 갖고 있다. 시급 60센트를 지급하는 다양한 일자리가 있고 원예, 베이킹, 미용, 회계, 웹 디자인, 창작 등의 수업이 매주 열린다. 마사 스튜어트가 연방 수사관에게 위증한 죄로 5개월간 복역해서 유명해진 웨스트버지니아의 올더슨 교도소, 일명 '캠프 컵케이크'만큼 좋지는 않다. 그래도 미국 내 거의 모든 연방 교도소보다는 깨끗하며 안전하다고 알려져 있고, 이런 점 덕분에 나는 그럭저럭 밤잠을 청할 수 있었다.

면회 시간은 오전 8시 반부터였지만, 모든 인터넷 커뮤니티에서 일찍 가라고 조언했다. 그래서 나는 7시부터 출입구 바깥에 길게 늘어선 자동차 줄에 차를 대고 기다렸다. 입장한 뒤에는 운전면허증을 교도관 두 명에게 보여주었고, 이어 잘생긴 검정 래브라도리트리버가 마약을 찾기 위해 지프 냄새를 맡으려고 가볍게 달려왔다. 개한테 다정하게 인사를 건넸더니 교도관이 즉시 경고했다. "개의 주의를 분산시키지 마십시오. 일하는 중입니다."

교도소에 들어간 뒤, 나는 다시 여러 번 줄을 서서 기다렸다. 경찰들은 내 옷을 살펴보고, 적절한 기준에 부합하는지 검사했다(모자 금지, 불쾌감을 주는 티셔츠 금지, 무엇보다 재소자 옷 색깔인 오렌지색 복장 금지). 이어 나는 금속 탐지기를 통과하고 두 손을 머리 위로 든 채로 가벼운 몸수색을 받았다. 교도관들의 전문적인 일처리는 놀라웠다. 영화나 텔레비전 프로그램 때문에 나는 최악의 대접도 각오하고 있었지만 교도관들은 하나같이 정중했다. 항상 "예, 선생님", "아닙니다, 선생님", "감사합니다, 선생님" 이런 말투였다. 그들이 내 이름을 알아보는지, 내 딸의 사연을 자세히 알고 있는지, 지금 내게 어떤 특별한 대접이라도 해주고 있는 건지 궁금했다. 하지만 거기서 본 대로라면, 그들은 모든 사람에게 똑같은 예의를 보이고 있었다.

한 시간 정도 기다린 뒤, 나는 마침내 '등록'이라고 적힌 책상에 도착했다. 나는 운전면허증과 방문증을 플렉시 글라스 유리창 뒤에 앉아있는 교도관 두 명에게 제시했다. 둘 다 내 나이 또래였는데, 나이든 기혼 부부 혹은 오랫동안 같은 직무를 해온 것처럼 두 사람은 편안하고 익숙한 분위기를 풍겼다. 남자는 내 정보를 컴퓨터에 입력했고, 파트너는 면허증 사진을 내 실제 얼굴과 대조했다. 내 생일을 확인했는지, 그녀는 미소 지으며 말했다. "생일 축하합니다."

"감사합니다."

뭔가 냉소적인 농담이 따라 나오지 않을까 생각했지만, 여자 교도관은 그저 진심이었다. 그녀는 생일날 교도소를 방문하는 행동이 너무나 정상적인 일인 것처럼 행동했고, 나와 같이 줄을 서서 기다리던 많은 부모들에게도 아마 마찬가지였을 것 같다. 마치 오스프리 코브에, 그러니까 낯선 관습과 사회적 신호로 가득 찬 또 하나의 생소하고 새로운 세계에 돌아온 기분이었다.

남자는 타자를 몇 번 치더니 한숨을 쉬고 고개를 저었다. "죄송합니다, 저토스키 씨. 면회인 명단에 없어요."

나는 이미 이 순간에 대한 준비가 되어있었다. 미국 내 대부분 교도소에서는 재소자가 가족, 친구, 변호사, 목사 등 면회일에 면회를 받고 싶은 사람들의 목록을 미리 선정해 제출하게 되어있다. 그냥 길에서 서성거리다가 쓱 들어가서 원하는 재소자를 만날 수는 없다. 내가 바로 그렇게 하려고 한 것이었다.

"온라인으로 신청서를 작성했는데요." 나는 말했다.

"알고 있습니다, 보안허가증을 확인했어요. 하지만 마거릿이 우선 당신을 면회인 목록에 추가해야 합니다. 그래야 그쪽에서 당신의 방문을 원하는지 아닌지 알 수 있어요." 그는 달리 방법이 없다는 뜻으로 어깨를 으쓱했다. "그러니 따님과 상황을 정리하고 다시 오세요. 월요일, 수요일, 토요일, 8시 30분부터 3시까지입니다."

그는 내 운전면허증을 카운터 위로 다시 밀어주었지만, 나는 집어 들지 않았다. 코베츠빌 연방 교도소에 대한 레딧 게시 글을 많이 읽었기 때문에, 교도관들이 '정중하고', '유연하고', '경우에 따라 상대가 진짜 인간이라는 점을 알아준다'는 사실을 알고 있었다.

"착오해서 죄송합니다, 첫 면회라서요."

"웹사이트에 규칙이 나와있습니다."

"도로에서 갇히지 않으려고 4시 30분에 일어났습니다. 스트라우드버그에서 내내 차를 몰고 왔어요."

"마거릿에게 교도소장실에 찾아가서 면회인 명단에 이름을 추가해 달라고 하세요. 그러면 다음에는 아무 문제 없을 겁니다, 장담해요."

그는 이미 내 어깨 너머를 바라보며 다음으로 줄을 선 사람을 찾고 있었지만, 나는 마지막으로 말해보았다. "이해합니다만, 저는 7시부터 기다렸습니다. 오늘 어떻게 해볼 수 있는 일이 있을까요?"

"없습니다, 선생님."

"수감된 방으로 연락해 볼 수는 없을까요? 제가 와있다고 말해볼 수도 없을까요?"

"재소자들은 휴대전화를 소지하지 않습니다. 죄송하지만, 면회인 명단에 없으면 안 되는 겁니다."

그의 파트너는 의견이 다른 것 같았다. 뭐라고 해결책을 제시하려는 듯 그녀가 입을 벌리는 모습을 보고, 나는 그쪽으로 시선을 돌렸다. "면회 올 다른 가족은 없습니다. 저뿐입니다. 혹시 도와주실 수 없을까요?"

여자는 손목시계를 확인했다. 디지털 타이맥스, 내 것과 거의 비슷했다. "이 시각에는 모든 여자 재소자들이 마당에 있어요. 아침 운동 시간이죠. 제가 혹시 찾을 수 있는지 알아볼게요." 그녀는 의자를 뒤로 밀고 일어나더니 파트너에게 나를 면회실에 앉아 기다리게 하라고 했다.

그는 고개를 젓고 (파트너가 주어진 업무 외의 일을 기꺼이 하려는 것이 재미있는 듯했다) 지시사항을 읽어주었다. "18번 탁자로 똑바로 걸어가서 앉으십시오. 다른 탁자에 앉으려고 하시면 안 됩니다. 다른 수감자 혹은 면회인과 대화하거나 손짓하지 마십시오. 화장실에 가고 싶으시면 손을 들고 경비한테 요청하세요. 자동판매기에서 물건을 사고 싶으면 손을 들고 경비한테 요청하세요. 면회 시작과 마지막에 재소자를 깍듯하게 포옹할 수 있지만 다른 모든 육체적 접촉은 금지됩니다. 제가 방금 말씀드린 규칙을 모두 이해하셨습니까?"

"네, 이해했습니다."

"문은 오른쪽에 있습니다. 좋은 하루 되십시오."

나는 면회실로 들어갔다. 밝고 활기찬 색이었으며, 커다란 창문에서 자연광이 듬뿍 들어오고 있었다. 홀리 리디머 병원의 구내식당 같았다. 자동판매기에서 탄산음료와 커피, 과자, 차가운 샌드위치까지 거의 모든 것을 팔고 있었다. 면회실을 가로질러 18번이라고 표시된 탁자로 걸어가는 동안 재소자와 그 배우자, 재소자와 그 아이, 재소자와 변호사 등 다양한 관계로 짐작되는 사람들이 눈에 들어왔다. "일곱 달만 더 버티면 돼, 자기." 한 여자가 말하고 있었다. "그때까지만 참으면 다 끝이고 당신은 당신 집으로 돌아올 수 있어." 방

안 다른 곳에서는 아기가 울고 있었고, 놀랄 정도로 많은 사람이 고개를 숙인 채 영어, 스페인어 그리고 내가 알아들을 수 없는 언어로 같이 기도하고 있었다.

나는 18번 탁자에 앉았다. 대형 텔레비전에서 자막이 달린 〈투데이〉 뉴스가 나지막하게 흘러나오고 있었다. 인생의 지혜를 나눠주는 틱톡 유명인으로 뒤늦게 명성을 얻은 제2차 세계대전 참전용사를 알로커가 인터뷰하고 있었다. "아이들을 틀에 넣어서 기르면 안 됩니다. 나는 아이들이 활짝 펼쳐지기를 기다리는 사람이라고 생각해요." 방 안에는 면회객들이 시간을 확인할 수 있도록 디지털시계가 몇 개 걸려있었지만, 서로 똑같은 시각을 가리키는 시계는 없었다. 하나는 10시 5분, 다른 하나는 10시 6분, 다른 하나는 10시 3분이었다. 하지만 〈투데이〉 뉴스에 따르면 실제 시각은 10시 19분이었다.

기다리는 동안 방송 화면은 크리스 프랫과 오브리 플라자가 신형 미러클 배터리 인피니티를 장착한 크라이슬러 리액터를 선전하는 광고로 바뀌었다. 지난해, 시끄러웠던 그 모든 논란에도 불구하고 커패시티는 여전히 기록적인 연간 매출을 달성했다. 고객들은 FBI가 오스프리 코브와 비콘타워의 아파트, 가드너 부부의 캠브리지 자택 그리고 커패시티의 연구 본부 네 군데에서 동시에 전격 수색을 벌였다는 사실을 딱히 신경 쓰지 않는 것 같았다. 특수 수사팀이 에롤과 캐서린, 게리, 매기를 체포했지만, 물론 복역 중인 사람은 내 딸뿐이었다. 매기는 사법 방해 공모와 살인에 대한 사후 공범죄로 3년에서 5년형을 선고받았다. 캐서린 가드너는 웨스트팜비치 해안에 있는 재활센터에서 '치료'를 받고 있었고, 에롤과 게리는 수백만 달러의 보석금을 내고 자유롭게 지내며, 0.001퍼센트라도 빠져나갈 확률이라도 있는 법의 모든 구멍을 찾아 항소에 항소를 거듭하고 있었다. 하지만 나는 돈 태거트의 시신이 윈덤호수 바닥에서 발견되어서, 마침내 그 어머니와 삼촌이 그녀를 고이 묻어줄 수 있게 되었다는 사실에 위안을 얻었다. 게다가 휴고는 바로 체포돼 콩고민주공화국 수도인 킨샤사로 인도된 뒤, 수십 건의 인권유린 범죄에 대해 재판을 기다리고 있었다. 많은 사람이 그가 콩고에서 2007년 이후에 최초로 사형선고를 받는 범죄자가 되리라고 예상하지만, 나는 그 점에 대해서 지나치게 기대하지 않으려고 한다.

마침내 등록 데스크의 여자 교도관이 면회실로 들어와서 나를 찾았다. 표정은 어두웠다. 나쁜 소식을 전하러 응급실에서 나오는 외과의사 같았다. "마거릿을 운동장에서 찾아서 당신이 기다리고 있다고 전했습니다. 하지만 만나지 않겠다고 했어요."

나는 교도관을 어색한 상황에 처하게 한 것이 미안해 일어선 후 말했다. "노력해 주셔서 감사합니다."

"마거릿에게 편지를 쓰는 것도 한 가지 방법일 거예요. 당신이 어떤 기분인지 글로 적어서 따님한테 보내주세요. 지원할 마음이 있다는 걸 알 수 있도록." 교도관은 내게 어떻게든 도움이 되려고 이렇게 말했고, 나는 그 배려가 고마웠다. 그래서 지난 몇 달 동안 매기에게 보낸 그 모든 편지에 대해 이야기하지 않았다. 생일과 크리스마스에, 그냥 아무 날에 보낸 카드도. 항상 개인적인 전갈을 같이 적어 보냈지만, 교도소에서는 우편에 현금을 동봉하면 안 됐기에 용돈은 보내지 못했다.

"당신 같은 상황에 처한 부모님들을 많이 봤어요." 교도관은 말을 이었다. "그러니 혼자라고 생각하지 마세요, 아시겠지요? 혼자가 아닙니다."

나는 건물을 떠나 햇빛 속으로 걸어 나갔다. 아직 이른 시각, 청명하고 아름다운 아침이었고 갑자기 텅 빈 하루가 덩그러니 생겼다. 비키가 오후에 특별한 저녁 식사를 준비하고, UPS 시절 친구들도 몇 명 초대한다고 했다. 태미와 애비게일도 같이 올 것이고, 생일날에 함께 모이면 언제나 그랬듯 저녁 식사 후에는 샤레이드나 픽셔너리 혹은 다른 파티 게임을 할 것이다. 이렇게 멋진 사람들이 곁에 있어서 나는 정말 운이 좋다는 사실을 알고 있다. 하지만 어느 순간, 저녁 식탁을 둘러보며 그 자리에 빠진 한 사람을 떠올리게 될 것이다.

나는 주차장을 지나 지프 문을 열고 다시 돌아서서 마지막으로 교도소를 한 번 더 굽어보았다. 콘크리트로 지은 웅장한 3층 건물이었고, 계단 통로에 있는 창문을 통해 시설 내부가 조금 보였다. 오렌지색 점프슈트 차림의 여성 재소자들 수십 명이 한 줄로 질서정연하게 서서 계단을 올라가고 있었다. 그런데 독특한 점이 눈에 띄었다. 거의 모든 여자들이 바깥을 한 번씩 흘끗 쳐다보며 벽 너머 세상을 눈에 담고 있었다. 나이도 인종도 모두 달랐지만, 모두 같은 충동을 느끼는 것이다. 대부분 지평선 저 멀리 81번 고속도로 쪽을 쳐다보았지만, 이따금 재소자의 시선이 나와 마주칠 때가 있었다. 자기가 아는 사람인지 확인하는 것 같았다.

"실례합니다, 선생님?"

교도관 한 사람이 나를 향해 걸어오고 있었다. 내 딸 또래의 젊은
여자였고, 파란 셔츠, 검은 넥타이, 검은 모자 차림이었다.

"면회 끝나셨나요?"

"네."

"그러면 주차장을 나가주시기 바랍니다. 11시에 면회객들이 다시
한꺼번에 입장하기 때문에 주차 공간이 필요합니다. 그분들도 들어
가서 사랑하는 사람들을 만나보셔야지요."

손목시계는 겨우 10시 32분을 알리고 있었지만, 아마 이 친구는
규칙을 문자 그대로 지키는 부류 같았다. 이런 규칙이 있다는 걸 굳
이 알려주는 게 고마웠다. 깐깐하지만 공정한 성품이었다. 어느 부
모인지 자식 농사를 잘 지어놓았다. 나는 사과하고 지프 문을 연 뒤
차에 올라탔다.

문득 나는 다시 창문을 돌아보았다. 재소자들은 여전히 줄지어 올
라가고 있었다. 아침 운동을 끝내고 모두 수감 방으로 돌아가는 것
같았다. 이미 마흔 명쯤 지나갔는데, 시설 전체에 있는 여성 재소자
는 100여 명에 지나지 않는다. 나는 지프에서 내려 경비를 불렀다.

"실례합니다, 교도관님. 한 가지 부탁드려도 될까요?"

그녀는 멈춰 서서 돌아보았다.

"5분만 더 있으면 안 될까요?"

이 결혼식 계획을 도와준 모든 이에게, 특히 릭 칠럿, 마이크 러셀, 두기 호너, 그레이스 워링턴, 질 워링턴, 스티브 호켄스미스, 이언 도셔, 켈리 챈시, 패트릭 콜필드, 데이브 머리, 그레이디 헨드릭스, 마이클 코리타에게 감사의 말을 전하고 싶다.

꽃이 없다면 결혼식은 완전할 수 없어서, 이 책의 무시무시한 꽃다발은 알웨이나 디자인과 윌 스테일이 마련해 주었다. 윌은 끝내주게 훌륭한 북미판 표지를 디자인해 주었다.

글을 쓸 조용한 공간이 절실할 때, 데이브 보르제닉트는 자기 사무실 열쇠를 내어주면서 한사코, 한 푼도 받지 않겠다고 거절했다. 그의 친절함과 너그러움이 없었다면 이 책을 마칠 수 없었을 것이다.

우리 집에 배달 오는 UPS 배송 기사, 이언은 바쁜 일정 중에서도 시간을 내서 모든 질문에 유쾌하게 대답해 주었다. 작가적 허구로 만들어 낸 부분이 있다면 용서해 주길 바란다.

내가 이 결혼식에 버거움을 느낄 때면, 잭 워그먼이 평온함과 자신감을 북돋워 주었다. 그의 열정과 격려, 편집에 관한 현명한 제안들에 감사한다. 나머지 플랫아이언/맥밀런 팀, 특히 캣 케니, 말레나 비트너, 캐서린 투로, 맥신 찰스, 메건 린치, 밥 밀러, 키스 헤이스, 낸시 트라이펀, 말라티 차발리, 스티브 와그너, 브래드 우드, 미셸 맥밀리언, 모건 미첼 그리고 기타 제작 및 영업, 유통 분야에서 눈에 띄지 않게 일하며 재능 있는 모든 이에게도 감사의 말을 전한다. 스피어/리틀의 모든 사람, 영국 브라운, 특히 이 이야기를 미묘하게 또 영리하게 개선하는 데 도움을 준 틸다 키에게 감사한다.

더그 스튜어트가 내 에이전트라는 점은 대단한 행운이다. 그보다 더 아는 것 많고 지칠 줄 모르게 일하는 사람이 내 일을 대신해 주는 모습은 상상조차 힘들다. 내 이야기를 전 세계에 소개해 준 그의 조수 타일러 먼슨과 마리아 벨에게도, 실비아 몰나르, 아만다 프라이스, 캐스피언 데니스에게도 감사한다. 이 감사의 말을 읽기보다 또 마라톤을 뛰고 있을 리치 그린에게도.

24년 동안의 내 아내, 줄리 스콧에게 특별한 건배를 올리고 싶다. 그리고 우리의 멋진 아이들, 샘과 애나에게도. 내 부모님과 형, 친척 모두에게도. 그들 모두 이 책을 쓰는 데 든든한 버팀목이 되어주었지만 (다행히도) 영감을 주지는 않았다!

옮긴이_ 유소영

전문 번역가. 스릴러와 SF 등 다수의 소설을 번역했고, 셰한 카루나틸라카의 부커상 수상
작『말리의 일곱 개의 달』, 팻 머피 SF 단편선『사랑에 빠진 레이철』, 제이슨 르쿨락의
『히든 픽처스』등의 번역서가 근래 출간되었다. 그 밖의 역서로 비그디스 요르트의『의
지와 증거』, 앤 클리브스의 형사 베라 시리즈, 존 르 카레의『나이트 매니저』, 존 스칼지의
『무너지는 제국』, 리처드 모건의『얼터드 카본』, 존 딕슨 카의『벨벳의 악마』등이 있다.

블라인드 웨딩

초판 1쇄 인쇄 2024년 12월 2일
초판 1쇄 발행 2024년 12월 20일

지은이 | 제이슨 르쿨락
옮긴이 | 유소영
발행인 | 강봉자, 김은경

펴낸곳 | (주)문학수첩
주소 | 경기도 파주시 회동길 503-1(문발동 633-4) 출판문화단지
전화 | 031-955-9088(마케팅부) 031-955-9530(편집부)
팩스 | 031-955-9066
등록 | 1991년 11월 27일 제16-482호

ISBN 979-11-93790-82-3 03840